人民共和國文化與文學叢書

二　編

李　怡　主編

第 12 冊

王蒙小說文體研究（增訂版）

郭　寶　亮　著

花木蘭文化出版社

國家圖書館出版品預行編目資料

王蒙小說文體研究（增訂版）／郭寶亮 著 -- 初版 -- 新北市：
花木蘭文化出版社，2015〔民 104〕
序 4+ 目 2+288 面；19×26 公分
（人民共和國文化與文學叢書 二編；第 12 冊）
ISBN 978-986-404-224-1（精裝）
1. 中國小說 2. 文學評論
820.8   104011327

特邀編委（以姓氏筆畫為序）：

ISBN- 978-986-404-224-1

9 789864 042241

人民共和國文化與文學叢書
二　編　第十二冊

ISBN：978-986-404-224-1

王蒙小說文體研究（增訂版）

作　　者　郭寶亮
主　　編　李　怡
企　　劃　北京師範大學民國歷史文化與文學研究中心
　　　　　四川大學現代中國文化與文學研究中心
總 編 輯　杜潔祥
副總編輯　楊嘉樂
編　　輯　許郁翎
印　　刷　普羅文化出版廣告事業
出　　版　花木蘭文化出版社
社　　長　高小娟
聯絡地址　235 新北市中和區中安街七二號十三樓
　　　　　電話：02-2923-1455／傳眞：02-2923-1452
網　　址　http://www.huamulan.tw 信箱 hml810518@gmail.com
初　　版　2015 年 9 月
全書字數　252705 字
定　　價　二編 16 冊（精裝）台幣 28,000 元

王蒙小說文體研究（增訂版）

郭寶亮　著

作者簡介

郭寶亮，河北邢臺人。先後在北京師範大學中文系獲文學碩士和博士學位。現爲河北師範大學文學院教授、博士生導師。中國作家協會會員，河北省作家協會理事，中國當代文學研究會理事，中國小說學會常務理事，第八屆茅盾文學獎評委等。曾在《文學評論》、《文藝研究》、《文藝爭鳴》、《當代作家評論》等重要報刊雜誌發表學術論文 130 餘篇，出版專著 5 部，參與寫作多部。主持國家社科基金項目 1 項，獲省部級獎勵多項。

提　　要

　　本書是一部從文體學的視野和方法研究王蒙小說的學術專著。分別從「王蒙小說的語言及其功能」、「王蒙小說的敘述個性」、「王蒙小說的體式特徵」、「王蒙小說文體的語境（心理層面和社會文化層面）」等幾個方面，探討王蒙小說在文體形式上的特徵，進而分析這種特徵所折射出的作家創作心理以及特定的文化精神和文化語境。本書認爲，王蒙的小說是一種「雜體（立體）」小說。王蒙小說文體之所以會呈現出雜體化立體化特色，是王蒙身份認同與文化心理中的巨大矛盾決定的。同時轉型期時代社會文化的巨大矛盾，決定並制約著王蒙的文體形式。文體是一種話語權力，文體的變化印證著話語權力不斷盛衰更迭的歷史。而從文體自身的發展史來看，王蒙文體的形成是建立在「五四文體」與「趙樹理文體」基礎之上的。王蒙在八、九十年代的文體創新是在糾正了以上兩種文體的雙向缺陷之後，雜糅整合了它們以及眾多的文體形式而形成的一種新的文體即雜體小說或立體小說。「雜多的統一」是這種小說的美學原則。

世界知識、地方知識與人民共和國文學研究

李 怡

　　無論我們如何估價近 30 年來的中國文學研究成果，都不得不承認這樣一個事實，即當代中國文學研究的發展演變與我們整個知識系統的轉化演進有著密切的聯繫，這種聯繫不僅勾畫了迄今為止我們文學研究的學術走向，而且也將為未來的學術前行提供新的思路。

　　回顧近 30 年來的中國文學研究的知識背景，我們注意到存在一個由「世界知識」與「地方知識」前後流動又交互作用過程。考察分析「知識」系統的這些變動，特別是我們對「知識系統」的認識和依賴方式，將能折射出我們學術發展過程中的值得注意的重要問題，促使我們作出新的自我反省。

一

　　在對人民共和國文學的研究之中，「世界」的知識框架是在新時期的改革開放中搭建起來的。「世界」被假定為一個合理的知識系統的表徵，而「我們」中國固有的闡釋方式是充滿謬誤的，不合理的。新時期當代中國文學的研究是以對「世界」知識的不斷充實和完善為自己的基本依託的，這樣的一個學術過程，在總體上可以說是「走向世界」的過程。「走向世界」代表的是剛剛結束十年內亂的中國急欲融入世界，追趕西方「先進」潮流的渴望。在中國現當代文學研究界乃至中國學術界「走向世界」呼籲的背後，是整個中國社會對衝出自我封閉、邁進當代世界文明的訴求。在全中國「走向世界」的合奏聲中，走向「世界文學」成了新時期中國現代文學研究的「第一推動力」。

在那時，當代中國文學研究是努力以中國之外「世界」的理論視野與方法為基礎的。以國外引進的自然科學的研究方法——「三論」（系統論、信息論、控制論）為起點，經過 1984 年的反思、1985 年的「方法論年」，西方文學理論與批評得到了到最廣泛的介紹和運用，最終從根本上引導了當代中國文學批評的主潮。

人民共和國文學的研究也是以中國之外的「世界」文學的情形為參照對象的，比較文學成為理所當然的最主要的研究方式，比較文學的領域彙集了當代中國文學研究實力強大的學者，中國學術界在此貢獻出了自己最重要的成果。新時期中國學人重提「比較文學」首先是在外國文學研究界，然而卻是在一大批中國現代文學研究者介入，或者說是在中國現代文學研究界將它作為一種「方法」加以引入之後，才得到長足的發展。正如王富仁先生所說：「我們稱之為『新時期』的文學研究，熱熱鬧鬧地搞了 10 多年，各種新理論、新觀念、新方法都『紅』過一陣子。『熱』過一陣子，但『年終結帳』，細細一核算，我認為在這十幾年中紮根紮得最深，基礎奠定得最牢固，發展得最堅實，取得的成就最大的，還是最初『紅』過一陣而後來已被多數人習焉不察的比較文學。」〔註 1〕

這些文學研究設立了以「世界」文學現有發展狀態為自己未來目標的潛在意向，並由此建立著文學批評的價值取向。曾小逸主編《走向世界文學》一書不僅囊括了當時新近湧現、後來成為本學科主力的大多數學者，集中展示了那個時期的主力學者面對「走向世界」這一時代主題的精彩發言，而且還以整整 4 萬 5 千餘字的「導論」充分提煉和發揮了「走向世界文學」的歷史與現實根據，更年輕一代的學人對於馬克思、歌德「世界文學」著名預言的接受，對於「走向世界」這一訴求的認同都與曾小逸的這篇「導論」大有關係。一時間，僅僅局限於中國本身討論問題已經變成了保守封閉的象徵，而只有跨出中國，融入「世界」、追逐「世界」前進的步伐，我們才可能有新的未來。

進入 1990 年來之後，我們重新質疑了這樣將「中國」自絕於「世界」之外的思想方式，更質疑了以「西方」為「世界」，並且迷信「世界」永遠「進化」的觀念。然而，無論我們後來的質疑具有多少的合理性，都不得不承認，

〔註 1〕王富仁：《關於中國的比較文學》，見王富仁《說說我自己》125 頁，福建人民出版社 2000 年。

一個或許充滿認知謬誤的「世界」概念與知識，恰恰最大限度地打破了我們思維閉鎖，讓我們在一個全新的架構中來理解我們的生存環境與生命遭遇。這就如同 100 多年前，中國近代知識分子重啓「世界」的概念，第一次獲得新的「世界」的知識那樣。「世界」一詞，本源自佛經。《楞嚴經》云：「世爲遷流，界爲方位。」也就是說，「世」爲時間，「界」爲空間，在中國文化的漫長歲月裏，除了參禪論道，「世界」一詞並沒有成爲中國知識分子描述他們現實感受的普遍用語。不過，在近代日本，「世界」卻已經成爲了知識分子描述其地理空間感受的新語句，當時中國的知識分子在談及其日本見聞的時候，也就便將「世界」引入文中，例如王韜的《扶桑遊記》，黃遵憲的《日本國志》，20 世紀初，留日中國知識分子掀起了日書中譯的高潮，其中，地理學方面的著作占了相當的數量，「大部分地理學譯著的原本也是來自日本」。〔註2〕隨著中國留學生陸續譯出的《世界地理》、《世界地理誌》等著作的廣泛傳播，「世界」也才成爲了整個中國知識界的基本語彙。世界，這是一個沒有中心的空間概念。

「世界」一詞回傳中國、成爲近現代中國基本語彙的過程，也是中國知識分子認知現實的基本框架——地理空間觀念發生巨大改變的過程：我們所生存的這個世界並非如我們想像的那樣以中國爲中心。是的，在 100 年前，正是中國中心的破滅，才誕生了一個更完整的「世界」空間的概念，才有了引進「非中國」的「世界」知識的必要，儘管「中國」與「世界」在概念與知識上被作了如此不盡合理「分裂」，但「分裂」的結果卻是對盲目的自大的終結，是對我們認識能力的極大的擴展。這，大概不能被我們輕易否定。

二

1990 年代以後人們憂慮的在於：這些以西方化的「世界」知識爲基礎的思想方式會在多大的程度上壓抑和遮蔽了我們的「民族」文化與「本土」特色？我們是否就會在不斷的「世界化」追逐中淪落爲西方「文化殖民」的對象？

其實，100 餘年前，「世界」知識進入中國知識界的過程已經告訴我們了一個重要事實：所謂外來的（西方的）「世界」知識的豐富過程同時伴隨著自我意識的發展壯大過程，而就是在這樣的時候，本土的、地方的知識恰恰也

〔註 2〕鄒振環：《晚清西方地理學在中國》244 頁，上海古籍出版社 2000 年版。

獲得了生長的可能。

　　100 餘年前的留日中國學生在獲得「世界」知識的同時，也升起了強烈「鄉土關懷」。本土經驗的挖掘、「地方知識」的建構與「世界」知識的引入一樣的令人矚目。他們紛紛創辦了反映其新思想的雜誌，絕大多數均以各自的家鄉命名，《湖北學生界》、《直說》、《浙江潮》、《江蘇》、《洞庭波》、《鵑聲》、《豫報》、《雲南》、《晉乘》、《關隴》、《江西》、《四川》、《滇話》、《河南》……這些本土的所在，似乎更能承載他們各自思想的運動。在這些以「地方性」命名的思想表達中，在這些收錄了各種地域時政報告與故土憂思的雜誌上，已經沒有了傳統士人的纏綿鄉愁，倒是充滿了重審鄉土空間的冷峻、重估鄉土價值的理性以及突破既有空間束縛的激情，當留日中國知識分子紛紛選擇這些地域性的名目作為自己的文字空間之時，我們所看到的分明是一次次的精神的「還鄉」。他們在精神上重返自己原初的生存世界，以新的目光審視它，以新的理性剖析它，又以新的熱情激活它。

　　出於對普遍主義與本質主義的批判立場，美國著名的文化人類學家克利福德‧格爾茲教授（Clifford Geertz）提出了「地方性知識」這一概念，在他的《地方性知識》一書中有過深刻的表述。「所謂的地方性知識，不是指任何特定的、具有地方特徵的知識，而是一種新型的知識觀念。而且地方性或者說局域性也不僅是在特定的地域意義上說的，它還涉及到在知識的生成與辯護中所形成的特定的情境，包括由特定的歷史條件所形成的文化與亞文化群體的價值觀，由特定的利益關係所決定的立場、視域等。」它要求「我們對知識的考察與其關注普遍的準則，不如著眼於如何形成知識的具體的情境條件。」〔註3〕作為後現代主義時代的思想家，克利福德‧格爾茲強調的是那種有別於統一性、客觀性和真理的絕對性的知識創造與知識批判。雖然我們沒有必要用這樣的論述來比附百年前中國知識分子的「地方意識」的萌發，但是，在對西方現代化的物質主義保持批判性立場中討論中國「問題」，這卻是像魯迅這樣知識分子的基本選擇，當近現代中國知識分子提出諸多的地方「問題」之時，他們當然不是僅僅為了展示自己的地方「獨特性」，而是表達自己所領悟和思考著的一種由特定區域與「特定的歷史條件」所決定的價值追求。而任何一個不帶偏見地閱讀了中國現代文學作品的人都可以發現，這些價值追求既不是西方文化的簡單翻版，也不是地方歷史的簡單堆積，它們屬於一

〔註 3〕 盛曉明：《地方性知識的構造》，《哲學研究》2000 年 12 期。

種建構中的「新型的知識觀念」。

所以我認為，近代中國知識分子這種依託地方生存感受與鄉土時政經驗的思想表達分明不能被我們簡單視作是「外來」知識的移植和模仿，更不屬於所謂「文化殖民」的內容。

同樣，在新時期的當代中國文學批評中，在重點展示西方文學批評方法的「方法熱」之同時，也出現了「文化尋根」，雖然後來的我們對這樣的「尋根」還有諸多的不滿；1990 年代以降，文學與區域文化的關係更成為了文學研究的重要走向。竭力倡導「走向世界」的現代學人同樣沒有忽視中國文學研究的地方資源問題，在「後現代主義」質疑「現代性」、後殖民主義批判理論質疑西方文化霸權的中國影響之前，他們就理所當然地發掘著「地方性」的獨特價值，1989 年的中國現代文學研究會蘇州年會就以「中國現代作家與吳越文化」議題之一，在學者看來：「20 世紀中國新文學是在西方近代文學的啟迪下興起的。但就具體作家而言，往往同時也接受著包括區域文化在內的中國傳統文化的影響——有時是潛移默化的濡染，有時則是相當自覺的追求。」〔註4〕為 20 在中國當代批評家的眼中，引入「地方性」視野既是一種「豐富」，也是一種「尊嚴」，正如學者樊星所概括的那樣：「在談論『中國文化』、『中國民族性』、『中國文學的民族特色』這些話題時，我們便不會再迷失在空論的雲霧中——因為絢麗多彩的地域文化給了我們無比豐富的啟迪。」「當現代化大潮正在沖刷著傳統文化的記憶時，文學卻捍衛著記憶的尊嚴。」〔註5〕在這裏，「地方性」背景已經成為中國學者自覺反思「現代化大潮」的參照。

三

重要的在於，「世界知識」與「地方知識」完全可以擺脫「二元對立」的狀態，而呈現出彼此激發、相互支撐的關係，中國文學從晚清到人民共和國的演化就說明了這一點。

在「世界知識」與「地方知識」相互支持的關係構架中，起關鍵性作用的是中國知識分子的自我意識的成長。對於文學批評而言，自我意識的飽滿

〔註 4〕嚴家炎：《二十世紀中國文學與區域文化叢書‧總序》，《二十世紀中國文學與區域文化叢書》，湖南教育出版社 1995 年版。

〔註 5〕樊星：《當代文學與地域文化》21 頁，華中師範大學出版社 1997 年版。

和發展是我們發現和提煉全新的藝術感受的基礎，只有善於發現和提煉新的藝術感受的文學批評才能推動人類精神的總體成長，才能促進人生價值新的挖掘和發揚。在我們辨別種種「知識」的姓「西」姓「中」或者「外來」與「本土」之前，更重要是考察這些中國知識分子是否將獨立人格、自由意志與人的主體性作爲了自覺的追求，換句話說，在「知識」上將「世界」與「本土」暫時「割裂」並不要緊，引進某些「外來」的偏激「觀念」也不要緊，重要的在於在這樣的一個過程當中，作爲知識創造者的我們是否獲得了自我精神的豐富與成長，或者說自我精神的成長是否成爲了一種更自覺的追求，如果這一切得以完成，那麼未來的新的「知識」的創造便是盡可期待的，從「世界知識」的引入到「地方知識」的重新創造，也自然屬於題中之義，而且這樣的「地方知識」理所當然也就不是封閉的而是開放的。

從「世界知識」的看似偏頗的輸入到「地方知識」的開放式生長，這樣的過程原本沒有矛盾，因爲知識主體的自我意識被開發了，自我創造的活性被激發了。

在晚清以來中國的思想演變中，浸潤於日本「世界知識」的魯迅提出的是「入於自識，趣於我執，剛愎主己」，即返回到人的自我意識。〔註6〕

在1980年代，不無偏頗的「方法熱」催生了文學「主體性」的命題：「我們強調主體性，就是強調人的能動性，強調人的意志、能力、創造性，強調人的力量，強調主體結構在歷史運動中的地位和價值。」〔註7〕雖然那場討論尚不及深入展開。

過於重視「知識」本身的辨別和分析，極大地忽略了「知識」流變背後人的精神形態的更重要的改變，這樣我們常常陷入中/外、東/西、西方/本土的無休止的糾纏爭論當中，恰恰包括中國文學批評家在內的現代知識分子的精神創造過程並沒有得到更仔細更具有耐性的觀察和有說服力量的闡釋，其精神創造的成果沒有得到足夠的總結，其所遭遇的困難和問題也沒有得到深入細緻的分析。

在這個意義上，我們也可以認爲，現當代中國文學研究與「世界知識」、「地方知識」的關係又屬於一種獨特的「依託——超越」的關係，也就是說，

〔註6〕 魯迅：《文化偏至論》，《魯迅全集》1卷50頁，人民文學出版社1981年版。
〔註7〕 劉再復：《論文學的主體性》，《文學主體性論爭集》3頁，紅旗出版社 1986年版。

我們的一切精神創造活動都不能不是以「知識」為背景的，是新知識的輸入激活了我們創造的可能，但文學作為一種更複雜更細微的精神現象，特別是它充滿變幻的生長「過程」，卻又不是理性的穩定的「知識」系統所能夠完全解釋的，對於文學創作與文學研究的考察描述，既要能夠「知識考古」，又要善於「感性超越」，既要有「知識學」的理性，又要有「生命體驗」激情，作為文學的學術研究，則更需要有對這些不規則、不穩定、充滿偏頗的「感性」與「激情」的理解力與闡釋力。

人類不僅是邏輯的知性的存在物，也是信仰的存在物，是充滿感性衝動與生命體驗的複雜存在。

自晚清、民國到人民共和國，中國文學現象的發生發展，不僅是與新「知識」的輸入與傳播有關，更與「知識」的流轉，與中國知識分子對「知識」的「理解」有關。我們今天考察這樣一段歷史，不僅僅需要清理這些客觀的知識本身，更要分析和追蹤這些「知識」的演化過程，挖掘作為「主體」的中國知識分子對這些「知識」的特殊感受、領悟與修改，換句話說，我們今天更需要的不是對影響中國文學這些的「中外知識」的知識論式的理解，而是釐清種種的「知識」與現代中國人特殊生存的複雜關係，以及中國知識分子作為創造主體的種種心態、體驗與審美活動，所謂的「知識」也不單是客觀不變的，它本身也必須重新加以複述，加以「考古」的觀察。這就是我們著力強調「民國歷史文化」、「人民共和國文化」之於文學獨特意義的緣由。

所有這些歷史與文學的相互對話，當然都不斷提醒我們特別注意中國知識分子的自由感受、自我生成著精神世界，正如康德對文藝活動中自由「精神」意義的描述那樣：「精神(靈魂)在審美的意義裏就是那心意付予對象以生存的原理。而這原理所憑藉來使心靈生動的，即它為此目的所運用的素材，把心意諸和合目的地推入躍動之中，這就是推入那樣一種自由活動，這活動由自身持續著並加強著心意諸力」〔註8〕

〔註8〕康德：《判斷力批判》上卷第 159～160 頁，宗白華譯，商務印書館 1964 年版。

序　言

童慶炳

　　去年 5 月 14 日，郭寶亮的博士學位論文《王蒙小說文體研究》，在經過了有關專家的匿名評審後，經過了以嚴家炎教授爲主席的答辯委員會的嚴格的質詢諸程序後，以優秀博士學位論文順利通過答辯。這是近幾年來令我感到比較高興的事。爲什麼這樣說呢？因爲郭寶亮的博士論文實踐了北師大文藝學學科點的一個學術理想，這一學術理想就是「文化詩學」的學術思路。郭寶亮的博士論文是從王蒙作品的形式切入，特別是從王蒙小說的語言形式切入來展開論述，對王蒙小說語言體式做了很多獨到的分析，這裡面的確有他自己的發現，是前人沒有做到的，甚至連王蒙自己也感到，從這樣一個角度來分析和解讀他的作品，以前還從沒有人做過。郭寶亮在論文中提出的王蒙作品中反思疑問句、反諷性語言、并置式語言和閒筆，以及其語言由封閉到開放的歷時性描述，都很精彩，很有新意，也很難得的。郭寶亮的論文從王蒙的語言體式進而擴大到對王蒙的敘述個性分析，擴大到王蒙文本體式特徵的分析，都是很準確的。但是郭寶亮的論文並沒有在此止步，而是透過王蒙小說的外在形式進入到王蒙複雜豐富的內心世界中去，對王蒙小說文體所折射出的情感世界和文化心態，進行了流動性的描述和深刻分析。最後，郭寶亮的論文又將王蒙的小說文體放置在王蒙所生活的宏觀的文化語境中，對王蒙的小說文體所體現出來的文化精神進行了很有說服力的論述。論文這個構思很好，先從形式分析進入到文化結構方式的分析，眞正打通了形式與內容、內部研究與外部研究的界限，實現了方法論的突破。

　　郭寶亮的博士論文最爲可貴之處在於，他不是從觀念出發，從現成的某種理論框架出發，就像時下許多碩士生博士生論文的寫法那樣，先找到一個

西方理論的視野和框架，然後再用這一理論視野和框架來套作家作品，從而把鮮活生動的作家作品剪裁得支離破碎，作家作品不過成為某種西方理論的印證材料。郭寶亮在撰寫他的論文的時候，是從王蒙的作品實際出發，他閱讀了王蒙迄今為止發表的全部作品，看作品的哪些地方打動了他，哪些地方對他有啟示，哪些地方他未料想到，總之，他是從這種感性的具體的感受進入，最後才作出理論概括。他走的不是那種以現有理論來套作品的省勁的路，而是一條充滿艱苦的路。這樣一條路，使他能夠真正進入到作品中去，進入到王蒙的內心情感世界中去，最後又能出來，概括出一種新鮮的東西。比如論文中所提出的「反思疑問句」、「亞對話」、「後講述」等等都是具有重要理論價值的。正如答辯委員會決議上說的，郭寶亮的博士論文「對王蒙的研究作了新的開拓和新的推進，具有很高的理論意義和現實價值。」總之，郭寶亮的論文很好地實踐了北師大學科點的「文化詩學」的理論構想，這是很令人振奮的。「文化詩學」的理論構想提出來已經多年了，但始終停留在議論的、設想的層面上，而把這一理論設想運用到對具體的作家作品的研究和解讀層面，並沒有真正實現。郭寶亮的論文把這一設想變成了現實，所以是令人振奮的。

　　「文化詩學」的基本思路是否可以概括為「從文本中來到文化中去」？從 1998 年以來，我在多篇文章中都曾對「文化詩學」進行過論述。「文化詩學」的基本訴求是通過對文學文本和文學現象的解析，提倡深度的積極的精神文化，提倡人文關懷，提倡詩意的追求，批判社會文化中一切淺薄的俗氣的不顧廉恥的醜惡的和反文化的東西。這就是我們提倡「文化詩學」的現實根由，也可以說是「文化詩學」的首要的旨趣。隨著我們國家經濟的迅速發展，商業主義開始流行。於是「拜物主義」、「拜金主義」成為時髦。本來，物質、金錢都是好東西，因此物質生產的發展和經濟成果的豐盈，是我們求之不得的；我們決不願回到那種缺吃少穿的日子去；但是再好的東西，如物質、金錢，一旦成為一種「主義」，就會讓我們的精神感到壓抑和不安。事情難道不是這樣嗎？在這種情況下，作為人文知識分子能做什麼呢？我們不是政治官員，不是社會學家，不是經濟學家，不是企業家，我們文學批評似乎不能整天高喊這個「主義」那個「主義」。文學理論與批評離不開「詩情畫意」，我們必須是在「詩情畫意」的前提下來關懷現實。那麼我們所講的「詩情畫意」的前提是指什麼呢？這就是文本及其語言。

　　我理解的文學有三個向度，這第一就是語言，第二就是審美，第三就是文化。文學作爲語言的藝術，語言就是文學作品身軀、血肉，語言在文學作品中具有本體地位的看法，是有道理的。但語言如果是乾巴巴的，如果不能滲透出一種氣氛一種情調一種韻律一種色澤，總之是一種情趣，那麼，這樣的語言還不能構成文學，所以文學的進一步的要求，就是它「詩情畫意」的品質。用學術化的語言來說，「詩情畫意」就是「審美」，「審美」是人的一種情感的評價，但又不僅僅是好看、好聽這種表層的漂亮、悅耳，而是一種心靈瞬間的自由和精神的昇華和超越。具有情趣所描繪的具有詩情畫意的文學世界，又必然會滲透出某種文化精神來。當然，這種文化精神可能會有時代的、地域的、群體的、個體的，或者是哲學的、歷史的、道德的、民俗的差異等等。語言——審美——文化，這三個向度是文學不可分割的有機整體。文化詩學的旨趣寓含在文學的語言向度、審美向度和文化向度中。「文化詩學」的構思就是要全面關注這三個向度，從文本的語言切入，揭示文本的詩情畫意，挖掘出某種健康、積極的文化精神，用以回應現實文化的挑戰或彌補現實文化精神的缺失或糾正現實文化的失範。

　　有人問我，你們提倡的文化詩學，是否與目前流行的「文化研究」有關？當然有關，但又不同。對於文化研究我在肯定它的同時，也抱著一種懷疑精神。我覺得，西方文化研究基本上是政治性的、社會性的，它的目標是政治參與，因爲它的最基本的概念就那麼幾種，不外是階級、族群、性別，因此，他們提倡的就那麼幾種主義：後殖民主義、女權主義、東方主義等等。這些主義實際上與文學的關係並不大。當然，文化批評也經常分析作品，但他們關心的只是作品中的思想觀念，他們用這種思想觀念來印證他們的「主義」，並不關心作品藝術品質。因此，藝術品質很差的但只要對他們適用的作品被經常引用，而藝術品質很高而不適合他們觀念的作品則棄之不顧。用美國一位學者的話說，文化研究在整體上說是「反詩意」的。因此，他們從來不說他們自己是屬於哪個學科的。他們認爲文化研究是不能定位的，是跨學科的。然而在中國搞文化研究的恰恰是文藝學的教授，他們要給文化研究定一個學科位置，就是要把文化研究定位在文藝學學科中，並用文化研究取代文藝學原有的研究。我一直認爲，文藝學研究應該吸收文化研究的方法和視野，但文藝學研究是要講究詩意的，這同文化研究是不同的。我從來都主張，文學理論建設不應該一陣子搞這個，一陣子又搞那個，一陣子提倡審美了就專講

審美，其他不管了；一陣子講「語言論轉向」了又把「審美」丟掉了；一陣子又搞什麼「文化論轉向」了，就又把審美、語言全丟了。文學理論建設是一個不斷累積的過程，是幾十年甚至是幾百年的累積性的過程。那些被歷史證明是好的、行之有效的東西，得到大家公認的東西，都應該累積下來。文化詩學的理論構想就是一種累積的成果，它要吸收過去詩學研究的成果，然後再加以綜合、開拓和發展。這樣的理論是在建構中完成的，不是今天打倒這個，明天打倒那個。實際上，西方的理論也是累積性的，在英美四、五十年代「新批評」作爲一種對作品的細讀方法，在他們那裡已經作爲一種學術慣例，不論後來提出什麼新的理論，「新批評」的方法不言自明地被累積到其中了。

　　郭寶亮的論文不僅給我們以方法論的啓示，而且還有他對中國當代作家所表現出來的深刻理解。這也許跟他的經歷有關，也肯定與他的艱苦的治學精神有關。在他的博士論文出版之際，我衷心祝願他的成功，並希望他寫出更多更好的著作來。

2005 年 10 月 1 日

目

次

導言：問題的提出

　　站在新世紀的門檻，回眸上個世紀下半葉共和國文學史，還沒有哪一位作家能像王蒙這樣具有如此長久和旺盛的創作熱情。他從 19 歲創作《青春萬歲》開始，迄今已有五十年的寫作歷史了。在這風風雨雨、坎坎坷坷的創作生涯中，王蒙已經爲我們貢獻出了 1000 餘萬字的文學作品，出版 150 餘部作品集，並被譯成 20 多種外國文字在世界各地出版。〔註1〕他不僅在小說創作上成就卓著，而且在散文、雜文、新體詩、舊體詩乃至文學批評、學術研究諸多領域均有不凡的建樹，他以其卓越的創作實績成爲當代文壇上一個不容忽視的存在。

　　然而，王蒙的意義不僅僅局限於文學本身。他是共和國文學乃至文化的晴雨錶，王蒙的遭遇正是新中國文學的遭遇；由他所引發的種種批判和爭議，正是當代中國文化的一個縮影；通過王蒙我們甚至可以探究共和國一代知識分子寫作的內在奧秘。可見，王蒙實質上已經成爲一種現象，一個亟待解剖也頗值解剖的個案。

　　但是，對於這樣一個重要的作家，目前我們的研究仍處在拓荒階段。儘管評論與研究王蒙的文章和專著很多，〔註2〕然而與王蒙所取得的重大成就以及他在當代文學史和文化史上的重要地位相比，仍顯得不盡如人意。不過，王蒙的確是一個不好把握、不好研究的作家。他的作品思想內容上的龐雜繁

〔註1〕 參見曹玉如編《〈王蒙年譜〉後記》，中國海洋大學出版社，2003 年 9 月第 1 版，第 354 頁。

〔註2〕 據不完全統計，從 1956 年到 2003 年 9 月，國內公開出版的評介、研究王蒙的文章著作共計 776 篇（部）其中包括專著 5 部。此統計筆者也參考了曹玉如女士和丁玉柱先生的有關材料，在此一併致以謝忱。

蕪，他在藝術上的閃轉騰挪的機智變通，他的超出於常人的廣泛領域的涉獵，以及他的超常的智慧，都使他顯出了不同於一般作家的複雜性。王蒙是難於窮盡的。對此王蒙也曾不無得意地聲稱自己是一隻「得意的蝴蝶」：「你扣住我的頭，卻扣不住腰。你扣住腿，卻抓不住翅膀。你永遠不會像我一樣地知道王蒙是誰。」〔註3〕在這裡，王蒙所言不一定就是全然正確的，最瞭解王蒙的也不見得就是王蒙自己，俗云「旁觀者清」，是之謂也。不過，王蒙所說的這種批評現象的確是存在的。當然任何批評都是一種看問題的角度，而這種角度實質上是一種方法論。由於批評方法的陳舊和單一，因而對王蒙的研究才出現了一定程度的滯後。那麼，目前對王蒙的研究現狀究竟如何呢？本導言試圖對其進行一番簡單的梳理。

目前，王蒙研究仍處於進行時狀態，從研究形態看，可以分為兩類：一類是對單篇作品的評論和研究；一類是整體研究，整體研究又分為小階段整體研究和大階段整體研究。下面我主要以整體研究為主，兼顧單篇作品研究，試圖梳理出王蒙研究的幾種基本思路。〔註4〕

思路一

從傳統的知人論世的社會學批評方法出發，以主題學的角度切入，主要研究王蒙小說的思想意識。這一類著作和文章最多，比較有代表性的是曾鎮南的《王蒙論》。〔註5〕這部書稿出版於 1987 年，是對二十世紀八十年代中期以前王蒙作品的一次較為全面的總體研究。論著緊扣作品，重點分析了王蒙小說中的惶惑主題、歷史報應主題、文化批判主題、幽默諷刺主題、愛情主題、死亡主題等。論者分析細緻，感覺敏銳，有不少精到的見解，但由於方法比較陳舊，很多問題淺嘗輒止，未能深入下去。比如惶惑主題，這實際上是作家心理的深層矛盾的體現，是知識分子的現代性體驗在心靈深處的反應。不涉及現代知識分子文化精神結構的剖析是難於深入下去的。再比如歷史報應主題，背後的基本心態是王蒙對存在荒誕性的體驗等等。由此看來，

〔註3〕 王蒙：《蝴蝶為什麼得意》，《王蒙文集》第八卷，華藝出版社，1993 年 12 月第 1 版，第 705 頁。

〔註4〕 這種梳理不是對王蒙研究和評論的全面梳理，而是有選擇性的，因此，有許多對王蒙的評論和研究文章難于歸類。這並不等於說這些文章不重要，而是與我的側重點不同而已。

〔註5〕 曾鎮南：《王蒙論》，中國社會科學出版社，1987 年 11 月第 1 版。

曾鎮南缺少的正是方法論上的更新問題。另外，該作由於追求一種散文化的風格，因而在結構上缺少統一的靈魂，現出一種零碎感來。此外，論著離作品太近，感悟印象多，理論昇華少，也減弱了論著的必要的深度。

夏冠洲的《用筆思考的作家——王蒙》，〔註6〕亦是用的這種知人論世的社會學批評方法。論著分為作家論和作品論，在作家論中，夏冠洲提出王蒙的「戀疆情結」對其創作的影響的觀點是有一定的價值的；作品論部分基本上是主題思想人物形象的闡釋，有些觀點雖然有自己的體悟，甚至亦很精彩，但在整體上顯得比較平平，正像何西來在序言裏說的：「作者的理性穿透力和理論抽象力、概括力，在個別較勁的地方上不去，顯得力弱」。這一說法是比較公允的。另外丁玉柱的《王蒙的生活和文學道路》〔註7〕一書以及其他同類文章，也基本屬於這一類，在王蒙研究上做出了自己的貢獻，但並無重大突破。

思路二

創作心理批評。有代表性的文章有李廣倉的《焦慮與遊戲——王蒙創作心理闡釋》，〔註8〕孫郁《王蒙：從純粹到雜色》，〔註9〕童慶炳《歷史緯度與語言緯度的雙重勝利》，〔註10〕吳亮《王蒙小說思想漫評》，〔註11〕張鍾《王蒙現象探討》，〔註12〕南帆《革命、浪漫與凡俗》，〔註13〕郜元寶《說出複雜性——談〈躊躇的季節〉及其他》〔註14〕等。李廣倉的文章直接從作家創作心理的角度入手，就超越了一般社會學批評的只顧外不顧內的弊端，在方法論上佔了優勢。李文抓住王蒙心理中政治焦慮和語言遊戲這一對矛盾，展開了相當有說服力的論述。作者把王蒙放置在一個廣闊的文化空間，從文本策略與作家個性心理入手，指出了王蒙的政治焦慮是由語言的狂歡來加以釋放

〔註6〕 夏冠洲：《用筆思考的作家——王蒙》，新疆大學出版社，1996年3月第1版。
〔註7〕 丁玉柱：《王蒙的生活和文學道路》，黑龍江教育出版社，1994年版。
〔註8〕 李廣倉：《焦慮與遊戲——王蒙創作心理闡釋》，《鍾山》，1997年第5期。
〔註9〕 孫郁：《王蒙：從純粹到雜色》，《當代作家評論》，1997年第6期。
〔註10〕 童慶炳：《歷史緯度與語言緯度的雙重勝利》，《文藝研究》，2001第4期。
〔註11〕 吳亮：《王蒙小說思想漫評》，《文藝理論研究》，1983年第2期。
〔註12〕 張鍾：《王蒙現象探討》，《文學自由談》，1989年第4期。
〔註13〕 南帆：《革命、浪漫與凡俗》，《文學評論》，2002年第2期。
〔註14〕 郜元寶：《說出「複雜性」——談〈躊躇的季節〉及其他》，《南方文壇》，1997年第6期。

和消解的。不過這篇文章由於篇幅所限，只是抓住王蒙心理矛盾的一個方面，因而顯得單薄了些。孫郁的《王蒙：從純粹到雜色》是一篇出色的作家論，大有王蒙自己所撰評論的風格。孫的眼光忒毒忒透，感悟又忒強，因此對王蒙的把握是很準確的。這實際上是一種心理批評，不過，作者的感悟淹沒了理論，使這篇批評看上去就是一種直感。童慶炳先生的文章是對王蒙「季節系列」四部的評論，所提出的「社會心理模式」以及語言的雜體等觀點，將批評上昇到理論高度，對我的論文寫作具有啓發意義。吳亮的文章寫於二十世紀八十年代初，該文對王蒙思想中的矛盾的發現，是比較敏銳的。不足是寫的比較早，且一帶而過，未能展開。張鍾的文章通過對王蒙的心理分析，提出王蒙在變動不居中的穩定心理結構，即「少共情結」，這種情結使王蒙在創新上難於走得太遠。這一看法有一定的道理，也是一種普遍的觀點。二十世紀八十年代初，李子雲在給王蒙的通信中就提出過，但王蒙曾加以否定，〔註15〕現在看起來，這種提法的確有把王蒙簡單化的傾向，難道一個「少共情結」就能把複雜的王蒙概括了嗎？況且，該文發表於 1989 年，如果說對二十世紀八十年代初期的王蒙還有一定的概括力的話，那麼，二十世紀九十年代的王蒙肯定不能如此簡單地框定。許多人一提王蒙就認爲王蒙有「少共情結」，這實在是以偏概全的簡單化、想當然的認識。南帆的文章也是就「四個季節」系列小說發言的。所用方法實質上介於心理批評與文化社會學批評之間，文章緊扣作品，對「季節系列」中的「革命、浪漫、凡俗」等幾個關鍵詞進行了梳理，得出了王蒙由浪漫到凡俗的轉折的結論。

思路三

純文化批評。代表性作品有：吳炫的《作爲文化現象的王蒙》，〔註16〕陶東風《從「王蒙現象」談到文化價值的建構》等。〔註17〕吳炫的文章就「王蒙式的忠誠」、「王蒙式的批判」、「王蒙式的創新」等幾個方面展開論述，認爲，王蒙式的忠誠是一種民族文化的積澱，在這一積澱中，理想信念與我們每個個體的關係就永遠是母親與兒子的關係，這是一種非理性的行爲；王蒙

〔註15〕參看王蒙：《關於創作的通信　附：李子雲致王蒙信》，《王蒙文集》第七卷，華藝出版社，1993 年 12 月版，第 628 頁。
〔註16〕吳炫：《作爲文化現象的王蒙》，《當代作家評論》，1989 年第 2 期。
〔註17〕陶東風：《從「王蒙現象」談到文化價值的建構》，《文藝爭鳴》，1995 年第 3 期。

式的批判是一種肯定性的批判，這種批判帶有一定的超脫性；王蒙式的創新是方法論上的，因而更多的是一種把玩和裝飾。陶東風的文章是聲援王蒙的。王彬彬的《過於聰明的中國作家》〔註18〕直指王蒙，陶文爲王蒙鳴冤叫屈，認爲王彬彬的指責是不全面的。陶文認爲，王蒙與王朔是不同的，王蒙強烈的政治情結，使他對「極左」路線始終不能釋懷，他對文化的市場化、商品化的認同，在他「是一種特殊的策略」，從本質上說，「王蒙至今仍是精英群體的一員驍將」。文化批評的優點是注意了作家所處的歷史文化語境，因而具有相當的思想穿透力，但它的通病則是忽略了文學的肌理，這是我們應該避免的。

思路四

　　文體學批評。這一類比較有代表性的著作和文章有：汪昊的《王蒙小說語言論》，〔註19〕郜元寶《戲弄和謀殺：追憶烏托邦的一種語言策略——詭論王蒙》，〔註20〕孟悅《語言縫隙造就的敘事——〈致愛麗絲〉〈來勁〉試析》，〔註21〕童慶炳《隱喻與王蒙的雜色》，〔註22〕王一川《王蒙、張煒們的文體革命》，〔註23〕另見王一川的《漢語形象美學引論》第五章「異物重組——立體語言」，〔註24〕于根元、劉一玲《王蒙小說語言研究》，〔註25〕南帆《語言的戲弄與語言的異化》〔註26〕等。

　　汪昊的《王蒙小說語言論》是一部從文學語言學角度來研究王蒙小說語言的專著。該著吸收了新批評、結構主義語言學等西方文論的方法，從總論、外論和內論三個方面，展開對王蒙小說語言的分析。總論是總體印象，是語言的外在結構層次，外論和內論則是語言的深層結構。他所研究的對象是：

〔註18〕王彬彬：《過於聰明的中國作家》，《文藝爭鳴》，1994年第6期。
〔註19〕汪昊：《王蒙小說語言論》，花山文藝出版社，1998年版。
〔註20〕郜元寶：《戲弄和謀殺：追憶烏托邦的一種語言策略——詭論王蒙》，《作家》，1994年第2期。
〔註21〕孟悅：《語言縫隙造就的敘事——〈致愛麗絲〉〈來勁〉試析》，《當代作家評論》，1988年第2期。
〔註22〕童慶炳：《隱喻與王蒙的雜色》，《文學自由談》，1997年第5期。
〔註23〕王一川：《王蒙、張煒們的文體革命》，《文學自由談》，1996年第3期。
〔註24〕王一川：《漢語形象美學引論》，廣東人民出版社，1999年9月版。
〔註25〕于根元、劉一玲：《王蒙小說語言研究》，大連出版社，1989年版。
〔註26〕南帆：《語言的戲弄與語言的異化》，《文藝研究》，1989年第1期。

「王蒙小說藝術世界中的各類語言形式（形態），語言的結構，創作主體運用和組織語言的手段，以及這一切所涵蓋所揭示的審美效應——小說語言美學的意義。」〔註27〕這部著作的貢獻就在於它從語言的角度研究文學，可以說是真正抓住了文學研究的關鍵，但是，這部著作的最大的不足則是沒有把語言研究同王蒙小說的文化含蘊貫通起來，帶有為修辭而修辭的意味，儘管作者注意到了新批評的純文本的不足，但作者只是限於審美，仍然有純形式之嫌。況且，作者在運用西方理論時，由於不夠活化，仍使論述顯得生硬有餘，靈活不足。

郜元寶的論文雖然是從語言入手的，但不是純粹語言學的研究，而是意識形態的。郜文認為王蒙的語言是通過對一元化烏托邦語言的戲仿、模擬，進而達到對其拆解、顛覆的目的，其論述給人不少的啟發，但郜文也有絕對化之嫌。

孟悅的文章，是從結構主義敘事學以及意識形態批評來研究王蒙的兩篇先鋒小說，立論新穎，亮人耳目。文章首先從「主語與主體位置」入手，分析了王蒙的《致愛麗絲》、《來勁》兩篇小說在主語位置上的反「常規」行為，以及由此所導致的主體的不確定性和匱乏問題；接著作者又從「謂語，文化象徵」方面分析了由於「主人公的缺失」所導致的謂語的反故事性敘述，進而指出「這種反故事敘述卻又包含著一個象喻性的故事，講的是人在文化中的處境，是人與文化的複雜關係。」〔註28〕第三部分，作者從「賓詞，敘事過程」進一步展開了對這兩篇小說所指涉的賓詞即客體，是一種「社會象徵行為」，作者指出：「它們實際上可以說是以顛覆某些語言規則的方式，象喻著曾占主宰地位的某一意識形態概念體系的崩潰坍塌。更確切地說，這兩篇小說與其說顛覆了語言關係，不如說（象徵性地）破壞了那一形而上學地看待主體、看待主體間、主客體、主體與文化關係的觀念體系，象徵性地破壞了與其相伴生的小說觀（人物觀、情節觀、敘述觀）審美感知力和藝術慣例，象徵性地破壞了某種久已穩固的秩序化了的文化心理結構。」〔註29〕這種由形式到文化的分析方法是極富啟發性的。

〔註27〕汪昊：《王蒙小說語言論》，花山文藝出版社，1998年版，第58頁。

〔註28〕孟悅：《語言縫隙造就的敘事——〈致愛麗絲〉〈來勁〉試析》，《當代作家評論》，1988年第2期。

〔註29〕孟悅：《語言縫隙造就的敘事——〈致愛麗絲〉〈來勁〉試析》，《當代作家評論》，1988年第2期。

　　童慶炳先生的文章對王蒙小說《雜色》中的隱喻的分析是十分精彩的，隱喻的理論資源顯然來源於西方，但童慶炳先生把它中國化了。在這裡，童慶炳先生對老馬和曹千里的隱喻分析，對草地變化以及河水、狗、蛇等意象的細讀，從而得出了《雜色》的隱喻系統語法的發現。但到此並沒有完，童慶炳先生進而發現了隱喻背後的王蒙的哲學文化觀念，指出：王蒙的隱喻正是他的哲學導言，是對人生相對性的揭示，對事物的變動不居的揭示，並舉一反三，指出了多組二項對立圖示。這種由文體到文化的思路是發人深省的。

　　王一川先生的文章，提出王蒙「季節系列」小說的文體特徵是一種新的文體形式：即有機悲喜劇和擬騷體，所體現出來的反諷效果是騷諷。這一提法是把中西文論相結合的產物，是很有創意的。另外，王一川先生對王蒙語言的研究，提出王蒙語言是一種「立體化語言」的觀點都是很有啓發意義的。于根元、劉一玲的《王蒙小說語言研究》一書，出自專業語言工作者的對文學語言的研究，顯得比較地道，但這種研究仍屬於傳統的語言修辭性研究，並沒有深入到王蒙的整個文化哲學觀念之中。

　　從以上簡單的梳理可以看出，這四種思路各有所長亦各有所短。知人論世的社會學方法、創作心理學的方法以及純文化的方法，雖然能較深入地揭示王蒙創作的思想內涵和心理機制，但卻不同程度地忽視了王蒙作為文學家的文體意識。王蒙不是哲學家，也不是單純的思想家，他首先是一個文學家、小說家，我們首先關注的不應該是王蒙表現了怎樣的思想，而是這些思想是怎樣表達的。從這個意義上說，文體問題是一種最應該得到重視的研究角度。因此，以上第四種思路就是我所最為讚賞的。當然，以上研究有些還不能說是自覺的文體研究，有些研究還顯得零碎，不夠系統，而有的研究乾脆就是「半截子」文體研究。由於這種種原因，使文體研究只局限於小說的藝術形式，而少有深入形式背後的思想文化及作家心理深層機制的。正是基於此，本文試圖對王蒙的小說文體進行研究，並努力把「半截子」文體進行到底，從而把王蒙小說文體研究引向系統自覺的新階段，同時試圖打破內容與形式二分的舊有批評範式，廣泛吸收語言學、敘事學以及新批評、現象學批評、文化批評等方法，通過對王蒙的研究實踐，嘗試建立一種以文體研究為核心的新的批評範式。

　　那麼，文體與文體學的內涵又是什麼呢？首先我們來看文體（style）這個概念。西方的 style 一詞，在我國一般翻譯成「風格」，但它還有「文體」、

「作風」、「語體」等譯法，而文體是可以包含著風格的，因而翻譯成文體較為妥切。有論者認為：「文體有廣狹兩義，狹義上的文體指文學文體，包括文學語言的藝術性特徵（即有別於普通或實用語言的特徵）、作品的語言特色或表現風格、作者的語言習慣、以及特定創作流派或文學發展階段的語言風格等。廣義上的文體指一種語言中的各種語言變體……」〔註30〕該論者對文體的理解顯然是來源於西方觀念，把文體理所當然地限定在語言學的範疇。童慶炳先生給文體所下的定義是：「文體是指一定的話語秩序所形成的文本體式，它折射出作家、批評家獨特的精神結構、體驗方式、思維方式和其他社會歷史、文化精神。」〔註31〕這個概念實質上包含著這樣三個層次：文體首先體現為外在的物質化的以語言學為核心的文本體式，其中包括語言樣式、敘述方式、隱喻和象徵系統、功能模式以及風格特徵種種；第二個層次則是通過文本體式折射出來的作家的體驗方式、思維方式與精神結構，它與作家的個性心理緊密相連；第三個層次則又與作家所在的時代社會歷史文化語境相聯繫，體現的是支撐文體的宏大的文化場域。而這後兩個層次就是一定的話語秩序。由此可見，文體絕不是單純的語言體式，而是包含著多種複雜因素的話語秩序。「話語」這一概念，在福柯那裡被界定為「陳述的整體」，「說話的實踐是一個匿名的、歷史的規律的整體。這些規律總是被確立在時間和空間裏，而這些時間和空間又在一定的時間和某些既定的、社會的、經濟的、地理的或者語言等方面確定了陳述功能實施的條件。」〔註32〕據我的理解福柯在這裡所說的「話語」實質上就是對一種歷史整體的意識形態陳述。因此，話語凝結為語言，包含了語言，而語言承載著話語的意識形態功能。質言之，文本體式與話語秩序之間的關係就象形和神之間的關係一樣，沒有前者就沒有後者，同理，沒有後者前者也無從談起。那種把文體限定在語言學範疇中的做法，都是「半截子」文體。由此，我們可以給文體下一個簡短的定義：文體就是話語體式。H・肖在《文學術語詞典》中認為：「文體是將思想納入語詞的方式」。〔註33〕這種說法難免有形式主義之嫌，我們

〔註30〕 申丹：《敘述學與小說文體學研究》，北京大學出版社，2001年5月第二版，第73頁。

〔註31〕 童慶炳：《文體與文體的創造》，雲南人民出版社，1994年5月版，第1頁。

〔註32〕 米歇爾・福柯：《知識考古學》，謝強、馬月譯，三聯書店1998年6月北京第1版，第151頁。

〔註33〕 轉引自陶東風：《文體演變及其文化意味》，雲南人民出版社，1994年5月版，

可以把其加以改造：文體是思想與語詞共在的方式。由於思想與語詞不可分，因此，說語詞就是在說思想，說思想也是在說語詞。故而我這裡的文體研究，實質上是一種從語詞到思想的或者說是從文本到文化的系統工程。從文本中來，到文化中去，就是我的基本方法。

很顯然，文體學就是研究文體的學問。在西方，文體學同敘述學同步成為二十世紀六十年代的顯學。文體學與敘述學既有區別又有重合。文體學是運用現當代語言學理論和方法來研究文體的學科，因而，它隨著語言學的發展而不斷變化。卡特和辛普森對不同的文體學派別提出了自己的劃分，計有：形式文體學、功能文體學、話語文體學、社會歷史／文化文體學、文學文體學、語言學文體學等六種。〔註34〕這些不同派別的劃分，是根據不同派別所採用的不同語言學模式而得出的。韓禮德的系統功能文體學所提出的「相關性準則」、「前景化（true foregrounding）」理論以及語言的「元功能」即「概念功能」、「人際功能」、「語篇功能」的分析方法和注重情景語境的傾向，〔註35〕是值得重視的。巴赫金的「複調小說」理論和研究方法實際上也可以看作是一種文體學研究。英國文體學家伯頓開創的社會歷史／文化文體學把文體（語言）視為一種意識形態和權力關係的載體的觀點也是頗有啓發意義的。另外，童慶炳先生、王一川先生、陶東風先生的有關文體學的理論和方法，都對我的研究具有方法論上的指導意義。因此，我這裡的文體學，不是照搬任何一種文體學模式，而是盡可能吸收各種有益成分，構成一種綜合性的文體學研究。

我的問題是這樣提出來的：從文體學的角度研究王蒙，儘管只是眾多研究方法之一種，但卻是最直接最重要的一種。我一直認為，王蒙留給文學史的重要貢獻也許是多種多樣的，但他留給文學史的最重要的貢獻之一一定是在文體上的創新。早在二十世紀八十年代初，王蒙就以《夜的眼》、《春之聲》、《海的夢》、《風箏飄帶》、《布禮》、《蝴蝶》等號稱「集束手榴彈」的小說文體創新，震動了文壇，在此王蒙改寫了小說的傳統模式；之後的《一嚏千嬌》、

第 281 頁。

〔註34〕 參見申丹：《敘述學與小說文體學研究》，北京大學出版社，2001 年 5 月第 2 版，第 74 頁。

〔註35〕 參看申丹：《敘述學與小說文體學研究》，北京大學出版社，2001 年 5 月第 2 版。另參見張德祿：《韓禮德功能文體學理論述評》，《外語教學與研究》，1999 年第 1 期。

《來勁》、《致愛麗絲》等則走得更遠；另外，王蒙的另一類小說如《莫須有事件》、《風息浪止》、《加拿大的月亮》、《堅硬的稀粥》、《球星奇遇記》等小說又開了王朔諸人調侃小說的先河。由此可見，文體意識的自覺是王蒙最突出的特點，說王蒙是個文體家實在不為過分。韋勒克、沃倫說：「只有文體學的方法，才能界定一件文學作品的特質。」〔註36〕我們也可以這樣說：只有文體學的方法才能更好地界定王蒙作品的特質。

　　從文體學的角度來看王蒙的小說，它具有怎樣的總體特徵呢？我覺得，王蒙小說文體的總體特徵就是雜糅性、包容性、整合性與超越性。雜糅性是王蒙文體的外在特徵，包容性是雜糅性的內在肌質，整合性與超越性則是王蒙小說文體的基本思維方式和文化精神。因此我們可以在整體上把王蒙的小說稱為「雜體小說」或「立體小說」。這種文體上的「雜」，體現的是王蒙文化精神中的巨大矛盾性和悖反性的存在並試圖整合和超越這種矛盾與悖反的努力。所以，王蒙小說文體上的雜糅，不是機械的混雜，而是一種有意識的藝術整合，是站在新的歷史高度對新文學史上各種文體的兼收並蓄，因而在美學上則是一種雜多的有機統一。故而，本文的基本思路是，首先探討王蒙小說的語言，因為語言是小說文體的肌膚，通過探討語言的特殊運用以及它的表現功能與文化功能，試圖觸摸王蒙內在的文化精神（第一章）；其次，探討王蒙小說的敘述個性，敘述是文體的骨骼，通過敘述個性特徵，試圖挖掘王蒙的基本價值取向（第二章）；第三，在前兩章的基礎上，歸納王蒙小說的體式特徵。小說體式是文體的整體風貌，通過對王蒙小說體式形成的追根溯源的考察，凸現王蒙小說文體的雜體化、立體化特徵（第三章）；第四，進一步考察王蒙小說文體的語境，本章重點考察王蒙小說文體與作家文化心態的關係，通過考察這種關係，試圖揭示王蒙深層的心理涵蘊和內在矛盾（第四章）；第五，在作家文化心態的基礎上，進一步考察王蒙小說文體形成的社會文化語境，試圖揭示王蒙小說文體與社會文化的關係（第五章）。最後，總結王蒙小說文體的特徵，並揭示這種文體的創新意義及局限（結語）。

〔註36〕韋勒克、沃倫：《文學理論》，劉象愚、邢培明、陳聖生、李哲明譯，三聯書店 1984 年 11 月版，第 193 頁。

第一章 王蒙小說的語言及其功能

　　語言是文體問題的核心命題。文學離開了語言是不可思議的，因此許多大文論家、文學家都闡述過「文學是語言藝術」這一命題。高爾基就曾說過：「文學的第一要素是語言。語言是文學的主要工具，它和各種事實、生活現象一起，構成了文學的材料。」〔註1〕儘管「文學是語言藝術」這一命題不斷被人說起，但我們的文學研究對語言問題的真正重視一直沒有成為風氣。令人欣慰的是，這種研究落後於創作實際的狀況在近幾年有了一定程度的改觀，一些有識之士開始對作為文體的語言問題加以關注，並出版和發表了一些有影響的專著和論文。〔註2〕這說明對文學語言的研究愈來愈顯示出它的魅力和活力。不過，對小說語言的研究，存在著不同的路徑，以傳統語言學的進路來研究文學語言，主要是就語言的修辭功能加以開發，研究語言運用對表達的效果，這是一條路；而借鑒巴赫金「超語言學」的方法來研究語言的社會文化本質則是另一條充滿誘惑的道路。巴赫金「超語言學」以及「語言形象」的說法，很好地扭轉了語言研究中的傳統方法，為語言研究特別是小說語言研究提供了重要的理論依據。巴赫金曾不止一次地揭示了語言（言語）

〔註1〕　高爾基：《和青年作家談話》，《高爾基選集・文學論文選》，人民文學出版社，1958 年 11 月北京第一版，第 294 頁。

〔註2〕　比如童慶炳先生在《漢語文學語言特徵的獨到發現》一文中指出：「文學理論可以而且應該把文學語言，特別是漢語文學語言的特徵作為一個重要的部分納入體系中去。」見《漢語現象問題討論論文集》，文物出版社，1996 年版，第 20 頁。另見王一川的《漢語形象美學引論》，廣東人民出版社，1999 年 9月版；于根元、劉一玲：《王蒙小說語言研究》，大連出版社，1989 年版；汪昊：《王蒙小說語言論》，花山文藝出版社，1998 年 12 月版；唐躍、譚學純：《小說語言美學》，安徽教育出版社，1995 年 1 月版等。

是一種社會事件的現實。他說：「任何現實的已說出的話語（或者有意寫就的詞語）而不是在辭典中沉睡的詞彙，都是說者（作者）、聽眾（讀者）和被議論者或事件（主角）這三者社會的相互作用的表現和產物。話語是一種社會事件，它不滿足於充當某個抽象的語言學的因素，也不可能是孤立地從說話者的主觀意識中引申出來的心理因素。」〔註3〕巴赫金一直反對索緒爾把言語排除在語言之外的做法，認爲活生生的具體的言語整體才是語言的精髓。因此，本章對王蒙小說語言的研究實質上是在巴赫金「超語言學」方法論的啓發下對言語或話語的研究，〔註4〕而不是傳統的修辭性研究。一般而言，任何一種語言都具有表意功能（字面意義或概念意義）、表現功能（修辭效果）、敍事功能和文化功能（深層意義或象徵意義）諸功能。（有些語言只具有這些功能中的部分功能）。通過研究王蒙對語言的特殊運用，進而揭示王蒙語言的諸種功能，最終指向其獨特的文化精神。

　　閱讀王蒙你會感受到他的語言的豐富多彩。在他的語言中既有小橋流水般的淺吟低唱，也有翻江倒海般的高歌狂嘯；既有典雅細膩的抒情言志，亦有狂放粗獷的雜語喧嘩。在語言運用上王蒙有多套筆墨，多種情致。特別是

〔註3〕　巴赫金：《生活話語與藝術話語》，吳曉都譯，見《巴赫金全集》第二卷，河北教育出版社，1998年版，第92頁。

〔註4〕　巴赫金在《陀思妥耶夫斯基詩學問題》一書的第五章，在專門研究陀思妥耶夫斯基的語言時，提出「超語言學（Металингвистика）」這一概念，巴赫金說：「我們的分析可以歸之於超語言學（Металингвистика）：這裡的超語言學，研究的是活的語言中超出語言學範圍的那些方面（說它超出了語言學範圍，是完全恰當的），而這種研究尚未形成特定的獨立的學科。」巴赫金在這裡所說的「活的語言中超出語言學範圍的那些方面」，實質上就是指傳統語言學研究方法所難於涵蓋的那些研究領域，這個領域就是「對話關係」。巴赫金說：「如此看來，對話關係是超出語言學領域的關係。但同時，它又絕不能脫離開言語這個領域，也就是不能脫離開作爲某一具體整體的語言。語言只能存在於使用者之間的對話交際之中。對話交際才是語言的生命眞正所在之處。……不過，語言學僅僅研究『語言』本身，研究語言普遍特有的邏輯；這裡的語言僅僅爲對話交際提供了可能性，而對於對話關係本身，語言學卻向來是拋開不問的。這種對話關係存在於話語領域之中，因爲話語就其本質來說便具有對話的性質。所以，應該由超出語言學而另有自己獨立對象和任務的超語言學，來研究對話關係。」（參見巴赫金：《陀思妥耶夫斯基詩學問題》，白春仁、顧亞鈴譯，《巴赫金全集》第五卷，河北教育出版社，1998年版，第239～242頁。）我在這裡對王蒙小說語言的研究，顯然受到巴赫金「超語言學」方法的啓發，但不是照搬套用，而是力求做到一種活用。

他二十世紀八十年代以後的小說，語言的狂歡化雜語化，那種大量運用的排比、長句，使文章顯示出泥沙俱下、一瀉千里、大開大闔、狂放不拘的語言氣勢。王一川先生稱這種語言爲「立體化語言」，〔註 5〕是很有道理的。對王蒙小說語言中的大量修辭手法的運用，論者甚多，本文不擬贅述，且也不是本章的論述重點。本章試從另一方面來展開論述，來看看他的小說語言的表現形態及其功能，並試圖通過這些形態和功能揭示王蒙文體的多元整合思維與雜糅包容特質。

一、反思疑問式語言：可能的文本

在閱讀王蒙小說過程中的一個突出感受是他在句類選擇上對疑問句的青睞。下面是筆者從王蒙小說中所選中的一篇短篇小說《風箏飄帶》和兩部中篇小說《雜色》、《布禮》及一部長篇小說《狂歡的季節》所作的統計（見下表 1～1）。據不完全統計，王蒙這幾篇（部）小說中共有句子 12192 句，其中疑問句就有 2156 句之多，占總句子的 18%強。

表 1-1：王蒙作品疑問句類使用抽樣統計

篇　名	風箏飄帶（短篇）	布　禮（中篇）	雜　色（中篇）	狂歡的季節（長篇）	合　計
疑問句	126	251	219	1560	2156
總句數	763	1494	960	8975	12192
百分率	17%	17%	23%	17%	18%

這些疑問句不僅使用在人物對話中，而且大部分使用在敘述語言中。這些迹象表明王蒙對疑問句的大量使用已經成爲一種現象，這一現象同他自己的前後期相比以及與同時代相似經歷的其他作家相比，都成爲王蒙小說的一種獨特穩定的特色。（見表 1-2、表 1-3）〔註 6〕這一特色影響了王蒙小說的整個語體風格，我把這種風格稱爲「反思疑問式」。所謂「反思疑問式」指的是

〔註 5〕 參看王一川：《漢語形象美學引論》，第五章「異物重組——立體語言」，廣東人民出版社，1999 年版，第 161～189 頁。

〔註 6〕 以上表 1-1 的統計方法是從王蒙有重要影響的小說中隨意抽選出來的。由於電腦輸入的不便未能就王蒙整個文本加以統計。表 1-2 則是就王蒙前後期作品隨意抽取出來的兩個短篇、兩個長篇加以對比。表 1-3 則是對同一時期具有相似經歷的作家和題材內容相近的作品加以對比。

王蒙在敘述中不斷以自我反省的姿態向自我和「作者的讀者」〔註7〕提出疑問的一種語言體式。

表1-2：王蒙小説疑問句使用前後期對照表

篇　　名	冬　雨	風箏飄帶	青春萬歲（部分）	狂歡的季節（全部）
發表（出版）年代	60年代	80年代	50年代	90年代
疑問句	5	126	371	1560
總句數	61	763	2613	8975
百分率	8%	17%	14%	17%
備注			主要用於對話	主要用於敘述

表1-3：王蒙與從維熙、張賢亮小説疑問句使用情況抽樣對照表

作　　家	王　蒙	從維熙	張賢亮
作　品	雜色	風淚眼	綠化樹
疑問句	219	143	267
總句數	960	1146	3719
百分率	23%	12%	7%

　　一般而言，現代漢語中的四種基本句類：陳述句、疑問句、祈使句和感歎句，是按語氣來劃分的。按照常規來説，疑問句一般多用在人物對話中，在敘述語言中大量運用實屬一種反常規行為。〔註8〕正是這種反常規性，使王蒙的小説區別於一般的情節式小説而成為自由聯想體小説，可以説，反思疑

〔註7〕 這一術語是美國「新敘事理論」學者詹姆斯・費倫在《作為修辭的敘事：技巧、讀者、倫理、意識形態》一書中使用的名詞，在該書的附錄「名詞解釋」中説：「作者的讀者（authorial audience）：假想的理想讀者，作者為他們建構文本，他們也能完美地理解文本。與（下面的）敘事讀者不同，小説中作者的讀者是以這樣一種默認運作的，即人物和事件是綜合建構，而非真實的人和歷史事件。該術語與隱含讀者同。」參看詹姆斯・費倫《作為修辭的敘事：技巧、讀者、倫理、意識形態》，陳永國譯，北京：北京大學出版社，2002年5月版，第169頁。
〔註8〕 在王蒙的這些小説中，反思疑問式語言有一些屬於主人公的內心獨白和自由聯想，因而是自由直接引語或自由間接引語；而還有一些語言是敘述人的語言，故在此用反思疑問式語言名之。也就是説，反思疑問式語言包含了自由直接引語、自由間接引語和敘述語言。

問式這種語言體式是王蒙自由聯想體小說的語言基礎。我們不妨進入文本，以《蝴蝶》為例，看一看這種反思疑問式語言的敘事功能以及文化功能：

　　1）路啊，各式各樣的路！那個坐在吉姆牌轎車，穿過街燈明
　　亮、兩旁都是高樓大廈的市中心的大街的張思遠副部長，和那個背
　　著一簍子羊糞，屈背弓腰，咬著牙行走在山間的崎嶇小路上的「老
　　張頭」，是一個人嗎？他是「老張頭」，卻突然變成了張副部長嗎？
　　他是張副部長，卻突然變成了「老張頭」嗎？這真是一個有趣的問
　　題。抑或他既不是張副部長也不是老張頭，而只是他張思遠自己？
　　除去了張副部長和老張頭，張思遠三個字又餘下了多少東西呢？副
　　部長和老張頭，這是意義重大的嗎？決定一切的嗎？這是無聊的
　　嗎？不值得多想的嗎？

　　　　　　　　　　──《蝴蝶》(《王蒙文集》第三卷，華藝出版社，
　　　　　　　　　　1993 年 12 月版，第 72 頁。)〔註9〕

　　這段疑問句式敘述語言，出現在小說《蝴蝶》的開篇章節，主人公張思遠榮升副部長以後，他一個人重訪自己下鄉改造的山村，然後又乘坐北京牌越野汽車回北京的路上，由一朵被車輪碾碎的「小白花」引發聯想，由髮妻海雲的死想到自己的遭遇以及鄉親們送自己回城的情景，敘述者插入了這一段疑問句敘述。如果說上文的「小白花」是一個功能性意象，由這一功能引出海雲，並隱喻性地揭示了海雲的命運以及張思遠的懺悔的話，那麼這一段敘述則是具有功能性的總敘，它具有概要性和綱領性，是以下情節發展的樞紐。通過這種疑問句式敘述，一方面同張思遠為視角的心理意識流動和諧一致，另一方面則是通過敘述者這種反思性提問，為隱含讀者設置了許多必須解決的疑問和懸念。它使讀者必須跟隨敘述者共同反思探究並引發向下閱讀的興趣。因此在下面的各個章節，就是對這一概要敘述的回應。而幾乎在每一章節的開頭，都有一段疑問句式敘述，這一敘述既是對總概要的回應，也是對本章節的小概要，我把這小章節的疑問敘事稱為具有子功能意義的疑問敘事。請看下面兩例：

　　2）這是昨天剛剛發生過的事嗎？海雲的聲浪還在他的耳邊顫
　　抖嗎？她的聲音還在空氣裏傳播著嗎？即使已經衰減到近於零了也

〔註9〕以下所引王蒙小說原文凡出自《王蒙文集》的，均不再標示出版社，只標示
　　　　卷次和頁碼。

罷，但總不是零啊，總存在著啊。還有她的分明的清秀的身影，這形象所映像出來的光輝，又傳播在宇宙的哪些個角落呢？她真的不在了嗎？現在在宇宙的一個遙遠的角落，也許仍然能清晰地看見她吧？一顆屬於另一個星系的星星此時此刻的光，被人們看見還要用上幾百年的時間，她的光呢？不也可能比她自身更長久麼？

　　　　　　　　　——《蝴蝶·海雲》（第三卷，第 75 頁。）

　　3）處境和人，這二者的關係是怎樣的呢？坐在黃緞面的沙發上，吸著帶過濾嘴的熊貓牌香煙，拉長了聲音說著啊——嘍——這個這個——每說一句話就有許多人在旁邊記錄，所有的人都向他顯出了尊敬的——可以說，有時候是討好的笑意的，無時無刻——不論是坐車、看戲、吃飯還是買東西——不感到自己在生活中的特別尊貴的位置的張書記，和原來的那個打著裹腿的八路軍的文化教員，那個為了躲避敵人的掃蕩在草棵子裏匍伏過兩天兩夜的新任指導員張思遠，究竟有多少區別呢？他們是不同的嗎？難道艱苦奮鬥的目的不正是為了取得政權、掌握政權、改造中國、改造社會嗎？難道他在草棵子裏，在房東大娘的熱炕上，在鋼絲床或者席夢思床上，不都是一樣地把自己的身心、自己的力量，自己的每一天和每一夜獻給同一個偉大的黨的事業嗎？難道他不是時時懷念那艱苦卓絕的歲月，那崇高卓越的革命理想，並引為光榮麼？那種小資產階級的無政府主義，那種視勝利為死滅的格瓦拉式的「革命」，究竟與我們的現實，我們的人民有什麼相干呢？他們是相同的嗎？那為什麼他這樣怕失去沙發、席夢思和小汽車呢？他還能同樣親密無間地睡在房東大娘的熱炕頭上嗎？

　　　　　　　　　——《蝴蝶·變異》（第三卷，第 86 頁。）

　　從敘述功能上看，引述 2 是敘述人以張思遠的視角來引出海雲，是對「小白花」的呼應，同時也是進一步引出下文。引述 3 是引出「變異」這一核心主旨，其中的含義比較豐富，反思的力度進一步加深了。

　　疑問句的敘述功能是不言而喻的，它是王蒙自由聯想體小說的語言基石。然而在我看來，疑問句的文化功能更為重要，它體現的是王蒙深層的文化精神。從疑問句敘述話語的文化功能看，始終面對讀者是王蒙基本的說話方式。從以上概覽敘述中，敘述人所思考的張副部長、老張頭、張思遠都是

一種符號，如果說張思遠是一種純粹符號的話，那麼，張副部長與老張頭則是一種身份符號，它們的背後都聯結著一種特定的文化語境。張副部長與吉姆車、明亮的街燈和高樓大廈相聯繫，而老張頭則與羊糞簍子、崎嶇的山路和曲背躬腰與咬牙行走的姿態相聯繫。他們處於不同的社會階層，有著絕然不同的交際場域和生活方式。因此，張副部長與老張頭的身份互換與錯位，昭示著社會歷史的巨大變遷。當然這種文化語境還不完全是疑問句式所揭示出來的，疑問句式所揭示的是一種語調，而這語調正是作者對敘述事件的評價態度。巴赫金在《生活話語與藝術話語》一文中所列舉的「是這樣！」那個著名的例子，很好地說明了「語調即評價」的思想。〔註10〕巴赫金說：「語調總是處於語言和非語言、言說和非言說的邊界上。在語調中說話直接與生活相關。首先正是在語調中說話人與聽眾關聯：語調 parexcellence（就其本質來說）是社會性的。它對於說話者周圍一切變化的社會氛圍特別敏感。」〔註11〕在這裡，巴赫金強調了語調的社會語境意義，強調了語調中說話人（敘述者）與聽眾（讀者）的關聯。實際上，疑問句式的語調，就是針對讀者的，是針對讀者與引導讀者對所敘事件的評價。可以說有沒有自覺的讀者意識是疑問句與陳述句的主要區別。陳述句（包括描述性的存在句和表示肯定與否定的判斷句）是對一定既成事實的描述、判斷，因而是肯定的、封閉的語言

〔註10〕　參看巴赫金：《生活話語與藝術話語》。在這篇文章中，巴赫金所舉的例子是：「兩個人坐在房間裏，沉默不語。一個人說：『是這樣！』另一個人什麼也沒說。」巴赫金認為，單從字面意義上看這段話是令人費解的，但這段話又分明表達了一個完整的意義，那麼，「我們還缺什麼呢？這就是那個『非語言的語境』。」巴赫金解釋說：「對話的時候，兩個對話者看了一眼窗戶，看見下雪了。兩人都知道，已經是五月了，早就應該是春天了。最後，兩者對拖長的冬天厭倦了。兩個人都在等待春天，兩個人對晚來的下雪天感到不快，所有這一切，即『一起看到的（窗外的雪花）、一起知道的（日期是五月）和一致的評價（厭惡的冬天、渴望的春天）』都是表述所直接依靠的。所有這一切都由它的生動涵義所把握、由它吸納進自身。但是，在這裡還殘留有語言上未指明、未言說的部分。窗外的雪花，日曆上的日期，說話人內心的評價，所有這一切都由『是這樣』這句話來暗示。」於是巴赫金得出結論：「非語言的情景絕不只是表述的外部因素。它不是作為機械的力量從外部作用話語，不是，情景是作為表述意義必要的組成部分進入話語。因此，生活表述作為思維整體是由兩部分組成思維：（1）語言實現的（進行的）部分，（2）暗示的部分。」《生活話語與藝術話語》，吳曉都譯，《巴赫金全集》第二卷，河北教育出版社，1998年版，第84～86頁。

〔註11〕　巴赫金：《生活話語與藝術話語》，吳曉都譯，《巴赫金全集》第二卷，河北教育出版社，1998年版，第90頁。

事實，其思維方式上帶有較強的獨斷色彩；祈使句雖然有讀者意識，但那種命令規勸的語體色彩濃烈，因而也是獨斷的；相反，疑問句類在對事物進行評價時往往帶有懷疑、爭辯、探索、對話、協商等色彩，即便是反問句，在「難道不……」或「難道是……」的表肯定或否定的句子裏，也比陳述句中的肯定句或否定句多了一些懷疑暗辯色彩。我們還以前面引述的例子來加以說明：在引述 1 中，敘述者對張副部長和老張頭身份的變異的詰問，正是針對自己、主人公與讀者的三重關聯，敘述人的對張思遠的評價始終渴望著讀者甚至主人公的呼應，因而體現的是懷疑、探索、對話與協商的文化精神。

在引述 2 中，敘述人借張思遠對海雲的懺悔、懷念體現的是張思遠對自己行為的辯護，這一辯護企圖獲得讀者的同情、諒解，進而獲得靈魂的安慰。在這裡，我們看到了保羅·德曼在盧梭《懺悔錄》中看到的同樣的東西。〔註12〕

引述 3 在對處境與人的關係提出疑問之後，敘述人對和平時期的尊貴的張書記與戰爭年代樸實艱苦的張指導員進行對比，在連續的幾個「難道……嗎？」的反問句中，作者把戰爭年代的草棵子、房東大娘的熱炕頭與勝利之後的黃緞面沙發、席夢思軟床、豪華小汽車並置在一起，對革命勝利以後的宿命般的異化現象及其悖論進行了深刻的反思，這種反思仍然是在與讀者之間的對話協商中體現出來，同時也透露出作者的懷疑精神。作者所懷疑的正是我們革命之後的權力機制對迅速變異的膨化作用，這個在生活中無不感到自己具有特別尊貴位置的張書記，實際上早已不是當年的八路軍文化教員和指導員了，他早已隨著執政的位置的確立，把人民拋到了一邊，把過去拋到了一邊，儘管這種拋棄是不知不覺的，但不知不覺卻有著更為可怕的結果。

〔註12〕保羅·德曼在《辯解——論〈懺悔錄〉》一文中，對盧梭在自傳性文本《懺悔錄》中的一個細節，即瑪麗永和絲帶事件的懺悔提出質疑。這個小插曲是盧梭在都靈做僕人時偷了一條粉紅絲帶。被發現後，他誣陷說，是一位年輕的女僕瑪麗永給了他那條絲帶，言外之意，是她想引誘自己。結果損害了她的名譽，最後被解雇。在《懺悔錄》裏，盧梭多次對這一事件進行了懺悔。德曼認為，盧梭在談到這件事時是以一種炫耀的口吻講述出來的。盧梭的懺悔實際上是一種開脫罪責的辯解。盧梭正是通過這種語詞上的辯解，從而甩掉了自己的愧疚。同時德曼還指出，「絲帶」是一種隱喻，它隱喻著盧梭對瑪麗永的欲望，也可以說也隱喻著瑪麗永對盧梭的欲望。德曼通過這種解構式閱讀，顛覆了文本的意義確定性。參看保羅·德曼《辯解——論〈懺悔錄〉》，《解構之圖》，李自修等譯，中國社會科學出版社，1998 年 2 月版，第 263～288 頁。

可見這種懷疑精神具有更為可怕的動搖力量。

　　這種懷疑精神在本質上是時代意識形態氛圍的一種表徵。《蝴蝶》等文本發表的二十世紀八十年代初期，正是時代發生翻天覆地變化的時期，政治上的撥亂反正，老幹部的官復原職，一方面是一次有錯必糾、正義對邪惡的勝利；另一方面，也引發了全民對我們的歷史理念的懷疑，昔日的一些曾經顯赫一時的觀念、一些令人發狂的信仰，在新的歷史時期都成了問題。首先是生活本身充滿了疑問，然後才有文學的疑問。張思遠由小石頭而張指導員而張主任而老張頭而張副部長的演化蛻變的軌跡，正是歷史荒誕化、無常化的形象化體現。疑問句也是一種解構策略，在「難道……嗎？」這樣的句式背後，隱含著動搖一切、懷疑一切的潛臺詞。當然，王蒙對「難道……嗎？」這樣的反問句式的使用也是比較慎重的，王蒙使用最多的是設問，王蒙沒有給出答案，也不可能給出答案，因為世界本身就是一個無解的或多解的方程式。

　　為了增強論點的說服力，我們可以引證許多作品，請看：

　　　　真是難解呀，生活應該是一個有目的有意義有程序的步步為營步步作業呢，還是一種隨遇而安，因人而異，夢想、咀嚼、自慰、溫習、懷疑、平靜的或永遠不得平靜的過程？生活需要主題嗎？什麼是生活的主題？誰來掌握生活的主題？也許你最後只能說一句話：「我還是不明白，我還是不明白呀！」

　　　　這是悲劇嗎？消滅悲觀與悲劇的癡心，就不可悲嗎？

　　　　那麼，這十來年，錢文被社會生活排斥在外，被史無前例的「無產階級文化大革命」排斥在外，這究竟是一種大悲哀還是一種大解脫呢？是命運的恩典還是懲罰？是一片空白一個黑洞還是一種機緣一個奇遇呢？也許我們還可以設問，世界上究竟是要做這個那個，自以為能夠做這個那個，而又被認為是相反的不但做不成這個那個而且做的事情恰恰相反的有為之士即人五人六多呢，還是並沒有一定要做這個那個，也不認為自己一定能做成這個那個，他們只是悄悄地活著罷了的百姓凡人多呢？聖人不死，大亂不止，老子幾千年前就告訴我們了。讓我們再問一句，世界上那麼多偉人、救世主、教主、活佛、英雄、豪傑，那麼多秦始皇劉邦項羽拿破侖希特勒，他們究竟是為平民百姓帶來的太平快樂溫飽富足多，還是戰爭屠殺混

亂恐怖多呢？東周列國，楚漢交兵、三國演義，兩次世界大戰，可謂英雄輩出……世界上究竟是偉人多的國家人民幸福還是偉人少的國家人民幸福？風流人物的業績背後連帶著多少普通人的顛沛流離，家破人亡！究竟是偉人主政的國家人民日子好過還是普通人主政的國家人民日子好一些？如果老百姓對偉人的態度多一點保留，如果偉人也去搓一搓麻將，養養雞，釀釀酸奶，逗逗貓，如果偉人的自我感覺降低那麼一點點，老百姓是受到的損失更多還是獲得的益處更多呢？世上有不殺人不壓倒對手不要求普通人爲他或她認爲正義的事業付出代價的偉人麼？世上眞的有把普通人看得和自己一樣重要一樣有價值的偉人麼？……共產黨不是說要消滅體腦、城鄉、工農之間的三大差別嗎？共產黨的領導不叫總裁而叫書記（原文即秘書），不也是志在廢除官員只保留秘書嗎？……這一切都是來自一些多麼偉大的理念呀！多麼可惜，多麼遺憾，偉人的偉大與平凡的現實之間總是留著那麼大的距離，請問，如果偉人與現實不存在距離，偉人還能顯得那麼偉大嗎？〔註13〕

—— 《狂歡的季節》（人民文學出版社，2000 年
5 月版，第 260～262 頁。）

請原諒我在此所做的大段引述，因爲只有作品本身說話，也許才可以說得清楚。從這段引述中，我們看到的是錢文對「文革」的懷疑對荒誕世界的反詰，進而引發的是對歷史本身的反思。連續的疑問句的排列，其指向是針對讀者的，「也許我們還可以設問」、「讓我們再問一句」、「請問」等提示語所透露出的語調，正是與讀者協商、對話的態度。敘述人引領讀者思考的正是偉人與凡人的辯證關係，在對偉人的反諷式貶抑中，作者並沒有徹底地否定偉人，而是在探討「無爲而治」還是「好大喜功」之間的政治策略問題，在不斷的假設之中，探究和展現的是多種可能性的世界。

無需再舉更多的例證，我們可以得出結論，反思疑問式語言正是一種可能的文本。可能的文本具有開放的、多元的、未完成性和不確定性特徵，它實際折射出王蒙獨特的思維方式和文化精神，這就是平等、民主、多元意識，以及反對獨斷論和極端化思想，倡揚寬容對話的精神境界。這樣的思維方式

〔註13〕著重號爲引者所加。

與文化精神的建立，是王蒙多年生活體驗的結晶。它必然要建立在對專制話語、權威話語的不懈解構基礎上才有可能。那麼王蒙採用了怎樣的解構策略呢？那就是反諷性語言的運用。

二、反諷性語言：解構策略

反諷（irony）一詞，來自希臘文 eirônia，原為希臘古典戲劇中的一種固定的角色類型，即「佯裝無知者」，在自以為高明的對手面前說傻話，而最後這些傻話被證明是真理，從而使對手只得認輸。反諷這一概念在文學批評特別是現代文學批評理論中得到廣泛運用。美國新批評派就曾對反諷情有獨鍾。克利安思・布魯克斯把反諷界定為「語境對於一個陳述語的明顯的歪曲」。〔註14〕簡而言之，反諷就是「言在此而意在彼」。也就是說，說出來的與未說出的暗示部分不重合。

閱讀王蒙，我感受到他在語言運用上的大量的反諷性描寫，使他的文本充滿了張力。具體表現在以下幾點：

1. 壓制性語言

「壓制性語言」主要體現在人物對話中。在王蒙的「季節系列」前的小說中，人物對話基本採用「自由直接引語」的方式。所謂「自由直接引語」就是沒有引導句也不要引號的直接引語。這種方式與他的自由聯想體小說一致，人物的內心獨白與對話有時是可以自由轉換的。「壓制性語言」是自由直接引語中的一種，其主要形態是指敘述者在轉述人物對話時只出現對話一方甲的話語，而對話的另一方乙的話語不出現在轉述語之中，這對話乙的話語包含在對話甲的語言中。試看下面的例子：

　　1）於是開始了嚴厲的、充滿敵意的審查。什麼人？幹什麼的？找誰？不找誰？避風避到這裡來了？豈有此理？兩個人鬼鬼祟祟，摟摟抱抱，不會有好事情，現在的青年人簡直沒有辦法，中國就要毀到你們的手裏。你們是哪個單位的？姓名、原名、曾用名……你們帶著户口本、工作證、介紹信了嗎？你們為什麼不呆在家裏，為什麼不和父母在一起，不和領導在一起，也不和廣大的人民群眾在

〔註14〕克利安思・布魯克斯：《反諷——一種結構原則》，袁可嘉譯，參看趙毅衡編選：《〈新批評〉文集》，百花文藝出版社，2001 年 9 月版，第 379 頁。

一起？你們不能走，不要以爲沒有人管你們。説，你們撬過誰家的門？公共的地方？公共地方並不是你們的地方而是我們的地方。隨便走進來了，你們爲什麼這樣隨便？簡直是不要臉，簡直是流氓。簡直是無恥……侮辱？什麼叫侮辱？我們還推過陰陽頭呢。我們還被打過耳光呢。我們還坐過噴氣式呢。還不動彈嗎？那我們就不客氣了。拿繩子來……〔註15〕

——《風箏飄帶》（第四卷，第284頁。）

2）你混帳！你一千個混帳一萬個混帳一萬年混帳！你這一輩子混帳下一輩子混帳！你們倪家祖祖輩輩混帳！你是混帳窩裏的混帳球下的混帳蛋兒的混帳疙瘩，混帳疙巴！你媽就是頭一個混混賬賬的老乞婆！嫁給你們倪家我受她的氣還小嗎，還少嗎？欺負我們娘家沒有人啊！她挑鼻子挑眼挑頭髮挑眉毛挑説話挑咳嗽挑拉屎挑放屁挑笑挑哭！我當時才是個孩子，她橫看著不順眼豎看著不順心呀！她管得我大氣不敢出小步不敢邁飯也不敢吃啊！就是，就是沒吃飯……現在給我講康德來了！我先問問你，康德他活著的時候吃飯不吃飯？吃飯，那錢呢錢呢錢呢？〔註16〕

——《活動變人形》（第二卷，第66～67頁。）

3）請問，「文化大革命」是老侯發動的麼？「批林批孔」是老侯發動的麼？什麼？老侯迫害了老幹部了？他是老幾？他能迫害哪一個？他敢迫害哪一個？他有那個狗膽麼？他挨得著人家高級幹部的邊兒麼？沒有共產黨的命令，他隨便靠近人家老幹部，人家警衛不一槍崩了他麼？從小到現在，他那件事不是按共產黨的命令幹的？啊，又説他是風派了，誰刮的風？整人的風極左的風按脖子的風批判的風是老侯吹出來的麼？怎麼上邊生病老讓下邊吃藥呀？他老侯也讓人家按過脖子坐過噴氣式呀，怎麼現在就不説這一段了呢？不錯，「文化大革命」當中主要是後期他老侯也工作過，不工作怎麼行？不工作不早就完蛋了麼？沒有老侯他們忍辱負重，委曲求全，挨整挨罵，硬在那裡支撐著，不早就天塌地陷了麼？還能有今

〔註15〕 著重號爲引者所加。
〔註16〕 著重號爲引者所加。

天麼？〔註17〕

——《暗殺——3322》（人民文學出版社，2003
年9月版，第208～209頁。）

在以上引述的例句中，從轉述的外在形態看，只出現對話的一方，但我
們可以從這一方的聲音中聽到另一方的辯解的聲音存在，但這一聲音被說話
的一方壓制、包含在自己的聲音裏了。引述 1 是短篇小說《風箏飄帶》中佳
原和范素素談戀愛無處可去，來到一棟新落成的居民樓，不想被居住進去的
一些居民當成「小偷」加以審查，敘述人首先交代：「於是開始了嚴厲的、充
滿敵意的審查。」以下是自由直接引語。審查人以「文革」式的語言開始對
兩個年輕人進行盤查，這樣的語言是居高臨下的不容辯解的，雙方的力量氣
勢明顯不均，審查的一方處於強勢位置，而另一方則處於弱勢，但被審查的
一方還是頑強地加以申辯，於是作家巧妙地讓強勢話語一方把弱勢一方的辯
解聲音體現出來。引述中加著重號的詞語運用的是反問的語調，體現了對方
的辯解。「不找誰？避風避到這裡來了？」顯然是審查者不滿地重複佳原和素
素的辯解的語言，在重複中透露出辯解，同時體現出強勢話語一方的不信任、
敵意和不容爭辯的壓制權力。這裡肯定有一場爭吵，但勢單力孤的佳原和素
素不占上風。「你們不能走」，「公共的地方？」還給我們展示出人物的形體動
作，佳原和素素要走，對方不讓走，於是年輕人辯解說「這是公共的地方，
憑什麼不讓走！」強勢話語更加動怒：「公共的地方？公共的地方並不是你們
的地方而是我們的地方。」這時兩個年輕人肯定是輕聲咕噥了一句：「我們不
過是隨便走進來而已。」強勢話語的聲音更高了：「隨便走進來了，你們為什
麼這樣隨便？簡直是不要臉，簡直是流氓。簡直是無恥……」這些人身侮辱
的語言徹底激怒了佳原和素素，年輕人不得不抗議：「這是侮辱！」強勢話語
進一步壓制年輕人的抗議：「侮辱？什麼叫侮辱？我們還……拿繩子來……」
語言的暴力最終轉化為行為的暴力。可見王蒙在這短短的幾百字的話語中，
濃縮了豐富的內容。這種壓制性語言在表現功能和敘述功能上，除了以少勝
多、此時無聲勝有聲之外，同時還加快了敘述節奏。這種把敘述干預減少到
零的做法，和這種以強凌弱的敘述事件的情境是合拍的。

引述 2 中的一段，是倪吾誠與其妻姜靜宜之間的爭吵。姜靜宜顯然在語

〔註17〕著重號為引者所加。

言氣勢上佔優勢，倪吾誠占弱勢。由於其敘述功能與表現功能與引述 1 是相似的，故不贅述。引述 3 是《暗殺──3322》中的馮滿滿對李門說的話，作品中沒有確指的對話者，但馮滿滿的話語中始終是面對對話者而發的，馮滿滿的話在氣勢上佔有優勢。「什麼？老侯迫害老幹部了？」這句反問儘管不是針對李門的，但卻是針對某些人的，馮滿滿肯定聽到有人在背後說她的丈夫迫害老幹部了，馮滿滿在壓制和辯解。「啊，又說他是風派了，誰刮的風？」這則是辯解中加上壓制，試圖以氣勢壓倒別人。

由此可見，王蒙的這種「壓制性語言」，一般是強勢者對弱勢者的審查壓制等不容爭辯的話語，因此文本要求節奏快捷語氣連貫，王蒙省略引導語並應話者的回答，使敘述干預減少到零，在表現功能和敘述功能上達到了目的。然而，王蒙這樣寫作難道僅僅是為了增強表達和敘述功能嗎？在這種語言體式的背後還有什麼深層的文化功能呢？

要想弄清這個問題，我們必須知道作者的聲音。很顯然，王蒙的聲音是站在弱勢話語一邊的，作者雖然不動聲色但暗含的評價是在弱勢一邊的。作者愈是把強勢話語誇張，其解構否定色彩就愈強。這實際上是反諷。作者展示的是這種強勢話語的專制色彩。專制話語是以勢壓人以權壓人的，而很少具有內在說服力。作家通過對這種話語的諷刺性模仿，體現了反對專制，渴望平等對話的思想。實質上，這種「壓制性語言」對於王蒙來說，也許在 1957年那個多事之秋就深深地領教過了。當他的《組織部新來的青年人》發表之後，在一些「評論新星」的批評文章中，就是這種「壓制性語言」。這種語言就是假借政治上的優勢對弱勢話語進行毀滅性的壓制和掃蕩，弱勢話語卻被剝奪了辯解的權利。〔註18〕在小說《布禮》中，那個「評論新星」對鍾亦成的小詩《冬小麥自述》的分析批判，也是這種「壓制性語言」。這種現象在後來的歷次政治運動中不是一再搬演嗎？這種深入骨髓的體驗，對於王蒙來

─────────────────────

〔註18〕 比如，李希凡在《人民文學》，1957 年第 11 期發表的《所謂「干預生活」、「寫真實」的實質是什麼？》一文中說：「這股所謂『干預生活』、『寫真實』的逆流，可以說是從修正主義的暗流開始，逐漸和社會上的反黨逆流結合在一起，然後開始了全面地向黨進攻。它們的理論基礎，是從去年就已經露頭的文學理論上的修正主義浪潮；它們的階級基礎，是社會主義革命發展中的新出現的敵人──資產階級右派。不管自覺或不自覺，願意或不願意，實質上他們的思想感情已經和資產階級右派同流合污。這就是他們的『干預生活』和『寫真實』的謎底。」另有姚文元的《文學上的修正主義思潮和創作傾向》，載《人民文學》，1957 年第 11 期。

說，是他進行文學創作的生活源泉。對這種語言的戲仿，在王蒙則是十分自然的。

2. 擬權威語言

諷刺性地模擬戲仿權威話語，進而達到解構的目的，也是王蒙語言運用上的一大特色。

> 一進城就先扭秧歌，一進城就響徹了腰鼓。人們甩著紅綢解放了全中國，人們扭著秧歌可以扭到天堂，而一敲腰鼓，彷彿就會敲出公正、道義和財富。他那時 29 歲，唇邊有一圈黑黑的鬍髭，穿一身灰幹部服，胸前和左臂上佩戴著「中國人民解放軍××市軍事管制委員會」的標誌。在他的目光裏、舉止裏洋溢著一種給人間帶來光明、自由和幸福的得勝了的普羅米修斯的神氣。……他有扭轉乾坤的力量。他正在扭轉乾坤。……他的話，他的道理，連同他愛用的詞彙——克服呀、階段呀、搞透呀、貫徹呀、結合呀、解決呀、方針呀、突破呀、扭轉呀……對於這個城市的絕大多數居民來說都是破天荒的新事物。他就是共產黨的化身，革命的化身，新潮流的化身，凱歌、勝利、突然擁有的巨大的——簡直是無限的威信和權力的化身。他的每一句話都被傾聽、被詳細地記錄、被學習討論、深刻領會、貫徹執行，而且立即得到了效果，成功。我們要兌換偽幣、穩定物價，於是貨幣兌換了，物價穩定了。我們要整頓治安、維護秩序，於是流氓與小偷絕迹，夜不閉戶，路不拾遺。我們要禁毒禁娼，立刻「土膏店」與妓院壽終正寢。我們要什麼就有什麼。我們不要什麼，就沒有了什麼。〔註19〕
>
> ——《蝴蝶》（第三卷，第 76～77 頁。）

在這裡，王蒙的揶揄反諷的語調是明顯的。革命的摧枯拉朽，神速到來的勝利，秧歌、腰鼓的熱火朝天，把天真浪漫的人民推進了天堂的幻影。29歲的張思遠在巨大的權力、崇拜面前，那種不可一世的救世主的心態空前膨脹起來。我就是共產黨、我就是革命、我就是上帝。「我們要兌換偽幣、穩定物價，於是貨幣兌換了，物價穩定了。我們要整頓治安，維護秩序，於是流氓與小偷絕迹，夜不閉戶，路不拾遺。我們要禁毒禁娼，立刻『土膏店』與

〔註19〕著重號為引者所加。

妓院壽終正寢。我們要什麼就有什麼。我們不要什麼，就沒有了什麼。」顯然王蒙擬仿的是上帝的語言：「上帝說，要有光。於是，就有了光。」上帝是最高權力的化身，在「上帝說要有……」與「於是就……」之間，並不是一種因果關係，而是說不清道理的權力關係。這種權力關係導致的就是專制話語。專制話語是一種肯定的不容置疑的也是不講道理的話語，它的正規威嚴不容褻瀆，都使人不能不敬畏有加。擬仿使繃緊的威嚴的面孔顯出滑稽的本質。它使我們不能不反思張思遠的蛻變的軌迹，反思我們黨走向「文革」高度專制的內在機制，那種高度膨脹的權力、無監督的權力難道不是癥結之所在嗎？

對權威話語的諷刺性戲仿還有王蒙作品中無處不在的政治術語。請看：

> 同時，她和佳原「好了」。情報立即傳到爸爸耳朵裏。對於少女，到處都有攝像和監聽的自動化裝置。「他的姓名、原名、曾用名？家庭成分，個人出身？土改前後的經濟狀況？出生三個月至今的簡歷？政歷？家庭成員和主要社會關係有無殺、關、管和地、富、反、壞、右？戴帽和摘帽時間？本人歷次政治運動中的表現？本人和家庭主要成員的經濟收入和支出，帳目和儲蓄……」所有這些問題，素素都答不上來。媽媽嚇得直掉淚。[註20]
>
> ——《風箏飄帶》（第四卷，第 278 頁。）

這裡是對「文革」語言的戲仿。「文革」語言是當年的權威話語。它不僅左右著我們的語言，而且也內化為我們的思維方式乃至行為方式，直到今天仍然主宰著我們的生活。看一看我們檔案裏的各種表格不是很能說明問題嗎？問題在於王蒙把這些語言運用在父親對女兒婚姻大事的粗暴干涉上，這種語言與語境的明顯錯位，就反諷性地揭示了這些語言教條僵化滑稽可笑的本質。而且不僅如此，通過這種誇張式的描寫，還使語言獲得了象徵意味。在寫實層面上是父親對女兒婚姻的干涉，而在象徵層面則預示著年輕一代對僵化的「極左」生活方式的反叛以及對個人幸福生活的大膽追求，體現著王蒙深沉的人文關懷。

王蒙是一個對語言特別敏感的作家。他對權威話語的戲仿，正是建立在這種敏感基礎上的。有時候王蒙對權威話語的戲仿彷彿就是為戲仿而戲仿、為語言而語言。比如下面的例子：

〔註20〕著重號為引者所加。

報導內容則是一連串政治咒語套語熟語：反動本能，蛇蠍心腸，刻骨仇恨，喪心病狂，處心積慮，野心仔狼，猖狂反撲，摩拳擦掌，錯打算盤，時機妄想，破門而出，欲求一強，顛倒黑白，信口雌黃，混淆是非，喪盡天良，恬不知恥，瞪目說謊，猙獰醜惡，狐狸扮娘，腐爛透頂，妖精跳梁，惡如虎豹，毒如砒霜，癡人說夢，醜態難藏，自我暴露，破綻曝光，白骨成精，惡毒攻黨，含沙射影，毒汁濺牆，陰謀詭計，策劃急忙，鐵證如山，天羅地網，人民鐵拳，泰山壓頂，無恥吹噓，欲蓋彌彰，銅牆鐵壁，口誅筆伐，鐵打江山，人民汪洋，擦亮眼睛，十手所向，油炸炮轟，粉身碎骨，無處逃遁，義憤填膛，體無完膚，匕首投槍，短兵相接，刺入膏肓，批倒批臭，婊子牌坊，司馬昭心，路人皆詳，以卵擊石，碎殼流黃，右派得逞，工農懸梁，死有餘辜，殺殺殺兵，苟延殘喘，自取滅亡，勝利勝利，人心當當，金猴奮起，玉宇輝煌……

　　　　　　　　　　　　　——《狂歡的季節》（第 100 頁。）

　　這裡的戲仿似乎不具備敘述功能，與小說的情節也沒有太大的關係。但卻具有一種快感，一種狂歡的意味。它體現的是王蒙對語言本身的哲學體認。王蒙是有自己自覺的語言哲學的，他曾不止一次地談到語詞和話語以及符號問題。在《讀書》的《欲讀書結》欄目中，王蒙寫過好幾篇談語詞的文章，比如《東施效顰話語詞》、《再話語詞》、《符號組合與思維的開拓》，另外還有《從「話的力量」到「不爭論」》等，都在談論語言的多義、獨立、以及語言（話語）權力問題。王蒙說：「語言是人創造出來的，但是語言一旦被創造出來以後，便成為一個愈來愈獨立的世界。它來自經驗卻又來自想像，最終變得愈來愈具有超經驗的偉大與神奇了。它具有自己的規律法則，從而具有自己的反規律反法則（即變體）的豐富性、變異性、通俗性與超常性。它具有組合能力、衍生能力——即繁殖能力。它被人們所使用，卻最後又君臨人世，能把人管得服服帖帖。」〔註 21〕在這裡王蒙對語言的理解暗合了西方二十世紀語言論轉向以後的索緒爾、海德格爾甚至福柯的「話語即權力」的觀點。王蒙有一篇小小說，題目叫《符號》，我們不妨抄錄以下：

　　　　老王的妻子說是要做香酥雞，她查了許多烹調書籍，做了許多

〔註21〕王蒙：《從「話的力量」到「不爭論」》，丁東、孫珉選編：《世紀之交的衝撞——王蒙現象爭鳴錄》，光明日報出版社，1996 年 1 月版，第 300 頁。

準備，搞得天翻地覆，最後，做出了所謂香酥雞。老王吃了一口，幾乎吐了出來，腥臭苦辣噁心，諸惡俱全。老王不好意思說不好，他知道他的妻子的性格，愈是這個時候愈是不可以講任何批評的意見。但他又實在是覺得難於忍受，他含淚大叫道：

「我的上帝！眞是太好吃了呀！」

（他實際上想說的是：「眞是太惡劣了呀！」）

「香甜脆美，舉世無雙！」

（實爲：「五毒七邪，豬狗不食！」）

「啊，你是烹調的大師，你是食文化的代表，你是心靈手巧的巨匠……」

（實爲：「你是天字第一號的笨嫂，你是白癡，你是不可救藥的傻瓜！」）

……老王發泄得很痛快，王妻也聽得很受用。老王想，輕輕地把符號顛倒一下，世間的多少爭拗可以消除了啊。〔註22〕

在這裡王蒙告訴我們的是作爲符號的語言的彰顯與遮蔽功能。口是心非、言不盡意，說出的與遮蔽的一樣多，就像穿衣是爲了遮蔽身體，同時也彰顯了身體一樣。說出的不是重要的而沉默的才是重要的，所以阿爾圖塞與馬歇雷才提倡「症狀閱讀」。拉康提出「人是說話的主體而非表達的主體」。所有的這些理論，王蒙不都涉及到了嗎？王蒙在經驗中的確已經深入到了語言的堂奧中去了。因此我們再來看王蒙對「文革」語言的戲仿，就會明白，「文革」的歷史正是語言的歷史，歷史即話語，話語即權力。語言的狂歡語言的符咒就是歷史的本質。

在這裡王蒙顯然已經突破了工具論的語言觀，而深入到語言的本質中去了。在《蹰躇的季節》裏，王蒙對出席了文代會的錢文在會上慷慨陳辭一番之後，有一大段對語言的反思：

許多年以後，錢文回憶起這一段仍然深感驚異：那一天究竟發生了什麼聲學或者生理學現象了呢？也許這裡邊還有語言學的問題？當一個人說話的時候，那確實是他在說話嗎？當一個人不說話

〔註22〕 王蒙：《笑而不答——玄思小說·符號》，遼寧教育出版社，2002年6月版，第10頁。

的時候，他確實是不說話嗎？一個人不想說話卻發出了聲音和一個
人想說話卻沒有發出聲音，這樣的事情也是可能的嗎？那一天他們
這個組的作家確實說了話了嗎？每個人是都在說自己的話呢，還是
一個人通過大家說自己的話呢？一個人不說話的時候他確實是沒有
說話嗎？說話必須是有規範有詞彙有語法有句法就是說有主語有謂
語有賓語有標點符號的嗎？如果什麼都沒有那還能算作說話嗎？他
錢文究竟是從什麼時候學會了說話，什麼時候忘記了怎麼說話的
呢？動物不會說話嗎？還是僅僅不會說假話？啞巴出怪聲算不算說
話？動物是不是也有功利主義的語言？至少是貓，它為了食物可以
說出多麼動聽的招人憐愛的話來呀……

——《躊躇的季節》（人民文學出版社，1997 年
10 月版，第 272 頁。）

　　這難道不是王蒙的語言哲學的宣言嗎？王蒙從生活中所體悟出來的對語
言的深刻理解，浸潤著強烈的現代意識乃至後現代意識。政治話語情境中的
失語與不得不語，面對權力和功利主義的言不由衷、詞不達意、牛唇不對馬
嘴甚至是胡說八道，不都表現出人對語言的無能為力嗎？究竟是人在說話還
是話在說人呢？那個慷慨陳辭的錢文是真的錢文嗎？在這裡王蒙的困惑正是
現代人的共同的困惑，語言的實質正是它的自足的自我指涉功能。語言是一
種話語，它是自成體系的價值評價系統，面對這一強大的系統，人只能作為
角色代為發聲，因此，不是人在說話而是話在說人。言說在本質上說只能是
語言自己說。正如海德格爾所說的：「語言作為寂靜之音說」，「由於語言之本
質即寂靜之音需要（braucht）人之說，才得以作為寂靜之音為人傾聽而發聲」。
〔註23〕王蒙對語言的哲學體認，使他表現出了超出同時代人的深刻。

3. 戲謔調侃式語言

　　當戲謔調侃成為二十世紀八、九十年代文學中的一種說話腔調的時候，
人們自然會想到王朔。王朔成為這種「塞林格」式的調侃腔調的代表，與他
的連篇累牘的調侃給人的強烈震撼分不開。但是，考察這種說話腔調的起
源，我們不能不首推王蒙。早在二十世紀八十年代初期，王蒙在他的小說《說

〔註23〕參見海德格爾：《語言》，參看《海德格爾選集》第 358 頁、第 1001 頁、第 1009
　　　　頁，孫周興選編，上海三聯書店，1996 年 12 月第 1 版。

客盈門》和《買買提處長軼事》中就開始了他的調侃。不過這裡的調侃也被稱爲幽默。我始終認爲，幽默包含了調侃，幽默是一種更寬泛的概念。林語堂把幽默界定爲一種「謔而不虐」，「莊諧並出」，表現「寬宏恬靜」而不是「尖刻放誕」的說法有點過於狹窄，幽默實際上應該包涵機智的逗笑、滑稽模仿、戲謔笑鬧、調侃反諷、插科打諢、荒誕乖張等等範疇。調侃作爲幽默的一種，自然有自己的特指範圍，調侃式語言「是一種運用言語去嘲弄或譏笑對象的語言行爲」。〔註24〕當然王蒙式的調侃與王朔式的調侃不盡相同，王蒙式的調侃更蘊藉更溫和，特別是他的早期調侃，這種內莊外諧的特點是很明顯的；而王朔式的調侃則更具有「痞性」，因而也更尖刻更少顧忌。如果說王蒙式的調侃是一位飽經滄桑的知識分子對昔日人事的反躬自省進而採取的一種既嘲人又自嘲的說話方式的話，那麼王朔式的調侃則是年輕一代對舊物、對籠罩在自己頭上的權威話語的輕鬆的一擊。因此我們在王蒙式的調侃裏感受到的是經受歷史苦難的沉重與脫不盡干係的猶豫以及過來人的曠達等複雜的情感；而王朔式的調侃則有一種局外人的爽利乾脆和輕快，那是一種過把嘴癮就死的俗人亂道。比較二人的調侃的異同不是本節的重點，我想說明的是，王蒙不僅是戲謔調侃式語言的開創者，而且這種戲謔調侃式語言也是他的重要的說話方式之一。在王蒙的大量小說中，以幽默調侃爲主要結構方式和敘述方式的作品就佔有相當的比例。如果從自傳與否的角度來區分，王蒙的小說明顯可以分爲兩大類，一類帶有明顯的自傳色彩，以《布禮》、《雜色》、「季節系列」等爲代表；另一類則是諷諭性寓言體小說，以《說客盈門》、《買買提處長軼事》、《莫須有事件》、《風息浪止》、《加拿大的月亮》、《堅硬的稀粥》、《一嚏千嬌》、《球星奇遇記》、《名醫梁有志傳奇》等爲代表。後一類作品是典型的幽默調侃體小說，因而不僅在語言上頗多調侃，而且在結構上也是幽默調侃的。從語言上說，帶有自傳色彩的作品也充滿戲謔調侃的特色，特別是二十世紀八十年代中期以後的作品，調侃色彩愈益濃烈，因此這裡的戲謔調侃式語言，並不特意區分這兩類作品。

王蒙的調侃有時是通過戲仿來實現的。比如《失態的季節》裏的這段話：

於是紛紛表態。可不是嗎，現在都吃起肉來了，過去誰聽說過？

農民用肥皂有什麼稀奇？他們還用四合一、八合一香皂呢！八億農

〔註24〕王一川：《漢語形象美學引論》，廣東人民出版社，1999年9月版，第192頁。

民洗臉洗得香噴噴的，這是鬧著玩的嗎？這也是虎踞龍盤今勝昔，天翻地覆慨而慷啊！過去我們的家鄉至多用一點皂角灰呀！誰聽說過肥皂，更不要說什麼香皂了呀！我們的困難是前進中的困難，是暫時的困難；而資本主義國家的困難是滅亡中的困難，是無可救藥的困難。我們的規律是鬥爭，失敗，再鬥爭，再失敗，直至勝利；而敵人的邏輯是搗亂，失敗，再搗亂，再失敗，直至滅亡。我們是不會違背這條規律的，敵人也是不會違背這條邏輯的。解放以後人民生活提高得這麼快，誰沒有三件五件衣裳？一年不買布要什麼緊？兩年三年不買布又要什麼緊？新三年舊三年，縫縫補補又三年，這是我們的傳統美德，也是我們的勤儉建國的精神，我們現在要發揚，今後要發揚，一百年以後還要發揚。我們的江山是靠小米加步槍打下來的呀！三年不買布也能穿的整整齊齊！……〔註25〕

　　——《失態的季節》（人民文學出版社，1994 年
10 月版，第 384～385 頁。）

　　這段話是在二十世紀六十年代初，正值「三年困難」時期，洪嘉號召「右派」們捐獻出自己的布票以緩解國家的困難後，「右派」們的表態。這裡帶有明顯的調侃味道。其中「虎踞龍盤今勝昔，天翻地覆慨而慷」、「我們的困難是前進中的困難暫時的困難，而資本主義國家的困難是滅亡中的困難，是無可救藥的困難」、「我們的規律是鬥爭，失敗，再鬥爭，再失敗，直至勝利；而敵人的邏輯是搗亂，失敗，再搗亂，再失敗，直至滅亡」以及「新三年舊三年，縫縫補補又三年」云云，都是我們耳熟能詳的政治套話俗語，在今天的語境中戲仿這些烏托邦語言，所達到的效果只能是一種戲弄，一種解構。

　　有時王蒙的戲仿是通過極大的誇張變形來實現的，比如《球星奇遇記》中的歌星酒糖蜜演唱會的描寫，就誇張性地戲仿了現實中的歌星與聽眾的狂熱，作品有一段擬統計數字：

　　這一次演出創自由世界流行歌曲最高記錄，計：票房收入，60萬金元。謝幕次數，108。掌聲延續時間，99 分鐘。當場休克的觀眾，87 人。當場發作心臟病腦溢血而斃命的，13 人。當場發病後經治療雖脫險、但留下嚴重後遺症、變成終身傷殘者，40 人。由於場

〔註25〕著重號為引者所加。

上行爲不端實行暴力傷害與猥褻因而被警方拘押逮走的，66 人。一場演出以後，由於演員、演奏員、觀眾聽眾大量出汗而達到的減肥參數，人均 4 公斤。夜總會資產因群眾過於激動而受到損害（包括桌椅燈具窗簾玻璃牆壁等）總計折合，11.78 萬金元。實況錄像銷售拷貝數 899 萬件，錄音卡帶銷售拷貝數，453 萬件。

——《球星奇遇記》（第三卷，第 768 頁。）

這樣的奇文我們在《說客盈門》裏也曾經見到過。那個令人捧腹的 199.5人次，那種各式各樣的百分比統計數字，實在是一種語言的狂歡。我每每讀到這裡，都不禁竊想，王蒙在操作這些文字的時候一定充滿了快感，這種謔虐的調侃鬧劇，對世態人心的擊打是任何一本正經的正劇所無法比擬的。

到了二十世紀九十年代，王蒙的戲謔調侃愈演愈烈，他的語言成了真正的語詞的狂歡，「季節系列」把這種狂歡推向極致，使他的語言成爲當代文學百花園裏的一道奇異獨特的風景。巴赫金在談到陀思妥耶夫斯基的小說時，提出著名的「狂歡化」理論，巴赫金指出：「狂歡節上形成了整整一套表示象徵意義的具體感性形式的語言，從大型複雜的群眾性戲劇到個別的狂歡節表演。這一語言分別地，可以說是分解地（任何語言都如此）表現了統一的（但複雜的）狂歡節世界觀，這一世界觀滲透了狂歡節的所有形式。這個語言無法充分地準確地譯成文字的語言，更不用說譯成抽象概念的語言。不過它可以在一定程度上轉化爲同它相近的（也具有具體感性的性質）藝術形象的語言，也就是說轉爲文學的語言。狂歡式轉爲文學的語言，這就是我們所謂的狂歡化。」〔註 26〕中國沒有真正民俗意義上的狂歡節，因此我們很難說王蒙受到狂歡節的影響。但是，只要我們回想一下，或者說用現代人、過來人的眼光來重新審視一下建國以來我們的歷史，時過境遷後的那一個接一個的政治運動，不正是我們中國人自己的全民「狂歡節」嗎？〔註27〕從 1949 年歡慶解放的響徹全國的震天的腰鼓和紅綢飄飄的秧歌，到全民除「四害」、「大躍

〔註26〕 巴赫金：《陀思妥耶夫斯基詩學問題》，白春仁、顧亞鈴譯，《巴赫金全集》第五卷，河北教育出版社，1998 年版第 160～161 頁。

〔註27〕 這裡的所說的「狂歡」主要是就形式而言的，在實質上與巴赫金所說的「狂歡」不太一樣。歷次的政治運動在當時的人們看來並不具有狂歡性質，甚至還是充滿血腥味的，不過「時過境遷」之後，人們回過頭來，用現在的眼光來看，就具有了狂歡、喜劇的色彩，因此，王蒙把自己的小說命名爲《狂歡的季節》，這顯然是一種超越的審視。

進」、大煉鋼鐵，特別是 1957 年的「反右」運動，直至史無前例的文化大革命，古今中外有哪一個朝代民族能有如此廣泛的全民動員全民參與的「狂歡節」？在「反右」運動中就有五十多萬人被戴上「右派」帽子，加上「文革」期間的「地富反壞」的各種「分子」帽子，在三十年的共和國歷史上，中國上演了大規模的「戴帽」、「摘帽」儀式，加上「文革」期間眞正的戴高帽遊大街坐「噴氣式」「遊戲」，與西方狂歡節上的「加冕」、「脫冕」儀式何其相似乃爾！（當然相似的只是形式，本質上區別甚大。）在「反右」乃至「文革」期間，有多少大人物被拉下了馬，又有多少名不見經傳的小人物一夜揚名，現在看來，那眞是一個有仇的報仇有冤的伸冤，八仙過海各顯其能的全民表演全民狂歡的時代呀，在這個時代，所有的等級都反了個個兒，所有的世事都令人大吃一驚。難道不正是生活的這種調侃性狂歡性，才引發了王蒙小說的調侃性狂歡性嗎？正如王蒙在《躲避崇高》一文裏所說的：「我們必須公正地說，首先是生活褻瀆了神聖，比如江青和林彪擺出了多麼神聖的樣子演出了多麼拙劣和倒胃口的鬧劇。我們的政治運動一次又一次地與多麼神聖的東西——主義、忠誠、黨籍、稱號直到生命——開了玩笑……是他們先殘酷地玩了起來的！其次才有王朔。」〔註28〕我想這些話也可以看作是王蒙的夫子自道。語言的狂歡首先是高密度的戲謔調侃，這種調侃已經凝定爲作者的基本語調。我們可以說，在二十世紀九十年代的王蒙小說中，自傳式的抒情小說（即自由聯想體小說）與幽默調侃體小說（即諷諭性寓言體小說）已經有機地統一起來了。因此，在王蒙的長篇小說中，我們到處可見調侃與狂歡，狂歡不僅是語言的而且是情節和結構的了。比如在《躊躇的季節》中，第十四章就是典型的調侃。這是錢文在得知形勢驟變，自己的作品又不能發表以後，對自己的調侃。本章一開始，是敘述人對錢文的一句勸告：「所以你必須等待，你必須面對再一次無聲的拒絕、再一次的沒有期限的廢黜擱置，悄悄地瑟縮到一個角落裏去。」作品的敘述人實際上是錢文，因此這裡的話就是錢文的內心獨白。「你何必激情滿懷？你何必心潮彭湃？你何必目光炯炯、神交天宇？你何必苦苦地把自己當作一個奮勇的騎手、負重的車頭、耕耘的犁鏵和泣血的歌人？」從這種自我規勸的抒情文字上看，這就是錢文的「離騷」，錢文的自嘲自我調侃。一個「代乳粉」，也引發了錢文的無限玩味：

〔註28〕王蒙：《躲避崇高》，《讀書》，1993 年第 1 期。

代乳粉，真是一個好聽的名字。代乳即乳，代乳非乳，非乳代乳，乳非乳代，非乳即乳，乳非乳，乳即乳，乳乳乳代乳，乳代乳乳乳，代的你的心癢癢的！代乳代肉代股長代科員代糧代你代他，乾脆說你就是個代人民，不是代人民還是正式的人民？你倒是想得美！

——《躊躇的季節》（第 308 頁。）

這裡的玩味是痛苦的玩味無奈的玩味甚至是無意義的玩味，在對詞語的調侃中，體味到自己被時代拋棄的悲涼，由對代乳粉的調侃引出自己「代人民」的身份，內中況味豈一個「痛」字了得！

於是成為「代人民」的錢文在暑期閱卷得了三十六元錢以後，他買了兩個大西瓜，這段對吃西瓜的描寫堪稱奇文：

多麼可愛的夏天！西瓜是上蒼的傑作，吃西瓜是夏天的幸福的極致，幸福、理想、詩意與西瓜同在。……踢哩禿嚕，滴滴嗒嗒，三拳兩腳，張飛李逵，一個西瓜就進了肚。除了西瓜，什麼東西可能吃得這等痛快！夏天吃個瓜，豪氣滿乾坤！伏天抱個瓜，清風浴靈魂！盛夏抱個瓜，飛天懷滿月！春風風人，夏雨雨人，何如西瓜瓜人！有物曰西瓜，食之脫俗塵！有瓜甘而純，食之乃羽化！清涼，甘冽，柔潤，通暢，安撫，洗濯，補養，透亮，如玉如珠，如液如漿，如畫如鳥，如雲如霞，如飴如脂，如鯤鵬展翅逍遙遊於天地之間直到六合之外！……瓜中有道，瓜中有仙，瓜中有萬物之仁，瓜中有好生之德、有消長之理、有相剋相生陰陽五行八卦、有禪趣有瑜迦有煙士皮里純！夏日吃瓜，這就是人生，這就是思維，這也是創作！對於這個世界，不哭，不笑，而是要理解！就從理解吃瓜開始吧。這又是何等的幸福！從此錢文不做詩人，只做瓜人！

——《躊躇的季節》（第 313 頁。）

這簡直是一篇充滿才情的瓜賦！對吃西瓜的這種戲謔調侃中，透露出的難道不是作者的無盡的酸辛和無奈無望的人事滄桑嗎？醉翁之意不在酒，「瓜人」之意不在瓜，這就是王蒙式的調侃，這就是王蒙式的語言的狂歡，調侃和狂歡的背後是生命的不能承受之輕！

以上所談的壓制性語言、擬權威式語言、戲謔調侃式語言都屬於反諷式語言，反諷式語言的修辭表現功能是它可以製造喜劇，從而增加語言的情趣，

吸引讀者的閱讀興趣。同時，反諷式語言由於它的言在此而意在彼的雙重指向，使語言產生複義，從而加強了語言的內在張力。反諷式語言的文化功能則要複雜得多。反諷從根本上說是一種世界觀。正是由於世界的破碎，由於理性的無力，才使王蒙感到了內心的分裂。昔日統一的世界已經一去不返，正像在王蒙的新作《青狐》裏錢文所想的：「初回北京，他以為是與五十年代的他對接。很快他就發現，五十年代已經不復存在，他不可能，誰也不可能再接上五十年代。往事飄然而去，你戀往事，往事不在乎你。」王蒙的由理想主義到經驗主義的變化，導致了他對昔日的審視，而正是這審視才有了反諷。可見，歷史的反諷，生活的反諷，存在的反諷是王蒙語言反諷的本源。

　　然而，反諷是王蒙為了打破語言的舊規範從而建立語言新規範的一種策略。破是為了立。王蒙的語言新規範的基本原則就是兼收並蓄，就是雜糅包容、多元整合，具體而言，就是並置和閒筆的運用。

三、并置式語言：多樣的統一

　　閱讀王蒙的小說，經常會遇到這樣一些語言現象：就是王蒙往往喜歡在一句話或是一個句群單元中將意義相近甚至相同的詞彙排列在一起，共同表達同一個意思，我把這種語言現象稱為繁複式並置；有時王蒙又善於在一句話或是一個句群單元中將意義相對甚至是相反的詞彙排列在一起，共同表達一個複雜的意義，我把這種語言現象稱為悖反式並置；而有時王蒙又善於在一句話或一個句群單元中將一些毫不相干的詞彙或句子並置在一起，用於表達一個組合意義，我把這種現象稱為組合式並置。有時繁複式並置、悖反式並置與組合式並置混雜在一起從而構成混合式並置。總之，這種語言的並置現象構成王蒙語言區別於其他作家的一種特色。請看以下例證：

　　1）那一次他深深地感到了步入文藝界的繽紛、有趣、空洞與庸俗——另一種形式的庸俗可鄙。

　　　　　　　　　　　　　　　　　——《躊躇的季節》（第45頁。）

　　2）而翠柏如斯，土饅頭如斯，星夜如斯，貓頭鷹啼笑如斯，拔了牙再安裝上假牙，瘦了又胖（讀陰平）了又更瘦了百十來斤重的又聰明又愚蠢又高貴又下賤又自私又愛別人又政治又個人又渴望女性又膽小如鼠的那個名叫鄭仿或者名叫王八蛋或者大好人其實全一樣的暫時還活著討厭的傢夥如斯。

多麼可笑！多麼徒勞！多麼庸人自擾！多麼無事生非！多麼
過眼煙雲，轉瞬即逝，逝者如斯，不捨晝夜，付諸東流，了無痕迹！

——《失態的季節》（第 438～439 頁。）

3）您可以將我們的小說的主人公叫做向明，或者項銘、響鳴、
香茗、鄉名、湘冥祥命或者嚮明向銘向鳴向茗向名向冥向命……以
此類推。三天以前，也就是五天以前一年以前兩個月以後，他也就
是她它得了頸椎病也就是脊椎病、齲齒病、拉痢疾、白癜風、乳腺
癌也就是身體健康益壽延年什麼病也沒有。十一月四十二號也就是
十四月十一二號突發旋轉性暈眩，然後照了片子做了 B 超腦電流圖
腦血流圖確診。然後掛不上號找不著熟人也就沒看病也就不暈了也
就打球了游泳了喝酒了做報告了看電視連續劇了也就根本沒有什麼
頸椎病乾脆說就是沒有頸椎了。親友們同事們對立面們都說都什麼
也沒說你這麼年輕你這麼大歲數你這麼結實你這麼衰弱哪能會有哪
能沒有病去！說得他她它哈哈大笑嗚嗚大哭哼哼嗯嗯默不做聲。

——《來勁》（第五卷，第 139 頁。）

4）自由市場。百貨公司。香港電子石英表。豫劇片《卷席筒》。
羊肉泡饃。醪糟蛋花。三接頭皮鞋。三片瓦帽子。包產到組。收購
大蔥。中醫治癌。差額選舉。結婚筵席……

——《春之聲》（第四卷，第 293 頁。）

以上引證的前三例均屬混合式並置，第四例是典型的組合式並置。

從語言的基本風格上看，王蒙是一個善於選用長句式的作家。而長句式
的構成成分主要是由於修飾成分的繁多造成的。王蒙又是一個最善於運用排
比的作家。相同和相悖的修飾成分構成的鋪排雜沓，使他的語言充滿了恢宏
的氣勢、激昂的旋律、濃豔的色調，猶如一部宏大的交響樂。對此論者甚多，
本文不再贅述。我所感興趣的是，王蒙在這些句式中所設置的繁複與悖反的
語言的「特洛伊木馬」，具有怎樣深層的意義。

對於繁複與悖反現象已有論者注意到了，有人讚揚有人批評，但不管是
讚揚還是批評都是從語言修辭角度為出發點的。〔註29〕張志忠在批評王蒙的

〔註29〕 參看吳辛丑：《奇妙的「堆砌」——談王蒙作品中的繁複現象》，《語文月刊》，
1993 年第 4 期。在該文中作者把王蒙語言中的「堆砌」改稱「繁複」，認為是
一種積極的修辭現象。而張志忠在《對文學的輕慢與失態》一文中則對王蒙

這種現象時，所引證的就是上述的第二例。對這兩段引文，張志忠認為：從表達方式上看，「它恰好表現出王蒙在語言的縱橫捭闔上形成的兩種習慣：一種是聯想式，由『過眼煙雲』想到『逝者如斯』，由『日月經天』想到『長河貫地』，在相近的詞語中信手拈來，不拘小節，逮著誰算誰，一種是在相反的意義上拼接句子，像又這樣又那樣又這樣又那樣地構成俏皮的調侃。」〔註30〕在這裡張志忠發現了王蒙語言中的繁複與悖反現象，但張志忠卻認為「這樣的語言往往用得太多太濫，使得王蒙的作品過於浮誇，過於鋪陳，在不加節制地對語言隨意揮霍、盡情拋灑的時候，它損害的是作家和作品。」因此張志忠斷言，玩弄語言的王蒙被語言玩弄了。〔註31〕應該承認，如果從文學語言的修辭角度以是否節制來看王蒙的語言，張志忠的批評是有道理的。問題在於，我們這樣要求王蒙的時候，王蒙還是王蒙嗎？王蒙的特點難道不正在於他的語言的這種氣勢這種繁複悖反這種汪洋恣肆這種縱橫捭闔上嗎？我認為關鍵不是王蒙應該不應該運用這種語言，而是他為什麼運用這種語言，恰恰是在這一問題上，張文未給予我們滿意的回答。我始終認為，既然繁複與悖反已經成為王蒙語言運用的一種普遍的現象，那麼我們就應該站在王蒙的角度對這一現象產生的來龍去脈加以澄清，從而才能在這一基礎上對其語言運用的成敗得失給予關注，而不是從自己的好惡的角度對其進行簡單的指責。讓我們就以上例證2進行分析，看看這類語言所具有的各種功能。

　　首先我們應該弄清這段話的表意功能。這段話是鄭仿深夜一個人在野外看青時的內心獨白。此時的鄭仿是作為一個出身於資產階級家庭的少爺，風度翩翩的名牌大學的高材生，兒童文學雜誌的主編，臭不可聞的右派，一九六零年首批浮腫病患者，因飢餓偷了公社的蒜種差點被批鬥，因陸浩生書記才化險為夷的多重身份來進行聯想和內心獨白的。回想自己一生沉浮，荒誕之情油然而生，人生如夢，人生無常的虛無感使鄭仿感慨萬千。這段話正是這種感慨的情緒化的產物。翠柏常青，墳頭永恒，星夜寥廓，貓頭鷹啼笑，人生在世，瘦也好胖也好聰明也好愚蠢也好高貴也好下賤也好自私也好愛人也好政治也好個人也好渴望女性也好膽小如鼠也好叫鄭仿也好叫王八蛋也好

《失態的季節》一書中的語言繁複與悖反現象給予了批評。參見《小說評論》，1995年第4期。
〔註30〕張志忠：《對文學的輕慢與失態》，《小說評論》，1995年第4期。
〔註31〕參看張志忠：《對文學的輕慢與失態》，《小說評論》，1995年第4期。

或者大好人也好，在永恒的大自然面前，一切的一切還不是一個樣，還不是可笑徒勞庸人自擾無事生非，還不是過眼煙雲轉瞬即逝逝者如斯不捨晝夜付諸東流了無痕跡了嗎？在這裡體現的是鄭仿對人生對世事的虛無以及虛無之後的超脫和曠達，體現了鄭仿對自身矛盾性格的難於把握以及這種把握的無意義。這樣的情緒非這樣的文字不足於表達，而且也非這樣的文字不能表達！從修辭的表現功能上看，閱讀王蒙我覺得首先是一種詞彙流，語感流，氣勢流，情緒流，一種整體的衝擊力爆發力，正像一部宏大的交響樂，或是一場暴風驟雨，或是飛流直下一瀉千里的江河水，或是噴湧而出的火山岩漿，我們來不及欣賞它的細部，便被裹挾而下，奔流到海不復回了。當然這不是說王蒙的語言細部沒有意義，當我們從整體氣勢上的震驚回到他的具體語詞細部的時候，我們同樣可以看到王蒙的語言所帶給我們的超大信息量與文化意味。我認為我們研究王蒙的語言必須回到它的文化功能上來，只有這樣才能深入到語言的堂奧中去。還以上面的引文 2 為例，來看看它的文化功能。

這段話中的幾組悖反式詞組組合，聰明與愚蠢，高貴與下賤，自私與愛別人，政治與個人，渴望女性與膽小如鼠，鄭仿與王八蛋云云都不是隨意而為的語言遊戲，而是包含了深廣的歷史文化評價和文化價值的社會性話語事件。在當時的歷史文化語境中，聰明高貴與愚蠢下賤，體現的是知識分子與工農的對立以及兩種不同的社會評價系統。在民間的非正式場合的話語體系中，高貴的知識分子被認為是聰明的階層，而工農則恰恰相反；但在主流意識形態話語體系中，高貴的知識分子則被認為是愚蠢的，而卑賤的工農則被認為是聰明的，所謂「卑賤者最聰明，高貴者最愚蠢」就是這個意思。（關於這個意思，王蒙在他的中篇小說《名醫梁有志傳奇》中有很好的表現）。因此，聰明與愚蠢，高貴與下賤就不是簡單的語詞對立，而是不同的社會價值系統，不同的文化話語系統的對立。同理，在一個政治倫理高於一切的時代，政治與個人是高度對立的，政治提倡愛黨愛國愛人民，卻在極力掃蕩私欲，所謂「鬥私批修」、「狠鬥私字一閃念」、「靈魂深處爆發革命」等提法，正是以消滅個人主體性為旨歸的極權化運動，奧維爾《1984》中所描繪的那個可怕的時代，每一個經歷了「反右」、「文革」的中國人來說，肯定不會陌生。因此，順理成章地對女性的渴望就成為時代的大忌，那是個禁欲的時代，萬惡淫為首，正常的欲望也是不合革命規範的，膽小如鼠是規訓與懲罰的結果，是自覺排除私欲而歸順政治倫理的自我道德化的結果。於是少爺、高材生、革命家、兒童文學專家、主編的體面的鄭仿，變成了不齒於人類的狗屎堆的「右

派」的王八蛋。這裡的語詞對立，折射的是社會歷史的巨大變遷，也是不同的社會文化評價系統加之知識分子身份認同的結果。而這句話的語調的調侃式樣，又體現的是鄭仿的評價態度，因而構成反諷。試想一下，如此超大信息量的句式如果不是王蒙這樣有著深切的社會歷史體驗和生命體驗的作家，又有誰能爲之呢？長期以來我們習慣於四平八穩的語言，習慣於所謂的優美單純的含蓄蘊藉的語言傳統，而對王蒙這樣明顯偏離常規的語言試驗，接受起來自然有個過程，但從另一方面不也恰恰說明王蒙在語言上的創新和不斷追求精神嗎？

最能體現王蒙語言繁複、悖反與組合式並置的是《來勁》。這篇小說曾引起廣泛的爭議，原因就是這篇小說對常規的嚴重偏離。整篇小說沒有統一的情節，也沒有鮮明的形象，而是將各種意義相近或相反的詞語並置在一起，形成一種莫名其妙的關係。王蒙在這裡無疑是對自笛卡兒以來「我思故我在」的理性主義的清晰和判然的主體秩序的挑戰。當我們習慣於將世界理性化、條理化、確定化、單純化和戲劇化的時候，王蒙的這種非理性化、非確定性、偶然性、複雜性的追求和試驗肯定會引起震驚和騷動。敘述人儘管煞有介事地告訴我們：「您可以將我們小說的主人公叫做向明，或者項銘、響鳴、香茗、鄉名、湘冥祥命或者嚮明向銘向鳴向茗向名向冥向命……」而實際上作者已經潛在地把主體謀殺了。這處於主語（主體）位置的這個叫「Xiangming」的人，只是一個語言符號，一個永遠沒有所指的拉康意義上的無限滑動的能指，因而這個位置永遠只是一個不確定的位置，一個具有無限可能性的位置。由於主語（主體）位置的不確定，也帶來了謂語陳述行爲的多種選擇性。這種選擇性輻射到各個方向，既平行又垂直甚至是悖反的，諸如「得了頸椎病、齲齒病、拉痢疾、白癜風、乳腺癌也就是身體健康益壽延年什麼病也沒有了」。在這裡，敘述人用了一個「也就是」就把所有的正反是非全都抹平了。由此連帶的是時間的模糊與空間的不確定。這樣就等於徹底消解了主體的存在位置，讓所有的陳述行爲成爲可疑的海市蜃樓。當然王蒙對語言的這種解構與顛覆，並不是單純指向語言本身的，而是一種「社會象徵行爲」。對此，孟悅曾有過十分精當的論述，她說：《來勁》「是以顛覆某些語言規則的方式，象喻著曾占主宰地位的某一意識形態概念體系的崩潰坍塌。更確切地說，這兩篇小說（指《來勁》和《致愛麗絲》筆者注）與其說顛覆了語言關係，不如說（象徵性地）破壞了那一形而上學地看待主體、

看待主體間、主客體、主體與文化關係的觀念體系，象徵性地破壞了與其相伴生的小說觀（人物觀、情節觀、敘述觀）、審美感知力和藝術慣例，象徵性地破壞了某種久已穩固的秩序化了的文化心理結構。」〔註 32〕但是，孟悅的說法只是說對了一半，我覺得王蒙的真正用意還不完全在於顛覆和解構，而是在於建構，所謂的建構，是指王蒙試圖在被摧毀的語言廢墟上築建新的語言寶塔，王蒙留給語言的是多種可能性的空間，在主體位置的不確定和謂語陳述行為的多種選擇性方面看，體現的既是王蒙對一元化烏托邦語言的戲弄和謀殺，〔註 33〕同時又是王蒙對世界的多樣統一的多元化的倡揚，語言的並置正是世界並置的投射。任何獨斷的、確定的、單一的世界都是對多元的、可能的、複雜的世界的篡改和遮蔽。「向明」的無限正是主體的無限的象徵，謂語的選擇性陳述正是世界的選擇與被選擇的表徵。因而，這一新的語言的寶塔不是唯一的，而是多棱多面的。

相對於長句式的選擇，短句式乃至超短句式也是王蒙小說語言中的一種常見現象，在《春之聲》、《海的夢》、《光》、《風箏飄帶》、《灰鴿》、《蝴蝶》、《如歌的行板》、《相見時難》等作品以及他的大量微型小說中大量存在。這種句式往往是典型的組合式並置的語言。比如引述 4，這是《春之聲》中主人公岳之峰在火車上所聽到的乘客議論現實的一段話。這段話的每句話之間缺乏過渡，沒有起承轉合，彼此獨立，各自為政。每一個短句都表示一個事物一個事件或一個畫面，這不同畫面的並置組接，就形成一種類似電影蒙太奇的效果。二十世紀八十年代初，是中國社會發生重大轉折的時代，在這樣一個時代，生活中的各種新鮮事物是層出不窮的，「自由市場」、「香港電子石英表」、「三接頭皮鞋」、「包產到組」、「結婚筵席」、「差額選舉」等等就是社會生活中的新鮮事物，也是歷史新時期的標誌性事件。從表意功能層次上講，「自由市場」、「包產到組」、「差額選舉」屬於政治生活層面的話語範疇，而「香港電子石英表」、「三接頭皮鞋」、「結婚筵席」則屬於日常生活層面的話語範疇。這兩個範疇在歷史的轉折時期都獲得了新的意義，因而具有了政治的意識形態文化功能。試想一下，在二十世紀八十年代初，「香港電子石

〔註 32〕孟悅：《語言縫隙造就的敘事——〈致愛麗絲〉、〈來勁〉試敘》，《當代作家評論》，1988 年第 2 期。

〔註 33〕參看郜元寶：《戲弄與謀殺：追憶烏托邦的一種語言策略——詭論王蒙》，《作家》，1994 年第 2 期。

英表」在大陸大行於市，「三接頭皮鞋」如雨後春筍般地穿在人們的腳上，這對於一個禁錮了十幾年，以千篇一律的裝束，以樸素貧窮爲美的民族來說，實在是一個具有革命性意義的「事件」。「香港電子石英表」與「三接頭皮鞋」實際上已經成爲一種文化符號、一種象徵，它象徵著人們崇洋崇美的普遍心態，而在更深心理上則是對現代文明的嚮往。一般而言，一個社會的變革往往從日常生活的時尚變革開始，從服飾與妝扮的革命開始。當然這種生活時尚的變革最終還是由政治的意識形態制約的。比如「文革」中，所有的婦女都剪掉髮髻留成江姐式的革命的「剪髮頭」，男女青年對「綠軍裝」和勞動布工作服的青睞，都說明政治倫理與意識形態文化的滲透作用。所以新時期之初的生活時尚的變革也是政治鬆動的表徵。總書記帶頭穿西裝，不僅是生活事件，而且是一個政治象徵事件。王蒙敏銳地發現了生活時尚變革與政治變革的微妙關係，這種新的變化和轉機，就是新時代的「春之聲」。然而，王蒙也看到了傳統的根深蒂固，「百貨公司」、「豫劇片《卷席筒》」、「羊肉泡饃，醪糟蛋花」、「三片瓦帽子」、「收購大蔥」、「中醫治癌」等等，體現的是新舊交替的社會現實，僵化的傳統經濟體制，古老的文化傳統，依然貧窮的地域，然而「中醫」可以治癌，這難道不是傳統中的新的轉機嗎？王蒙將新與舊、沉屙與轉機巧妙地組合剪接在一起，表現的是深廣的社會文化內涵。「自由市場」與「百貨公司」的排列，是兩種不同經濟體制的組接，從某種意義上暗含著一種競爭，王蒙儘管對這兩種體制還沒有理性的認識，但他仍然敏感到兩種價值的交鋒，將是悠關中國未來的事件。由此可見，這種組合式並置語言的背後是各種文化價值的並置與關聯，那正是王蒙對世界「雜多統一」的世界觀的體現。

四、閒筆：情致·節奏·廣泛的眞實性

在王蒙的成名作《組織部來了個年輕人》〔註34〕裏，有一段這樣的文字：

> 臨走的時候，夜已經深了，純淨的天空上布滿了畏怯的小星
> 星。有一個老頭兒吆喝：「炸丸子開鍋！」推車走過。林震站在門外，
> 趙慧文站在門裏，她的眼睛在黑暗中閃光，她說：「下次來的時候，

〔註34〕該小說最初發表在 1956 年 9 月號的《人民文學》雜誌時，被改爲《組織部新
　　　來的青年人》，後收入《王蒙文集》第三卷，恢復爲現名。

牆上就有畫了。」〔註35〕

　　這裡描寫的是林震與趙慧文告別的情景。在兩人世界中突然插入「有一個老頭兒吆喝：『炸丸子開鍋！』推車走過。」顯然與小說的情節無關。這實際上就是閒筆。所謂「閒筆」指的就是游離於故事情節之外的部分。有的閒筆是語句式的，有的則是段落式的，有的則是章節式的。在閱讀王蒙的小說時，我感到閒筆是王蒙小說語言運用的又一普遍現象，是有意爲之並刻意追求的一種技巧。

　　實際上，閒筆並不是王蒙的獨創，早在我國古代小說中，閒筆就是一種常用的語言敘述方法。金聖歎在對《水滸傳》的評點中，曾在第二回、第三回、第六回、第二十五回、第五十五回等多處提到「閒筆」。比如在第二回對魯提轄拳打鎮關西描述時，金聖歎夾批：「百忙中處處夾店小二，眞是極忙者事，極閒者筆也。」〔註36〕張竹坡在《金瓶梅讀法》中也曾提出《金瓶梅》「皆於百忙中，故作消閒之筆」。〔註37〕毛宗崗在評點《三國演義》時雖未明確提出「閒筆」的說法，但在許多地方所說的也是「閒筆」。可見閒筆是一種古老的語言敘述技巧。王蒙顯然繼承了這一技巧並對之進行了現代性的改造。古代小說中的「閒筆」雖然在主要情節之外，但仍屬於總情節之中的副情節，比如《水滸傳》中的店小二，他對魯提轄拳打鎮關西的反應，是整個總情節的一部分，他的功能是對敘述節奏的調節，延宕主情節高潮的快速到來，從而加強讀者的閱讀期待心理。古代小說講究的是「閒話少敘，書歸正傳」的美學規則的，因而決定了它的「閒筆」不可能游離於主情節太遠。王蒙生活在二十世紀，這是一個高速度快節奏的全球一體化時代，一方面時空比古代無限地擴大了，另一方面，由於速度的提高，時空比古代又相對地縮小了。於是王蒙的閒筆成了眞正的「閒筆」。他眞正地游離於情節之外，插科打諢，調侃笑鬧，抒情言志，臧否人事，眞是精鶩八極，神遊萬仞，縱橫捭闔，氣吞萬象。讀王蒙的小說，愈到老年，就愈自由狂放愈隨心所欲，閒筆就愈多了起來。縱觀王蒙的閒筆，其主要功能有以下幾點：

　　首先，從表現功能上說，閒筆可以增添語言的情致，使語言更有趣味。王蒙在談到小說語言時曾說過：「小說裏邊還需要有一種情致。情就是感情的

〔註35〕著重號爲引者所加。
〔註36〕金聖歎：《貫華堂第五才子書水滸傳（上）》，第二回夾批，《金聖歎全集》第1卷，江蘇古籍出版社，1985年7月版，第75頁。
〔註37〕蘭陵笑笑生：《金瓶梅》，張道深評點，齊魯書社，1987年版，第38頁。

情，致就是興致的致。我想，所謂情致就是指一種情緒，一種情調，一種趣味。因爲小說總是要非常津津有味的、非常吸引人的、非常引人入勝的才行。這種情致是一種內在的東西。它表現出來，作爲小說的構造，往往成爲一種意境。也就是說，把生活本身所具有的那種色彩、那種美麗、那種節奏，把生活的那種變化、複雜；或者單純，或者樸素；把生活本身的色彩、調子，再加上作家對它的理解和感受充分表現出來，使人看起來覺得創造了一個新的藝術世界。」〔註38〕當然語言的情致並不是只有閒筆才能營造的，而閒筆卻是一種很好營造語言情致的方法。那麼王蒙是如何通過閒筆來增添語言的情致的呢？

　　通過閒筆營造一種詩意的抒情氛圍，用於抒發情感，進而增添語言的情趣，這在王蒙的小說中是到處可見的。《蝴蝶》中「海雲」一節，當海雲成了「右派」，海雲提出與張思遠離婚，張思遠看到離婚後海雲臉上的喜氣時，他憤怒了。接下來是一大段詩一樣的抒情段落：「枝頭的樹葉呀，每年的春天，你都是那樣的鮮嫩，那樣充滿生機。你欣悅地接受春雨和朝陽。你在和煦的春風中擺動著你的身體。你召喚著鳥兒的歌喉。你點綴著庭園、街道、田野和天空。甚至於你也想說話，想朗誦詩，想發出你對接受你的庇蔭的正在熱戀的男女青年的祝福。不是嗎，黃昏時分走進你，將會聽到你那溫柔的聲音。你等待著夏天的繁茂，你甚至也願意承受秋天的肅殺，最後飄落下來的時候，你甚至沒有一聲歎息。……但是，如果你竟是在春天，在陽光燦爛的夏天剛剛到來之際就被撕擄下來呢？你難道不流淚嗎？你難道不留戀嗎？……」這幾乎與情節毫無聯繫的大段詩的抒情，的確非常優美，它優美得讓我實在不忍心攔腰把它斬斷。我不住地吟誦咀嚼，好像在詠吟一首極美的散文詩。接下來一段：「然而，汽車在奔馳，每小時六十公里。火車在飛馳，每小時一百公里，飛機劃破了長空，每小時九百公里。人造衛星在發射，每小時兩萬八千公里。轟隆轟隆，速度夾帶著威嚴的巨響。」在這兩段詩意的抒情閒筆中，也許隱喻性地揭示了海雲的命運，海雲不就像那一片無聲的綠葉嗎？在時代車輪的轟隆飛馳面前，她又算得了什麼呢？

　　利用閒筆營造一種詩意的氛圍，用於烘托氣氛，也是增加語言情致的方法。在長篇小說《活動變人形》的第九章中，多日不回家來的倪吾誠回家來

〔註38〕王蒙：《關於短篇小說的創作》，《王蒙文集》第七卷，華藝出版社，1993 年12 月版，第 147～148 頁。

了，迎接他的是冰冷的家人和緊鎖的房門。三個女人準備惡戰倪吾誠，氣氛緊張，一觸即發，但作者徐徐道來，層次錯落。惡戰前三次寫到「胡琴聲」。第一次是在倪吾誠走進院落，穿過影壁牆時，作品寫道：

這時不知從哪裏傳來一聲胡琴的聲音，單調、重複、迷茫。

這是以動寫靜，就像王維的詩《鳥鳴澗》裏所寫的：「人閒桂花落，夜靜春山空。月出驚山鳥，時鳴深澗中。」以動寫靜十倍其靜。試想在偌大的京城的傍晚，在一個一觸即發的惡戰的前夕，突然冒出的一聲胡琴聲，該是多麼單調、重複、迷茫呀。這是以倪藻的視角來寫，胡琴聲更增添了緊張的氣氛。靜來自於壓抑，因為在西屋正埋伏著「伏兵」。

第二次寫到「胡琴聲」是在倪吾誠斷喝：「開門！開門！開門！」之後，作品寫道：

不知道從哪裏來的一聲尖利刺耳的胡琴。「設壇臺，借東風……」嚎了一嗓子便沒了聲音。接上來的是胡同裏的一聲拖拖拉拉的吆喝——有洋瓶子我買！這所有的聲音似乎都帶有一種挑戰的意味。

這彷彿是對倪吾誠暴怒的回應，是對下面惡戰的蓄勢。閒筆不閒，它烘托出倪吾誠的極端憤怒的心情，比直寫要更有聲色多了。

第三次胡琴聲是在倪吾誠破門而入，西屋裏的「伏兵」仍無動靜時：

又傳來京胡和清唱的聲音。又突然沒了。有一聲鳥叫，一隻小麻雀沿著斜線從推倒的門前與窗前飛上天空。後面緊跟著另一隻與它相親相愛的麻雀。它們是幸福的。它們沒有理會不幸的人。它們向著晚霞飛去了，它們對獨自坐在黑洞洞的大窩裏的倪吾誠連瞥一下也不曾。

這種突然而來又突然沒了的胡琴聲使得這個傍晚的院落籠罩在一種不祥的陰陽怪氣的氛圍中，一場惡戰在醞釀，可怕的胡琴聲，就像是戲臺上的伴奏。可見如此寫來，語言的情趣陡然增加了多少啊！

利用閒筆製造笑料，進而增加語言的情致。在《失態的季節》裏，第十三章寫到「右派」們喝糝子粥，喝得一個個大腹便便腹脹欲破，但餓得也快，鄭仿向杜沖請教多喝糝子粥的經驗，杜沖卻講述了一段有關北京城大糞的說法：「……哪個農民不研究大糞？你沒有聽這裡的農民說過？偌大的北京城，什麼也不出，就出一個大糞！大糞大糞，這裡邊也有學問的呀！去北京

掏大糞，東城和西城的大糞的價錢就不一樣：東城闊人多，吃得好拉得臭，糞的價錢就高一些；西城就不行啦，窮人多，吃的沒有油水，拉出來的大糞上到地裏也沒有什麼勁呀！唉，人窮就是罪呀，連拉出來的巴巴來也是低人一等的啊！……」這裡看似閒筆卻充滿調侃意味，令人發笑。

同樣在《暗殺——3322》中，寫「神童發明家」鄒曉騰在火車上大吹大擂，作者筆鋒一轉寫道：

　　　　「噗……噗……噗……不不不！」

　　　　　眼珠外凸身材勻稱的男生恰好放了一個漫長而又宛轉的屁，使

　　大家幾乎笑了起來。

其次，從敘事功能上看，閒筆可以調節敘事節奏，製造間離效果。

童慶炳先生在談到「閒筆」的時候說：「所謂『閒筆』是指敘事文學作品人物和事件主要線索外穿插進去的部分，它的主要功能是調整敘述節奏，擴大敘述空間，延伸敘述時間。豐富文學敘事的內容，不但可以加強敘事的情趣，而且可以增強敘事的真實感和詩意感，所以說『閒筆不閒』。」〔註39〕在這裡，童慶炳先生主要是就閒筆的敘述功能來談閒筆不閒的道理的，從這個角度來看王蒙小說中的閒筆，的確起到了這樣的作用。閱讀王蒙，由於他的密集的「政治化革命化」的話語流，由於他的題材的高度紀實性歷史性，往往會使讀者應接不暇，喘不過氣來。對此王蒙是心中有數的。於是他不斷地製造「閒筆」，大段大段地製造，成章成節地製造。王蒙善於在敘述中突然站出來插話，比如在《活動變人形》的第五章的開頭，插入一大段作者的議論，這段議論與所述倪家的故事毫不相干。同樣，在第十章，當寫完了姜家三女與倪吾誠的惡戰之後，作者又突然出來說話：「等一等，停一停。在寫到四十年代也許說不上多麼遙遠但顯得十分古舊與過了時的往事，寫到那白白的愚蠢和痛苦，寫到那難於置信的宿命的沉重的時候我造訪了你。……」這幾乎多半章的描寫也與倪家的故事毫不相干，而是作者重訪五十年代作為「右派」在此改造的故地。還有小說結尾所探討的「跳舞的歷史」考證，這種考證被張頤武稱為是「欲望現代性話語」的崛起。〔註40〕在「季節系列」作品中，這樣的閒筆就更多了。《狂歡的季節》的第八章，在寫了一個一個

〔註39〕童慶炳等著：《現代學術視野中的中華古代文論》，北京出版社，2002年5月版，第376頁。
〔註40〕參看張頤武：《王蒙「跳舞」的意義》，《文學自由談》，2003年第3期。

革命人與被革命人之後，突然宕開筆寫了被作家鐵凝稱爲《狂歡季節》裏最好的一章的貓與貓氏家族，〔註41〕這實際上也是閒筆。這大量閒筆的運用，的確調節了敘述節奏，使敘述舒緩錯落，張馳有致，從而增添了語言的情致。另外，大量閒筆的插入，也起到了猶如布萊希特所言的「間離」的效果。「間離」正如俄國形式主義的「陌生化」，都是製造效果的一種手段。「間離」就是對常規的偏離，就是讓讀者在正常的閱讀中突然跳出來喘口氣想一想，就是製造敘述的阻隔。《活動變人形》是王蒙童年創傷性記憶的產物，王蒙曾言這是他寫得最痛苦的一本書，「有時候寫起來要發瘋了」。〔註42〕第十章的那一大段閒筆就是在倪家的惡戰結束以後，那刻骨銘心的「熱綠豆湯情結」〔註43〕使王蒙喘不過氣來，閒筆是他平息情感波瀾的間離方式，也是讓讀者引發思考的方式。

第三，從文化功能上說，閒筆擴大了生活內容的表現範圍，體現了廣泛眞實性原則。

實際上，生活本身並不是一種純淨的蒸餾水，一種有序的，條理的，充滿戲劇性的必然性的組合，而是一種混沌的，廣泛的，充滿雜質的，蕪蔓枝杈的偶然性的「堆砌」。對於這樣的複雜的生活，如何把它的眞實性表現出來，是每一個藝術家所面臨的嚴峻考驗。其實，運用語言進行敘事的行爲本質上是一種選擇性行爲，這種選擇不可避免地要打上了意識形態的烙印。按照阿爾都塞的觀點，「意識形態是個人同他的存在的現實環境的想像性關係的再現」，〔註44〕這說明意識形態的想像性質。意識形態實際上是一種「夢」，它是虛幻的但又是實在的，是作爲現實支撐物的幻象，「意識形態作爲夢一樣的建構，同樣阻礙我們審視事物、現實的眞實狀態。我們『睜大雙眼竭力觀察

〔註41〕 參看鐵凝：《狂歡季節裏的貓》，載崔建飛編《王蒙作品評論集粹》，中國海洋大學出版社，2003年9月第1版，第188頁。

〔註42〕 《王蒙、王幹對話錄》，《王蒙文集》第八卷，華藝出版社，1993年12月版，第573頁。

〔註43〕 方蕤（王蒙夫人崔瑞芳的筆名）曾這樣描繪王蒙不幸的童年：「幼年的王蒙，生活在一個不幸的家庭裏。由於種種差異，使得父母的關係水火不相容。外祖母、母親、姨媽組成聯盟，一致對抗單槍匹馬的父親。有一回，王蒙的父親從外面回家，剛走到院中，一盆才出鍋的熱綠豆湯兜頭潑過來。直到今天，都無法抹去滾燙的綠豆湯烙在王蒙心中的印迹。」方蕤：《我的先生王蒙》，長江文藝出版社，2004年3月版，第14頁。

〔註44〕 阿爾都塞：《意識形態和意識形態國家機器》，李迅譯，《當代電影》，1987年第4期。

現實的本來面目』，我們勇於拋棄意識形態景觀，以努力打破意識形態夢，到頭來卻兩手空空一無所成。作爲後意識形態的、客觀的、外表冷靜的、擺脫了所謂意識形態偏見的主體，作爲努力的實事求是的主體，我們依然是『我們意識形態夢的意識』。」〔註45〕齊澤克在這裡所說的實際上與阿爾都塞的「意識形態像無意識一樣沒有歷史」的觀點是一致的。既然意識形態是一種想像的、虛幻的夢的建構，而它又是現實的、無所不在的存在，那麼作家對世界的觀察選擇就是一種意識形態的觀察選擇，因而作家所行使的語言敘事行爲就是一種話語權力。以這種話語權力對世界對生活的選擇就是一種對世界對生活對象的取捨。這種取捨伴隨巨大的危險，就是很有可能把原本豐富複雜的、多元並存的、客觀眞實的生活世界簡單化、一元化、主觀化。王蒙對此有著足夠的警惕。筆者在對王蒙的私下訪談中，他曾多次談到諸如「雜多的統一」、「廣泛的眞實性」等原則。他在對張潔的小說《無字》的批評中，呼籲作家要愼用話語權力：「整個作品是建造在吳爲的感受、怨恨與飄忽的——有時候是天才的，有時候是不那麼成熟的（對不起）『思考』上的。我有時候胡思亂想，如果書中另外一些人物也有寫作能力，如果他們各自寫一部小說呢？那將會是怎樣的文本？不會是只有一個文本的。而寫作者其實是擁有某種話語權力的特權一族，而對待話語權也像對待一切權力一樣，是不是應該謹愼於負責於這種權力的運用？怎麼樣把話語權力變成一種民主的、與他人平等的、有所自律的權力運用而不變成一種一面之詞的苦情呢？」〔註46〕在這裡，王蒙主張的是一種民主的、平等的、寬容的態度面對寫作對象，同時也體現了他對世界的多元化理解。面對世界的複雜多元，作家的取捨無論如何都將是一種語言的暴力行徑。正是基於這種思想，王蒙的閒筆才是一種努力使世界、使生活對象立體化、豐富化、多元化的嘗試，是廣泛眞實性原則的實踐。從這一意義上說，閒筆也是一種並置式語言。閒筆在敘述中所插入的任何東西都是生活的一部分，恰恰是閒筆，才使被純化、條理化了的生活獲得了毛茸茸的質感。

　　現在我們可以回到本節的開始，《組織部來了個年輕人》中的「炸丸子開鍋」的描寫，在意識層面體現的是王蒙努力增加作品地域文化色彩，加強作品生活場域的豐富性的一種嘗試；而在潛意識中，是否可以看作是王蒙對民

〔註45〕斯拉沃熱·齊澤克：《意識形態的崇高客體》，季廣茂譯，中央編譯出版社，2002年1月版，第67頁。
〔註46〕王蒙：《極限寫作與無邊的現實主義》，《讀書》，2002年第6期。

間現實的一種體認？林震與趙慧文的理想主義的浪漫的生活方式是一種存在，而民間的「炸丸子開鍋」的老頭兒的生活也是一種存在，而且是一種常態的存在，不管組織部發生了什麼，「炸丸子」總是要「開鍋」的。這是把官方與民間的兩種生活方式的並置。聯繫到整個作品的理想與現實的矛盾，這樣的分析是可以成立的。

相對於早期作品的潛意識，他的二十世紀八、九十年代的作品則把這種潛意識提升為自覺的意識了。在《狂歡的季節》裏的貓，是作家對民間的真正的發現。在革命的政治的世界之外，仍然有民間世界的存在。錢文也可以養貓、也可以養雞、做飯、鼓搗火爐、喝酒抽煙打麻將。這是凡人的生活，是為活著而活著的生活。「農民從來不講什麼什麼不能承受之輕。農民承受的砍土鏝、攫把子、麥捆、秸稈、鐵鍬、麻袋都只有難以扛動之重。春天澆水平地，夏天打壟挖溝，秋天收割搬運，冬天運柴運煤，這就是人生，誰也改變不了的人生。在農民的人生包括死亡面前，知識分子的一切煩惱無非是吃飽了撐的而已。（《狂歡的季節》第 252 頁）。」所以，第八章的閒筆就具有了關注民間的功能，閒筆其實不閒。

五、從封閉到開放：王蒙小說語言的歷時性考察

以上是從共時性層面對王蒙的語言的考察。下面從歷時性層面對王蒙語言的發展作一考察。

王蒙是一個跨時代的作家，他的創作生命已有半個世紀。王蒙的語言也有個變化發展的過程。為了論述的方便，我把王蒙的語言變化發展分為三個階段：早期，過渡期與成熟期。二十世紀五、六十年代為早期，七十年代末為過渡期，八十年代以後為成熟期。如果從總體上考察王蒙的語言發展，他的語言明顯經歷了一個由封閉到開放的變化過程。

二十世紀五、六十年代是王蒙創作的起步期，這個時候發表和寫成的小說有《小豆兒》、《春節》、《組織部來了個年輕人》、《青春萬歲》、《眼睛》、《夜雨》。這些作品的語言明顯帶有時代的痕跡，封閉性是它的主要特徵。所謂封閉性，是指作品的語言是自我循環的，從語法上看是規範的，從語氣上看是肯定的，從色調上看是單純的雅致的明快的，從語體上看是崇高的莊嚴的不容戲謔的。這樣的語言是完成的語言，獨白的語言，一元化的語言，因而是不可更易的語言，得不到描繪的語言，作為話語，「它是完整結束了的話語，

沒有岐解的話語；它的含義用它的字面已足以表達……」。〔註47〕王一川先生
認爲這種語言是「官方化語言」，〔註48〕主要是就這種語言的意識形態性質而
言的。《青春萬歲》與《組織部來了個年輕人》是這個時期的代表作，從中我
們可以窺見封閉性語言的本質。《青春萬歲》是王蒙19歲時開始寫作的作品，
青春的王蒙與青春的共和國一同誕生了。在王蒙的眼裏，這個時代是詩意的、
浪漫的、通體光明的，因而它拒絕懷疑，摒棄猶豫，它是不容置疑斬釘截鐵
的。比如，鄭波對分不清敵友的呼瑪麗說的話就是這種非常肯定的話：

> 「你錯了，完全錯了，你想想你有多麼糊塗！」鄭波搖著她的
> 肩膀，說出每一個字，像吐出每一顆鉛彈一樣，「你過去的生活很苦，
> 這難道是共產黨給你的？不，正是我們偉大的黨，她要擦乾我們的
> 眼淚，給青年締造幸福！……」
>
> ——《青春萬歲》（第一卷，第252頁。）

《組織部來了個年輕人》在王蒙的小說中是一個特別的現象，從總體上
看，它的語言仍屬於封閉性語言，但善於思考的作者卻試圖在封閉中撕開一
道口子，在總體的肯定語氣中，已經摻雜了一絲懷疑的音色。不過這種懷疑
不是指向一元化烏托邦總體語言，而是指向偏離了這種語言規範的現實生活
的。儘管林震也對自己「娜斯嘉式」的理想生活方式感到惶惑，但曲終奏雅，
最終還是「堅決地、迫不及待地敲響了領導同志辦公室的門。」具有諷刺意
味的是，這種封閉性的意識形態霸權語言連一絲懷疑都不能容忍，王蒙爲此
不得不付出沉重的代價。六十年代王蒙所寫的有限的幾個短篇，則完全把自
己封閉在意識形態話語允許的範圍內。無論是圖書管理員蘇淼對「眼睛」的
徹悟（《眼睛》），還是主動放棄嫁到城市的機會而立志紮根農村的農村姑娘秀
蘭（《夜雨》），都顯得拘謹而刻板。

二十世紀七十年代末是王蒙語言變化的過渡期，1975年開始創作的長篇
小說《這邊風景》由於沿用了「文革」語言套路而失敗。「文革」語言是五、
六十年代封閉式語言的極端，其中的獨白專斷都使語言失去了繁衍增生能
力，因而成爲死語言。1978年發表的《向春暉》、《隊長、書記、野貓和半截

〔註47〕 巴赫金：《長篇小說話語》，《巴赫金全集》第三卷，白春仁譯，河北教育出版
　　　　社，1998年版，第130頁。
〔註48〕 參看王一川：《漢語形象美學引論》，廣東人民出版社，1999年9月版，第162
　　　　頁~165頁。

筷子的故事》、《最寶貴的》、《光明》等作品，明顯帶有封閉語言的痕迹，但已經醞釀著轉機。王一川先生對《最寶貴的》這篇短篇小說中，官復原職的市委書記嚴一行與兒子蛋蛋的一段對話視爲具有「寓言性」轉折的話語：「父親在家庭教育中使用的幾乎全是官方語言，而兒子則以日常語言去加以理解，如把『共產主義』的『主義』（zhuyi）理解爲『出主意』的『主意』（zhuyi），所以導致雙方溝通出現困難。這裡的對話場面似乎是寓言性的：它表明新的一代已對以往的官方語言產生嚴重隔膜。長期生活在官方化語言情景中，王蒙自然對其魅力和弊端都有著深切的體會，從而不想簡單拋棄，而是力求變革。」〔註49〕這裡的「主義」與「主意」的誤聽，的確是寓言性的，它昭示著在封閉式語言的鐵板一塊中也出現了具有消解意義的異質性話語，一種不和諧音符。隨著改革開放的政治局勢的變化，語言的開放性呼之欲出了。因此，1979 年發表的《布禮》和《夜的眼》特別是 1980 年發表的《春之聲》、《蝴蝶》、《風箏飄帶》、《海的夢》等作品，如「集束手榴彈」一樣炸開了封閉式語言的堡壘，吹響了語言開放的進軍號。

開放式語言是具有內在說服力的語言，它具有未完成性、多種可能性、不確定性、幽默戲謔性諸特點，雜語與並置是它的基本存在方式。這種語言是一種逐步走向成熟的語言。因此我在以上各節對王蒙語言的分析主要以這個階段的語言現象爲對象就顯得順理成章。

開放式語言實質上是一種雜語，它通過整合各類他人話語，將其雜糅在自己的語言系統內，並塑造出自己的語言形象。語言形象不是單純的修辭形象，修辭形象是在語言內部研究語言的一種方式，「在語言的自身中研究語言，忽視它身外的指向，是沒有任何意義的」。〔註50〕因此，語言形象是在語言自身之外的社會文化形象，用巴赫金的話來說就是：「這種語言的形象，在小說中便是社會視野的形象，是與自己話語、語言連成一體的某一社會思想的形象。所以，這樣的形象極少可能淪爲形式主義的東西；而藝術地駕馭這些語言，也極少可能淪爲形式主義的花腔。不同語言、不同派頭、不同風格的形式標誌，在小說中便是不同社會視野的象徵。」〔註51〕當然，巴赫金所

〔註49〕王一川：《漢語形象美學引論》，廣大人民出版社，1999 年 9 月版，第 162 頁。
〔註50〕巴赫金：《長篇小說話語》，白春仁譯，《巴赫金全集》第三卷，河北教育出版社，1998 年版，第 73 頁。
〔註51〕巴赫金：《長篇小說話語》，白春仁譯，《巴赫金全集》第三卷，河北教育出版社，1998 年版，第 144 頁。

說的社會視野的形象，並不是用語言去反映或再現不同的社會生活畫面，而是說這種不同的社會文化視野的形象也是一種語言形象，「視野」的說法，正是指不同的價值評價系統對社會文化生活的語言凝結。而小說家的任務就是把這種不同的「他人語言」，整合雜糅在自己的統一的語言系統中，進而塑造自己的語言形象。因此，二十世紀八十年代以來的王蒙的語言創新，正是以空前開放的姿態，不斷整合雜糅各種「他人語言」來塑造自己的語言形象的過程。正是這整合與雜糅，使王蒙的語言顯得不夠「純淨」，不夠「透明」，它是龐雜繁蕪的，雜語喧嘩的，語言內部的矛盾悖反繁複並置，使其成爲類似陀思妥耶夫斯基式的複調小說。不過，王蒙的小說還不是巴赫金意義上的「對話體」小說，他沒有自覺地賦予「他人語言」以完全自主的意識，而在他的自我意識中，也沒有自覺地與他人語言對話的意識，他只是試圖整合他人語言，並盡可能地統一在自己的語言系統中。所有的這一切都與他的「補天」派身份認同有關。他始終把自己框定在體制內，既不能完全拋棄意識形態一元化語言的內核，又試圖把這種語言改良爲開放的與時俱進的新的語言，這種企圖「厲行新政，不悖舊章」的整合思維，〔註 52〕使他的語言內部充滿矛盾。如此一來，王蒙的小說中已經出現了不自覺的對話因素，這種對話因素是無意識層面的，我把它叫做「亞對話」體。所謂「亞對話體」，是說這種對話不是意識層面的對話，而是無意識層面的對話，作者爲各種他人語言留下了相互對話的「症候」，而作者意識便呈現爲難於化解的矛盾。

　　「亞對話體」這一概念，是我對王蒙小說語言體式的一種概括。很顯然，它是相對於巴赫金的「對話體」而言的。巴赫金在對陀思妥耶夫斯基的小說的複調性進行研究時指出：「有著眾多的各自獨立而不相融合的聲音和意識，由具有充分價值的不同聲音組成眞正的複調——這的確是陀思妥耶夫斯基長篇小說的基本特點。在他的作品裏，不是眾多性格和命運構成一個統一的客觀世界，在作者統一的意識支配下層層展開；這裡恰恰是眾多的地位平等的意識連同它們各自的世界，結合在某個統一的事件之中，而相互間不發生融合。」〔註 53〕在這裡，巴赫金所說的陀思妥耶夫斯基小說的複調——對話性，是在意識層面的自覺的對話。這種對話打破了作者統一的意識支配，而呈現

〔註 52〕　筆者在對王蒙的私下訪談中，王蒙特別推崇張之洞所提出的 16 字箴言：「啓沃君心，克守臣節，厲行新政，不悖舊章。」王蒙將其概括爲整合。

〔註 53〕　巴赫金：《陀思妥耶夫斯基詩學問題》，白春仁、顧亞鈴譯，《巴赫金全集》第五卷，河北教育出版社，1998 年版，第 4 頁。

為眾多的地位平等的意識之間的對話，因而與獨白小說區別開來。王蒙的「亞對話體」是介於獨白小說與對話體小說之間的一種小說語言體式，這種體式沿用了獨白小說的語言套路，作者試圖把各種不同的意識統一在自己的意識中，但在實質上作者已經無力控制局面，這是由於世界本身的破碎，使得一統語言破綻百出，矛盾重重，語言中的矛盾和悖反，產生了不同的聲音，因而，這種對話是無意識層面的對話，因而我把它稱為「亞對話體」。

為了明晰地說明這個問題，我們還是回到文本，從貫穿王蒙整個文本的兩個關鍵詞入手，加以考察。這兩個關鍵詞就是：「應該／實際」。「應該／實際」這一對矛盾，正是「理想／現實」這一對矛盾的具象化與語詞化。也可以說正是它們的語言形象。在《青春萬歲》的第七節，楊薔雲到蘇寧家，蘇寧的哥哥蘇君與楊薔雲有一段對話：

　　蘇君掏出一條女人用的絲質手絹，用女性的動作擦擦自己的前額。收起來，慢慢地說：「……我不反對學生可以集會結社。但也不贊成那麼小就那麼嚴肅。在你們的生活裏，口號和號召非常之多，固然生活可以熱烈一點，但是任意激發青年人的廉價的熱情卻是一種罪過……」

　　「那麼，你以為生活應該怎麼樣呢？」

　　「這樣問便錯了。生活是怎麼樣就是怎麼樣，而不是『應該』怎麼樣。人生為萬物之靈，生活於天地之間，棲息於日月之下，固然免不了外部與內部的種種困擾。但是必須有閒暇恬淡，自在逍遙的快樂。……」

　　　　　　　　　　　　——《青春萬歲》（第一卷，第 56 頁。）

在這裡，王蒙對蘇君的語言描繪是作為反面形象出現的，它還不足以構成與楊薔雲們對話的能力，作品把蘇君寫成具有陰柔行為（女人用的絲質手絹、用女性的動作擦前額）的舊時代「病人」（患肺病），目的是為了襯托楊薔雲的陽剛（楊的性格像男性）的新時代的健康的生活。然而，蘇君的語言畢竟是有代表性的，楊薔雲不能不「低下頭，沉思」，「然後嚴肅而自信地向著蘇君搖頭」，發表了一篇宏大的莊嚴的議論，這時作品寫道：「於是薔雲輕蔑地、勝利地大笑，公然地嘲笑蘇君的議論。」可見在封閉性語言之中是不可能構成對話的。楊薔雲的勝利不是語言說服的勝利，而是氣勢壓制的勝利，而作者的態度偏重在「應該」一邊，這是不容置疑的。

　　《組織部來了個年輕人》中也寫到了「應該／實際」這一對矛盾。第六節寫林震在黨小組會上受到嚴厲批評，林震的辯解是：「黨章上規定著，我們黨員應該向一切違反黨的利益的現象作鬥爭……」；劉世吾的批評是：「年輕人容易把生活理想化，他以為生活應該怎樣，便要求生活怎樣，作一個黨的工作者，要多考慮的卻是客觀現實，是生活可能怎樣。年輕人也容易過高估計自己，抱負甚多，一到新的工作崗位就想對缺點斗爭一番，充當個娜斯嘉式的英雄。這是一種可貴的、可愛的想法，也是一種虛妄……」聽到這種批評，林震的反應是：「像被擊中了似的顫了一下，他緊咬住了下嘴唇。」這裡攻擊「應該」的劉世吾的聲音顯然比蘇君的聲音要強大得多，而林震的聲音比起楊薔雲來也弱小得多，不自信得多，他的反應也比楊薔雲要強烈得多。而在作者的自我意識中，林震的來自書本的理想主義規範化語言是一條正途，劉世吾的基於現實的「實際主義」顯然是一種對烏托邦話語的偏離，但它也是具有一定的合理性的，作者找不到駁斥的理由，他只有惶惑和矛盾，然而作者又渴望把劉世吾的「實際主義」統一到林震的理想主義上來，唯一的解決方法就是尋求最高意識形態話語——權力的支持。由此可見作者渴望的是統一而不是對話。

　　復出以後的王蒙在對待理想與現實的問題上發生了明顯的改變。在作者的自我意識中出現了不能統一的聲音。歷史前進的必然性與歷史本身的荒誕性，理想主義的合法性與它的虛幻性，「實際主義」的庸俗性與它的合理性等等聲音同時響徹在王蒙的意識中。《布禮》中的「灰影子」，《蝴蝶》中的「審判」，《如歌的行板》中的「無序號的篇章」，作者都採取了「對話」的方式，當然作者設置的對話的一方都不足以與主人公抗衡，他們就像一個影蹤縹緲的「灰影子」，但卻是作者不能壓抑的存在，他透露的正是作者意識中的懷疑和解構的聲音。但是作者仍然不希望他們之間產生真正的對話，「灰影子」的存在使作者感到不安，他必須努力從自己的自我意識中將其清理出去。然而，主人公畢竟承認了自己昔日的狂熱，承認了自己對過多「應該」的青睞的幼稚，他的成熟是對「實際主義」的有條件接納，他不能容忍對根本原則的否定，這同樣與八十年代初主流意識形態既清理歷史的錯誤又堅持基本原則的方針合拍。八十年代初期主流意識形態所設置的陷阱就是它在現代性的解放的大框架下，把體制上的錯誤巧妙地轉嫁給了一個臭名昭著的他者——封建專制主義，從而把政治的新時期置換成一個類似於「五四」時期的第二次思

想解放運動，使知識分子在撒了怨氣又歡慶解放之中，遮蔽了體制本身的弊端。於是，王蒙所「致以布禮」的「布禮」實際上已成爲虛幻的無法說清的東西，它存在著高懸在我們的頭上，但誰又能說清楚呢？《海的夢》也許正是對理想的虛幻性的一個很好的注解。當平反後的五十二歲的繆可言來到夢牽魂繞的大海時，實際的大海與夢中的海其實並不一樣，繆可言的「若有所失」難道不是對理想的某種程度的幻滅嗎？但作者不忍心破壞繆可言的一生的「海的夢」，於是在結尾安排了一個美得不能再美的夜月下的海景：

> 他感到震驚。夜和月原來有這麼大的法力！她們包容著一切，改變著一切，重新塗抹和塑造著一切。一切都與白天根本不同了。紅柳，松柏，梧桐，洋槐；閣樓，平房，更衣室和淋浴池；海岸，沙灘，巉岩，曲曲彎彎的海濱遊覽公路，以及海和天和碼頭，都模糊了，都溫柔了，都接近了，都和解了，都依依地聯結在一起。所有的差別——例如高樓和平地，陸上和海上——都在消失，所有的距離都在縮短，所有的紛爭都在止歇，所有的激動都在平靜下來，連潮水湧到沙岸上也是輕輕地，試探地，文明地，生怕打擾誰或者觸犯誰。
>
> ——《海的夢》（第四卷，第 309 頁。）

夜和月遮蓋了海的本來面目，也許虛幻才是美的極致，理想不正是這樣的虛幻的東西嗎？在這裡王蒙再一次用他的「和稀泥」的整合式思維，把理想與現實之間的差異抹平了。王蒙在意識中把對話變成了超越。

然而差異是不能抹平的，矛盾也無法眞正地超越。在「應該」與「實際」之間的語言漂流，成爲王蒙八十年代中後期以後創作中的一個基本主題。《活動變人形》中的倪吾誠的「應該」哲學，是倪藻審視的主要問題：「……有一些無空不入的『應該』像投向姐弟倆的一根又一根捆人的繩索，而另一些『應該』則猶如白晝說夢……接受父親的『教育』是怎樣地痛苦，怎樣的一場災難啊！」王蒙的對「應該」這一語詞的態度變遷是頗有意味的，它標誌著王蒙由虛幻的「應該」的天空向「實際」大地的回落，但王蒙並沒有完全降落在大地上，倪藻對趙尚同的審視同樣說明王蒙對庸俗的「實際主義」的警惕。王蒙就是徘徊在理想與現實之間，他背負著沉重的歷史負擔，踟躕在「應該」與「實際」的語言縫隙中。他整合著，他渴望和解渴望超越渴望著中庸渴望彌合斷裂的靈丹妙藥。在「季節系列」中，幻滅感隨處可見，對「騙淨」了

的清醒標誌著王蒙自我意識的新的轉變，但我們仍然看到那隨時閃現的對歷
史對自己的辯解：

> 然而，我們要活下去，要咯咯咯地邁出雖不闊大卻是堅定不移
> 的步伐。我們要咬緊牙關，露出微笑，唱出最新最美的歌曲。即使
> 已經兩眼昏花，我們仍要描摹繽紛的色彩。即使已經重聽依稀，我
> 們仍然要讚美激越的鏗鏘。即使已經一跛一拐，我們仍然要展現競
> 爭馬拉松冠軍的頑強。即使已經滿眼的苦淚，我們仍然要肯定奇妙
> 的人生。
>
> ……
>
> 因為我們經歷了浴血的戰鬥，我們在刑場上高歌，在刑場上舉
> 行婚禮。不能理解我們的堅強勇敢的黃口小子又怎麼能理解我們的
> 忍辱負重、俯首甘為快樂的牛？
>
> ——《躊躇的季節》（第 165 頁。）

這樣，王蒙一方面在堅守著理想，同時也在拆解著理想；另一方面王蒙
在回歸著現實，同時也在拒斥著現實。王蒙的矛盾與複雜性使他的語言中湧
動著多種聲音，使他的文本充滿破碎感，雜語喧嘩成為他的基本語言存在。
但王蒙是要超越的，對話永遠不會是陀思妥耶夫斯基意義上的對話，王蒙的
對話只能是無意識的「亞對話」。

由此可見，王蒙的八、九十年代的語言就處在這樣的一個位置上：它既
拆解著規範，同時又堅守著規範；它是雜語喧嘩的，同時又迴旋著啟蒙的主
旋律；它一隻腳踩著歷史，一隻腳卻跨進了未來；它先鋒又傳統，它莊嚴又
嬉戲，它就是一個多棱多面的矛盾體。

小　結

現在我們把本章的內容小結一下。語言是小說文體的肌膚，王蒙小說的
語言具有自己獨特的表現形態及其功能。大量的疑問句類的運用，是王蒙小
說區別於其他作家小說的一個獨有的現象，我把這種現象稱為「反思疑問式
語言」。反思疑問式語言是王蒙自由聯想體小說的語言基礎，它不僅在敘述上
具有自己獨特的功能，而且在文化上也具有重要的功能。始終面對讀者是王
蒙基本的說話方式，疑問句類特有的語調，使反思疑問式語言具有了對話、

協商、懷疑和探索的文化功能。反思疑問式語言使王蒙的小說成為可能的文本。可能的文本具有開放的、多元的、未完成性和不確定性特徵，它實際折射出王蒙獨特的思維方式和文化精神，這就是平等、民主、多元意識，以及反對獨斷論和極端化思想，倡揚寬容對話的精神境界。

由於這種思維方式和文化精神，王蒙對傳統的烏托邦語言採取了反諷性的解構策略，具體表現在對「壓制性語言」的解構，對「權威語言」的戲仿以及戲謔調侃式語言的運用上。這些反諷性語言的修辭功能是它可以製造喜劇效果，並使語言產生複義，從而加強了語言的內在張力。反諷性語言的文化功能體現在王蒙的語言哲學和世界觀上，正是歷史的反諷，生活的反諷，存在的反諷成為王蒙語言反諷的本源。

反諷性語言是王蒙為了打破語言的舊規範從而建立語言新規範的一種策略。破是為了立。王蒙的語言新規範的基本原則就是兼收並蓄，就是雜糅包容、多元整合，具體而言，就是並置和閒筆的運用。並置式語言是王蒙小說語言的一個獨特現象。並置分為繁複式並置、悖反式並置和組合式並置，這些並置體現了王蒙兼收並蓄，雜糅整合的文化精神，是王蒙對世界多樣統一世界觀的表徵。

在王蒙的小說中存在著大量的閒筆，閒筆實際上是一種特殊的並置式語言。閒筆的表現功能是可以增添語言的情致，使語言更有趣味；閒筆的敘事功能是可以調節敘述節奏，製造間離效果；閒筆的文化功能是它擴大了生活內容的表現範圍，體現了廣泛真實性原則。由此可見，閒筆其實不閒。

以上是從共時性角度來考察王蒙小說的語言。從歷時的角度看，王蒙小說語言經歷了一個由封閉到開放的變化過程。二十世紀五、六十年代是王蒙創作的起步期，這一時期的語言明顯帶有時代的痕迹，封閉性是其主要特徵，這種語言是完成的語言，獨白的語言，一元化的語言，因而是不可更易的語言，得不到描繪的語言；二十世紀七十年代是王蒙語言變化的過渡期，是由封閉到開放的蛻變時期；二十世紀八十年代是王蒙小說語言的全面開放時期，這時期的開放性語言具有未完成性、多種可能性、不確定性、幽默戲謔性諸特點，雜語與並置是其基本的存在方式。開放式語言實質上是一種雜語，它通過整合各類「他人話語」，將其雜糅在自己的語言系統內，並塑造出自己的「語言形象」。正是這種雜糅與整合，才使王蒙的語言具有了類似於陀思妥耶夫斯基的複調──對話性小說，但王蒙的小說不是巴赫金意義上的對話小

說，而是一種「亞對話體」小說，「亞對話體」小說是無意識層面上的對話，它介於獨白小說與對話小說之間，是王蒙內心矛盾的外在投射。

第二章　王蒙小說的敘述個性

　　敘述是人類的基本行為之一。正像羅蘭・巴爾特所言的：「對世界的敘述，無計其數」。而小說敘述是人類敘述行為的重要的代表性文體之一。因此研究小說文體，不研究敘述是不可思議的。如果說語言是小說文體的肌膚，那麼敘述就是小說文體的骨骼。從敘述方式、敘事個性上我們可以看出一個作家的精神追求，因此我在這裡的敘事分析不是純粹的西方經典敘述學的分析，而是借鑒其中的一些方法，對王蒙小說敘述個性特徵的一些個人化的理解。

一、從顯現性文本到講說性文本：王蒙小說敘述語式的演變

　　顯現性與講說性這兩個概念脫胎於顯示（showing）和講述（telling）。這兩種不同的敘述語式，來源於柏拉圖的《理想國》中所提出的「模仿（mimesis）」和「純敘事（diegesis）」的對立。按照柏拉圖的意思模仿就是竭力造成不是詩人（敘述人）在講話的錯覺，而純敘事則正好相反，以詩人（敘述人）自己的名義講話，而不想使我們相信講話的不是他。〔註1〕亞里士多德把純敘事與

〔註1〕柏拉圖在《理想國》第三卷，392d-397 處，主要談了「敘述」（diegesis）、「摹仿」（mimesis）與兩者兼有的三種講故事的方式。實際上，這三者都是廣義上的「敘事方式」（narration）。柏拉圖以荷馬史詩《伊利亞特》開頭赫呂塞斯向阿伽門農求情釋放女兒為例，對三種敘事或描述方式作了區別。如柏氏所說：「這裡是詩人自己在講話，沒有使我們感到別人在講話。在後面一段裏，好像詩人變成了赫呂塞斯，在講話的不是詩人荷馬，而是那個老祭司了。」（393b）
　　　照前者那種方式講下去，「不用赫呂塞斯的口氣，一直用詩人自己的口氣。他這樣講就沒有模仿而是純粹的敘述（pure and simple diegesis without

直接顯示看作模仿的兩種不同的形式，目的就是試圖調和兩者的對立。但經亨利·詹姆斯及其弟子們加以定型化，顯示與講述已被人們廣泛接受。人們一般認為，講述是古代小說常用的一種敘述語式，而現代小說一般採用顯示的方法，因為只有顯示才被認為是真實客觀的。實際上，顯示也是一種講述，只是這種講述隱藏了作者，用柏拉圖的話說就是「假裝不是詩人在講話」。為此，布斯在《小說修辭學》中，已尖銳地指出了區分「顯示」與「講述」二者的武斷性。〔註2〕不過，我認為，儘管二者都是一種「講述」，但卻體現了不同的對世界的理解和言說方式，因而這種區別是根本的。布斯所看到的只是修辭層面上的，而沒有上昇到文化，如果從文化精神上看，顯示所昭示的正是笛卡兒以來的理性主義的勝利。作者隱退讓世界自己呈現，並不意味著意識形態的淡化，而是科學主義、整體性、必然性以及世界統一的宏大敘事的表現。而傳統敘事中的專斷的「講述」，從敘述技巧上看，顯得不夠成熟，而從文化上看，則屬於一種「神學」世界觀，作者試圖主宰讀者，把自己的判斷強加於讀者，因而引發了自福樓拜以來眾多作家批評家的反感。他們確信：「『客觀的』或『非人格化的』或『戲劇式的』敘述方法自然要高於任何允許作者或他的可靠敘述人直接出現的方法。」〔註3〕可見，這種由講述向顯示的轉變，體現的是由神學向科學的世界觀的轉變，因此，對二者的區分就

---

mimesis）」（393d）

　　按照柏拉圖的說法，這裡的「詩人」，是指荷馬。「沒有模仿的純粹敘述」是指詩人自己的直接敘述，也就是直抒胸臆的表情達意方式，這是「抒情詩（lyrics）」體裁或文類的基本特徵。

　　詩人「變成赫呂塞斯」講話，不再是「純粹的敘述」，而是「通過摹仿來敘述」（diegesis through mimesis），詩人「完全同化於那個故事中的角色」，「使他自己的聲音笑貌像另外一個人，就是模仿他所扮演的那一個人了。」（393c-d）。悲劇和戲劇通常採用這種敘事方式。劇作家把詩人直述的部分刪去，僅留下模仿性的對話，以滿足戲劇表演的需要。

　　史詩所採用的敘述方式，就是兩者兼用的敘述方式（integrated diegesis），既採用詩人直接敘述或不模仿任何他人直抒胸懷的方式，也採用摹仿他人或以他人口氣講話的敘述方式，這在《伊利亞特》和《奧德賽》中十分常見。以上參看柏拉圖：《理想國》第三卷，郭斌和、張竹明譯，商務印書館 1995年版，第94～100頁。

〔註2〕參看布斯：《小說修辭學》第一章《「講述」與「顯示」》，華明、胡曉蘇、周憲譯，北京大學出版社，1987年版，第3～23頁。

〔註3〕布斯：《小說修辭學》，華明、胡曉蘇、周憲譯，北京大學出版社，1987年版，第10頁。

是很有必要的。

　　王蒙小說的顯現性，主要指的是他的二十世紀八十年代以前的創作，特別是二十世紀五、六十年代的創作。這些小說在創作方法上主要遵循的是革命現實主義的方法。革命現實主義的重要思想就是眞實性與傾向性完美統一的思想。馬克思在 1859 年寫給拉薩爾的信中曾提到著名的「莎士比亞化」與「席勒式」問題，恩格斯在給敏・考茨基的信中也曾指出：「我決不反對傾向詩本身，……可是我認爲，傾向應當從場面和情節中自然而然地流露出來，而無須特別把它指點出來；同時我認爲，作家不必把他所描寫的社會衝突的歷史的未來的解決辦法硬塞給讀者」。〔註 4〕在這裡，馬克思恩格斯所倡導的這種創作方法與福樓拜等人所提倡的「顯示」的敘述語式是一致的。王蒙創作的這種顯現性，正是在這一大背景下的產物。

　　然而，王蒙的顯現性與福樓拜等西方作家的顯示也具有質的區別。作家的評論雖然不在作品中現身，但作家的激情卻無處不在。這種顯現性是當下的即刻顯現，是對現實社會生活的瞬間記錄，它基本上不具備歷史的縱深感，因而這樣的小說是空間性的而不是時間性的。我們只要看一看《青春萬歲》和《組織部來了個年輕人》以及《眼睛》、《向春暉》、《最寶貴的》等作品，就會很清楚。《青春萬歲》是一個又一個的場面和情節的連綴，而每一個場面和情節又可以還原爲一個一個的畫面，這部作品雖然不具有完整的故事性，但還是有情節的。這部作品後來改編爲電影不是沒有原因的。《組織部來了個年輕人》描寫的是「一個春天」的故事，時間只有二到三個月，地點是區委會組織部。主人公儘管遇到了不少「麻煩」，但投身的卻是一項「偉大」的事業。特別是小說的結尾：「隔著窗子，他看見綠色的臺燈和夜間辦公的區委書記高大的側影，他堅決地、迫不及待地敲響了領導同志辦公室的門。」這樣，一個「春天」的故事，一項「偉大而麻煩」的工作，一個充滿「希望」的結尾，就決定了小說所顯示出來的世界基本上是一個完整的、統一的、肯定的、光明的有機世界。在這樣一個世界中，那個雖然不出場，但無處不在的作者的自信和豪情卻已經蘊含在這個世界中了。這不是王蒙一個人的特點，而是時代的特點，時代造就了不同作家共同的敘述方式，那樣的時代無須講述，時代和生活可以自我顯現，作家只是時代和生活的書記員。

　　然而，時代和生活在 1957 年的那個嚴冬突然斷裂了，一個少年布爾什維

〔註 4〕《馬克思恩格斯選集》第 4 卷，人民出版社，1995 年版，第 673 頁。

克，一個黨培養的革命作家，突然間成了革命的敵人、革命的對象。這個巨大的反差，使王蒙不知所措。戴帽、改造、回城、自我放逐新疆十六年，這近四分之一世紀的規訓和懲罰、生聚與教訓，對於王蒙來說實在是一次沉痛的生命體驗。於是，當二十世紀七十年代末他重回文壇之後，昔日的那個完整的、統一的、肯定的世界早已斷裂而破碎了。它再也不能自我顯示，它必須依賴於講述。不能自我顯示是說，這個世界對於王蒙而言已經不能那樣自信地把握了，世界成為異己的排斥的存在。於是我們看到，王蒙在二十世紀七、八十年代之交的敘述方式發生了重大改變，顯現性悄然退位，而講說性浮出歷史地表，成為他最直接的敘述語式。

關於講說性問題，一些論者已經注意到，並作了比較精當的論述。比如郜元寶在《特殊的讀者意識和文體風格》一文中指出：王蒙小說中的「人物的意識和動作不是作為純客觀的過程被呈現出來，而是在作者和讀者的話語交流中被講述出來。在講述中，無論人物深層的意識流變還是外在的言語行為都被講述者的主觀意識充分過濾和邏輯化了。」〔註5〕吳廣晶在《王蒙小說：生活與敘事的糾纏》一文中指出：「王蒙是一個充滿激情的作家，即使不判斷，他也要不停地『說』，『說』成為他無法改變的存在方式。世界通過『說』而進入他的小說，王蒙在『講說』小說，其小說中的『生活氣息』和『生活原貌』都是通過『訴說』（王蒙語）傳達出來的。」〔註6〕郜元寶在《「說話的精神」及其他——略說「季節系列」》一文中，把這種「講說性」稱為「說話的精神」：「在小說中衝破一切障礙，直接站出來痛快地『說話』，這是小說家王蒙最大的特點，其小說的意義的發源地不是被講述的故事，而是講故事的人在講故事時永遠蓬勃有力的自說自話。」〔註7〕那麼，王蒙的講說性是否就是柏拉圖所謂的純敘事或是布斯所說的專斷的講述？回答是否定的。王蒙的講說性也許類似於熱奈特對普魯斯特所作的總結：「把最高度的展現與最純粹的講述熔於一爐」，〔註8〕因此，王蒙的講說性也可以稱之為

〔註5〕郜元寶：《特殊的讀者意識和文體風格——王蒙小說別一解》，《小說評論》，1988年第6期。

〔註6〕吳廣晶：《王蒙小說：生活與敘事的糾纏》，《首都師範大學學報》（社科版）2000年第5期。在該文中，作者提出王蒙小說的「講說性」概念，本文借用了這一概念，在此謹表謝意。

〔註7〕郜元寶：《「說話的精神」及其他——略論「季節系列」》，《當代作家評論》，2003年第5期。

〔註8〕熱拉爾·熱奈特：《敘事話語 新敘事話語》，王文融譯，中國社會科學出版

「後講述」，所謂「後講述」，是說這種講說性，是一種夾敘夾議的講說故事的方式，是一種站在新的時代對歷史的回溯對往事的追憶。以上論者對王蒙說話性的發現是睿智的，但不看到王蒙小說中的高度的顯示性存在也是對王蒙的誤解。我們可以說，王蒙正是在講說中試圖展示並重構歷史的眞實。因此，王蒙的講說與傳統的專斷的講述也有了根本的區別。傳統的講述是君臨世界之上的神學講述，而王蒙的講說是「在世界之中」的講說，是一種試圖彌合斷裂與破碎的講說，這樣的講說者是平等的、自我限制的講說者。「在世界之中」的講說，是王蒙「後講述」的基本特徵，也是王蒙的基本處世方式。「在世界之中」這一海德格爾式的哲學言說，揭示的是人生在世的基本存在方式。按照海德格爾的觀點，「在之中」，不是那種純粹的主客二分，而是人「融身」在世界之中，「依寓」於世界之中，「世界乃是由於人的『在此』而對人揭示自己、展示自己。人生在世，首先是同世界萬物打交道（製造、辦理、使用、操作、疏遠、自衛等等都是『打交道』的方式），對世界萬物有所作爲，而不是首先進行認識，換言之，世界萬物不是首先作爲外在於人的現成的東西而被人凝視、認識，而是首先作爲人與人打交道、起作用的東西而展示出來。人在認識世界之先，早已與世界萬物融合在一起，早已沉浸在他所活動的世界萬物之中。世界萬物與人之同他們打交道不可分，世界只是人活動於其中的世界。所以，融身於世界之中，依寓於世界之中，繁忙於世界之中，——這樣的『在之中』，乃是人的特殊結構或本質特徵。人（『此在』）是『澄明』，是世界萬物之展示口，世界萬物在『此』被照亮。」〔註9〕我在此言及的海德格爾的理論，並不是要用它來框範王蒙，而是說王蒙在某種意義上恰恰與海德格爾的理論有了一定的暗合，王蒙的「在世界之中」實際上是一種體驗，一種反思，一種從不凌駕於世界之上的、平等的、既讓世界自我顯示又要講說的現代講述。

王蒙的「後講述性」首先源出於他的藝術觀念。在王蒙看來，生活的眞實性是很難描述的，那種試圖窮盡事物外在眞實的想法，都將是出力不討好的。在談到小說的可能性時，王蒙很推崇概括性和模糊性以及混沌性，他說：「人們除了追求生活的眞實性、變異性以外還追求生活的概括性、模糊性。長期以來人們相信小說寫得越具體越好，越鮮明越好，越不可更易越好。

社，1990 年 11 月版，第 112 頁。

〔註9〕張世英：《天人之際——中西哲學的困惑與選擇》，人民出版社，1995 年 5 月版，第 4 頁。

古典小說巴爾扎克的小說就是這樣寫的，某年某月某日，什麼季節，什麼天氣，在巴黎的哪條街上，在什麼樣的燈光下，一個什麼樣的女人在等待著誰。但近幾十年來人們又感覺到小說可以有一種模糊的寫法，不確定的寫法，由於它的不確定它就變成了一種框架，這框架可以容納許多不同的東西。」〔註10〕王蒙平生最喜歡的書是《紅樓夢》，認爲它是一部「混沌型」的小說，王蒙說：「《紅》在各方面呈現出的混沌現象說明了什麼？我認爲這是一個偉大的小說家在他的人生經驗裏在他的藝術世界裏的迷失。因爲他的經驗太豐富了，他的體會太豐富了，他寫了那麼多人，那麼多事，他走失在自己的人生經驗裏，走失在自己的藝術世界裏。他的藝術世界就像一個海一樣，就像一個森林一樣，誰走進去都要迷失。……托爾斯泰的筆調顯得非常親切非常細緻，一次舞會就可以寫好幾章，人物的肖像寫得十分細膩，但最後事情本身總是很清楚的，沒有太多的迷失感；巴爾扎克寫的人物也很多，要從頭到尾看一遍也是十分疲勞的，他的筆像外科醫生的解剖刀一樣解剖每一個人的心靈，解剖每一個人與其他人的利害關係。曹雪芹其實沒有那麼細膩地去寫每一個人，比如林黛玉長得什麼樣？也就那麼幾句話；他經常用四字一句的熟語套語，簡練地寫了許多人和事，既有實際經驗又有虛構。……」〔註11〕在這裡，王蒙對托爾斯泰和巴爾扎克的解剖刀式的細緻描寫顯然並不認可，他認可的是《紅樓夢》式的簡練而模糊的寫法，這種既有實際經驗又有虛構的寫法，實際上就是王蒙的「後講述」。因爲在王蒙看來，事物的外在眞實是不能靠語言的描寫傳達的，描寫得愈細緻，限定就愈多，給讀者的想像空間就愈少；反之，講說是一種傳達作家內在體驗的方式，作家的體驗愈豐富，講說的語言就愈簡練，所謂的「欲說還休」、「言不盡意」、「只可意會不可言傳」等等說法就是這個意思。並且這種傳達內在體驗和內在眞實的講說，還具有重要的心理學內涵，它可以充分調動讀者的創造性聯想，從而爲讀者提供廣泛的藝術想像性空間。

　　然而，王蒙的「後講述」在根本上還是現實文化變遷所帶給王蒙的不能克服的悖論。王蒙是一個具有不能化解的政治情結和史詩情結的作家。題材

〔註10〕王蒙：《小說的可能性》，載《王蒙談小說》，江西高校出版社，2003 年 10 月版，第 56 頁。
〔註11〕王蒙：《偉大的混沌》，《王蒙文集》第八卷，華藝出版社，1993 年 12 月版，第 315～316 頁。

的政治性和歷史性，使他始終雄心勃勃地要還原歷史的本來面目，但記憶中的對歷史的審視和重構又不斷阻隔著對當時歷史原貌的還原，這構成他內心深處的深重的矛盾。正如保爾·利科所說的：「矛盾是想講述當時親歷之事和想講述事後回憶起之事的矛盾；敘事時間倒錯所反映的錯雜交叠時而歸因於生活本身，時而歸因於記憶的矛盾；特別是注定既尋求『超時間』又尋求『純狀態時間』的矛盾。」〔註12〕正是這種矛盾決定了王蒙敘述語式的高度展現與純粹敘述熔為一爐的講說性。與年輕的一代作家對歷史的輕慢和任性的態度和處理方式不同，（比如「新歷史主義」作家們），王蒙是歷史的親歷者，見證者，他必須對歷史負責，必須對自己的情感負責。因此展現當時歷史的原貌，並盡最大可能地逼真化，就成為王蒙寫作的追求；然而歷史的轉瞬即逝性，歷史的記憶性又使他只能依賴記憶的邏輯來加以重構，於是，講述成為重構歷史的唯一方式。王蒙說：「當我寫到年輕的時候，當然充滿自豪，我最美好的青春時代就是這麼度過的。當然，懷舊的時候就會想到，那個時候有幼稚的、不切實際的，甚至也有荒謬的一面，但那些偉大、難忘、幼稚、荒謬、神聖、無情、多情⋯⋯很多好的詞和不好的詞，都在我的寫作範圍之中。有人只看到作品中對那個時代的一些事情嘲笑的一面，但嘲笑之中就沒有溫馨的回憶、沒有美好的依戀、沒有惶惑嗎？我覺得我們完全可以跳出來，有事後諸葛亮的看法也不妨，不哭不笑而去理解，不是簡單地歌頌，更不是去簡單地咒罵。我希望能夠再現當年的激情，哪怕那種熱烈中也包含有幼稚和荒謬。我並不是想製造一個悲情系列、煽情系列。我從來沒有否定革命，而且認為革命是必然的、在當時當地不可避免的，它是最能動員人的，是充滿了激情的，有它的正義性。但革命又決不是一帆風順的，是要付出巨大代價的，在革命的名義下也會犯錯誤，也會做蠢事，也會出現不義，也會出現痛苦。⋯⋯」〔註13〕這一段話體現了王蒙對歷史的基本態度和基本理解。歷史對於王蒙來說就是一堆剪不斷理還亂的情感亂麻，一堆混沌，面對歷史王蒙所講說的和遮蔽的一樣多，我們甚至可以說，不是王蒙在說歷史，而是歷史在讓王蒙不停地言說，正像王蒙自己所說的：「寫短篇是我寫它，寫長篇是

〔註12〕保爾·利科：《虛構敘事中時間的塑形》，王文融譯，三聯書店，2003年4月版，第152頁。

〔註13〕參看江湖、閻琳：《漫步在「季節」的長河》，《文藝報》，2000年6月20日第1版。

它寫我。一大堆東西在追著你，有一種被控制的感覺。」〔註14〕講說就是擺脫這種被控制的方式，就是超越這種矛盾的方式。歷史斷裂了世界破碎了，講說是在這破碎和斷裂中冒出的芽，講說是試圖補綴這斷裂和破碎的焊槍，講說也是慰藉心靈的一劑藥方。然而，歷史難道可以破鏡重圓嗎？講說最終只能證明這歷史這世界的無可救藥的命運。

那麼，王蒙的講說性究竟是從何處入手的呢？

二、講說者的位置：視角與聲音

王蒙小說的講說性只是一個基本的現象，講說性的內在結構是如何建構起來的？它究竟有什麼意義？要弄清這些問題，我們還須從講說者的位置入手。所謂講說者的位置，就是指的一種敘述的視角和敘述的聲音。通俗地講就是由「誰看」和「誰說」的問題。關於這個老生常談的問題，西方經典敘述學對此已有深入的研究。比如托多羅夫的視點理論，談的就是敘述者與作品人物的關係：敘述者＞人物，是從後面觀察，就是傳統敘事中的全知全能的敘述行為；敘述者＝人物，屬於同時觀察，這是有限視角敘述行為；敘述者＜人物，屬於從外部觀察，這是一種更加有限視角的敘述行為。〔註15〕熱拉爾‧熱奈特則把視點、視角概念改稱為聚焦概念。〔註16〕不過，經典敘述學基本上都是從文本內部的敘述者來言說的，因而，他們所談的視點和聚焦都是指的敘述者的位置。而王蒙小說中的講說者的位置不僅是指的敘述者的位置，而且還是作者的位置，同時也是一個建構主體的位置，因而這一位置便不僅僅是一個技巧問題，而是一種意識形態文化問題了。這就是說，王蒙小說中的講說者的位置具有三個層次：一是敘述人的位置，一是作者的位置，再一個就是「作者的讀者」的位置。「作者的讀者」不同於實際的讀者，它是作者設置出來的理想讀者，因而也叫隱含讀者。這三種位置，構成王蒙小說講說者的位置。隱含讀者是講說者的接受者，實際上也是一個潛在的講說者。在王蒙的小說中第一人稱敘述並不多，而大部分屬於第三人稱敘

〔註14〕 參看江湖、閻琳：《漫步在「季節」的長河》，《文藝報》，2000 年 6 月 20 日第 1 版。

〔註15〕 參看茲維坦‧托多羅夫：《敘事作為話語》，見張寅德編選：《敘述學研究》，中國社會科學出版社，1989 年 5 月版，第 298～300 頁。

〔註16〕 參看熱拉爾‧熱奈特：《敘事話語　新敘事話語》，王文融譯，中國社會科學出版社，1990 年 11 月版，第 129 頁。

述。而第一人稱敘述基本上不具有自傳色彩，比如《悠悠寸草心》中的理髮師，《堅硬的稀粥》中的「我」，《如歌的行板》中的周克等，我們不會一下子就把他們指認爲王蒙，反倒在第三人稱敘述的小說中卻最具自傳色彩。鍾亦成、曹千里、倪藻、錢文等都基本上是作者的化身。〔註 17〕所以，我把這一類小說稱爲第三人稱自傳型小說，這類小說在王蒙的小說中佔有重要的地位，因而把第三人稱諷諭性寓言小說也排除在外了。在這類小說中，第三人稱敘述人不是全知全能的傳統型的視角，而是以主人公爲視角的有限視角敘述。在王蒙的這些小說中，主人公是一種成長加考驗型人物，主人公的位置是一個不斷回溯的位置，他站在一個既定的觀念上，重新觀看自己的人生道路，進而通過省思自己的得失來鑒證歷史的得失。鍾亦成對「布禮」的追尋，張思遠對「黨魂」的尋覓，曹千里對人生意義的思考，倪藻對父輩的審視，錢文對歷史的省思，均是如此。這樣，回溯或追憶就成爲基本的敘述姿態。由於回溯或追憶，就使主人公的視角具有了雙重性，一個是追憶往事的主人公的視角，一個是被追憶的主人公在當時正在經歷往事時的視角。這兩個視角的對比是成熟與幼稚、超然事外與不明真相之間的對比，於是構成敘述張力。在《布禮》這篇小說中，主人公鍾亦成就是這樣一個具有雙重性的人物。他的活動時空就是王蒙所說的「故國八千里，風雲三十年」。在這樣的一個時空中，小說打破時空的線性連綴，時序顛倒，時空倒錯，大開大闔，充分展開自由聯想，於是我們看到的實際上是兩個鍾亦成，一個是歷史中的鍾亦成，一個是「現在」的鍾亦成。當 1957 年的「反右」冷風吹來的時候，鍾亦成的生活連續性中斷了，他不能理解、不能接受，但他不明真相，不知就裏，在一次又一次的批判之後，鍾亦成終於接受了意識形態的「詢喚」：

> 天昏昏，地黃黃！我是「分子」！我是敵人！我是叛徒！我是罪犯！我是醜類！我是豺狼！我是惡鬼！我是黃世仁的兄弟、穆仁智的老表，我是杜魯門、杜勒斯、蔣介石和陳立夫的別動隊。不，我實際上起著美蔣特務所起不了的惡劣作用。我就是中國的小納吉。我應該槍斃，應該亂棍打死，死了也是不齒於人類的狗屎，成了一口黏痰，一撮結核菌……
>
> ——《布禮》（第三卷，第 24 頁）

〔註17〕王蒙的「在伊犁」系列小說是個特例，這一組以第一人稱敘述的小說，實際上接近紀實小說，因而與我這裡說的虛構小說具有不同的美學風範。

　　這是當時的鍾亦成，幼稚的不成熟的鍾亦成。這個鍾亦成儘管有委屈，但對黨的信任對「布禮」的信念，使他必須承認現實認可現實。他對戀人凌雪的表白：「我自己想也沒有想到，原來，我是這麼壞！從小，我的靈魂裏就充滿了個人主義、個人英雄主義的毒菌。上學的時候總希望自己的功課考得拔尖，出人頭地。我的入黨動機是不純的，我希望自己做一番轟轟烈烈的事業，名留青史！還有絕對平均主義、自由主義、溫情主義……所有這些主義到了社會主義革命的嚴重關頭就發展成爲與黨與社會主義勢不兩立的對立物，使我成爲黨內的黨的敵人！凌雪，你別忙，你先聽我說。譬如說，同志們批判說，你對社會主義制度懷有刻骨的仇恨，最初我想不通，想不通你就努力想吧，你使勁想，總會想通的。後來，我想起來了，前年二月，咱們到新華書店旁邊的那個廣東飯館去吃飯，結果他們把我們叫的飯給漏掉了，等了一個小時還沒有端來……後來，我發火了，你還記得嗎？你當時勸我了呢。我說：『工作這樣馬虎，簡直還不如私營時候！』看，這是什麼話嘞，這不就是對社會主義不滿嗎？我交代了這句話，我接受了批判……我就是壞，我就是敵人，我原來就不純，而後來就更墮落了。……」這一番表白，不能不說是眞誠的，當時的鍾亦成只能是這樣的水平。

　　然而與「灰影子」對話的鍾亦成呢？他說：「是的，我們傻過。很可能我們的愛戴當中包含著癡呆，我們的忠誠裏邊也還有盲目，我們的信任過於天眞，我們的追求不切實際，我們的熱情裏帶有虛妄，我們的崇敬裏埋下了被愚弄的種子，我們的事業比我們所曾經知道的要艱難、麻煩得多。然而，畢竟我們還有愛戴、有忠誠、有信任、有追求、有熱情、有崇敬也有事業，過去有過，今後，去掉了孩子氣，也仍然會留下更堅實更成熟的內核。……」這顯然又是另一個鍾亦成了：一個成熟、明瞭、思考的鍾亦成。問題在於，這第二個鍾亦成與第一個鍾亦成之間的反差是如何造成的？這顯然與敘述人的聲音有關。我們當然不能把敘述人完全與作者王蒙劃等號，但鍾亦成與作者的敘述聲音的重合我們還是聽得出來的。鍾亦成不是敘述人，而只是敘述的視角，一個體驗者觀察者，他的視角最終與敘述人視角的重合，使他無限趨向於與作者的重合。因此作者所在世界的位置，就是鍾亦成的回溯或追憶往事的最後邊界。我們來看下面的這段敘述：

　　　　多麼眞摯的情詩！讓後人去嘲笑、去懷疑、去輕視吧，讓他們
　　認定我們不懂詩，不懂人情，教條主義和「左」吧，即使在成了「分

子」以後，這首詩的溫習，帶給鍾亦成的仍然是善良而又美好的、充實而又溫暖的體驗。

——《布禮》（第三卷，第 31 頁。）

　　這是對鍾亦成寫給戀人凌雪的情詩《給我提點意見吧》的評述。這裡的「多麼真摯的情詩！讓後人去嘲笑、去懷疑、去輕視吧，讓他們認定我們不懂詩，不懂人情，教條主義和『左』吧」顯然是第二鍾亦成的聲音，而「即使在成了『分子』以後，這首詩的溫習，帶給鍾亦成的仍然是善良而又美好的、充實而又溫暖的體驗」則是敘述人的聲音，這兩種聲音的融和折射出的正是作者的聲音。對此，巴赫金有精闢的論述：「在敘述人的敘事背後，我們還看得到第二種敘述——作者的敘述，他講的對象與敘述人是一致的，不過在此之外也還講到敘述人本身。我們感覺得出每一敘述成分都分別處於兩個層次之中。一是敘述人的層次，是他的指物達意表情的層次；另一個是作者的層次，作者利用這種敘述、透過這種敘述，折射地講自己的話。被收進作者這一視野的，除了全部敘述內容外，同時還有敘述人自己及他的話語。在敘述對象身上，在敘述當中，在敘述過程中展現出來的敘述人形象身上，我們可以捕捉到作者的語調和側重。感覺不到這第二個表達意向情調的作者層次，就意味著沒有理解作品。」〔註18〕

　　如果說王蒙的這一作者層次在《布禮》、《蝴蝶》等小說中還是朦朧地外在於作品的話，那麼在《雜色》裡就是內在於作品的了。內在於作品意指，作者在作品中直接發言，作者的聲音成了作品中的一個形象。

　　1）好了，現在讓曹千里和灰雜色馬蹣蹣跚跚地走他們的路去吧。讓聰明的讀者和絕不會比讀者更不聰明的批評家去分析這匹馬的形象是不是不如人的形象鮮明而人的形象是不是不如馬的形象典型，以及關於馬的臀部和人的面部的描寫是否完整、是否體現了主流與本質、是否具有象徵的意味、是否在微言大義、是否情景交融、寓情於景、一切景語皆情語、恰似「僧敲月下門」「紅杏枝頭春意鬧」和「春風又綠江南岸」去吧。讓什麼如果是意識流的寫法作者就應該從故事裡消失，如果不是意識流的寫法第一場掛在牆上的槍到第四場就應該打響，還有什麼寫了心理活動就違背了中國氣派和群眾

〔註18〕巴赫金：《長篇小說話語》，白春仁譯，《巴赫金全集》第三卷，河北教育出版社，1998 年版，第 98 頁。

—69—

的喜聞樂見，就是走向了腐朽沒落的小眾化，或者越朦朧越好，越切割細碎，越亂成一團越好以及什麼此風不可長，一代新潮不可不長的種種高妙的見解也盡情發表以資澄清吧。然後，讓我們靜下來找個機會聽一聽對於曹千里的簡歷、政歷與要害情況的扼要的介紹。
……

——《雜色》（第三卷，第141～142頁。）

2）這是一篇相當乏味的小說，為此，作者謹向耐得住這樣的乏味堅持讀到這裡的讀者致以深摯的謝意。不要期待它後面會出現什麼噱頭，會甩出什麼包袱，會有個出人意料的結尾。他騎著馬，走著，走著……這就是了。每個人和每匹馬都有自己的路，它可能是艱難的，它可能是光榮的，它可能是歡樂的，它可能是驚險的，而在很多時候，它是平凡的，平淡的，平庸的，然而，它是必需的和無法避免的，而艱難與光榮，歡樂與驚險，幸福與痛苦，就在這看來平平常常的路程上……

——《雜色》（第三卷，第157～158頁。）

這兩大段作者的直接議論，使作者與敘述人完全重合了。作者與敘述人重合的結果是宣告了作者所在世界與小說虛構世界的對接。在引述 1 中，作者通過調侃表明了作者所在世界的位置即——二十世紀八十年代。在引述 2 中，作者通過點題，表明《雜色》的隱喻性質，而這一隱喻正是相對於作者所在社會生活世界而言的。

讓虛構的小說世界與作者所在生活世界的對接，在王蒙的長篇小說中表現得尤為突出。《活動變人形》是王蒙的一部家族小說，在這部小說裏，作者設置了倪藻這個敘述視角。這是一個省思的視角，一個連接不同時代不同文化的視角。也是連接倪藻與作者王蒙的紐帶。小說第一章的那個第一人稱「我」，我們既可以看作是倪藻的內心獨白，也可以看作是作者的話，作品中不斷插入的作者的講說，比如我們在本文第一章所說的閒筆，即第五章的開頭與第十章的多半章的作者的插話，還有小說的續集的最後一章（第五章），作者直接說話：「我的朋友！在本書即將結束的時候我想起了你。……」作者造訪生活世界中的一個一個的知識分子朋友，最終與倪藻相遇。這一相遇是意味深長的，它一方面說明作者表面上試圖告訴讀者倪藻非王蒙，倪藻是一個虛構的人物，另一方面他又使我們堅信倪藻就是王蒙，倪藻與作者重

合了，這一重合是虛構世界與生活世界的對接，這一對接，實際上構成了王蒙小說的兩個世界，一個是虛構的小說世界，一個是現實的生活世界。現實生活世界由作者的插話式的講說，變成了小說中的一個實實在在的世界。這樣，王蒙的小說就成為有兩個世界疊加而成的立體世界，生活世界是「敘述現在時」，也就是說它是作者的立足的位置，也是敘述人立足的位置，通過這個位置，引導讀者跟隨敘述人去審視虛構的小說世界，這個虛構的小說世界是追憶和重構出來的，因而具有了歷史的縱深感。這是王蒙的創新之處，和過去的小說相比，我們的感受會十分強烈。回想一下「十七年」的小說，無論是《青春之歌》、還是《紅旗譜》，甚至包括那些專門寫歷史的小說，都不具有這個「敘述現在時」的生活世界，而是把歷史還原成當下的即刻顯現，彷彿他所寫的歷史就是正在發生的事件，因而製造的是歷史的真實幻覺。讀者沉浸其中的，彷彿就是真實的現實，反而忘記了真正的現實世界。可見這樣的小說沒有時間的縱深感，所以是平面的而不是立體的。當然把這個生活世界引入小說之中，並不意味著作者把它原原本本地仔細描繪出來，而是通過面向讀者的講說或「預敘」，讓讀者建構出來的。在這裡，讀者也成為小說中的一個特殊的主體——建構主體，這個主體的積極參與，才使王蒙小說的兩個世界成為相互審視的完整的藝術文本。正如我在前面說過的，始終面對讀者是王蒙小說的基本說話姿態，講說性從根本上決定了王蒙的積極的讀者意識。對此有論者已經指出來了。〔註 19〕我在此想從另一側重點談談王蒙是如何建構了讀者主體，而這個讀者主體又是如何建構了王蒙的兩個世界的藝術文本的。

　　王蒙的小說曾被稱為是「意識流」小說，而意識流小說也曾被稱為是無故事無情節小說。按照傳統的理解，王蒙的小說的確不是情節小說。傳統的情節小說應該是有統一的故事，有連續性有懸念的作品，它嚴格按照開端、發展、高潮、尾聲的所謂「弗雷塔格金字塔」〔註20〕式的結構模式進行敘述。

〔註19〕參看郜元寶：《特殊的讀者意識和文體風格——王蒙小說別一解》，《小說評論》，1988 年第 6 期。

〔註20〕1863 年由居斯塔夫·弗雷塔格提出，認為敘述作品或戲劇作品有五個基本環節，除了開場與收尾之外，依次是「展示」、「複雜化」、「高潮」、「逆轉」、「解決」，高潮是金字塔尖，前兩個環節是「情節上昇」，後兩者是「情節下降」，這就是「弗雷塔格金字塔」。參看趙毅衡：《當說者被說的時候——比較敘述學導論》，中國人民大學出版社，1998 年版，第 173 頁。

而王蒙的小說也許從《青春萬歲》時起就沒有首尾連貫的統一的故事情節。復出以後的作品更是取消了線性的時間連綴，由人物的自由聯想使不同的事件場景甚至是情緒任意連綴起來，從而構成作品的整體。相對於情節小說而言，王蒙的小說可以叫做「情景小說」。情景小說由於抽掉了作品內在的因果邏輯鏈和常規時間鏈的正常鏈接，因而更需要讀者的主動參與。實際上，故事並不是由作家直接寫出來的，而是由讀者從作家提供的諸多序列事件中所發現的信息建構而成的。〔註21〕傳統作品所提供的序列事件更完整更富有邏輯性，而王蒙所提供的序列事件則具有更大的跳躍性、少邏輯性和反因果性。所以建構讀者主體性對於王蒙而言顯得尤為迫切。而閱讀王蒙的確也構成了對讀者的智力和耐心的挑戰。王蒙的作品之所以不好讀，是跟他作品中的情景很難建構成完整統一的故事有關。不要故事只要生活事件，不要情節只要情景，這是王蒙一貫的追求，早在他創作《青春萬歲》時就有過這樣的想法：「能不能集中寫一個故事呢？太抱歉了，我要寫的不是一個大故事而是生活，是生活中的許多小故事。我所要反映的這一角生活本來就不是什麼特殊事件，我如果硬要集中寫一個故事，就只能掛一漏萬，並人為地為某一個事件添油加醋、催肥拉長，從而影響作品的真實性、生活感，並無法不暴露出編造乃至某種套子的馬腳。這樣的事，我不想幹。」〔註22〕這樣的美學追求造就了他特殊的文體形態，二十世紀八十年代以來，他的一系列所謂的「意識流小說」自不待言，就是已有所內斂的長篇小說也仍然沒有「故事」。比如「季節系列」長篇小說，就沒有中心事件，沒有扣人心弦的情節。作者吸引讀者的方法，主要靠作品的思想和情調的魅力。而這思想和情調主要是作者講述出來和描寫出來的。作者在講述中通過與讀者的對話、協商、共謀，實際上控制了讀者的立場，從而就像阿爾都塞所說的意識形態機制那樣，把讀者詢喚為主體。阿爾都塞在《意識形態和意識形態國家機器》一文中，把意識形態的運作機制，表述為建構主體的過程。像諸如民族國家之類的權威作為大主體通過意識形態國家機器把個人詢喚或徵募為主體。被詢喚或徵募為主

〔註21〕 關於這一思想可參看愛瑪・卡法勒諾斯的《似知未知：敘事裏的信息延宕和壓制的認識論效果》一文，見戴衛・赫爾曼主編《新敘事學》，馬海良譯，北京大學出版社，2002年5月版，第3～35頁。

〔註22〕 王蒙：《我的第一篇小說》，《王蒙文集》第七卷，華藝出版社，1993年版，第620頁。

體的個人一方面要絕對服從於大主體這一權威，另一方面又認爲自己是一個
自由的行爲者。這就是個人與其存在現實之間的想像性關係的再現。〔註23〕英
國的新敘事理論學者馬克・柯里認爲，阿爾都塞的意識形態理論暗含著文學
建構主體的作用，他說：

　　　　事實上，阿爾都塞在他的文章中幾乎沒有提到文學，但他將
　　文學命名爲一種機制，這種機制將主體建構爲一個具有自由幻想的
　　奴隸。這一命名法在敘事學史上佔了一個創新的地位。阿爾都塞的
　　馬克思主義從 80 年代後期到千年之末的這段時間裏非常盛行，這
　　主要是因爲其主體性概念與敘事學所瞭解的小說視角之間的協同
　　作用。

　　　　這種協同作用可以馬上得到解釋。假如布斯表明小說控制了讀
　　者的立場，而這個立場又決定了同情的問題的話，那麼，阿爾都塞
　　的馬克思主義就只增加了這麼一點，即小說通過控制讀者的立場，
　　使得讀者不僅能夠同情，而且與某種主體立場完全一致並因此而具
　　有主體立場和社會角色。『質問』是阿爾都塞給這一過程起的名字。
　　就像一般的主體性一樣，它也是一個過程，由文本控制著。但讀者
　　卻存有一種幻覺，以爲一致性是自由自在地達到的。〔註24〕

　　從這一角度來看王蒙的小說，我們會發現，王蒙正是通過「講說」把讀
者詢喚成爲主體。當讀者閱讀「季節系列」的時候，會以錢文的視角爲自己
的視角，以錢文的立場爲自己的立場，這是由於作者讓讀者與錢文保持了零
距離接觸的緣故。同樣由於作者與錢文身份的基本重合，讀者也與作者產生
認同。這時作者的講述就成爲讀者的認同對象。比如，當我們讀到曲風明對
錢文詩歌的分析時，我們會同情錢文，會感到曲風明的可憎，會感到時代的
荒謬，而這所有的一切都是錢文的立場，同時也是作者的立場。

　　在「季節系列」這一大型文本中，作者一方面要立足於「敘述現在時」
不斷地回溯歷史，另一方面又不斷地趨向於當下的「敘述現在時」，作爲一個
具有現實情懷的作家，一味地沉浸於歷史肯定是不明智的，他必須讓自己的

〔註23〕 參見阿爾都塞：《意識形態和意識形態國家機器》，李迅譯，《當代電影》，1987
　　　　年第 3 期、第 4 期。

〔註24〕 參看馬克・柯里：《後現代敘事理論》，寧一中譯，北京大學出版社，2003 年
　　　　8 月版，第 32～33 頁。

讀者一邊回望過去，一邊還要關注現實。但作為長篇小說，又不可能像他所寫的中篇小說《一嚏千嬌》那樣，讓讀者直接參與到小說的創作中去。於是，王蒙採用的方式一是大量地進行「預敘」，二是由作者直接出面講說，這兩種敘述方式的交叉混合，就為自己隱含的讀者提供了想像性重構的空間。

預敘是一種在敘述中不斷預告未來的敘述方式，這種敘述方式在傳統小說特別是「五四」以來的小說中是較少使用的。在傳統的評書中，有「某某如何如何，這是後話，暫且按下不表」的說法，可以看作是預敘，但這種預敘一般是補充式預敘，為的是補充在正文中不便講述的未來的內容，因而不具有敘述功能意義。《紅樓夢》第五回賈寶玉神遊太虛幻境所看金陵十二釵的描寫是總綱式預敘，但仍帶有古代讖緯宿命的神秘色彩。二十世紀八十年代以來，在「先鋒小說」中大量採用預敘方式，一時間「許多年以後，我們將看到……」的這一馬爾克斯式的句式成了他們的基本敘述方式。但先鋒作家在長篇小說中卻較少採用這種方式（如蘇童與余華的長篇小說敘述漸趨平實，預敘較少見到）。王蒙的長篇小說「季節系列」卻大量採用預敘，於是，熱奈特所說的預敘的標準格式「我們將看到……」、「我們以後將看到……」的句式便不時出現在王蒙的敘述中。《戀愛的季節》是王蒙「四個季節」中時間最早的一個季節，也是王蒙寫得最熱鬧，最具現場感的一部小說。這部小說也可以看作是對《青春萬歲》的一次重寫。之所以說是重寫，是因為我們在閱讀中時時會感到有一個高居於五十年代之上的審視的目光，這個目光銳利超然成熟老辣，既迷戀著美好的青春、愛情、革命、光明的時代，又毫不客氣地診斷著青春、愛情、革命、光明背後的分裂、幼稚、狂熱等病竈與暗影。我所感興趣的是讀者為什麼會認同這個審視的目光，敘述人與敘述對象的時間距離顯然是重要原因，這正應了福柯的那句名言：「重要的不是話語講述的年代，而是講述話語的年代」。而這個距離的營造，又源於作者不斷出現的預敘。「在許多年以後，在他步入中、老年以後，他十分驚異於他曾經有過一個如此集中地做夢的年齡。……」「在此以後，在他年事漸長成為成年、中年並且一點一點步入老年之後，他也有夢，他或者也有不是很少的夢，但他再也記不住自己的夢了，他再也不沉浸自己的夢了。他再也不懷念自己的夢了。……」在這裡，可靠敘述人讓錢文披露自己未來的心迹，實際上就等於告訴讀者老年錢文與青年錢文的心理距離，這種距離也是讀者與青年錢文的距離。在《躊躇的季節》第六章，整個一章都是預敘，作者從六十年代突然插入三十年以後的事，在犁原的遺體告別會上，這已經是二十世

紀九十年代的事了。這樣大跨度的預敘，對於讀者來說，肯定是一個不斷間離化的過程。

　　在「季節系列」中大量存在的作者直接出面的講說，在過去的小說中也是罕見的。作者的講說是針對現實的，他不斷地掀起現實的一角，引發的是讀者對現實生活世界的重構，當讀者讀到：「久違了，我親愛的朋友。是什麼樣的庸俗齷齪的事務纏住了你！電話和採訪，儀式和聚會，名譽頭銜和上不上鏡頭，意氣之爭與陰謀詭計，潑污水的快意與一錘子打不出一個響屁來的木頭墩子，打翻了醋罐與絕望的震怒漩渦中的稻草，迅速的反應與短平快的出手，礙於情面的約稿與半是文場半是官場的公關……王蒙，你就這樣地浪費著你的才華和來之不易而又深知老之將至的大好光陰！」時，當我們讀到「我們還是這樣窮！我們還是沒有硬通貨，沒有美國綠卡，沒有瑞士或者西班牙的別墅，沒有人獲得價值三十萬美元的諾貝爾文學獎。《大家》雜誌發一個十萬元的獎就引起了十五級地震！或者用一個青年人的達到極致的話來說，叫做中國人到現在還忙著患流行性感冒，連個艾滋病都沒混上！你們倒是因為成了老革命而不少得好處。我們呢我們呢？我們不喜歡你們！你們這樣的人享受你的副部級待遇然後時時準備表態擁護黨的指示不就夠了麼？還不行嗎？還時不時插嘴侈談什麼當代文學！」時，讀者朋友恐怕就不能不把生活現實與小說中的虛構世界聯繫起來了。

　　由此可見，王蒙小說中的預敘和講說，一方面服務於自己的敘述，另一方面是引領讀者把作者與讀者共在的現實生活世界重構為一個完整的世界，從而與虛構世界一起，構成小說文本的立體複合結構。我們可以用下圖表示：

附圖 2-1

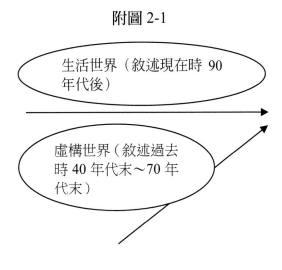

　　上圖中，平行直線代表敘述現在時，是作家寫作的年代，因而也是現實生活世界。斜線代表敘述過去時，是小說所寫的年代，屬虛構世界。這兩個世界共同存在於小說文本中，它們無限趨向於接近卻永不相交，構成相互審視相互滲透的意識共同體。

三、多重視角與不定視角：多元化與相對性

　　王蒙小說的敘述視角基本上是由他的主人公擔任的，但這並不是說王蒙小說的敘述視角就是固定不變的。實際上王蒙在敘述視角的安排上具有很大的靈活性。他之所以喜歡使用第三人稱敘事，就與這種靈活性有關。王蒙小說敘述視角的靈活性表現在多重視角和不定視角的運用上。所謂多重視角，是指對同一事件或同一個人物觀察的多角度性和多側面性。這種對同一對象的多角度多側面的聚焦，就構成一種立體復合式的特點。所謂不定視角，一是指在同一作品甚至同一章節中的敘述視角的不斷換位，二是指敘述角度的不確定性或模糊性，它的標準格式是「有人說（看到）……」。這種不定視角的運用，構成作品的干擾因素，增加了閱讀的澀感和張力。

　　王蒙對《活動變人形》中的「圖章事件」的多重視角很覺得意，這說明他在有意識地追求這種技巧。〔註25〕姜靜宜對「圖章」的特殊感受以及這種感受的前後變化，源於她的教養和經濟狀況。王蒙以靜宜的視角來看就拉近了讀者與靜宜的距離，讓讀者對靜宜產生同情，從而與靜宜一起痛恨倪吾誠；而從倪吾誠的視角來寫「圖章事件」，則又使讀者理解了倪吾誠，原諒了倪吾誠。這種多重視角的運用，其實在王蒙的其他小說中也很常見，特別是那些寫人情世態的寓言和荒誕小說中，都是就一件事寫不同人的反應。《加拿大的

〔註25〕　王蒙曾不止一次地談到《活動變人形》中「圖章事件」的處理，他說：「《活動變人形》有一點沒有任何人評論到，就是我從這個人物的視角寫完這件事後，我又從另一個人物的立場寫，完全是同一事件。一上來就寫『圖章事件』，從靜宜的立場寫，讀者也會覺得倪吾誠太不像話了，哪有給一個作麼的圖章讓妻子去領工資？這不是為了騙取她的忠順？從倪吾誠來寫就非常合理，他是什麼樣的恍惚狀態之中給她圖章的，他是無意中拉抽屜拿出圖章來，而靜宜一下子就拿了過來。靜宜是非常關心圖章的，而倪吾誠窮極潦倒，圖章到底是什麼樣的狀況，他自己也不關心，都是可以理解的，後面的很多事情也是這樣的。吵架事件是寫了一章，倪吾誠的體驗一章，靜宜的體驗是一章，靜珍的體驗和老太太的體驗也是一章。」參看《王蒙王幹對話錄》，《王蒙文集》第八卷，華藝出版社，1993 年版，第 589～590 頁。另見《小說的可能性》一文，載《王蒙談小說》，江西高校出版社，2003 年 10 月版，第 71 頁。

月亮》對趙小強的「報屁股文章」的迥然不同的態度，是不同利益集團、不同階層人士從不同的角度觀察的結果。《鄭重的故事》以極其荒誕的筆法敘寫了厄根厄里公國詩人阿蘭即將獲 X 國戈爾登學院戈爾登黃金文學獎的消息傳來之後，朝野上下、文壇內外所引發的軒然大波。作品讓不同階層的人，不同的政治黨派紛紛表現自己的態度，也是利用視角的不同來體現的。《要字8679 號——推理小說新作》是以案件調查的方式讓不同的人對市委書記周世充發表看法，從而揭示一種社會人生世相。這種寫法在西方十八世紀的書信體小說（比如法國拉克洛的《危險關係》，1782 年）以及福克納的意識流小說中是很常用的。這種立體觀察的方法表明了作品人物的主體意識，作者沒有把自己的自我意識強加於人物，而是尊重人物的自我意識，允許人物有自主行事的道理與權利，體現的是作家平等民主思想以及對世界多元化相對性的理解。

　　關於視角的作用，王蒙在自己的中篇小說《一嚏千嬌》中有很好的發揮。《一嚏千嬌》是一篇標準的「元小說」，所謂「元小說」，簡單地說就是「關於小說的小說」。「小說自己談自己的傾向，就是『元小說』。」〔註26〕在這篇自我暴露的小說中，作者公開地談論「視角問題」，並以李白的《靜夜思》和杜牧《清明》為例，不無調侃地說，李白的詩是從詩人——遊子的視角寫的。如果以月亮的視角為視角呢？該詩應是：

> 不知寒與熱
>
> 莫問白與黑（讀賀，王注）
>
> 悲喜憑君意
>
> 與我無干涉

　　同理，杜牧的詩也是從詩人——行人的視角寫的，如果從一個毫無詩意、惟利是圖的酒家視角寫呢？則是：

> 清明時節雨嘩嘩
>
> 生意清淡效益差
>
> 我欲酒中摻雨水
>
> 又恐記者報上罵

　　或者從另一個毫無詩意的行人視角來寫：

〔註26〕趙毅衡：《當說者被說的時候——比較敘述學導論》，中國人民大學出版社，1998 年版，第 261 頁。

> 清明時節雨霏霏
>
> 路上跌跤欲斷腿
>
> 借問醫家何處有
>
> 的士要你付外匯［註27］

王蒙在戲謔調侃之中，言說的卻是一個嚴肅的哲學——認識論與方法論問題，視角問題不是一個簡單的技巧問題，而是文化立場問題，意識形態問題，道德倫理問題。凡事從別人的角度想一想，就會避免絕對化、極端化，這也是王蒙的辯證法。因此在《一嚏千嬌》中，王蒙把視角給了各個人物，不僅給了女秘書、老「坎」、老中醫，而且給了老「噴」，讓每一個人物都從自己的切身體驗和自我意識中發言，於是每個人物都有了存在的自足性。真理是絕對的嗎？真理也是相對的，世界的多樣性決定了真理的相對性，任何理由的把世界極端化從而把真理絕對化的傾向在王蒙看來都將是可怕的。

在王蒙的小說中不定視角的採用也很普遍。在他的長篇小說，特別是「季節系列」中，錢文作為一個主要視角，貫串全文，但王蒙也沒有讓錢文時時處處都作為觀察者聚焦者，這樣對於一個系列長篇小說來說就顯得太拘束，而是不斷採用視角換位的方式，寫到哪個人物就以哪個人物的視角來聚焦。寫到周碧雲就以周碧雲為視角，寫到趙林就以趙林為視角，寫到祝正鴻就以祝正鴻為視角，寫到犁原就以犁原為視角等等依此類推。但王蒙的人物視角也是靈活的，當觀察人物本身時是敘述人的外視角，當觀察旁人時則採用人物內視角，比如《戀愛的季節》中寫周碧雲時，首先是從外視角觀察介紹周碧云：

> 1951年4月下旬的一個周末夜晚，小雨颯颯，空氣裏充滿著誘人的潮氣與土香。周碧雲坐在自己的辦公桌前，正在準備「五·四」青年節紀念會上對新民主主義青年團團員們的講話。
>
> ——《戀愛的季節》，（人民文學出版社，1993
> 年4月第1版，第1頁。）

接著便換成周碧雲的內視角：

> 直到這時，她才想起了來自天津英租界花園附近的小洋樓的兩封信。兩封信都是她的男朋友——應該說是她的未婚夫舒亦冰寫

［註27］王蒙：《一嚏千嬌》，《王蒙文集》第三卷，華藝出版社，1993年12月版，第718～721頁。

的，兩封信都用的是長型國際航空信封──這真莫名其妙，從天津往北京寄信，為什麼要用航空信封呢？兩封信的郵戳都是 4 月 23 日，兩封信的字迹都是那樣拘謹、一筆一畫地不苟、還有點娟秀的女氣。〔註28〕

　　──《戀愛的季節》，（人民文學出版社，1993 年 4 月第 1 版，第 2 頁。）

　　這裡不打著重號的是敘述人的概述性的介紹，而打著重號的則是從周碧雲的視角來寫的。在這一章中，舒亦冰的冰冷不合時宜的小資產情調和滿莎的火熱開朗的新時代詩人氣質都是通過周碧雲的眼睛和感受寫出來的。這種換位式不定視角的採用一方面避免了全知視角的專斷講述，另一方面也彌補了純個人視角的局限性與片面性，增加了生活的廣度和實感。因為在生活中就是眾多的人物視角構成的世界，世界的複雜性和客觀性就是這樣形成的。

　　在王蒙的小說中模糊性不定視角採用的頻率不是很高，但卻是一個應引起我們注意的現象。在《蜘蛛》這篇小說中，作者是超敘述者，美珠是主敘述者，祝英哲是聚焦者（視角）。但在作品結局的關鍵時刻，即作品對祝英哲與老老闆的權力鬥爭中海媛（老老闆的女兒，祝的妻子）的作用交給了不定視角，「有人說海媛是這場爭奪戰中的關鍵人物。……」「也有人說海媛為維護父親的尊嚴和利益與丈夫反目，揚言要與丈夫離婚。……」「或者說海媛一會兒擁夫打父，一會兒愛父攻夫……」「或者說海媛自從車禍後智慧狀況日益惡化……」這種不定視角的採用增加了事件的不確定性和神秘感，使作品變得更加撲朔迷離。

　　在《暗殺──3322》中，李門是常規敘述視角，但在第五章卻改換為模糊性不定敘述視角。本章敘述的情節是風流成性的大學生甘為敬與畢玉、小燕子、馮滿滿之間的情感糾葛。李門作為一個從外部觀察的視角，不可能深入到這幾個人的私生活領域，因此只能依靠這種不定視角。於是我們看到的是這樣的句式：「有人說小燕子與甘為敬的吹是真吹……」、「先是在女生中然後是在男生中傳出了甘為敬……」、「說是……」、「又說……」、「據說……」、「甚至有人說……」等。可見不定視角的標準格式是「有人說（看到）……」，但敘述人卻不知道這個人到底是誰。這種敘述視角的敘述功能正像我在上面所說的可以增加事件的不確定性和神秘感，從而增強閱讀效

〔註28〕著重號為引者所加。

果。但從文化功能上說卻要複雜得多。敘述視角說到底是個文化立場問題，意識形態問題。多重視角和不定視角正是王蒙文化立場的體現。多重視角在前面已經說過，不定視角的運用主要是在二十世紀八十年代後期和九十年代。使用模糊性不定視角的文本《蜘蛛》發表於 1991 年 5 月的《花城》第 3 期，《暗殺——3322》出版於 1994 年 10 月。從這些小說的寫作和出版（發表）的時間來看恰恰是王蒙創作思想與文化思想的蛻變時期。王蒙在談到這一轉變時說：「我覺得在寫《青春萬歲》的時候，對人生是用一種非常浪漫的態度，認為世界就是光明的勝利和光明對黑暗的一種搏鬥。現在世界對我來說是複雜得多了，我不認為我有責任或有權力或有能力把一切都告訴讀者，說什麼是光明的，什麼是黑暗的，什麼是好的，什麼是壞的，你們要這樣，你們不要那樣。在寫《青春萬歲》的時候，我充滿了自信。我覺得我在告訴青年人應該怎麼樣，不應該怎麼樣。但現在來說，我是在把一個真實的歷史過程，把一個真實內心的過程告訴讀者，讓讀者自己去作出他的結論。」〔註 29〕正是世界的複雜性使王蒙不再專注於一統世界的烏托邦想像而醉心於多元的圖景，正是對過去的不自信才使王蒙拋卻了絕對的承諾而趨向於相對的辯證。不定視角難道不正是世界真相的視角嗎？上帝死了，我們不是上帝，肉眼凡胎的我們究竟能看到些什麼？不定視角是一種現代人的權力自限，是承認自我渺小的一種坦誠和明澈。這庶幾就是王蒙不定視角的文化內涵。

四、空間的時間化：建構文本雙重語法的策略

任何觀察都是在一定的時間和空間中進行的，離開了特定的時間與空間，任何視角都沒有意義。因為時間與空間是觀察視角的具體處所，它提供了觀察的具體語境，而這具體的語境使視角具有了聲音，「聲音即活躍於語境之中」。〔註30〕因此，研究小說的時間和空間以及它們的不同特點，就顯得很有必要。

王蒙小說的時間和空間具有怎樣的特點呢？對此王蒙在二十世紀八十年代初所提出的「故國八千里，風雲三十年」的表述，體現了王蒙小說的基本

〔註29〕 參看曹玉如編《王蒙年譜》，中國海洋大學出版社，2003 年 9 月版，第 173 頁。
〔註30〕 蘇姍・S.蘭瑟《虛構的權威——女性作家與敘述聲音》，黃必康譯，北京大學出版社，2002 年 5 月版，第 13 頁。

時空特點。不過這一說法帶有一定的比喻性，如果從實際來看，王蒙小說的描寫的空間範圍已經是國內國外，時間跨度已逾百年。可以叫做：「故國幾萬里，風雲上百年」了。〔註31〕然而這種籠統的說法並不能反映王蒙小說時空的具體特點，我們必須從王蒙小說時間和空間的具體關係入手，才有可能抓住它的實質。我覺得，王蒙小說時間與空間的具體特點就是王蒙非常善於將空間時間化，所謂空間時間化就是說王蒙總是善於在空間中看到時間，總是善於把特定的空間與時間聯繫起來，從而使空間成爲歷史時間流程中的一個有機的點。空間成爲時間交匯的點，空間就不是孤立的隨意的場面組合，而是承載著歷史時間內涵的生活視窗和操作平臺。在這個視窗或操作平臺上，時間在不停地流動，各種人事來來往往，「你從遠方來，我到遠方去，遙遠的路程經過這裡」。〔註32〕「這裡」成爲時間綿延不息的一個觀察哨，一個聯結過去與未來的驛站。

　　《相見時難》中的藍佩玉與翁式含的相見在北京，在藍立文教授的追悼會上，然而這一相見的空間意義卻決定於時間的交匯，「相見時難」難就難在歷史時間的交織的困難。在翁式含看來，一個曾經的「少年布爾什維克」，在歷經時間的磨難之後，卻要與一個革命的「逃兵」，一個養尊處優的洋博士，一個被奉爲上賓的美籍華人藍佩玉「相見」了，這一阻隔了三十多年的相見，使看不見摸不著的時間具有了沉甸甸的分量，時間使藍佩玉的回歸與故地重遊成爲歷史整體中的一部分。如此一來，「海外華人回故國」的簡單的空間性事件轉化成爲重大的歷史（時間）性事件了。

　　《活動變人形》本是老北京的一個不幸的知識分子舊家的故事，三個女人一個男人兩個孩子，一個破落的大院，演繹的是一齣淒苦的人生劇目。這樣的故事我們在巴金的《家》、老舍的《駱駝祥子》、曹禺的《雷雨》等作品中似曾相識，但王蒙的故事開場卻選擇在二十世紀八十年代的歐洲，在盛讚中國文化的史福崗的家裏，讓倪藻面對那「難得糊塗」的舊條幅，從而掘開

〔註31〕大家只要看看《活動變人形》，就會一目了然。倪吾誠應屬於「五四」一代知識分子，他的活動範圍已不限於本土。倪藻屬於「四九」一代知識分子，他的活動範圍也不限於國內。王蒙的長篇新作《青狐》所寫爲八十年代。《青狐》中錢文的兒子錢遠行屬於「知青」一代。因此王蒙寫作的時空範圍應該是「故國幾萬里，風雲上百年」。

〔註32〕海子：《黑夜的獻詩——獻給黑夜的女兒們》，西川編《海子詩全編》上海三聯書店 1997 年版，第 477 頁。

記憶的閘門，使空間轉化爲時間的連綴。王蒙借倪藻發現：

除了現在的他以外，還有又一個他生活在舊事裏。原來人們在五十年代告別四十年代，又在六十年代告別五十年代，就像人們離開了上海去了青島，離開了青島又去了煙臺一樣。人們一般以爲，空間的旅行是可逆的。而時間的旅行是不可逆的。但是今晚，他獲得了一次激動人心的體驗，在八十年代，在異域，他發現了一些久已埋葬的過去。

考古？

連結。又續上了嗎？

——《活動變人形》（第二卷，第 24 頁。）

注意王蒙在這裡說的「考古」一詞，「考古」難道不正是在「空間」中發現「時間」的一種方法嗎？而「考古」中的「空間」不過是作家在其中尋找「時間連結」的「掘進坑」而已。於是，我們在王蒙的作品中不斷發現對時間的特殊青睞。王蒙說：「生活是以『日子』的形式展現在我的眼前，以『日子』的形式敲打著我的心靈、激發著我的寫作的願望的。這就是說，時間是生活的一個要素，是生活最吸引我的一個方面。生活是發展的、變化的、日新月異的。那隨著時間的推移而不斷出現的新事物，那時代、年代的標記，就像春天飛來的第一隻燕子，秋天落下的第一片黃葉，總是特別引起我的關注和興趣。……我希望我的小說成爲時間運行的軌迹。」〔註 33〕可見對時間的關注是王蒙自覺的藝術行爲，甚至他的許多小說的題目都與時間有關：《戀愛的季節》、《失態的季節》、《躊躇的季節》、《狂歡的季節》是直接關注時間的；《春之聲》、《如歌的行板》、《冬天的話題》以及《布禮》、《蝴蝶》等都與變化有關，因此也可以看作是時間性的題目。對時間的青睞，使王蒙的作品很少共時性的空間展示，而偏好歷時性的時間連綴。這成爲王蒙小說的一大特色。然而，對時間的青睞，並不意味著王蒙對空間的輕視。實際上，時間與空間是不可分割的統一體，沒有離開時間的空間，也不存在脫離空間的時間。時間與空間的這一統一體就是巴赫金所謂的「時空體」（Ｘｐｏｎｏｔｏｐ）。巴赫金認爲：「在文學中的藝術時空體裏，空間和時間標誌融合在一個被認識了的具體整體中。時間在這裡濃縮、凝聚，變成藝術上可見的

〔註33〕 王蒙：《傾聽著生活的聲息》，《王蒙文集》第六卷，華藝出版社，1993 年 12 月版，第 126 頁。

東西；空間則趨向緊張，被捲入時間、情節、歷史的運動之中。時間的標誌
要展現在空間裏，而空間則要通過時間來理解和衡量。這種不同系列的交叉
和不同標誌的融合，正是藝術時空體的特徵所在。」〔註34〕王蒙的小說正
是如此。王蒙小說中的空間被時間化了，因此他的作品的時空體便具有了歷
時性的特徵。綜觀王蒙的小說文本，他的具有標誌性的時空體是「在路上」。
〔註35〕《春之聲》中的岳之峰在悶罐子火車上，《夜的眼》中的陳杲從邊疆
來到北京，《海的夢》中繆可言隻身來到海邊，《雜色》中的曹千里騎馬走在
草原上，《蝴蝶》中的張思遠驅車回鄉去「找魂」，《相見時難》中的藍佩玉
從美國來到北京，《活動變人形》中的倪藻的回憶是在乘飛機去歐洲的旅途
中，「季節系列」中的錢文不斷從城市到鄉村又從鄉村回城市再從內地到邊
疆，實際上也在路上。「在路上」這一頗受巴赫金推崇的時空體，具有「流
動」、「變化」、「轉折」等明顯的時間性意義。「在路上」是一個不確定的方
位，它既聯結著過去又無限地指向未來，它的不斷運動性、流逝性使它與時
間的結構極其相似。「在路上」正是時間的隱喻，歷史的隱喻，人生的隱喻。
但是，我們還應注意到這一現象，「在路上」這一時空體只出現在王蒙八十
年代以後小說中，而在他的早期小說中卻沒有出現。在《青春萬歲》中的時
空體是學校，《組織部來了個年輕人》則是組織部，《眼睛》則是在圖書館，
這些時空體是一些固定場所，因而是確定的處所，無變化的處所，這些場所
的時間是正常的物理性時間，因而它並不顯得很突出很強烈。八十年代以後
的「在路上」時空體，成為開放的、流動的時空體，在這一時空體中，時
間不是按照正常的物理時間的序列流動，而是經由心理整合的重構之後的
時間，因而具有跳躍性、重疊性乃至倒錯性等特徵。這一時空體一方面表
明王蒙小說愈來愈成為內省式的思想小說，另一方面也隱喻性地表明知識
分子的主動探索與不得不流浪的命運。

　　《雜色》是一篇相當典型的「在路上」的時空體文本。這篇小說如果單
從空間意義上看，似乎沒有什麼意義，但是經過王蒙的空間時間化處理，這

〔註34〕巴赫金：《小說的時間形式和時空體形式——歷史詩學概述》，白春仁譯，《巴
　　　　赫金全集》第三卷，河北教育出版社，1998 年版，第 274～275 頁。
〔註35〕王培元在《「一個人遠遊」：王蒙小說的一個模式》一文中，把「在路上」的
　　　　這一模式歸結為「一個人遠遊」，並分析了這一模式與我國民族的文化——審
　　　　美心理的某種契合程度，從而著重分析了「一個人遠遊」的「文化原型」意
　　　　義。見《當代作家評論》，1995 年第 6 期。

篇小說具有了深刻的隱喻義。作品的表面語法是「曹千里騎馬走在路上」。
這一語法成分中明顯缺少賓語——陳述指涉對象，作者介紹「他騎馬去做什
麼，這是並不重要的，無非是去統計一個什麼數字之類，吸引他的倒是騎馬
去夏牧場去本身。」可見，「走在路上」成為該語法成分中的重要部分。「走
在路上」是對「過程」的展示，在「路上」「走」，是曹千里和雜色老馬的基
本狀態。如果只是寫這一天的「走」，那這篇小說的確是「乏味」的，沒有
意義的，作者的警告「不要期待它後面會出現什麼噱頭，會甩出什麼包袱，
會有個出人意料的結尾。他騎著馬，走著，走著……就是了。」反倒勾起我
們尋找作品深層語法的衝動。那麼這個深層語法是什麼呢？那就是有關「時
間」的寓言。作品首先寫馬，馬是馬廄裏最寒傖的馬，雜色而骯髒，連鞍子
都是最破爛最不成樣子的。這樣一匹馬實際上正是曹千里的象徵，「千里」
與「馬」的組合，隱喻性地意指了曹千里懷才不遇，落魄遭難的身份。什麼
人騎什麼馬，什麼馬配什麼鞍子，落魄的曹千里騎著同樣落魄的雜色老馬上
路了。寫到這裡，作者適時地插敘：「好了，現在讓曹千里和灰雜色馬蹣蹣
跚跚地走他們的路去吧。……然後，讓我們靜下來找個機會聽一聽曹千里的
簡歷、政歷與要害情況的扼要介紹。」於是在戲謔性的擬檔案體的介紹中，
王蒙打通了歷史的時間隧道，空間時間化了：「今天是什麼？今天是 1974 年
七月四日，曹千里現年四十三歲六個月零八天又五個小時四十二分。」因此，
曹千里不是孤立地行進在草原上的人，他是一個音樂家，一個歷史中的人，
他的行進就是在具體的時間空間中的社會性存在了。如果說，1974 年七月四
日這一天在路上的行進是橫軸，那麼四十多年的歷史時間就是垂直的縱軸，
於是這一天的行進，就不是簡單的寫實，而具有了明顯的寓言意義。童慶炳
先生對《雜色》的隱喻語法的分析是十分精彩的，他明確地指出了《雜色》
是一個具有雙重語法的隱喻性文本，「王蒙的《雜色》就是在現代意義上一
系列的隱喻藝術體系。他寫的是曹千里和他的雜灰色老馬的一天的充滿艱難
困苦的路程（此物），可這種描寫在讀者的領悟中，已轉移成對極左路線控
制下的苦難中國（彼物）的描寫。難道曹千里的遭遇和老馬脊背上的血疤以
及他們（它們）的負重行進，不正是暗含著多災多難的祖國曲折的歷程嗎？
順便說一句，曹千里和雜灰色的老馬是一而二，二而一的，是『異質同構』
的，曹千里就是雜色老馬，雜色老馬就是曹千里，……這本身就是一個隱喻，

而這人馬同一的形象又被轉移爲苦難中國的形象。在這一小一大的隱喻形象之間，還有不大不小的中級的隱喻形象，如曹千里過『草地』時那氣候突然是風和日麗，突然又暴風驟雨，突然又豔陽高照，這無常變化，作者用了『你的善良願望立刻就被否定了』，『一個時代結束了』，『又是一個突然』等句子來加以描寫，這都不是隨意之筆，在作者的意識中，他可能用來指『反右』運動、『文革』突變等，草地的氣候變化轉移爲對歷史的某一階段的暗示。」〔註36〕在這裡，童先生的論述已經暗含了我所說的「空間的時間化」的意思。正是因爲空間的時間化，才使讀者的閱讀指向了深層的隱喻語法。我們可以用圖表歸納一下《雜色》中的橫軸（空間軸）與縱軸（時間軸）的結構單元。（見下表 2-2）

附表 2-2：《雜色》的空間軸與時間軸對照表

	1	2	3	4	5	6	7	8
橫軸（空間）	曹千里騎馬準備出發	曹千里騎馬過河	曹千里騎馬來到村落	曹千里騎馬來到溪谷（遇狗與蛇）	曹千里騎馬來到草原、草原美景	草原暴風雨、冰雹與突然轉晴	曹千里飢餓難忍，騎馬來到「獨一松」打尖，遇哈薩克老媽媽和牧民	曹千里歌唱，老馬奔跑
	1	2	3	4	5	6	7	8
縱軸（時間）	曹千里簡歷、政歷	曹千里思考河流的年代	曹千里愛音樂及其遭遇	作者插話點題、人們對曹千里的猜測與同情	曹千里回憶自己少年生活	曹千里的感覺「只覺得是在經歷一個特異的、不平凡的時代」、「一個時代結束了」	曹千里想到兒時玩伴、妻子、詩和音樂	點題，作者站在八十年代的春天對「嚴冬」的回顧

從表 2-2 中可以看出，空間軸上的場景與時間軸上的插敘、回憶基本構成一一對應的關係，這種關係是空間與時間的隱喻對應，正像童慶炳先生所說的，曹千里的一天的行進就是我們時代的隱喻性縮影。草原的氣候變化象徵

〔註36〕童慶炳：《隱喻與王蒙的〈雜色〉》，《文學自由談》，1997 年第 5 期。

著時代的政治氣候的變幻，第 7 單元的曹千里的飢餓感，我們既可以看作是二十世紀六十年代初的大饑荒的隱喻，也可以看作是曹千里等知識分子的精神饑渴的隱喻，哈薩克牧民老媽媽給曹千里馬奶子喝隱喻性地揭示了知識分子向人民認同，從而汲取精神力量的普遍的元敘事規則，所以我認為，第 7 單元是一個具有功能意義的結構單元，它是「在路上」發生轉折的一個重要契機。這裡的哈薩克牧民老媽媽正是「人民──母親」的形象，與張賢亮筆下的馬纓花（《綠化樹》），李國文筆下的郭大娘（《月食》），張承志筆下的老額吉等是一致的。曹千里在空間軸是生理上的飢餓，而在時間軸則產生了對兒時玩伴、對妻子、對詩、對音樂的嚮往，恰是一種精神活動，知識分子的磨難在人民中間找到了慰藉，從而超越了苦難，獲得了昇華。由此可見，空間的時間化是多麼重要，如果去掉了縱軸（時間），這個故事是不可思議的。正是空間的時間化即縱橫兩軸的交織，才使作品具有了深層語法。這樣，表層語法「曹千里騎馬走在路上的遭遇」，就置換為作品的深層語法「知識分子在人生道路上的遭遇與精神追求」。

與《雜色》相類似的是《夜的眼》、《春之聲》、《海的夢》，甚至《蝴蝶》，甚至《布禮》。這些小說的創作時間都比《雜色》要早，可見作者的這種方式不是偶一為之的心血來潮，而是一種自覺的藝術探索。

《夜的眼》中的陳杲，是一個來自邊遠省份的邊遠小鎮的作家，他到大城市之後的所見所感，使他既興奮又惶惑。關於城市的街道的霓虹燈與女人的裝束，關於民主與羊腿，關於「走後門」的掃興的經歷，關於躍過工程壕溝的歷險經歷以及那個安全警示的橙紅色小燈泡，這所有的一切都構成小說的表層語法結構，但由於作者把陳杲的二十年前的經歷引入小說，從而使陳杲不僅是一個來自下層來自邊緣的外來人，而且還是一個來自時間的有來歷的社會人、歷史人，因此，陳杲的感覺就不僅是邊緣人對大城市的感覺，而是一種接通了時間綿延的歷史的感覺，只有這種歷史的感覺，才能在人們高談闊論「民主」的時候，陳杲想到「羊腿」，想到「民主」與「羊腿」的辯證法。即便在作家們的創作座談會上，相對於別人的高調，陳杲的發言是低調的：「要從一點一滴，從我們的腳下做起，從我們自己做起。」這種低調是歷史的回聲，是陳杲二十多年的坎坷，二十多年的改造的經驗與教訓的結晶，因為這種高調早在二十年前陳杲就喊過了，而且我們吃這種高調的虧還少嗎？於是，陳杲才能在大城市的明亮的霓虹和五光十色的轉機中看出那如小

小的問號或驚歎號的黯淡的警示燈中潛藏的危機，才能在人們高談闊論中聽出不和諧音符。如魔鬼的眼睛般可怕的小小的安全警示燈，由於空間的時間化處置，便使其具有了重要的隱喻意：這小小的橙紅色的燈泡難道不是歷史對現實的疑問和驚歎嗎？面對現代化的這一巨大「工程」，我們難道不需要許多個這樣的「安全警示燈」嗎？《夜的眼》發表於 1979 年 10 月 21 日的《光明日報》上，對於喜氣洋洋「走進新時代」的人們來說，無疑具有振聾發聵的提醒作用。可見，這種主題的深刻性的獲得，正是空間時間化修辭的結果。

短篇小說《春之聲》亦復如是，它的空間軸是在「悶罐子車」上，工程物理學家岳之峰回鄉探親，時間不過幾個小時，但通過岳之峰的自由聯想，使空間時間化了。從而使「悶罐子車」這一小時空體，變成了「過去未來國內國外」這一大時空體。如此一來，表層語法「岳之峰在悶罐子車上的所見所聞所感」就置換為「知識分子對轉型期中國的所見所聞所感」的深層語法了，正是空間的時間化，使「悶罐子車」獲得了象徵意義。「悶罐子車」雖破，但車頭是新的，「春之聲」的旋律已經奏響，希望不就在前面嗎？

發表於 1980 年的短篇小說《海的夢》在空間時間化的處置上，除了繼續著《夜的眼》、《春之聲》等小說的套路外，作品又增加了新的因素。這一因素就是把未來的時間之維也納入作品中來。這樣，小說中的空間被時間化了的不僅是歷史，而且還有未來，歷史與未來共同交織在現在的時空體中，就使他的小說具有了空前的容量。把未來的時間之維納入小說中，作者採用了兩代人並置的時空體方式。五十二歲的繆可言隻身來到海濱尋找自己昔日的「海的夢」，但這種絢爛多姿的「海的夢」只屬於青春，屬於甜蜜與苦惱的初戀。「愛情，海洋，飛翔，召喚著他的焦渴的靈魂。A、B、C、D，事業就從這裡開始，又從這裡被打成『特嫌』。巨浪一個接著一個。五十二歲了，他還沒有得到愛情，他沒有見過海洋，更談不上飛翔……然而他幾乎被風浪所吞噬。你在哪裏呢？年輕勇敢的船長？」這一大段的概述性敘述，引進的是歷史時間之維，「海的夢」就是愛情之夢、事業之夢、理想之夢，然而，歷史的荒謬徹底粉碎了他的所有夢想，因此，當他看到現實中的真的大海時，它早已不是理想中的大海了，它既不是高爾基筆下的暴風雨前的大海，也不是安徒生的絢爛多姿、光怪陸離的海，更不是傑克·倫敦或者海明威所描繪的海，它什麼都不是，它就是現實：「平穩，安謐，叫人覺得懶洋洋。」這樣一種感覺，正是繆可言對青春不再、生命流逝的一種懊悔、沮喪和挽悼的心情的外

化。「晚了，晚了。生命的最好時光已經過去了。」於是他決計離開大海。離開大海隱喻性地表徵了他對理想的幻滅。然而，理想的誘惑對繆可言而言是如此地強大，終於在他離去的前夜，他爲自己製造了一個更大的更加虛幻的新的理想——月夜下的「海的夢」。王蒙把這個新的理想寄託在年輕一代身上，繆可言驚起的一對年輕的情侶，正是繆可言未實現的自我的想像性滿足。未來就這樣被王蒙整合進作品，空間徹底時間化了，一個「尋海——觀海——離海」的普通的故事，具有了「尋找理想——理想幻滅——再造理想」的複雜的隱喻性深層語法。

然而，這種沒有親緣關係的兩代人時空體在王蒙的其他小說中也存在著，如《湖光》中的李振中對麗君夫婦，《青龍潭》中的趙書章、周蘭新對曉鐵、紅葉等，這種兩代人的組接，被曾鎮南稱爲是表現了「生活的流動感，青春的連續性」〔註37〕，不過在我看來，它體現的是王蒙的一廂情願。這種在下一代身上寄託理想的願望，實質上是虛幻的。而且這種虛幻性，在具有血緣關係的父子兩代人身上得到了充分的體現。

曾鎮南準確地指出了王蒙小說中這一大量存在的父子兩代人的結構方式，但卻認爲這種方式體現的是一種青春的主題則是不確的。〔註38〕我覺得，王蒙的這一結構方式，正是把空間時間化的一種方式，父一代的存在引入的是歷史，子一代的存在引入的是未來，歷史與未來在現在層面上的交匯，構成的是父子之間的尖銳衝突，其隱喻的核心是歷史時間與未來時間的斷裂。時間的斷裂感一直是王蒙縈繞不散的心病。早在1978年發表的短篇小說《最寶貴的》裏面，父子衝突就顯得激烈而不可調和。官復原職的嚴一行，是作爲正義與信念的化身出現的，而兒子蛋蛋則被寫成了正義與信念的「叛徒」遭到父親的譴責，儘管這一譴責也包含著同情和諒解，因爲蛋蛋的叛賣不是罪惡而是過錯，而最大的罪惡之源是「四人幫」，不過，它透露出的信息卻是時間的斷裂。正像我在第一章所說過的，蛋蛋把嚴一行所說的主義理解成「主意」，就表明了父子兩代人的不能溝通。這種不能溝通是不同價值觀導致的。當然由於這篇小說寫的年代比較早，王蒙還不能深入地挖掘蛋蛋的價值根源，但他敏感到父子兩代之間的衝突，是時代斷裂的表徵，而且這種斷裂的鴻溝是很難填平的。之後的《悠悠寸草心》中的呂師傅與他的兒子，王蒙給

〔註37〕 參見曾鎮南：《王蒙論》，中國社會科學出版社，1987年版，第81頁。
〔註38〕 參見曾鎮南：《王蒙論》，中國社會科學出版社，1987年版，第67頁～76頁。

予兒子以比較客觀的觀照。呂師傅的熱與兒子的冷，呂師傅的對黨的幹部的熱切希望與兒子的徹底懷疑，構成父子兩代對待歷史的不同態度。呂師傅的「補天」派態度，決定了他對歷史時間斷裂的痛惜和試圖補綴斷裂的嘗試；而兒子則是決絕的，這種決絕態度決定了兒子對父親的努力給予無情的嘲諷。張思遠與多多亦是如此。張思遠與多多所經歷的三次衝突與和解，實際上並不是真正的和解，它表明多多作為一代青年人獨立思考的意識以及完全不同於張思遠一代人的價值觀和人生觀。正像曾鎮南敏銳覺察到的：王蒙「不是簡單地在張思遠與多多的關係中顯示『代溝』和彌合『代溝』的希望，而是在對兩代人的差異的越來越深細的發掘中，尋摸到了我們社會的思想、人的觀念變遷的軌迹。」〔註39〕此言信矣。

　　實際上最徹底地表現父子兩代之間衝突的不可調和性，從而表現歷史時間與未來時間之間斷裂的小說是《活動變人形》和「季節系列」以及長篇新作《青狐》。這幾部長篇小說，恰恰可以看作是具有連續性的準自傳體小說。前者是革命前倪藻與倪吾誠父子之間斷裂的故事，後者則是革命後泛父子之間斷裂的故事，所謂泛父子是說這種父子關係不一定是血緣關係而是寬泛意義上的。在《活動變人形》中，作為子的倪藻對父親倪吾誠的審視，是子與父的一次主動的斷裂，這一斷裂的指向就是倪吾誠的空洞的理想主義。「季節系列」小說中，錢文作為父一輩與王蒙稱之為「黃口小子」的子一輩的斷裂是「後革命時期」的時代的斷裂。這一斷裂是以插入的文本形式，折射出現實生活中王蒙的困惑與不被理解的孤獨和悲憤。比如在《躊躇的季節》第九章有兩頁的篇幅插入王蒙反駁子一代對他的攻訐：「因為我們經歷了浴血的戰鬥，我們在刑場上高歌，在刑場上舉行婚禮。不能理解我們的堅強勇敢的黃口小子又怎麼能理解我們的忍辱負重、俯首甘為快樂的牛？」在這裡的複數「我們」是指的王蒙這一代人。在此書的第六章，王蒙插入一大段議論，表明同樣的對父子斷裂現象的痛心：

　　　　是的，你們不能理解犁原這樣的人，然後同樣的命運立即就會降落到錢文這一代人身上。在小毛孩子們看來，犁原是軟弱的、不可救藥的、官氣十足的、沒有獨立人格的、過了時的、不具備寫作的才華才轉而搞評論、又由於搞不成評論了才轉而當領導的老把戲。包括犁原和他們那一輩人的痛苦與犧牲，在某些人看來也是徒

〔註39〕曾鎮南：《王蒙論》，中國社會科學出版社，1987年版，第71頁。

> 勞的、昏亂的、盲目的與自作自受——叫做「活該」的。……
>
> 在中國，兒子永遠也不會原諒父親。
>
> ——《躊躇的季節》（人民文學出版社，1997 年 10 月版 104 頁）

在《青狐》中，錢文與兒子錢遠行的斷裂雖然沒有以這種激烈的形式出現，但那種根本不理解的隔膜那種在孝道背後的對錢文歷史的輕視，是錢文所深感悲哀的。

可見這一斷裂是眞正的斷裂，不可彌補的斷裂，因而這一斷裂才使得歷史時間與未來時間徹底脫節。空間的時間化收穫的是斷裂，斷裂是王蒙時間隱喻的謎底。當然，這種斷裂的深層涵蘊是一種價值觀、文化觀的隔膜。時代的社會文化的變遷造就了不同代際的不同的價值觀、文化觀、世界觀，倪吾誠信奉的是空洞的理想主義，是無用的西方文明的皮毛；而倪藻信奉的是革命理想主義。錢文與「黃口小子」的斷裂，則是他們對「革命信念」的不同態度，是「改良」與激進、留戀與決絕的對立。而錢文與兒子錢遠行的斷裂，則是在二十世紀九十年代新的歷史時期的新的價值觀、文化觀、歷史觀的嚴重分歧。相對於錢遠行，錢文是傳統的；而相對於錢文，錢遠行則是現代市場經濟的產物。錢文生活在過去，生活在幻想裏，而錢遠行則生活在現實的實用裏，生活在當下的瞬間享樂中。因此這種斷裂是不可調和的，甚至是不能溝通的。

王蒙小說空間時間化的另一種方式是歷史情景的循環性描寫。所謂歷史情景的循環性描寫，是指在王蒙的小說中常常出現相似的歷史情景，相似的歷史場景、相似的歷史人事，從而把不同的歷史時空連綴成相似的歷史時空。這種相似乃至重複的歷史時空，王蒙稱之爲「報應」。正是通過這種循環、重複乃至報應的描寫，王蒙把歷史時間的線性流程轉換爲環狀舞蹈，在這種環狀舞蹈中，展現出王蒙對歷史的全部感慨與哲學體悟。

曾鎮南曾認爲王蒙的歷史報應思想是他的小說中的一個重要的主題。〔註40〕我覺得這種說法並不到位。歷史報應只是王蒙描寫的一種歷史現象，這種現象的更深層次則是對歷史——政治荒誕性的體悟。當我讀到《布禮》中的宋明的遭遇時，我感到歷史的玩笑和荒誕本質。一九五七年的鍾亦成的遭遇，在一九六七年幾乎原封不動地被宋明遭遇了。歷史循環了重複了報應了，「那個津津樂道地、言之成理地、一套一套地、高妙驚人地分析鍾亦成

〔註40〕 參看曾鎮南：《王蒙論》，中國社會科學出版社，1987 年版，第 18 頁～31 頁。

所說的每一句話或者試寫過的每一句詩,證明了鍾亦成是徹頭徹尾的資產階級右派」的宋明同志,在十年之後,也被「革命造反派」分析成是「一貫包庇重用反革命修正主義的理論家」跟著區委書記老魏陪鬥。宋明甚至沒有鍾亦成的堅強,他選擇了自殺,也許只有這種極端的選擇才可以證明他的清白嗎?同樣我們在《失態的季節》裏看到的曲風明也許正是宋明的擴展。一九五七年曲風明也像宋明一樣對蕭連甲和錢文進行過分析,他的風度、他的語言、他的邏輯、他的深入淺出、顛撲不破、不溫不火、入情入理、原則靈活、苦口婆心、雅俗共賞、無堅不摧、請君入甕,都使蕭連甲不能不感到由衷的折服;他的對錢文的詩的無限上綱,使錢文不能不感到驚心動魄。這樣一個「左派」,一個管「右派」的革命幹部,卻在一九五九年被劃成「右傾機會主義分子」與被他管過的右派一起勞動改造,一起被嘲笑被挪揄,「文革」中他的命運更悲慘,他不能不也走上自殺的不歸路。這真是「鬥人者人恒鬥之,劃人者人恒劃之,整人者人恒整之」啊!然而,王蒙並沒有把他們漫畫化,甚至沒有指責,而是帶著極大的同情心憐憫心描述了他們的遭際。王蒙通過這種歷史的循環、輪迴、報應,使不同的歷史空間時間化了,使孤立的歷史事件成為整個歷史進程中的必然的環節。王蒙愈是不動聲色,政治的險惡、歷史的荒誕就愈加鮮明地凸現出來。

如果說,宋明與曲風明的身上都還帶有令人討厭的「左」的胎記,那麼張思遠則帶有更加正當的理由來行施他的書記的職責。一九五七年他義無反顧地把纖弱的如小白花般顫抖的海雲拋出去了,「文革」一開始,他又高舉階級鬥爭之劍,毫不留情地把一個又一個同志拋了出去,最後把自己裸露在鬥爭的前沿了,他落了個同樣的下場。歷史的報應使張思遠感受到強烈的自我分裂,感受到自我身份認同的危機:

> 然而現在又出現了一個張思遠,一個彎腰縮脖、低頭認罪、未老先衰、面目可憎的張思遠,一個任憑別人辱罵、毆打、誣陷、折磨,卻不能還手、不能暢快地呼吸的張思遠,一個沒有人同情、不能休息和回家(現在他多麼想回家歇歇啊!)、不能理髮和洗澡、不能穿料子服裝、不能吸兩毛錢以上一包的香煙的罪犯、賤民張思遠,一個被黨所拋棄,一個被人民所拋棄,一個被社會所拋棄的喪家之犬張思遠。這是我嗎?我是張思遠嗎?張思遠是黑幫和「三反」分子嗎?我在僅僅兩個星期以前還主持著市委的工作嗎?這個彎著的

腰，是張思遠書記——就是我的腰嗎？這個灌滿了稀漿糊的棉衣（紅衛兵把大字報貼到了他的背上，順手把一桶熱漿糊順著脖領子給他灌進去了）是穿在我身上嗎？這個移動困難的，即使上廁所也有人監視的衰老的身軀，就是那個形象高大、動作有力、充滿自信的張書記的身軀嗎？這個像瘧疾病人的呻吟一樣發聲的喉嚨，就是那個清亮的、威風凜凜的書記的發聲器官嗎？他一次又一次地向自己提出這樣的問題，百思不得其解。他得到結論：這只能是一場噩夢。這是一個誤會，是一個差錯，簡直是在開一個惡狠狠的玩笑。不，他不相信自己會成為黨和人民的敵人，不相信自己會落得這樣下場。我們應當相信群眾，我們應當相信黨，這是兩條根本的原理。這個活著還不如死了好的癩皮狗一樣的「三反」分子、黑幫張思遠並不是他自身，這是一個莫名其妙的軀殼硬安在了他的身上。標語上說：張思遠在革命小將的照妖鏡下現了原形，不，那不是原形，是變形。他要堅強，要經得住變形的考驗。

　　　　　　　　　　　　——《蝴蝶》（第三卷，第88～89頁。）

　　這難道不是王蒙的「變形記」嗎？張思遠的變形，是歷史的荒誕性、政治的遊戲性之表徵。

　　《相見時難》中的翁式含對三十年後與藍佩玉的相見，不也蘊涵著三十年河東三十年河西的世事變遷的荒謬感嗎？這與錢文在五十年代末對蘇聯變修的不解是一個問題：

　　　　然而錢文也竊自起疑，原來說的蘇聯那麼好，怎麼一下子就又這麼十惡不赦地大壞特壞了？是真的都那麼痛恨蘇聯嗎？如果從一九四八年八月就痛恨蘇聯，那不是思想太反動麼？那時候不喜歡蘇聯是反動，現在如果喜歡蘇聯當然也是反動，這是多麼可怕呀！也許政治家說愛就愛，說恨就恨，該敵就敵，該友就友，可是百姓們呢？青年們呢？他們原來愛蘇聯是真愛而不是假愛呀。由真愛變成真恨，那就連打個「等兒」（讀 den er）都不需要麼？就沒有一點過程嗎？

　　　　　　　　　　——《失態的季節》（人民文學出版社，1994年版第398頁。）

　　這就是政治，這就是歷史！政治與歷史的荒誕性遊戲性殘酷性是任何想

像力都難以企及的。作為一個革命歷史的政治生活的親歷者，王蒙的體驗是刻骨銘心的。當了二十多年「右派」的閔秀梅在改正「右派」的時候，才知道當年的「右派」根本就沒有批准，因此也無須改正；還有那個十七歲的女打字員，因撕獎狀撕出的「右派」；那個單位的負責劃「右派」的頭頭因發牢騷發出的「右派」；那個因憋不住一泡尿而「尿」出的「右派」……這種種政治生活中的真人真事不比那一部小說更富戲劇性呢？這實在不亞於薩特《牆》中的那位本想戲弄敵人，卻反被世界戲弄的游擊隊長伊皮葉達的荒誕感。在《狂歡的季節》裏，王蒙寫到祝正鴻時，回憶彭真在一次動員老知識分子改造思想的會上，正顏厲色說：「不要成為為舊社會殉葬的金童玉女！」「他祝正鴻聽之心驚，覺得這話字字千鈞，泰山壓頂，帶有通牒和震懾的意味：我們正在埋葬舊社會，你們如果不改造思想，我們也埋葬你們。想不到講話的人也迅即變成了被鐵定埋葬的對象，文革一來，他老人家也成了殉葬品了。這正像七屆四中全會上就批判高崗、饒漱石問題，少奇同志說過：『帝國主義已經或者正在我們的黨內尋找代理人，不這樣提問題就不是馬克思主義。』他祝正鴻讀了這個文件也是心驚肉跳，五體投地，面如土色。過了若干年，毛澤東說他劉少奇就是睡在身邊的赫魯曉夫——這麼說他老說的代理人不是別人正是他自己。這世間的事就應驗得這麼邪！……」這是王蒙從現實生活中讀出的歷史的報應，這「應驗得這麼邪」的歷史難道還不夠荒誕嗎？

然而，由於王蒙天性中的悲天憫人的情懷和樂觀主義，還由於他對這段革命歷史的活生生的切膚體驗，使他還不能拉開足夠的距離來觀照它，因而他不可能像魯迅那樣對歷史採取寓言化的整體洞察，也不可能像更加年輕一代作家（如先鋒派作家、新歷史主義作家、劉震雲等人）那樣對歷史採取極端化乃至虛無主義的立場。因而在王蒙的荒誕感中仍伴隨著他對歷史中的人的命運的極大同情心，悲憫心。故而，荒誕感與滄桑感、悲涼感乃至懷戀感同在，這就是我們在讀「季節系列」時，既感受到王蒙強烈的反諷喜劇荒誕效應，同時也感受到沉浸其中的歷史本身的沉重感和嚴肅性。王蒙的這種複雜混沌的情感使我們很難只從一個方面來觀照他的作品。因此單說王蒙寫了歷史報應，顯然沒有深入到王蒙的意識中心，報應的背後有深意存焉。

小　結

本章主要探討王蒙小說的敘述個性。在敘述語式上，王蒙小說經歷了由

顯現性到講說性的演變。二十世紀八十年代以前的敘述是顯現性的，這種顯現性是當下的即刻顯現，是對現實社會生活的瞬間記錄，它基本不具備歷史的縱深感。因而這樣的小說是空間性的而不是時間性的。然而，歷史的斷裂與世界的破碎，使八十年代王蒙的敘述方式發生了重大改變，顯現性悄然退位，講說性浮出歷史地表，不過王蒙的講說性不是傳統的專斷的講述，而是把高度的顯現性與純粹的講說性有機統一的講述，因而是一種「後講述」，「後講述」是一種「在世界之中」的講說，是一種試圖彌合斷裂與破碎的講說，這樣的講說者是平等的、自我限制的講說者。

講說是與講說者的視角和聲音分不開的，這就是講說者的位置問題。王蒙小說中講說者的位置有三個層次：敘述人的位置，作者的位置和「作者的讀者」的位置。由於王蒙小說的準自傳性質，使他的敘述人與作者乃至主人公達到了重合。在王蒙的小說中，回溯或追憶是他的基本敘述姿態，由於回溯或追憶，就使主人公的視角具有了雙重性，一個是追憶往事的視角，一個是被追憶的主人公在當時正在經歷往事時的視角。這兩個視角的對比是成熟與幼稚、超然事外與不明真相之間的對比，於是構成敘述張力。由於主人公與敘述人的重合，他們共同折射著作者的聲音，這樣就造成作者所在世界與小說虛構世界的對接，這一對接，實際構成王蒙小說的兩個世界，一個是虛構的小說世界，一個是現實的生活世界。現實生活世界由作者的插話式的講說，變成小說中一個實實在在的世界。這樣，王蒙的小說就成為有兩個世界疊加而成的立體世界，生活世界是「敘述現在時」，也就是說它是作者的立足的位置，也是敘述人立足的位置，通過這個位置，引導讀者跟隨敘述人去審視虛構的小說世界，由於這個虛構的小說世界是追憶和重構出來的，因而具有了歷史的縱深感。當然，王蒙的生活世界不完全是通過作者直接敘寫出來的，而是通過預敘和作者直接的講說，由「作者的讀者」建構出來的。

王蒙小說的敘述視角基本是由主人公擔任的，但王蒙在視角的安排上還具有很大的靈活性。這種靈活性表現在多重視角和不定視角的運用上。所謂多重視角，是指對同一事件或同一個人物觀察的多角度性和多側面性。這種對同一對象的多角度多側面的聚焦，就構成一種立體復合式的特點。所謂不定視角，一是指在同一作品甚至同一章節中的敘述視角的不斷換位，二是指敘述角度的不確定性或模糊性。這種不定視角的運用，構成作品的干擾因素，增加了閱讀的澀感和張力。從文化功能上說，多重視角屬於一種立體觀察，

這種立體觀察的方法表明了作品人物的主體意識，作者沒有把自己的自我意識強加於人物，而是尊重人物的自我意識，允許人物有自主行事的道理與權力，體現的是作家平等民主思想以及對世界多元化相對性的理解。不定視角亦是如此，不定視角的採用一方面避免了全知視角的專斷講述，另一方面也彌補了純個人視角的局限性與片面性，增加了生活的廣度和實感。因爲在生活中就是眾多的人物視角構成的世界，世界的複雜性和客觀性就是這樣形成的。正是世界的複雜性使王蒙不再專注於一統世界的烏托邦想像而醉心於多元的圖景，正是對過去的不自信才使王蒙拋卻了絕對的承諾而趨向於相對的辯證。不定視角難道不正是世界真相的視角嗎？上帝死了，我們不是上帝，肉眼凡胎的我們究竟能看到些什麼？不定視角是一種現代人的權力自限，是承認自我渺小的一種坦誠和明澈。這庶幾就是王蒙不定視角的文化內涵。

　　任何觀察都是在一定的時間和空間中進行的，離開了特定的時間與空間，任何視角都沒有意義。因爲時間與空間是觀察視角的具體處所，它提供了觀察的具體語境，而這具體的語境使視角具有了聲音，「聲音即活躍於語境之中」。王蒙小說的時間與空間具有怎樣的特點呢？那就是他特別善於將空間時間化。所謂空間時間化就是說王蒙總是善於在空間中看到時間，總是善於把特定的空間與時間聯繫起來，從而使空間成爲歷史時間流程中的一個有機的點。空間成爲時間交匯的點，空間就不是孤立的隨意的場面組合，而是承載著歷史時間內涵的生活視窗和操作平臺。由時間和空間構成的時空體在王蒙的作品中具體表現爲：「在路上」時空體，兩代人並置時空體，循環的歷史情景時空體等。這些時空體，不僅使空間時間化了，而且也使文本具有了深層次的隱喻性語法，從文化涵蘊上看，它們體現的正是歷史的斷裂和存在的荒誕感。

第三章　王蒙小說的體式特徵

　　如果說語言是文體的肌膚，敘述是文體的骨骼，那麼小說體式就是由肌膚與骨骼有機統一而成的整體風貌。本章試圖在前兩章對王蒙小說語言和敘述的考察基礎上，來描述王蒙小說的體式特徵及其文體淵源。

　　王蒙在文體上的最大創新是他貢獻給當代文學的幾種小說體式：自由聯想體、諷諭性寓言體和「擬辭賦體」。所謂自由聯想體，是指王蒙在小說創作中以自由聯想爲主要方法的那一部分作品。這一部分作品一般具有一定的自傳性，內向性。主人公通過內心獨白和自由聯想展示自我意識和內在精神世界。這一類作品主要以《夜的眼》、《海的夢》、《風箏飄帶》、《春之聲》、《雜色》、《布禮》、《蝴蝶》、《如歌的行板》等爲代表，這些小說也曾被評論界稱爲「意識流」小說。所謂「諷諭性寓言體」小說，是指王蒙的另一部分作品。這些作品以描寫世態風情爲主，作者一般採取冷嘲熱諷或戲謔調侃的姿態，以寓言化荒誕化的方式把所敘事件展示出來。這類作品主要以《莫須有事件》、《風息浪止》、《說客盈門》、《加拿大的月亮》、《堅硬的稀粥》、《球星奇遇記》、《滿漲的靚湯》、《鄭重的故事》等爲代表。所謂「擬辭賦體」是以上兩種文體的雜糅和整合進而有機統一爲一體的一種小說體式。主要以「季節系列」作品和《青狐》爲代表。如果說自由聯想體小說主要以內在抒情性爲主，那麼諷諭性寓言體小說則主要以外在的諷諭性爲主，而「擬辭賦體」小說則兼及自由聯想體小說和諷諭性寓言體小說的各自特點，充分吸收古代辭賦的文體氣質，鋪排揚屬，大開大闔，嬉笑怒罵，調侃狂歡，進而形成王蒙特有的以反諷爲實質的文體形式。當然，從整體上來看王蒙的小說，遠不止這幾種文本體式，比如他的小小說，寫得往往簡練機智；他的《一嚏千嬌》、

《來勁》、《致愛麗絲》、《組接》等作品，又是十足的先鋒實驗小說，其中的「元小說」性質明顯，因此，以上三種文本體式是不能涵蓋王蒙整個小說創作實際的。不過，這三種文本體式是有代表性的，故而，本章主要就這三類作品的文本體式談談其主要美學特徵、傳承關係及功能。

一、自由聯想體

自由聯想這一概念，源自弗洛伊德精神分析學。是他醫治精神病患者所採用的一種方法。弗洛伊德說：「……事實上，無數觀念很快就在他的腦中出現並引出一些其他觀念；但是它們都一概被自我觀察者認為無意義或不重要，並與要考慮的題目無關。……」〔註1〕「……此處要說的只是，如果我們把自己的注意力準確地轉向『干擾著我們思維的』、通常被我們的批判官能看作無用的垃圾而被拋棄掉的那些『不隨意的』聯想，我們就能獲得使我們解決任何病態觀念的材料了。」〔註2〕這裡的「不隨意的聯想」，實際就是自由聯想。在《精神分析引論》一書中，弗洛伊德明確地提出自己的方法為「自由聯想」，他說：「我若問某人對於夢中的某一成分有什麼聯想，我便要他將原來的觀念留在心頭，任意想去，這便叫做自由聯想。自由聯想需要一種特殊的不同於反省的注意，反省是我們要排除的。……」〔註3〕可見作為一種精神疾病的治療方法，病人所談出來的「自由聯想」，主要是一種無意識的流露，既沒有邏輯又沒有意義，醫生從中可以發現症狀。後來這種「自由聯想」的方法為「意識流」小說所採用，但主要仍是從潛意識角度使用這一方法的。我在這裡借用這一概念來說明王蒙的小說，沒有採用弗洛伊德的原意，也就是說王蒙小說中的自由聯想基本沒有涉及無意識領域，而是在經驗的理性的領域中進行。所謂「自由」是相對於一般聯想而言的。一般聯想往往有自己的特定範圍，有一定的限制，而自由聯想則基本打破了這些限制，並成為結構全文的主要方式。由於這類小說所呈現出來的是一種以自由聯想為骨架的體式。因此，我稱其為自由聯想體。

〔註1〕 弗洛伊德：《論夢》，見《釋夢》，孫名之譯，商務印書館1996年6月版，第627頁。

〔註2〕 弗洛伊德：《論夢》，見《釋夢》，孫名之譯，商務印書館1996年6月版，第627頁。

〔註3〕 弗洛伊德：《精神分析引論》，高覺敷譯，商務印書館1984年11月版，第77頁。

1. 自由聯想體的聯想方式

王蒙的自由聯想體的聯想方式是由現實的觸發（他物），進而產生發散型的聯想（引起所詠之詞）。一種聯想與另一種聯想之間並沒有必然的聯繫，這種聯繫只是相鄰性的、類比式的。我們以《春之聲》為例，看看這種聯想的結構特點。（見附表 3-1）：

附表 3-1：《春之聲》自由聯想結構圖

現實觸發點（他物）	聯想（引起所詠之詞）	
	淺 層 聯 想	深 層 聯 想
1）火車的晃動（感覺）	童年的搖籃	兒時與夥伴游泳；母親的墳墓；年邁的父親
2）車輪撞擊鐵軌的噪音（聽覺）	冰雹聲；打鐵聲；	歌曲《泉水叮咚響》；廣州人磁板的聲音；美國抽象派音樂；楊子榮詠歎調；
3）乘悶罐子車回故鄉（現實）	回想自己出身，政治運動	奔馳汽車工廠裝配線轉動；西門子公司規模巨大
4）旱煙葉的辣味；南瓜的香味；柿餅的甜味；綠豆的香味；（嗅覺）	X 城火車站站前廣場上的土特產；綠豆苗是可愛的；	灰兔子毀壞綠豆；追趕野兔；銀灰色的狐狸
5）列車員指揮乘客上下車；熙熙攘攘的人群（視覺）	人口問題（王府井與漢堡街道對比）；站前廣場的人多；人多增加悶罐子車	1946 年學生運動；一個人逛故宮
6）車在移動；過橋（感覺、聽覺）	離家鄉又近一些	想起摘掉地主帽子的父親；聯結著過去和未來，中國和外國，城市和鄉村，此岸和彼岸的橋
7）女列車員像是一尊全身的神像，⋯⋯靠一隻蠟燭的光亮領導著一車的烏合之眾。（象徵）		
8）乘客的議論；牢騷；火車的奔馳聲（聽覺）	回顧歷史；著眼現實；渴望理想	萊茵河的高速公路；山坡上的葡萄；暗綠色的河流；法蘭克福的孩子；故鄉西北高原的童年生活；解放前的北平的革命；解放後的北京的初戀，春天的信息
9）學德語的抱孩子的婦女與她的三洋牌錄音機；民警提醒乘客注意扒竊（視覺）	對學德語婦女的身份的想像	

10）錄音機播放《春之聲圓舞曲》。「悶罐子車正隨著這春天的旋律而輕輕地搖擺著，醺醺地陶醉著，嫋嫋地前行著」。（象徵）
11）岳之峰到站，看到整個列車：「他看到了悶罐子車的破爛寒傖的外表……但是，……火車頭是蠻好的，火車頭是嶄新的……」（象徵）

　　從上表可以看出，《春之聲》這篇小說的基本語法是：岳之峰春節期間乘悶罐子車回故鄉探親。其引發聯想的方式是由現實的觸發點引發，進而產生不同的聯想。小說明顯分爲兩條線索，現實部分的情節片斷爲一條線索，主要是由岳之峰的各種感覺體現出來，由這種感覺出發，產生聯想這條線索。根據聯想與現實觸發點的遠近，分爲淺層聯想和深層聯想。在現實這條線索，我們基本可以將其還原爲一個前後聯接的敘事序列。工程物理學家岳之峰在出國考察三個月後，接到八十多歲剛剛摘掉地主帽子的老父親的來信，決定回一趟闊別二十多年的家鄉。岳之峰如何買票，如何坐上了悶罐子火車，在車上所感所見所聽所思，最後下車回到故鄉。這實際上是一個完整的情節系列。但作者打破情節的完整性，把情節拆成碎片，由碎片聯想開去，輻射開去，最終拆除了自然時空的界限，並賦予作品以象徵性意境。

　　聯想的深淺程度，是根據聯想與現實觸發點的距離遠近來決定的。比如在上表中的第一條，列車的晃動引發了童年搖籃的聯想，二者之間的相似點是晃動；由童年的搖籃，聯想到童年與小夥伴游泳的生活，這與列車的晃動之間就沒有任何聯繫了，在這裡，童年生活與童年搖籃之間發生了聯繫。之後，母親的墳墓和正在走向墳墓的父親，就與現實的觸發點的距離更遠。它是童年生活與故鄉引發的。同樣，在第二條中，車輪撞擊鐵軌的噪音所引發的冰雹聲與打鐵聲的聯想是比較接近的，然而，《泉水叮咚響》的歌聲，廣州人涼棚下面的三角磁板的響聲，美國抽象派音樂，基辛格聽楊子榮打虎上山的詠歎調之間的距離則較遠。由此可見，王蒙的聯想是自由的、無拘束的聯想。不過，這種自由聯想之間，還是有邏輯可依，有規律可尋，有理性可憑。王蒙沒有涉及潛意識領域，他的聯想完全控制在經驗的範圍內。因此，王蒙的聯想在其他篇什裏也是依此規律操作的。《蝴蝶》裏的那朵顫抖的「小白花」，已經不是一個簡單的外在可感的只是引發聯想的一般事物，而是成爲了一個重要的功能性意象，這個意象蘊藉飽滿，本身就是一個象徵。由此引發的聯想，既是相關的又是相似的。海雲不就是這樣的一朵「小白花」嗎？如果用傳統的「比興」來比附，「小白花」這一意象既是「興」又是「比」。

　　自由聯想體在文體上屬於心理小說的範疇，它的聯想是人物心理的一種

獨白，內向性、情景性是它的主要特徵，因此，敘述人的語言與轉述語言的有機銜接就顯得非常重要。王蒙是如何處理這一問題的呢？在第一章我曾談到王蒙的反思疑問式語言的選擇，這些語言是自由聯想體的語言基礎，主要是就這些句類中的自由直接引語而言的。我覺得，自由直接引語的運用是王蒙進行自由聯想的操作方法。那麼，何為自由直接引語呢？在回答這一問題之前，須弄清什麼是直接引語和間接引語。所謂直接引語，就是對人物語言的「直接記錄」；所謂間接引語，就是用敘述者語言轉述人物語言。這兩種引語都需要引導句。比如：

　　　　1）張三吃了一驚。他說：「我莫非弄錯了？」（直接引語）

　　　　2）張三吃了一驚。他說：他莫非弄錯了？（間接引語）

　　在直接引語基礎上去掉引導句就是自由直接引語；同理在間接引語基礎上去掉引導句就叫自由間接引語。比如：

　　　　1）張三吃了一驚。我莫非弄錯了？（自由直接引語）

　　　　2）張三吃了一驚。他莫非弄錯了？（自由間接引語）

　　在傳統小說中，自由直接引語和自由間接引語是較少使用的。在現代心理小說中卻大量使用。王蒙作為新時期文學的領軍人物，他對中國心理小說的發展是做出了貢獻的。自由直接引語的運用是自由聯想體的基本語言方式。在《春之聲》中就有著大量的自由直接引語。請看：

　　　　吭地一聲，黑夜就到來了。一個昏黃的、方方的大月亮出現在對面牆上。岳之峰的心緊縮了一下，又舒張開了。車身在輕輕地顫抖。人們在輕輕地搖擺（a）。多麼甜蜜的童年的搖籃啊！夏天的時候，把衣服放在大柳樹下，脫光了屁股的小夥伴們一躍跳進故鄉的清涼的小河裏，一個猛子紮出十幾米，誰知道誰在哪裏露出頭來呢？誰知道被他慌亂中吞下的一口水裏，包含著多少條蛤蟆蝌蚪呢？閉上眼睛，熟睡在閃耀著陽光和樹影的漣漪之上，不也是這樣輕輕地、輕輕地搖晃著的嗎？失去了的和沒有失去的童年和故鄉，責備我麼？歡迎我麼？母親的墳墓和正在走向墳墓的父親（b）！

　　在這段文字中，a是正常的敘述語言，b則是岳之峰的內心聯想，由敘述語言直接轉入人物的內心語言，之間沒有引導語，使敘述干預減少到最低程度，從而減輕了敘述語境的壓力。《春之聲》這篇小說，大部分是採取的這種方法。因而使這篇小說看起來就像是內心獨白小說。但王蒙的小說實際上不

是內心獨白小說，就是因爲他的聯想沒有聯成一氣，而在聯想中不斷有現實情景的插入。

在其他自由聯想體小說中，使用自由直接引語的也非常典型。比如《蝴蝶》中的這一段：

> 那是什麼（a）？忽然，他的本來已經黏上的眼皮睜開了。在他的眼下出現了一朵顫抖的小白花，生長在一塊殘破的路面中間（b）。這是什麼花呢？竟然在初冬開放，在千碾萬軋的柏油路的疤痕上生長（c）？抑或這只是他的幻覺？因爲等到他力圖再捕捉一下這初冬的白花的時候，白花已經落到了他乘坐的這輛小汽車的輪子下面了。他似乎看見了白花被碾壓得粉碎。他感到了那被碾壓的痛楚。他聽到了那被碾壓的一刹那的白花的歎息（d）。啊？海雲，你不就是這樣被壓碎的嗎？你那因爲愛，因爲恨，因爲幸福和因爲失望常常顫抖的，始終像兒童一樣純眞的、纖小的身軀呀！而我仍然坐在車上呢（e）。

這一段中，b、d 是正常的敘述，a、c、e 則是自由直接引語。a 句中的「那是什麼？」是引發新的聯想的陡然轉折，這是張思遠在發現路上的「小白花」時的思緒的突然集中。b 句中的敘述並不是客觀的，小白花是「顫抖」的，路面是「破碎」的，其中無不浸染著張思遠的情緒。c 句中的自由直接引語，進一步揭示張思遠的驚訝和疑惑。而 d 句中的敘述則是敘述人對張思遠心理的猜測，敘述人基本不用判斷句，而採用一些表示猜測的副詞如「抑或」、「似乎」和表示感覺的動詞如「感到……痛楚」、「聽到……歎息」等，來折射張思遠的內心懺悔。e 句又是自由直接引語，則是張思遠的聯想，由「白花」而海雲，由「白花」的被碾壓而想到海雲被摧殘的命運，由「白花」的顫抖、不起眼而聯想到海雲的純眞、纖小的身軀。「而我還坐在車上呢」是張思遠把自己的命運與海雲的命運作對比，蘊涵著豐富的潛臺詞，同時也是引發下一個聯想的過渡句。

我們沒有條件做王蒙小說中的自由直接引語使用情況的統計，但從閱讀中，它的大量存在我們是可以感覺到的。正是這大量的自由直接引語的存在，才使王蒙的小說成爲一種自由聯想體小說。而自由聯想是主人公的自由聯想，主人公意識在小說中成爲主要的意識。正如上面說的，由於沒有引導語，所以敘述人的干預減少到較低限度，從而減緩了敘述語境的壓力。主人公可

以自由表現自己的思想和意識，敘述人也不得不服膺於主人公的意識。主人公的主體性得到最大限度的表現。而在王蒙的這類小說中，主人公與敘述人乃至作者都是基本統一的，因此，他的這類小說就好像是自傳小說。無論是鍾亦成、張思遠、曹千里還是繆可言，都與王蒙本人很相像。但是，有意思的是，王蒙的這些小說在人稱上都是第三人稱，而第一人稱小說卻並不具有自傳性。這說明，王蒙並不情願把自己的小說變成自傳式小說。這在他的一些小說中類似《紅樓夢》「真假寶玉」的設置，如《活動變人形》中的倪藻與作者王蒙的最後相遇，「季節系列」和《青狐》中的錢文與王模楷的設置，都是在努力迴避讀者把主人公當成作者自己。這說明，他追求一種客觀性，希望用小說記錄自己經過的共和國的這段歷史，希望為後人提供一段真實可感的客觀的歷史。這種用心，就使得王蒙既要把自己擺進歷史，又要把自己從歷史中拽出來，作者和敘述人不願意過多地干預主人公的思想意識，希望讓主人公自己呈現自己。主人公的獨立性、自主性正是二十世紀八十年代以來主體性哲學的體現。

從美學功能上看，自由聯想體小說打破了情節小說的戲劇化模式，使情節小說的外在的動作性衝突轉化為內在的心理性衝突，從而拓展了小說表現生活的範圍。「向內轉」是它的基本美學傾向，「感覺化」是它的基本美學特徵。

我在這裡所說的王蒙小說的基本美學傾向和美學特徵的「向內轉」和「感覺化」，並不是說王蒙對外在的社會生活不關心，而是說王蒙對社會生活的處理方式上與別人具有了區別。王蒙的「向內轉」是他對社會生活具有了豐富的經驗和刻骨銘心的體驗之後的一種自然而然的處理方式，是社會生活高度發酵後的情感感覺化方式。這樣的方式必然是一種冥想式的、獨白式的、自由聯想式的方式，因而，在這樣的一些小說中，王蒙的主人公都是思想者，即幹部和知識分子，有論者提出的王蒙小說的主人公模式是「一個人遠遊」的觀點的確非常切中肯綮。〔註4〕「一個人遠遊」說明王蒙小說的情節設置不注重外在的故事情節，而注重人物的內心聯想，內心聯想所體現出來的衝突是心理式的。

〔註4〕　參看王培元：《「一個人遠遊」：王蒙小說的一個模式》，《當代作家評論》，1997年第6期。

2. 自由聯想體溯源

王蒙小說的自由聯想體不是憑空而來，而是有著豐富的歷史淵源的。這一淵源與我國傳統文學更親近。然而在談到這一問題之前，我們還必須辨析自由聯想體與西方「意識流」小說的關係。實際上，直到今天，當人們說起王蒙的時候，仍會不約而同地把王蒙的名字與「意識流」小說連在一起，主要是基於他一系列作品所進行的突破傳統情節小說的實驗。早在二十世紀八十年代初他連續發表的曾被稱為「集束手榴彈」的六篇小說〔註5〕就震驚了文壇，一時間讚賞的、批評的紛紛表態，王蒙因此被稱為是「最先吃蝸牛的人」〔註6〕。對王蒙的這種印象主要來自於讀者的反應，在當時的讀者中實際上存在著兩種態度四種意見：一種態度是讚揚的，另一種態度是批評的；在讚揚的態度中有三種意見，一是更年輕一代對王蒙「意識流」的極力推崇，認為王蒙就是中國「意識流」小說的代表。〔註7〕另一種是一些與王蒙年齡相當的評論家，他們在肯定王蒙的創新的同時，卻在極力否定王蒙與西方「意識流」小說的關係。比如何西來在一篇文章中就說過：「我不贊成把王蒙的六篇小說稱為『意識流』小說。他著重寫主觀的感情、情緒，他的運用跳躍變換的聯想手法，以至作品的某些朦朧的意境，雖說不無西方意識流小說的影響，但更多的恐怕還是深受本民族文學的影響。首先，魯迅《野草》的散文詩的意境和手法，就給過他不少陶冶。這從六三年他寫的長篇論文《〈雪〉的聯想》中就可以看出來。他對《野草》是進行過深入系統的研究的。……另外，還應當看到李商隱的那種迷離、晦澀，然而很淒婉、很美麗的意境對王蒙的影

〔註5〕 這六篇小說是《夜的眼》、《布禮》、《風箏飄帶》、《春之聲》、《海的夢》、《蝴蝶》。

〔註6〕 語見劉心武：《他在吃蝸牛》，《北京晚報》，1980年7月8日。另見李丹：《是「帶頭吃蝸牛」還是「曲高和寡」——王蒙新作引起不同反響》，《羊城晚報》，1980年8月29日。

〔註7〕 1979年年末，廈門大學中文系的田力維、葉之樺代表自己的同學寫信給王蒙，就意識流問題向王蒙請教，信中說：「您的作品《夜的眼》在《光明日報》發表後，我們廈門大學中文系的同學爭相傳閱，許多人喜歡您的這篇小說；也有些人說看不懂，不知主題是什麼。我們想，這是因為您採取了一種新的表現手法——意識流。不瞭解意識流方法特點的人，有時就不太容易瞭解作品的含意，或看不懂，或把作品思想看得過於簡單。我們認為你有意識地運用了外國文學中這一現代派的表現手法。我們對你的這一嘗試的勇氣很欽佩，並覺得你取得了很大的成功，你可以算是三年來最早敢於在文學領域中，標藝術手法之新的作家之一。」見《關於「意識流」的通信》，《鴨綠江》，1980年第2期。

響。這樣就容易理解他爲什麼會把魯迅的《野草》，李商隱的無題詩都乾脆說成『是意識流的篇什』了。然而，這裡的『意識流』已經是一種很寬泛的手法了。有人根據王蒙的探索，得出了輕視以至否定民族傳統的極端結論，其實是並不符合王蒙實際的，而且也一定不是王蒙的本意。」〔註8〕閻綱也說：「王蒙的小說不是西方的『意識流』。我以爲把王蒙的小說同西方『意識流』區別開來具有根本性的意義。……西方『意識流』並不像個別同志描繪的那樣，似乎他比我們的『土』玩藝高明、好玩得多，好像我們的王蒙在東施效顰，步洋人的後塵。誤會！」〔註9〕王蒙本人對「意識流」的態度也很微妙。他在許多場合不承認自己寫的就是「意識流」小說，而在一些場合卻又有條件地承認受到「意識流」的影響。〔註10〕另一種意見與第二種意見相似或者是一種折中，就是把王蒙的「意識流」稱爲「東方意識流」。〔註11〕而在批評王蒙的態度中，一般認爲王蒙的小說由於學習了西方「意識流」，故而看不懂。比如有論者認爲：「王蒙目前的探索，與成功之間還有很大一段距離。說王蒙正在誤入歧途，固然未免武斷；說王蒙所借鑒的意識流方法，是當前小說創

〔註8〕 何西來：《心靈的搏動與傾吐——論王蒙的創作》，徐紀明、吳毅華編《王蒙專集》，貴州人民出版社，1984年2月版，第165頁。

〔註9〕 閻綱：《小說出現新寫法——談王蒙近作》，見徐紀明、吳毅華編《王蒙專集》，貴州人民出版社，1984年2月版，第195頁。

〔註10〕 1980年在一個「王蒙創作討論會」上的發言中王蒙說：「至於給這些感覺扣上什麼帽子，這種感覺是不是『意識流』？對不起，我也鬧不清什麼叫『意識流』。有人說，你這不叫『意識流』，就叫『生活流』。這也請便。還有的同志是因爲對我懷有好意，認爲『意識流』是一個屎盆子，說王蒙寫的小說可絕不是『意識流』，寫的是我們的生活。好像誰要說『意識流』，就準備和他決戰。這我也謝謝。」見王蒙：《在探索的道路上》，見徐紀明、吳毅華編《王蒙專集》，貴州人民出版社，1984年2月版第75頁。王蒙在另一篇文章中說：「去年我被某些人視爲『意識流』在中國的代理人。由於自己對『意識流』爲何物並不甚了了，所以也不敢斷定自己究竟『流』到了何種程度，『流』向了何方，是不是很時髦，是不是一齣悲喜劇，以及是豐富了還是違背了現實主義……至於把我的近作僅僅歸結爲『意識流』，只能使我對這種皮相的判斷感到悲涼。」見王蒙《傾聽著生活的聲息》，同上第95頁。在《關於「意識流」的通信》一文中，王蒙說：「我也承認我前些時候讀了些外國的『意識流』小說」。見徐紀明、吳毅華編《王蒙專集》，貴州人民出版社，1984年2月版，第123頁。

〔註11〕 參見石天河：《〈蝴蝶〉與「東方意識流」》，《當代文藝思潮》，1985年第1期。另見宋耀良：《意識流文學東方化過程》，《文學評論》，1986年第1期。還見李春林：《王蒙與意識流文學東方化》，《天津社會科學》，1987年第6期。

作的方向，也實在難於服人。」〔註12〕在這裡體現的是在時代轉折時期的讀者群體的分化。一方面，改革開放，向西方學習已經成為時代潮流，另一方面，我們的主流意識形態仍然是遮遮掩掩猶抱琵琶半遮面。這裡有一個突破主流限制和固守主流限制的衝突。年輕的一代較少顧慮，他們對西方的現代派是不加選擇的激賞，因而他們對王蒙小說中的「意識流」指認是直捷的，欣賞的；而中青年讀者（包括評論家），由於他們一般都經歷過「反右」、「文革」等重大的政治運動，在骨子裏他們對「極左」以及由此所凝定而成的習慣深惡痛絕，渴望突破渴望創新是他們的內在需要。然而，也由於政治運動恐懼症，使他們在表述上比較謹慎。他們之所以急於把王蒙與西方「意識流」擇清，主要是從這一方面考慮的，同時他們對西方現代派的態度也是充滿矛盾的，那是一種既欽慕又害怕的心理。「東方意識流」的說法，在某種意義上體現的同樣是西方中心主義的立場。把王蒙作為「意識流」而加以批評的一些讀者，他們的閱讀經驗體現的正是主流意識形態的態度。改革開放是一把雙刃劍，一方面帶來的是社會進步經濟的復興，另一方面也直捷威脅著傳統的權力關係，動搖著傳統信念和體制，因此，主流意識形態在改革開放的總方針中，始終警惕著西方文化的長驅直入，這說明，我們的改革開放是有條件有限制的改革開放，在實質上與洋務運動的「中學為體西學為用」具有較多的相似性。1982 年下半年《文藝報》等展開對「現代派」的批判，批判的由頭正是由於高行健的一本小書《西方現代派技巧初探》，以及圍繞這一本小書馮驥才、劉心武、李陀、王蒙四人致高行健的表示讚賞的信。這一批判顯然是有來頭的，王蒙在紀念胡喬木的一篇文章中這樣說：「喬木同志在當時的政治局分管意識形態工作。他當然熟知這些情況，更知道批『現代派』中『批王』的潛臺詞和主攻目標。1983 年春節他對我一再說：『我希望對於現代派的批評不要影響你的創作情緒。』」〔註13〕接著是 1983 年的「反精神污染」運動以及後來的「反對資產階級自由化」運動，都是針對文藝界、思想界的接受西方文化影響的整肅運動。〔註14〕然而具有嘲諷意味的是，意識形態的每

〔註12〕 李從宗：《王蒙尋找到了什麼？——評王蒙近期小說創作的得失》，見徐紀明、吳毅華編《王蒙專集》，貴州人民出版社，1984 年 2 月版，第 304 頁。

〔註13〕 王蒙：《不成樣子的懷念》，《讀書》，1994 年第 11 期。

〔註14〕 比如 1983 年 1 月，《當代文藝思潮》發表徐敬亞《崛起的詩群——評我國詩歌的現代傾向》，猛烈抨擊新詩傳統，極力讚揚「朦朧詩」的新的現代派特質。文章發表後引起熱烈討論，主流意識形態發動了措辭嚴厲的批判，1984

一次批判不僅不能削弱被批判對象的影響，反而越發擴大了它的影響。「青山遮不住，畢竟東流去」，意識形態的威權也在這種無效的批判中不斷喪失。這一方面表明了主流意識形態的對昔日慣性的承繼以及對創新潮流的防範與試圖規約的方針，另一方面也反證了王蒙突破舊有的文體限制，追求新異性的勇氣。讚揚和反對的兩種意見都把王蒙指認爲「意識流」，說明當時的普遍社會心態就是認爲創新等於西化。這種接受心理，正是當時的閱讀意識形態。在這一心態下，眞實的王蒙反倒被遮蔽了。

那麼王蒙究竟與西方「意識流」小說有什麼關係呢？我覺得，斷然否定西方「意識流」對王蒙的影響是不客觀的，王蒙自己也說：「我承認我前些時候讀了一些外國的『意識流』小說，有許多作品讀後和你們的感覺一樣，叫人頭腦發昏，我當然不能接受和照搬那種病態的、變態的、神秘的或者是孤獨的心理狀態。但它給我一點啓發：寫人的感覺。」〔註15〕可見，「意識流」對王蒙的影響主要是一種思潮式的、方法論的影響和啓發。西方「意識流」小說是一種流派，不是簡單的技巧，這從「意識流」（stream of consciousness）一詞的發現者美國哲學家兼心理學家威廉·詹姆斯對「意識流」一詞的定義中就可以看出來，威廉·詹姆斯認爲：「意識在它自己看來並非是許多截成一段一段的碎片。乍看起來，似乎可以用『鏈條』或『系列』之類字眼來描述它，其實，這是不恰當的。意識並不是一節一節地拼起來的。用『河』或者『流』這樣的比喻來描述它才說得上是恰如其分。此後再談到它的時候，我們就稱它爲思維流、意識流或主觀生活之流吧。」〔註16〕威廉·詹姆斯認爲，意識流也像鳥的生活一樣，是由飛行和棲息的交替構成的：「我們可

年3月5日，徐敬亞在《人民日報》發表《時刻牢記社會主義的文藝方向》的自我批評文章。1984年第4期《文藝報》發表《一場意義重大的文藝論爭──關於〈崛起的詩群〉批評綜述》，指出：圍繞徐敬亞同志《崛起的詩群》一文所展開的這場論爭，涉及文藝領域一系列帶根本性的重大原則問題。這些問題是如何對待60年來的革命新詩傳統，如何看待今後新詩發展道路的問題。是摒棄傳統，走西方現代主義的道路，還是繼承革新「五四」以來的新詩傳統，走具有中國特色的社會主義文藝道路？這關係到詩歌要不要堅持爲人民服務、爲社會主義服務的方向，要不要堅持社會主義旗幟的重大問題。

〔註15〕王蒙《關於『意識流』的通信》，見徐紀明、吳毅華編《王蒙專集》，貴州人民出版社，1984年2月版，第123頁。

〔註16〕威廉·詹姆斯：《心理學原理》，象愚譯，見柳鳴九主編《意識流》，中國社會科學出版社，1989年12月版，第346頁。

以把意識流中的棲息之所稱爲『實體部分』，把飛行過程稱爲『過渡部分』。我們思維的主要目的在任何時刻似乎都是要從我們剛剛有過的實體部分出發獲致另一個實體部分。可以說，過渡部分的主要作用正是要把我們從一個實體部分的終結引渡到另一個實體部分的終結去。」〔註 17〕在這裡威廉‧詹姆斯所談的正是人的意識的一種普遍現象。因此，「意識流」被引入文學領域之後，它不是技巧，而是被描寫的對象。美國文學理論家漢弗萊認爲：「我們不妨設想，意識不但形同冰山，而且它本身便是一座完整的冰山，而不是露出水面的那一小部分。照此推論，意識流小說主要關心的則是水面下那一部分冰山。」「從意識的這個概念出發，我們不妨給意識流小說下這樣的定義：意識流小說是以發掘意識的語前層次爲基本重點的小說，其主要目的在於揭示人物的精神存在。」〔註 18〕既然「意識流」小說中的「意識流」是內容而不是技巧，那麼這一內容有何特點呢？奧爾巴赫在《模仿》一書中認爲：「意識流」就是「對處於無目的，也不受明確主題或思維引導的自由狀態中的思想過程加以自然的，可以說自然主義的表現。」〔註 19〕由此可見，「意識流」小說中的「意識流」主要是潛意識，這種意識深受柏格森直覺主義和弗洛伊德潛意識理論的影響，作品的基本傾向是非理性的。被稱爲經典「意識流」小說的普魯斯特的《追憶逝水年華》，伍爾夫的《牆上的斑點》、《達羅衛夫人》、《到燈塔去》，喬伊斯的《尤利西斯》，福克納的《喧嘩與騷動》等作品，就是如此。即便是這些經典作品，絕對的、通篇都在「意識流」之中的也不多見。他們也採用了諸如內心獨白、自由聯想、象徵暗示等等手法，而這些手法並不等於「意識流」，只有當自由聯想呈現爲非理性的、無邏輯的、自動化狀態的時候，才是「意識流」。因此，王蒙與西方「意識流」的區別是根本的。王蒙所借鑒的只是技巧。〔註 20〕在我國眞正稱得

〔註17〕 威廉‧詹姆斯《心理學原理》，象愚譯，柳鳴九主編《意識流》，中國社會科學出版社，1989 年 12 月版，第 348 頁。

〔註18〕 漢弗萊：《現代小說中的意識流》，劉坤尊譯，廣西師範大學出版社，1992 年版，第 6 頁。

〔註19〕 轉引自趙毅衡：《當說者被說的時候——比較敘述學導論》，中國人民大學出版社，1998 年 10 月版，第 168 頁。

〔註20〕 王蒙的《春之聲》與沃爾夫的短篇小說《牆上的斑點》很相似，但這種相似只是外在的。王蒙的《春之聲》明顯的有一個現實情節鏈條的框框，在這個情節鏈條的框框中，岳之峰由買票坐車觀察到下車都表明他是社會中的人，可見觸發聯想的小說觸發點是有意義的社會行爲；而沃爾夫的《牆上的斑點》

上是「意識流」小說的是二十世紀三十年代的「新感覺派」如施蟄存、穆時英、劉吶鷗等人的作品，把王蒙小說叫做「意識流」實在是時代的一種誤讀。既然如此，我們沒有必要把王蒙的小說叫做「意識流」。所謂「東方意識流」的說法也沒有道理，按照這種說法，王蒙的意識流是西方意識流技巧加中國的審美習慣，「是中國習慣審美方式與西方新表現技法的結合，是現實主義題旨與現代主義表現的結合，是物與我，內與外，形與神的融和匯合。」〔註 21〕這種觀點看似公允，實則什麼也沒說，它沒有深入到王蒙小說的文體肌理中去，而從文體的角度看，王蒙小說採用的正是自由聯想的方式，這種聯想正如我在上面所說的，不是潛意識的無目的無邏輯的自由聯想，而是有理性有邏輯的聯想，這種有理性的聯想，表現的是作家記憶中的事物，而記憶中的事物在根本上也是屬於經驗中的，只是由於經過心靈的過濾，而使時序顛倒，具有了感覺化情緒化的特點。

　　作為自由聯想體，王蒙小說與我國傳統文學的淵源關係更親密。對此，何西來的觀點是有道理的。我覺得，我國傳統文學中的超拔的想像力對王蒙的影響是直接的。這不僅包括了浪漫主義文學傳統，如莊子、屈原、李白、李商隱等，而且還包括了現實主義文學傳統如《詩經》以來的「比興」，《紅樓夢》、魯迅的作品中的聯想等方法。對莊子的喜愛在王蒙而言是明顯的，他小說的題目「蝴蝶」、「逍遙遊」等都明確地表示出這一點。王蒙在九十年代初潛心研究李商隱和《紅樓夢》，都是王蒙長久以來的心願。二十世紀六十年代初，王蒙專門撰寫論文《〈雪〉的聯想》，對魯迅作品中的聯想進行了頗有見地的分析。這些研究文章和著作，可以雄辯地證明傳統對王蒙的深入骨髓的影響。在對李商隱的《錦瑟》及無題詩的研究文章中，王蒙多次提到聯想，王蒙說：「『莊生曉夢迷蝴蝶，望帝春心託杜鵑』，只要對典故稍加解釋，這兩句便於明麗中見感情的纏繞，並不費解。典故可以是謎語，就是說另有謎底，也可以不是迷語，就是說無另外的謎底，只是聯想（著重號為引者所加），只是觸發，觸景生情，觸今思（典）故，那麼，引用典故便是一種『故國神遊』，是今與古的一種契合，是李商隱與莊周與望帝之共鳴與對

　　在現實層面只有一個斑點，從這個斑點到弄清楚斑點是一隻蝸牛，敘述者始終坐在椅子上，沒有任何行動，故事和情節，而這個斑點並沒有意義，它只是一個觸發點，小說著重表現的只有信馬由韁的聯想。

〔註21〕宋耀良：《意識流文學東方化過程》，《文學評論》，1986 年第 1 期。

話，李商隱有莊生之夢莊生之迷莊生之不知身爲何之失落感，又有望帝之心望帝之託望帝之死而無已的執著勁兒。」〔註22〕在談到李商隱的詩爲何具有朦朧性時，王蒙認爲：「從結構上看則是它的跳躍性，跨越性，縱橫性。由錦瑟而弦柱，自是切近。由弦柱而華年，便是跳了一大步，這個蒙太奇的具象與抽象，物器與時間（而且是過往的、一去不復返的時間），有端（瑟、弦、柱都是有端的，當然）與無端之間的反差很大，只靠一個『思』字聯結。然後莊生望帝，跳到了互不相關的兩個人物兩段掌故上去了。仍然是思出來，神思出來的，故事神遊遊出來的。遊就是流，神遊就是精神流心理流包括意識流。」〔註23〕由於這種思，由於這種聯想，在形式層面就是「打破時空界限」，因此王蒙不無感慨地說：「近十餘年談文學新潮什麼的，或曰『打破時空界限』之類，其實，我們老祖宗壓根兒就沒讓具體的現實的時空把自己圍住。」〔註24〕在這裡，王蒙對李商隱的解讀，實際上也是對自己創作經驗的總結。在《〈雪〉的聯想》一文中，王蒙給「聯想」下了一個定義：「聯想，從心理學的意義上說，是一種介於再造想像與創造想像之間的反映過程，是從某種表象創新結合爲另一種表象。在文學欣賞（乃至創造）中，是思想從一個對象到另一個對象的過渡：前一個對象往往是具體的、比較簡單明白的、或者是自然界的，後一個對象卻往往是更有普遍意義的、比較複雜甚至不那麼完全確定的、社會的。」〔註25〕從這一定義可以看出，王蒙所說的聯想實際上就是我國傳統文學中的「興」體。王蒙說：「《雪》這篇文字（類似的還有《秋夜》等），比較接近於我國古代所說的『興』體，『興者起也』，用現代的話說，也就是聯想。」〔註26〕在這裡王蒙把聯想與「興」體聯繫在一起，是頗有眼光的，他爲聯想（自由聯想體）找到了文體淵源。

「興」是我國古代詩歌特別是先秦詩歌中最常見的一種體式，在古代

〔註22〕王蒙：《再談〈錦瑟〉》，《王蒙文集》第八卷，華藝出版社，1993 年 12 月版，第 348 頁。

〔註23〕王蒙：《再談〈錦瑟〉》，《王蒙文集》第八卷，華藝出版社，1993 年 12 月版，第 349 頁。

〔註24〕王蒙：《通境與通情》，《王蒙文集》第八卷，華藝出版社，1993 年 12 月版，第 372 頁。

〔註25〕王蒙：《〈雪〉的聯想》，《王蒙文集》，第七卷，華藝出版社，1993 年 12 月版，第 293 頁。

〔註26〕王蒙：《〈雪〉的聯想》，《王蒙文集》第七卷，華藝出版社，1993 年 12 月版，第 293 頁。

「興」一般與「比」連綴而稱爲「比興」。實際上,「比」和「興」都是聯想,「比」爲相似聯想,「興」爲相近聯想或類比聯想,「比」和「興」的這兩種聯想相當於雅各布森所說的隱喻和轉喻。隱喻屬於語言的選擇軸,探討的是語言的垂直關係;轉喻屬於語言的組合軸,探討的是語言的橫向的歷時性關係。但我們還是不能簡單化地用雅各布森的概念來比附「比興」,有的「興」也含有「比」的意義,而有的「比」則是由「興」演化而來的,所以談「興」應該「比興」共舉。在對「比興」的界說中,人們對「比」的界說比較一致,而對「興」的界說卻眾說紛紜,莫衷一是。朱自清有「你說你的,我說我的,越說越胡塗」的感歎。〔註27〕之所以產生這麼大的歧義,主要是因爲「興」這種聯想比「比」的聯想更古老、更自由、更具有跳躍性、斷續性的特徵。這種特徵是基於它自身的原始宗教性而形成的一種習慣聯想,隨著人類社會的進步,這種聯想的原始宗教基礎愈來愈喪失,在這個喪失過程中,作爲觀念內容形態的「原始興象」逐漸積澱爲純粹的形式,從而由習慣聯想轉化爲審美聯想。〔註28〕《詩經》中的鳥類興象、魚類興象、樹木興象和神話動物興象,都與原始宗教的圖騰崇拜、生殖崇拜有關。聞一多說:「三百篇中以鳥起興者,亦不可勝計,其基本觀點,疑亦導源於圖騰。歌謠中稱鳥者,在歌者之心理,最初本只自視爲鳥,非假鳥以爲喻也。假鳥爲喻,但爲一種修辭術;自視爲鳥,則圖騰意識之殘餘。歷時愈久,圖騰意識愈淡,而修辭意味愈濃……」〔註29〕在這裡聞一多所談的正是「興」的源起及其積澱的過程。在談到魚類興象時,聞一多舉:《陳・衡門》爲例:

> 衡門之下,可以棲遲。泌之洋洋,可以樂饑。
> 豈其食魚,必河之魴?豈其取妻,必齊之姜。
> 豈其食魚,必河之鯉?豈其取妻,必宋之子。

聞一多認爲這裡的魚的興象,「顯然是和女友相約,在衡門之下相會,然後同往泌水之上,」去行那男女秘密之事。現在看來,魚與婚媾構成關係,是不好理解的,聞一多解釋說:「興」與隱語有淵源關係,魚的興象就是代替

〔註27〕《朱自清古典文學論文集》上,上海古籍出版社,1981年版,第235頁。

〔註28〕關於這一問題請參看趙沛霖:《興的源起——歷史積澱與詩歌藝術》一書的第二章:興的歷史積澱。中國社會科學出版社,1987年11月版,第67～90頁。

〔註29〕聞一多:《詩經通義・周南》,見《聞一多全集》,開明書店1948年版,第2冊第107頁。

匹偶和情侶的，這與原始的生殖崇拜有關。〔註 30〕魚的繁殖能力很強，而且
還有資料說，魚就是代表女性的。在生殖崇拜的原始時期，魚由於其形狀類
似女性生殖器，又有很強的繁殖能力，所以用來代替女性。所以魚的興象就
與愛情婚媾有了模擬的聯繫，也就是魚具有了象徵意義。這種聯想與原始思
維有關。原始思維是一種感悟式的整體直覺型的象徵性思維，「興」的最初發
生與巫術原始宗教有關，它體現的是原始人感受世界的基本方式。我們還可
從字源學上看「興」的本義，「興」的繁體字是「興」，甲骨文作「🔣」。許慎
《說文》：「興」，起也。從舁同。同，同力也。段注：廣韻曰盛也，舉也，善
也。周禮六詩曰「比」曰「興」。「興」者，託事於物。「興」是會意字，表示
四人共擡一種「𠃊」形物，後來有人考證，「興」就是多人共擡東西而口中所
發出的聲音。〔註 31〕可見「興」是一種巫術儀式，一種集歌樂舞三位一體的
強烈情感形式。我們今天所說的興奮，高興，就有這個古意。我覺得，由於
《詩經》中的詩的成詩時間與地域不統一，因此，其中的興象也是處於不斷
變化發展的過程中。有些興象圖騰意義更明顯些，比如《邶風·燕燕》：「燕
燕於飛，差池其羽。之子于歸，遠送於野。瞻望弗及，泣涕如雨。……」而
有些詩的興象則不具有圖騰意義，比如《關雎》：「關關雎鳩，在河之洲。窈
窕淑女，君子好逑。……」這裡雖然寫的是鳥，但不是純粹的圖騰，已經具
有了情感泛化的特徵。《蒹葭》一詩則更加情感泛化，不僅完全失去了圖騰意
義，而且具有了情景交融的意境：

　　　蒹葭蒼蒼，白露爲霜。所謂伊人，在水一方，溯洄從之，道阻
　　且長。溯游從之，宛在水中央。

　　　蒹葭淒淒，白露未晞。所謂伊人，在水之湄。溯洄從之，道阻
　　且躋。溯游從之，宛在水中坻。

　　　蒹葭采采，白露未已。所謂伊人，在水之涘。溯洄從之，道阻
　　且右。溯游從之，宛在水中沚。

　　這樣看來，起興的過程是一種生成情感的自由聯想過程，如果說圖騰興
象表現的是原始人的原始情感生成的自由聯想方式，那麼非圖騰興象則是仿

〔註 30〕聞一多：《說魚》，《聞一多全集》第 1 卷，三聯書店 1982 年版，第 117～138
　　　　頁。
〔註 31〕參看王一川：《審美體驗論》，百花文藝出版社，1999 年版，第 235 頁。

圖騰興象的情感泛化的自由聯想方式。在這種方式中，甚至還有了「比」的涵義，朱熹所言的「興而比」，「賦而興」就是這個意思。

到了屈原，「興」有了根本性的變化，這種變化不僅在於屈原的詩作中沉浸著濃鬱的楚地巫鬼靈仙的文化傳統氛圍，更在於他的詩作把《詩經》中的「比興」發展到一個很高的審美境界。從此「比興」已經不能絕然分開。屈原的「比興」直接與詩人的情感有機地結合起來，他的聯想從人間到仙界，從自然到社會，從現實到歷史，縱橫馳騁，飛騰想像，「善鳥香草，以配忠貞；惡禽臭物，以比讒佞；靈修美人，以媲於君；宓妃逸女，以譬賢臣；虯龍鸞鳳，以託君子；飄風雲霓，以為小人。」（王逸《楚辭章句》）可以說，從屈原開始，我國詩歌正式進入個人創作的追求個人情感審美表現的正途。劉勰在《文心雕龍·比興》中稱讚屈原：「楚襄信讒，而三閭忠烈，依詩製騷，諷兼比興。」由此可見，「比興」從屈原始就成為我國詩歌傳統中不可或缺的一個重要範疇。古詩十九首中就有大量的「比興」：「西北有高樓，上與浮雲齊。」「青青河畔草，郁郁園中柳。」後來的魏晉南北朝直至唐宋，比如王蒙最喜歡的李商隱的詩中，「比興」也是大量存在的。「錦瑟無端五十弦，一弦一柱思華年」，這不是比興還是咋的？所以清代陳沆編撰了《詩比興箋》四卷，把兩漢、魏晉以至唐人詩歌創作，按照他對「比興」的理解，選出來加以箋解。〔註32〕這充分說明「比興」傳統對我國詩歌發展的重大影響，它已經不僅僅是詩歌創作的一種方法，而且還是詩的文體要素。

正由此，歷代對「比興」的研究也大有人在。「比興」最早出現於《周禮·春官》「太師教六詩：曰風、曰賦、曰比、曰興、曰雅、曰頌，以六德為之本，以六律為之音。」漢代的《毛詩序》也說：「故詩有六義焉：一曰風、二曰賦、三曰比、四曰興、五曰雅、六曰頌。」〔註33〕但都對何為「比興」未作解釋。在漢代，解說「比興」的，有兩家，就是先鄭、後鄭。鄭眾說：「比者，比方於物也。興者，託事與物也。」這是從「比興」的內部結構入手，比較接近「比興」的實質。鄭玄的解釋則側重於「比興」的政治內容及其與之相適應的手段：「比，見今之失，不敢斥言，取比類以言之。興，見今之美，嫌於媚諛，取美事以喻勸之。」這種批評屬於意識形態批評，有一定道理，但又未免過於牽強。黃侃《札記》云：「案後鄭以善惡分比興，不如先鄭注誼之確。且牆茨之言，《毛

〔註32〕參看陳沆撰《詩比興箋》，上海古籍出版社，1981年版。
〔註33〕見《先秦兩漢文論選》，張少康等編選，人民文學出版社，1996年版，第344頁。

傳》亦目爲興，焉見以惡類惡，即爲比乎？」〔註34〕這一批評是一針見血的。
晉代的摯虞在佚失的《文章流別志論》中解釋賦比興曰：「賦者，敷陳之稱也。
比者，喻類之言也。興者，有感之辭也。後世之爲詩者多矣，其稱功德者謂之
頌，其餘則總謂之詩。」〔註35〕

　　劉勰在《文心雕龍》「比興」篇裏說：「比者，附也，興者，起也。附理
者，切類以指事；起情者，依微以擬議。起情，故興體以立；附理，故比例
以生。比則畜憤以斥言，興則環譬以託諷。」〔註36〕這裡的「比者附也」，就
是以甲物比乙物，相當於今天的比喻；「興者起也，依微以擬議，環譬以託諷」，
就是言在甲而意在彼，相當於今天的象徵和聯想。而且劉勰在《比興》篇裏
是明顯地揚「興」抑「比」的，他說：「興之託喻，婉而成章；稱名也小，取
類也大。」〔註37〕他稱讚屈原「依《詩》製《騷》，諷兼比興」；〔註38〕批評
漢人「炎漢雖盛，而辭人誇毗，諷刺道喪，故興義銷亡。」〔註39〕認爲他們
「日用乎比，月忘乎興；習小而棄大，所以文謝於周人也。」〔註40〕我覺得，
劉勰之所以揚「興」而抑「比」，主要是把「興」作爲一種自由聯想方式來看
待的。從「比」顯而「興」隱，「比」是附理，「興」是起情來看，「比」顯然
是一種以認識世界爲主感悟世界爲輔的方式，而「興」則是感悟世界爲主認
識世界爲輔的方式。認識世界方式則注重判斷推理等外在的過程；而感受世
界的方式則是內在的，整體的，頓悟的直覺體驗式的方式。如果從聯想的方
式看，後者更自由更富跳躍性，這與創作實際是一致的。我認爲，劉勰論「比
興」，還特別強調了生命體驗的重要性。〔註41〕他在《比興》篇的結論裏說：
「贊曰：詩人比興，觸物圓覽。物雖胡越，合則肝膽。擬容取心，斷辭必敢。
攢雜詠歌，如川之澹。」〔註42〕對於這段話，許多學者都特別關注「擬容取

〔註34〕黃侃撰、周勳初導讀：《〈文心雕龍〉札記》，上海古籍出版社，2000年版，第
　　　　174頁。
〔註35〕詹福瑞：《中古文學理論範疇》，河北大學出版社，1997年版，第135頁。
〔註36〕范文瀾：《〈文心雕龍〉注》下冊，人民文學出版社，1958年版，第601頁。
〔註37〕范文瀾：《〈文心雕龍〉注》下冊，人民文學出版社，1958年版，第601頁。
〔註38〕范文瀾：《〈文心雕龍〉注》下冊，人民文學出版社，1958年版，第601頁。
〔註39〕范文瀾：《〈文心雕龍〉注》下冊，人民文學出版社，1958年版，第601頁。
〔註40〕范文瀾：《〈文心雕龍〉注》下冊，人民文學出版社，1958年版，第601頁。
〔註41〕參看郭寶亮《生命體驗與比興——劉勰比興觀新探》，《華北電力大學學報》
　　　　（社會科學版），2003年第3期。
〔註42〕參看郭寶亮《生命體驗與比興——劉勰比興觀新探》，《華北電力大學學報》
　　　　（社會科學版），2003年第3期。

心」句，王元化先生就以此句數作文章，提出劉勰的「藝術形象」問題，可見該句的重要性，但很少有人注意「觸物圓覽」這句話。實際上，「觸物圓覽」也是一個非常重要的概念，「觸物」就是要接觸事物，「覽」就是對事物進行周密的觀察，而「圓」這個詞在此具有「體驗」的意思，「圓」可以說是中國傳統文化的重要特徵。道教的太極圖，儒學的中庸觀，傳統戲曲的臺步種種莫不與「圓」發生聯繫，因此，「觸物圓覽」不僅是認識事物的方式，更重要的是體驗事物的方式。在這裡體現了劉勰對生命體驗的重視。只有你對事物有了不同於常人的深刻的生命體驗時，你所運用的「比興」才不僅僅是方法，而是觀察世界感受世界的方式，只有這樣，才可能達到擬容取心。這樣劉勰論「比興」的一個創作活動的過程就是：觸物圓覽——諷兼比興——擬容取心。觸物圓覽——生命體驗是用好「比興」進而達到擬容取心的圓滿藝術效果的一個最重要的環節。體驗與「興」最為接近，因為「興」者，起也，舉也，盛也，善也，託事於物。有了獨特的生命體驗才可能產生獨特的聯想。由此可見，「比興」不僅僅是方法，而且是凝結著生命體驗的詩體形式。後來，宋代的朱熹解釋賦比興說：「興者，先言他物以引起所詠之詞；賦者，敷陳其事而直言之也；比者，以彼物比此物也。」〔註43〕這個解釋影響很大，但朱熹主要還是從詩法的角度來闡發，並沒有注意到「比興」在詩體上的意義，實際上，「他物」與引起的「所詠之詞」之間的自由聯想關係，正是詩人生命體驗的詩體凝定。

　　從以上分析可以看出，王蒙的自由聯想體的血脈來源於傳統，它是傳統「比興」、特別是「興」在新的歷史條件下的發揚光大，是繼承性與創新性結合的產物。從有韻的詩體變為無韻的小說體，這本身就是一種巨大的創造。「興」雖然是一種自由聯想方式，但並不等於自由聯想體，自由聯想體中還包含著強烈的現代時空感，它是王蒙現代性體驗的產物。

二、諷諭性寓言體

　　諷諭性寓言體小說在王蒙的小說創作中佔有重要的比重。如果說自由聯想體小說是詩人王蒙的情感記錄，那麼，諷諭性寓言體小說則是智者王蒙對社會、對政治、對世態風情的洞明和穿透。研究王蒙不研究這一類小說是不完整的。那麼這類小說具有怎樣的特點，它的歷史淵源如何？是本節要探討

〔註43〕朱熹：《詩集傳》第一冊，文學古籍刊行社，1955 年版，第 3 頁。

的問題。

1. 智性視角

智性視角是這類小說的一個突出特點。所謂智性視角是說敘述人的敘述採用的是全知視角，不過這個全知視角的發出者始終是作爲一個站在作品外面冷靜觀察的智者形象而呈現出來的，人情的練達和世事的洞明，使他的觀察總是那樣機智、犀利、洞幽觸微。與自由聯想體小說不同，那裡的觀察者是一個詩人，一個時時處處把自己擺進其中的抒情詩人。這個抒情詩人是歷史進程的參與者，因而他的激情他的幼稚他的經驗與教訓歷歷在目；而在這類小說中，作者是一個過來者，是一個經歷了各種磨難各種鬥爭歷練之後的清醒者，一個積累了足夠人生智慧的智性旁觀者。前者敘寫的是歷史，後者敘寫的是現實；前者揭示的是歷史政治鬥爭中的人情世態，後者揭示的是世態人情中的政治。我覺得，諷諭性寓言體小說是王蒙寫得最輕鬆最酣暢淋漓的小說。王蒙在談到《球星奇遇記》時說：「寫《球星奇遇記》時，我自己寫著寫著就笑了，最得意的是密斯酒糖蜜見到恩特以後向他表達愛時突然來了一句『咿兒呀忽喲』，前面全是歐化的句子，『我的達玲』，忽然『咿兒呀忽喲』，我簡直得意極了，至今爲這個得意不已，我認爲除了我以外沒有任何一個人在用西式求愛抒情獨白裡加上『咿兒呀忽喲』。」〔註44〕在這裡，王蒙所談到的得意實際上就是智性的得意。這種智性得意與作者的幽默品質有關。王蒙說：「在文學裏頭，智慧往往也是以一種美的形式出現的。一個真正的智者他是美的，因爲他看什麼問題比別人更加深刻，他有一種出類拔萃的、對於生活的見地，對於人的見地。這樣的智者也還有一種氣度，就是對人生大千世界的各種形象、各種糾葛，他都能站在一個比較高的高度來看待它。……在智慧這一欄裏，我喜歡把幽默放在裡面。」〔註45〕幽默是智力優越的一種表現，這也說明，王蒙的智性視角是一種俯視的視角，這種視角使生活中的各種人際關係、各種機關算盡都纖毫畢現，都在作者的睿智的觀察之中。

1980 年寫作的《說客盈門》是王蒙採用傳統相聲手法來嘗試進行這種諷諭性寓言體小說寫作的開端。在這篇小說中，作者所諷諭的「說情」這種社

〔註44〕《王蒙、王幹對話錄》，《王蒙文集》第八卷，華藝出版社，1993 年 12 月版，第 573 頁。

〔註45〕王蒙：《小說創作要更上一層樓》，《王蒙文集》第七卷，華藝出版社，1993 年 12 月版，第 255～256 頁。

會現象，體現的正是王蒙智者的視角。小說在諷諭中暗含著對廠長丁一的表揚，在幽默中寓含著嚴肅。這種「勸百諷一」的策略，在八十年代初是可以理解的。

　　寫於 1982 年 7 月和 1983 年 2 月的《莫須有事件──荒唐的遊戲》與《風息浪止》則要放得開得多。前者假託醫界，後者則乾脆安排在宣傳部門；前者寫醫學新星周麗珠與詐騙「新秀」王大壯之間的較量，這一較量以周麗珠的慘敗而告終；後者通過金秀梅被人為樹為「五講四美」先進典型之後的遭遇，對我國現行宣傳體制中的形式主義官僚主義作風給予辛辣的嘲諷，同時對人與人之間的嫉妒、猜疑等劣根性也予以無情的揭露。作者居高臨下，從黨的高級領導到下層小市民，王蒙的犀利目光無不入木三分，他的通透機智使我們政治生活中的一件司空見慣的事件現出了令人觸目驚心的真面目。

　　以後的這類小說基本按照這樣的模式敘述，其視角都是這種全知式的智性視角。無論是《加拿大的月亮》〔註 46〕還是《名醫梁有志傳奇》、《球星奇遇記》、《鄭重的故事》、《滿漲的靚湯》等都是如此，唯有例外的是《堅硬的稀粥》。這篇寫於 1989 年初在九十年代引起軒然大波的小說，採用的是第一人稱方式。敘述人「我」是中年人，講述一個四世同堂之家「膳食改革」的故事。這樣一個講述者的選擇是充滿意味的。在中國文化中，「老年文化」與「青年文化」的衝突是經常發生的，「五四」時期是「青年文化」對「老年文化」的一次聲勢浩大的衝擊，但在一般情況下，「青年文化」是被「老年文化」壓抑著的，在這種情勢中的「中年文化」只能是一種過渡的中立的文化。中年人較之於青年人，缺少了激情和闖勁，但卻克服了青年人的幼稚和狂熱，中年人較之於老年人缺少的是經驗和對人事滄桑的透悟，但有時也較少固執與保守，因此以中年人為視角則比較客觀。從敘述人「我」的態度和傾向性來看，這個敘述人與王蒙比較接近。作為智者的王蒙的視角仍然高懸在作品中。

2. 幽默・調侃・荒誕化

　　王蒙的這一類小說不同於自由聯想體小說的地方，就在於它的藝術結構上的「傳統」性。這些小說基本可以稱為情節小說。它的基本模式主要是圍繞一個中心事件展開敘述：開端、發展、高潮、結局每一個環節都不少，因

〔註46〕該小說最初發表於《小說家》，1985 年第 2 期時，原名為《冬天的話題》，1987
　　　　年收入小說集《加拿大的月亮》時，改為現名。

此，閱讀這類小說讀者不會感到疲勞。但是這類小說又不是傳統意義上的寫實小說，它所寫事件往往具有很大的荒誕性，荒誕的人和事，使閱讀又產生一定的阻隔。從這一意義上說，這類小說又是很「現代」的。「現代」意味著作者不追求外在的逼真性，而是追求一種內在的精神真實性，在外在的荒誕、變形中，凸現的是世態人情的本真狀態。

實際上，王蒙的這些小說也有一個變化發展的過程。《說客盈門》這篇小說只是一種幽默小說，幽默是一種溫和的調侃。幽默的作品的基調是寫實的，是在寫實基礎上的誇張。《莫須有事件——荒唐的遊戲》與《風息浪止》仍然具有寫實的特徵，但誇張更著，調侃更尖銳。特別是《莫須有事件》，已經具有荒誕化的品貌。王大壯的遊刃有餘，周麗珠的無助無奈，都與社會政治生活的荒誕化有關。到了《冬天的話題》（又名《加拿大的月亮》）之後的作品，所寫事件徹底荒誕化了。《冬天的話題》是「沐浴學之爭」，《堅硬的稀粥》是「膳食改革」，《球星奇遇記》是「球星命運」，《鄭重的故事》是「文學評獎」，《滿漲的靚湯》是「靚湯事件」等等。這些荒誕化的事件，增添了小說的喜劇色彩，使人在笑聲中對世態人情進行反思。

但是，王蒙的這類小說不是荒誕小說。它與西方的荒誕文學不是一回事。貝克特的《等待戈多》，尤耐斯庫的《禿頭歌女》、《椅子》，卡夫卡的《變形記》、《城堡》，加繆的《西西弗的神話》等荒誕文學是非理性的文學，它們的哲學基礎是存在主義，因而他們的荒誕是世界的荒誕。而王蒙的荒誕是有理性的，是在理性燭照下的荒誕，是事件的荒誕。對此，王蒙曾說：「我寫荒誕基本上與我認為世界是荒誕的無關。第一，我寫荒誕是我追求幽默追求喜劇效果的一種形式，因為把幽默誇張到極致，就變成了荒誕，就變成了不可能的事情。第二，用荒誕的形式特別能夠挖苦嘲笑，能入木三分……第三，我只有荒誕化以後才不會被任何人懷疑我寫他，這是我寫荒誕作品的主要原因。有些消極的、可笑的現象當然有生活中的依據，不可能沒有依據，沒有生活中的依據，從哪兒來呢？我不大大地變形的話，就很容易變成個人攻擊。我不是為了自我保護，而是我認為用作品來泄憤，用作品來進行個人攻擊，是我所不取的。」〔註47〕在這裡王蒙對荒誕的理解和處理再一次顯示出他的機智。荒誕來源於生活，來源於他的經驗，是他的切膚之痛。幾十年的政治

〔註47〕《王蒙、王幹對話錄》，《王蒙文集》第八卷，華藝出版社，1993年12月版，第592頁。

磨難、政治鬥爭的痛苦經歷，對於王蒙來說，絕對不是輕鬆的，生活的荒誕政治的荒誕世態的荒誕王蒙比任何人都體會得要深。然而，王蒙沒有把其歸結為世界的荒誕，王蒙只是提取局部的事件的荒誕，只是採用荒誕的手法，這再一次證明王蒙世界觀中的矛盾。在理智上把生活看成整體上的有理性、有秩序，而又在局部上感覺上覺察出生活本身的非理性、荒誕化，這是王蒙永遠解決不了的矛盾。王蒙永遠徘徊在理智與感覺、理想與現實之間。他的幽默是溫暖的，他的調侃是有節制的，對事不對人的策略，使他的諷諭對象沒有壞人，當他嘲諷一個人時，總是留有餘地，總是要站在被嘲諷者的處境上為他考慮。王大壯也有他的合理性（《莫須有事件》），老爺子並不保守（《堅硬的稀粥》），朱慎獨也不是首鼠兩端的小人（《冬天的話題》），恩特是無辜的（《球星奇遇記》）等等。這說明，王蒙所針對的主要不是人性中的與生俱來的惡，相反他倒是為每一個人都留有了餘地；他也沒有對整個世界產生絕望，王蒙所側重的是世態人情中的人際關係，這一關係實際上是一種政治關係，由此看來，王蒙所寫的是一種政治寓言。

3. 政治寓言及其局限

寫政治一直是王蒙最感興趣的題材。可以說王蒙的所有小說都是政治小說。而這樣的小說在當代作家中惟有王蒙可以駕輕就熟。早在七十年代末，王蒙就曾對劉紹棠說：「你寫不了政治性太強的作品，這個題材應該我來寫。你還是寫你的運河、小船、月光、布穀鳥……田園牧歌。」〔註48〕這些話無疑是有自知之明的。王蒙對政治的熱情和愛好使他的小說成為真正的政治寓言。王蒙實際上是一個有政治抱負的小說家。14 歲不到就成為地下黨員的革命經歷，是王蒙人生的真正起點。革命幹部的身份與詩人身份的交織變奏，使王蒙一直對政治情有獨鍾。1957 年的罹禍、「文革」中的靠邊站直至八十年代復出後的文壇領袖和官至文化部長要職，王蒙始終在政治漩渦裏摸爬滾打，世態炎涼、人際關係的複雜、仕途的險惡王蒙都感同身受，可以說王蒙就是政治，政治就是生活，除了寫政治王蒙還能寫什麼？

在談到李商隱時，王蒙對古人把溫庭筠與李商隱齊名，都列入側詞豔曲一路頗不以為然，王蒙認為：「李的氣象要豐富得多，風格要變化得多，感喟要深邃得多，寄興要迢闊得多。側詞豔曲云云，太皮相了，完全不能概括李商隱的風格。一句話，李商隱的作品更有分量，而這種分量的一個重要的因

〔註48〕劉紹棠：《我看王蒙的小說》，《文學評論》，1982 年第 3 期。

子乃是政治。有政治與無政治，詩的氣象與詩人的胸懷是大不相同的。一個完全不涉政治的側詞豔曲的作者，不可能獲得那種思興衰、探治亂、問成敗、念社稷、憂蒼生的胸懷，不可能獲得那種與歷史與世界與宇宙相通的哲學的包容，不可能達到那種亦此亦彼、舉一反三的感情深處的通融，不可能達到那種幽深雜複、曲奧無盡的境界。……李商隱在政治上是失敗的，甚至連失敗都談不到……但這種無益無效的政治關注與政治進取願望，拓寬了、加深了、鎔鑄他的詩的精神，甚至連他的愛情詩裏似乎也充滿了與政治相通的內心體驗。」〔註49〕這些話寫於1991年，王蒙剛剛從文化部長的位置上「辭」下來，險惡的政治風浪正包圍著他，這些話難道沒有夫子自道的意味嗎？關於這些問題我在後面還要談。總之可以說，王蒙對政治的關注也是一種生命體驗。自由聯想體小說和「季節系列」是直接寫政治，而諷諭性寓言體小說則是隱喻性地寫政治。王蒙有很高的政治抱負和很高的政治智慧，這些小說是王蒙政治智慧的寓言化體現。

如果說，《莫須有事件》、《風息浪止》、《冬天的話題》是王蒙對生活中的某種現象加以政治性的觀照，那麼寫於八十年代末的《球星奇遇記》、《堅硬的稀粥》和寫於九十年代的《蜘蛛》、《鄭重的故事》、《滿漲的靚湯》就是深入到政治的肌理中去。所寫的事件觸目驚心，筆力老辣蒼勁，沒有切膚的政治經驗和高深的政治智慧是斷寫不出的。讀《球星奇遇記》初則酣暢淋漓，繼則驚心動魄。球星恩特被弄假成真的傳奇經歷，完全是被市長拋出的一枚政治棋子。及至恩特進入政治權力中心，那四伏的危機，那險惡的傾軋，都足令人毛骨悚然。王蒙借這個荒誕的故事，揭示的是政治的遊戲規則。在政治之中的人和人的關係就如同狼與狼的關係一樣，上下級之間、朋友之間乃至夫妻之間除了利用就是暗算，而這所有的一切都將受控於一種權利欲，無盡的欲望的舞蹈將使人不能自己，不能自控，最終玉石俱焚。作品中出現的撲向勃爾德和小恩特的兩隻狼，正是恩特與其妻酒糖蜜內心欲望的隱喻。然而，恩特是無辜的，他的被動，他的不自主，使他始終在向善與做惡之間掙扎，人的善心與政治的殘酷構成小說的悖反。最終，王蒙讓恩特向聖母與耶穌懺悔，他要自主選擇，然而，「他真的能夠自主選擇嗎？」王蒙的這一詰問，使我們對恩特的未來命運充滿了疑惑。

〔註49〕王蒙：《對李商隱及其詩作的一些理解》，《王蒙文集》第八卷，華藝出版社，1993年12月版，第380～381頁。

《蜘蛛》假託海外商界，實則也是一種政治寓言。商場與官場雖然從事的職業不同，但遊戲規則卻是一樣的。其貌不揚出身低賤的文員祝英哲幾十年如一日，阿諛奉承老闆、崇拜小姐，這種堅忍不拔的政治品質說明祝英哲不同凡響。當祝終於爬上老闆的位子上時，他便拉幫結派、排斥異己，無所不用其極。祝英哲的發迹史，使我們想到歷史與現實中的許多人和事，王蒙運筆荒誕，實際上卻是政治生活的普遍化抽象化寓言化。

《堅硬的稀粥》借「膳食改革」這一荒誕形式，把我國政治結構的這種家長制統治方式凸現出來。在這樣的體制下，所有的改革都將是皮相的。「理論名稱方法常新，而秩序，是永恆的」。作品中的老爺子不可謂不開明，但開明如老爺子者，也不可能根本改變體制，所謂放權、所謂民主，只能是妝飾而已。吃慣現成飯的爸爸媽媽之輩，唯有唯唯諾諾；滿腦子新觀念，敢闖敢幹的兒子輩因爲全盤西化，不合國情，其失敗是必然的；喝過洋墨水的堂妹夫輩，滿口新名詞，理論一大套，但除了空談卻無一用處。改革之難通過堅硬的稀粥鹹菜體現出來。童慶炳先生在談到這篇小說時認爲，《堅硬的稀粥》與加繆的《西西弗的神話》中的西西弗故事具有一定的相似性，他說：「王蒙《堅硬的稀粥》中的『稀粥』，就如同那巨石，不論人們如何改變它，它仍然堅硬，仍然會回到原來的狀態。這是一個眞實的故事。在西方人看來西西弗是一個荒謬的故事，在中國人看來『堅硬的稀粥』則是一個眞實的故事，更富於中國文化內涵。這是王蒙的『堅硬的稀粥』與加繆的西西弗故事的不同之處。但是它們之間相似之處也許更多。在我的解讀中，王蒙的『堅硬的稀粥』，其文化哲學的寓意是多方面的：它可以是指一種傳統，一種習慣，一種思想，一種方式，一種守望，一種節操，一種社會……這些都像『稀粥』那樣『堅硬』，不容易改變。就像西西弗推著的石頭，推到了頂點，又可能再滾下來。這樣《堅硬的稀粥》就有了表層意義和深層意義，表層意義就是那個家族膳食改革因最高權威爺爺的干預而失敗；深層意義則是多重的豐富的，有待於讀者的不同的解讀。」〔註50〕童慶炳先生的這一解讀是深刻的，這一解讀使「稀粥鹹菜」的隱喻指向了中國古老的民族文化心理，正是這種民族文化心理成爲改革舉步維艱的根本原因。由此，王蒙的主題又回到了魯迅開創的國民性上來了。

〔註50〕童慶炳：《作爲中國當代小說藝術的「探險家」的王蒙》，《中國海洋大學學報》（社會科學版），2003 年第 6 期。

《滿漲的靚湯》是一篇充滿老莊哲學的寓言化文本。李先生被董事長湯公賞光吃飯，李先生好不受寵若驚。然而宴席上卻並無一物，尤其是那一道巨煲湯，據說是「諸肉諸骨諸海鮮諸山珍諸藥材諸果諸蔬諸糧諸豆諸調料諸蟲諸菌諸維生素諸礦物質諸基本元素鈣鐵磷鉻鉬硒錳銅碘醋……」煲成，有延年益壽、滋陰壯陽之神功，然而，豪華的巨煲卻打不開。李生一頓飯下來，並未吃到一菜一飯，也未喝到一湯一酒。李生百思不得其解，乃至精神分裂，不僅丟掉了工作，而且老婆也離他而去。病癒後的李生終於悟到了湯公之湯的奧秘：「湯非湯。湯非非湯。湯有湯，湯無有湯，湯無無湯。靚即是醜，醜即是靚，靚自非醜，非非醜，非靚，非非靚。0即是圓，圓即是0。有就是沒有，沒有就是什麼都有。無為而無不為，無湯而無不是湯。天地一煲，造化熊熊，萬有皆湯，萬湯皆靚，湯公神威，何湯不湯！」從此李生決定終生獻身靚湯事業。但是，李生一改湯公規矩，把靚湯做實做大，甚至不惜自殘乃至獻出生命，而他的靚湯卻招來各種非議，李生臨終終於徹悟，實不該把湯公的靚湯由虛做實，將無做有，「他希望後人以他為戒，一定要鬧清至文無字，至理無言，大音稀聲，大象無形，大器免（注意，不是晚）成，大湯至湯無汁無色無味無物無邊無際無可飲啜更無法制造的深刻道理」。這篇小說發表於1998年，聯繫到老年王蒙對超越的推崇，作品庶幾就是王蒙悟道的產物。

總而言之，諷諭性寓言體小說是王蒙對政治經驗和政治智慧的一種寓言化處理。它的犀利和透徹是當代作家中無人可以匹敵的。但是，無庸諱言的是，我在閱讀這些小說時，總感到一種不滿足，總感到這些小說機智尖銳透徹有餘，渾遠厚重闊達不足。當我將這些小說與魯迅相比，與卡夫卡、加繆、貝克特甚至米蘭·昆德拉等相比時，總覺得王蒙的這些作品雖然也具有哲學的底蘊，比如前面說的《堅硬的稀粥》，但還是缺少開拓的深度。王蒙所關心的是人在政治中的關係，而不是政治關係中的人的命運；王蒙雖然也寫出了人的政治存在的狀態，但卻忽略了人的存在的根本處境。正是這一重大的缺失，使王蒙的政治小說顯得機智有餘犀利有餘而厚重不足。當我們審視變成大甲蟲的格里高爾·薩姆沙時，當我們為永遠也走不進城堡裏去的 K 而迷惑時，當我們為每天都徒勞地把石頭推上山的西西弗而感喟不已時，當我們為戈多的永遠也不來而感到無聊時，我們心中所鳴響的是人類面對的共同處境的震撼。同樣是寓言，卡夫卡、加繆、貝克特所寫的是存在的根本處境的寓言，而王蒙所寫的卻是局部的政治寓言。正由於這個原因，王蒙的這些小說

往往招致一些指責。比如對《堅硬的稀粥》的指責，這些指責固然很無聊，但反過來看，王蒙的小說是否也給人於一種錯覺呢？這種錯覺就是因爲王蒙所寫離現實政治太近，很容易使那些別有用心的人抓住把柄。〔註51〕

〔註51〕短篇小說《堅硬的稀粥》發表於1989年第2期的《中國作家》上，獲第四屆（1989～1990）《小說月報》百花獎中的優秀短篇小說獎，並榮登優秀短篇小說榜首。同年5月《小說選刊》與《小說月報》全文轉載。在談到這篇小說的成因時，王蒙回憶：1986年8月王蒙與文化部一女同志出差拉薩。這位女同志每天早餐只吃稀飯、饅頭、鹹菜，拒絕西式藏式食品。當地文化局的一位局長開玩笑說：「漢族身體素質差，就是因此造成的，我一定要設法消滅稀粥鹹菜。」這個笑話引起了王蒙的思索。而這又與王蒙一貫的提倡建設、提倡漸進、反對偏激、反對清談的思想一致。這便是《堅硬的稀粥》的題材和主題的由來。

　　1991年9月14日《文藝報》發表署名「愼平」的讀者來信，點名批評《堅硬的稀粥》，來信中稱：「……有個別的文藝評獎活動存在著問題。例如《小說月報》今年7期載有『第四屆（1989～1990）百花獎』的評獎結果，其中獲獎的短篇小說，首篇就是《堅硬的稀粥》；我以爲這很不妥當。」來信中還稱：「《堅硬的稀粥》對我國社會主義改革的影射，揶揄，在政治上明顯是不可取的。」來信還引用了臺灣《中國大陸》雜誌轉載《堅硬的稀粥》時的編者按語：「此文以暗諷手法，批評鄧小平領導的中共制度。」

　　1991年9月15日，王蒙做出反應，將《我的幾點意見》分別送交中央首長、有關方面和文藝界的一些人士。王蒙在文中指出：「這樣嚴重的」「指責」「足以置作者於死地」。

　　1991年10月9日，王蒙向北京市中級人民法院起訴，控告《文藝報》和「愼平」侵害了他的名譽權。《文匯讀書周報》載該報記者寫的題爲「《堅硬的稀粥》起波瀾──王蒙上訴北京中院」的「北京專電」報導：王蒙說，愼平的文章「進行栽贓陷害，以歪曲、捏造事實等誹謗手段，嚴重損害了我的名譽權，侵害了公民權利」。《文藝報》公然登載散佈愼平之文所捏造的種種謠言，嚴重侵害了我的名譽權，破壞了我的政治名譽。」王蒙還指出：「如果其誹謗得逞，不但法律尊嚴受到破壞，而且從今以後一些不法分子將可以以影射或以海外言論爲由，任意給任何作家、作品扣上政治帽子……」

　　1991年10月22日，北京市中級人民法院下達裁定書，稱：「經審查，本院認爲：《文藝報》發表愼平的讀者來信，批評《小說月報》的評獎活動和王蒙的作品，屬正常的不同觀點爭鳴，不屬人民法院受理民事訴訟範圍，王蒙所訴不符合起訴條件，依照《中華人民共和國民事訴訟法》第一百一十二條之規定，裁定如下：對王蒙的起訴，本院不予受理。」

　　1991年11月25日，北京市高級人民法院下達終審裁定書，決定維持中級人民法院的原裁定。終審裁定書中沒有在提「來信」是「正常的不同觀點爭鳴」。

　　1993年2月18日，王蒙在談到「稀粥」打官司的問題時說：「在1991年的情況下對《堅硬的稀粥》的指責帶有一種不平常的、兇險的性質，因爲它給作品扣上了『影射』的帽子，這就沒有邊兒了。另外它居然引用臺灣的

以上是王蒙諷諭性寓言體小說的幾個特點，從創新的角度看，王蒙的這類小說首先開創了「文革」後寓言化小說的先河；其次，王蒙的這類小說繼承了我國傳統文學中的諷諭傳統，並將幽默調侃和荒誕的手法引進小說中。王蒙是「文革」後調侃小說的開創者。

一句話王蒙創造了諷諭性寓言體小說，爲小說體式的多樣性作出了貢獻。當然這類小說體式，也不是無源之水，無本之木，我們也有必要梳理一下它的源頭。

4. 諷諭性寓言體溯源

諷諭性寓言體這一概念，是諷諭與寓言的組合。諷諭是一個功能性的概念，寓言是文體性概念，具有寓言性的文類不一定含有諷諭功能，具有諷諭功能的詩文也不一定就是寓言性文類，因此，諷諭性寓言體是一個雙向限定的概念。只有具有諷諭功能的寓言文類才是合乎本概念的外延和內涵的。從這一概念的限定出發，我們來考察它的源頭，可以看出，它既與我國先秦時期的說理文章中的寓言故事接近，同時又與我國源遠流長的諷諭詩傳統血脈相聯。在先秦諸家的論說文章中，寓言故事是其重要的說理方式。《莊子》中的「鯤鵬」、「庖丁解牛」、《韓非子》中的「守株待兔」、《孟子》中的「揠苗助長」、《呂氏春秋》中的「刻舟求劍」等都寄寓著一定的道理，有的已經具有了諷諭的功能。唐代韓愈的《毛穎傳》、《馬說》，柳宗元的《種樹郭橐駝傳》，明代的劉基的《郁離子》等也屬於寓言體文類。然而，我國古代的諷諭詩傳統對王蒙的影響是潛在的。「諷諭」一詞兼有諷刺和諫諭兩方面的意義。所以，諷諭詩也稱爲諷諫詩或諷刺詩。縱觀我國古代文學史，諷諭詩的傳統源遠流長。在《詩經》中就有不少的諷諭詩，比如《邶風·北風》、《魏風·伐

言論，把作品與我國最高領導人聯繫到一塊兒，帶有一種兇險的徵兆。由於作者本人和文藝界的許多同志的既堅決又有節制的抗爭，它沒有發展成一個文字獄，沒有發展成一個大批判，沒有發展成一個『海瑞罷官』或『三家村』式的事件。這首先說明時代不同了，說明黨的十一屆三中全會以後我們的國家我們的社會生活、文學生活有了非常大的進步。這也創造了一個記錄，就是在文藝界佔有一定權力地位的人企圖通過政治上險惡的指責批判一個作家的企圖受到了挫折，沒有成功，這是新中國的一個進步。過去一個作家挨了批，就是跪在地上檢討也沒人聽啊。在中央領導同志干預後，關於《稀粥》的爭論就停下來了，官司也停下來了，也批不成了。」

以上材料參見《王蒙年譜》，曹玉如編，中國海洋大學出版社，2003年9月版，第120～136頁。

檀》、《魏風·碩鼠》、《小雅·大東》、《秦風·黃鳥》、《邶風·新臺》、《鄘風·牆有茨》、《齊風·南山》、《陳風·株林》、《小雅·正月》、《小雅·青蠅》、《大雅·桑桑》等。這些詩作或揭露奴隸主對奴隸的剝削的殘酷，或譏刺統治階級荒淫無恥的宮闈醜行，或諷刺上層統治者寵信姦佞，是非不分的昏庸無能。這些詩作由於來源於民間，因此諷刺成分多於諫諭的成分。屈原的《離騷》實際上也是諷諭詩。詩作頗多怨憤，既有諷刺又有諫諭，還有強烈的憂國憂民的忠烈之氣，不平之氣。屈原的《離騷》奠定了後世諷諭詩的文人基調。漢代辭賦盛行，但也有「勸百諷一」的說法。魏晉南北朝時期的阮籍、左思、袁宏、鮑照等人，他們所寫的諸如《詠懷》、《詠史》、《代放歌行》、《擬行路難》等詩也是真正的諷諭詩。到了唐代，諷諭詩有了一個新的發展。李白、杜甫的一些詩作，使諷諭詩的氣象更加闊大，白居易與元稹的新樂府運動，把諷諭詩推向一個新的高潮。以後歷代諷諭詩基本是在這樣一個格局中發展。

　　實際上，我國傳統的諷諭詩的核心是政治關懷，諷諭詩就是真正的政治詩。當孔子把「詩三百」納入儒家的詩教規範時，諷諭詩基本上就成為詩教傳統的規範化產物。孔子說：「《詩》三百，一言以蔽之，曰：思無邪。」〔註 52〕在這裡，孔子正是以「思無邪」──「思想純正」來規範詩的。只有在思想純正的標準下，才有「詩可以興，可以觀，可以群，可以怨，邇之事父，遠之事君，多識於鳥獸草木之名。」〔註 53〕這裡的「怨」就是「怨刺」，何宴《集解》引孔安國注：「怨刺上政」，說的就是詩是用來批評朝政，表達民情的。《詩大序》在解釋《詩經》中的國風時說：「上以風化下，下以風刺上，主文而譎諫，言之者無罪，聞之者足以戒，故曰風。」〔註 54〕這裡強調的是上與下的互動效應，當政者以詩教化下民，下民也要以詩譏刺上政，但這一譏刺只能是「譎諫」，即委婉曲折地諷諭、規勸統治者。東漢的鄭玄在《詩譜序》中則提出了「美刺」功能，他說：「論功頌德，所以將順其美；刺過譏失，所以匡救其惡。」〔註 55〕自此，「美」、「怨」、「諷」、「刺」

〔註 52〕《論語正義》，劉寶楠注，見《諸子集成》第一冊，上海書店 1986 年影印本，第 21 頁。
〔註 53〕《論語·陽貨》。
〔註 54〕《毛詩序》，見張少康、盧永璘編選《先秦兩漢文論選》，人民文學出版社，1996 年版，第 344 頁。
〔註 55〕鄭玄：《詩譜序》，見張少康、盧永璘編選《先秦兩漢文論選》，人民文學出版

就成爲儒家詩教觀念的具體化手法和功能。唐代的白居易與元稹提倡的新樂府運動，實際上就是把這種詩教傳統引向一個更加明晰更加規範的方向上去。因爲在白居易看來，自騷辭以降，「六義始缺矣」，「至於梁、陳間，率不過嘲風雪、弄花草而已。……於時，六義盡去矣。」〔註56〕可見白居易是以「詩之六義」爲標準來提倡新樂府運動的。以六義爲作詩之標準，則必然要「文章合爲時而著，歌詩合爲事而作。」他甚至主張詩歌就是奏摺與諫書的補充：「僕當此日，擢在翰林，身是諫官，手請諫紙，啓奏之外，有可以救濟人病，裨補時闕，而難於指言者，輒詠歌之。欲稍稍遞進聞於上，上於廣宸聰，副憂勤；次以酬恩獎，塞言責；下以復吾平生之志。」〔註57〕白居易這種讓文學徹底地爲朝廷服務爲政治服務的主張，成爲我國文論的重要傳統，潛移默化地影響著後世的每一個知識分子。王蒙當然也不例外。不過，經歷了「反右」、「文革」，王蒙肯定是反對狹隘的文學爲政治服務的提法的，但王蒙並不反對文學寫政治。王蒙作品中的政治情結，對政治敘寫的樂此不疲，都表明王蒙是一個具有很強的政治關懷和現實關懷的作家。正是從這一意義上，我說王蒙的諷諭性寓言體導源於我國古代寓言和諷諭詩傳統。

但是，我們還必須看到，在王蒙的諷諭性寓言體小說中存在著一種色調是我國古代寓言和諷諭詩傳統中所不具備的，這一色調就是幽默、調侃與荒誕化的笑。據我有限的古代文學知識積累，我覺得，我國古代高雅的文學品類主要是詩和文，在這些作品中，基本上是排除了笑的。因爲笑的殺傷力直接威脅到森嚴的等級制度，這與詩教傳統中的「怨而不怒、哀而不傷、樂而不淫」的溫柔敦厚的原則不相協調。因此，詩文中可以有「美」、「怨」、「諷」、「刺」，但卻不能有「笑」。既使有些文人的詩文中有一些幽默成分，但也是高度克制，偶一爲之。比如韓愈的《毛穎傳》等。這是不是說中國人就沒有幽默感了呢？或者說中國文學的幽默源頭在哪裏呢？我覺得，中國幽默文學的源頭在民間。直到今天，我們還可以從民間口耳相傳的笑話、民間故事中看到這一點。民間的笑文化必然影響到文人的創作，通過文人的創作，民間

社，1996年版，第637頁。

〔註56〕白居易：《與元九書》，見周祖譔編選《隋唐五代文論選》，人民文學出版社，1990年版，第235～236頁。

〔註57〕白居易：《與元九書》，見周祖譔編選《隋唐五代文論選》，人民文學出版社，1990年版，第237頁。

笑文化逐漸滲透到文學文類中去。但是這些文類一般不屬於主流文類，而是具有民間性的邊緣文類。從這個角度看我國古代幽默文學的種類大致有以下幾類：一是戲曲。戲曲是最具民間性的一種藝術形式，戲曲的演員在古代是優，司馬遷的《史記・滑稽列傳》中所傳的淳于髡、優孟、優旃、東方朔等都是歷史上著名的滑稽表演家或幽默家。唐宋時期的李可及、黃幡綽、李家明等也是著名的弄臣。戲曲在唐代有參軍戲，宋代有滑稽戲，這些戲都沒有留下腳本，可見它是只重表演性的民間形態。到了宋代的宮本戲，元代的雜劇，乃至散曲小令，成為正式的文人創作。清代臻於成熟的相聲，是真正的民間笑文化。二是小說。小說來源於話本。本是地道的民間藝術，後經文人整理再創造，成為成熟的文本。南朝劉義慶的志人小說《世說新語》，吳承恩的《西遊記》，都是這樣的文本。三是笑話輯錄。這是最接近民間的笑文化文本。《笑林廣記》，馮夢龍輯錄的《笑府》，清代石成金撰集的《笑得好》等都是這種文本。我在這裡不是說王蒙直接受到古代民間笑文化的影響，而是梳理王蒙諷諭性寓言體小說文體的歷史傳承關係。民間的這條血脈對於王蒙來說是非常重要的。當然直接影響了王蒙的還是自我放逐新疆 16 年的最底層的民間生活。頗富幽默感的阿凡提的後人維吾爾人民，是王蒙後來小說中的幽默、調侃、乃至荒誕的直接源泉。我們只要看一看王蒙所寫的《在伊犁》就會明白。在這一紀實性的文本中，無論是穆罕默德・阿麥德（《哦，穆罕默德・阿麥德》），還是口若懸河滿口「語錄」、「最高指示」的馬爾克傻郎（《淡灰色的眼珠》），無論是睿智的穆敏老爹，還是好漢子依斯麻爾，都是具有幽默天才的少數民族兄弟，他們都是王蒙的朋友，在和他們的朝夕相處的日子裏，他們的處世方式和思維方式無不給予王蒙以潛移默化的影響，王蒙從中領略到維吾爾人民的「偉大的塔馬霞爾」。〔註58〕另一個直接源頭是北京的相聲藝術，王蒙說：幽默「這可能是地方特色，（北京作家幾乎都受相聲的影響。丁玲就說過我的某些段落是相聲。）不管怎麼樣我是北京人，北京人就夠貧的了，到了新疆以後又添了阿凡提式的幽默。」〔註59〕誠然幽默也來源於王蒙

〔註58〕王蒙在《在伊犁之二・淡灰色的眼珠》中解釋「塔馬霞爾」說：「塔馬霞爾是維吾爾語中常用的一個詞，它包含著嬉戲、散步、看熱鬧、藝術欣賞等意思，既可以當動詞用，也可以當動名詞用，有點像英語的 to enjoy，但含義更寬。當維吾爾人說『塔馬霞爾』這個詞的時候，從語調到表情都透著那麼輕鬆適意，卻又包含著一點狡黠。」

〔註59〕《王蒙、王幹對話錄》，《王蒙文集》第八卷，華藝出版社，1993 年 12 月版，

的天性，幽默是一種智力上的優越感。王蒙天性中的幽默被民間的磨煉引發出來。張潔在對王蒙的一次惡作劇的描寫頗能說明問題：

> 突然我聽見人的慘叫。人只有在滅頂的時候才有的那種慘叫。
> 這聲音把我從關於泡沫的幻覺中驚醒，我張大眼睛四處望，原來那
> 叫聲是王蒙發出的，只見他在海水裏撲騰著，兩隻手在空中沒有著
> 落地亂抓亂撓，馬上就要沉下海底的樣子，……我嚇得魂飛魄散……
> 但他突然不叫了，又站定了身子，臉上露出了小孩子才有的那種頑
> 皮而得意的笑，沒事兒人似地嘻嘻地往自己的身上撩著水。……
> 〔註60〕

可見，幽默也與天真相聯，是天性中的一部分，裝是裝不出來的。當然幽默更是一種機智，沒有機智沒有發現也不會有幽默。陳祖芬在談到王蒙的幽默時說：

> 王蒙在生活中隨處發現可笑的、可愛的、有趣的、好玩的事，
> 再用他的嘴一加工，你就等著哈哈吧。今年全國政協上選副主席，
> 不知怎的張賢亮改邪歸正榮獲副主席的一票提名。會後王蒙對張賢
> 亮說：你那一票是我投的。張賢亮說：肯定不是你！王蒙一下把他
> 套牢：你怎麼能肯定知道不是我？那只能說明那一票是你自己投
> 的。
>
> 與王蒙鬥嘴，大都凶多吉少。〔註61〕

綜上所述，王蒙的諷諭性寓言體小說這一文體形式的源流可以看作我國古代寓言和諷諭詩的血脈的流貫，也有源遠流長的我國民間笑文化，特別是新疆維吾爾民間幽默文化與京津相聲文化的血脈貫注，這所有的傳統資源或潛在地或直接地成為王蒙創新文體的營養。

三、擬辭賦體

以上所談的兩種文體形式——自由聯想體和諷諭性寓言體是王蒙小說的基本文體。但王蒙是一個不斷創新的作家，他從不把自己限定在一種形式上。王蒙在談到《春之聲》這篇小說的寫法時說：「《春之聲》是這樣寫了，我無

第586頁。
〔註60〕張潔：《方舟》，北京出版社，1983年版，第262頁。
〔註61〕陳祖芬：《「我就是打工的」——我看到的王蒙》，《小說界》，2003年第6期。

意提倡別人也這樣寫。我自己也未必總是這樣寫。《春之聲》的手法既與《說客盈門》、《悠悠寸草心》不同，也與《風箏飄帶》、《海的夢》不同，當然也有某種共同之處。程咬金還有三板斧呢，爲什麼我們的小說作者不能有四板斧、五板斧、十六板斧呢？爲什麼我們要作繭自縛，讓一些條條框框束縛自己對於藝術形式、創作手法的探求呢？……」〔註62〕可見與時俱進，不斷探求是王蒙的爲文準則。在王蒙的 50 多年的創作生涯中，在他的大量的小說中，我們看不到他定一一尊的固定的文體形式，反而總是看到他的不斷翻與變的足迹，他的文體是流動的，是一種過程，可以說在中國當代文壇上還沒有任何一個作家能像王蒙這樣變化無窮。因此，任何描述都是對他變化多端的藝術的粗暴的框定，但我們還不能不勉爲其難。實際上，王蒙的小說裏還有寫於二十世紀五十年代的「青春體小說」，（這些小說我在下面的章節中將加以論述。）到了二十世紀八、九十年代，王蒙小說中還有一些實驗性很強的文體，這些小說一般是中短篇，比如《一嚏千嬌》，就是一部典型的「元小說」文本；《致愛麗絲》、《來勁》、《組接》、《蟲影》等小說則是具有先鋒實驗性質的小說文本。由於這些小說在王蒙小說總體數量中不占多數，因而不予評述。我認爲，王蒙的這些小說的實驗成果都融入了他的長篇系列小說中去，形成他的另一種文體形式——擬辭賦體。因此，本節主要評述這一小說體式。

　　王一川先生認爲王蒙的「季節系列」小說的文體可以稱爲「擬騷體」：「『騷體』歷來是古典騷人墨客表達政治上的哀怨情緒的抒情語體，在中國古典語體家族中具有重要的地位。而王蒙在這裡似乎是爲著自身表達上的新需要，而以現代漢語的形式去重寫『騷體』。當然，這不是簡單的摹仿，而是承襲中的創造。如果說，古代『騷體』本身在抒情上有著毋庸置疑的嚴肅性和莊重性，那麼，王蒙這裡雖然不失某種嚴肅和莊重意味，但畢竟帶有更明顯的喜劇性摹擬色彩。這樣做，『騷體』原有的純粹政治悲劇，就被移位爲既有悲劇成分又有喜劇因素的政治悲喜劇了。由此，我們不妨把這種新的小說語體嘗試地稱爲擬騷體。」〔註63〕王一川先生的這一概括是有道理的，從古代的騷人墨客抒發政治上的哀怨情緒的角度來觀照王蒙，「季節系列」小說中的確也蘊涵著這樣的情緒，因此是很精當的。不過，我覺得王一川先生的概

〔註62〕王蒙：《關於〈春之聲〉的通信》，徐紀明、吳毅華編《王蒙專集》，貴州人民出版社，1984 年 2 月版，第 58 頁。
〔註63〕王一川：《漢語形象美學引論》，廣東人民出版社，1999 年 9 月版，第 181 頁。

括主要側重於內容範疇，如果從文體的角度來觀照王蒙的「季節系列」小說，我嘗試用「擬辭賦體」這一概念是否更確切些呢？當然，騷體與賦體，在古代實際上也是一個問題的兩個方面，劉勰在《辨騷》中就稱屈原的《離騷》爲「詞賦之宗」，〔註64〕主要是就《離騷》的文體形式而言的。因此，從文體的意義上來看王蒙的「季節系列」乃至《青狐》等長篇小說，其語言中的大量的四字格詞語和長句式的運用，就使他的語言顯示出富麗繁縟、鋪排雜沓、汪洋恣肆、重唱疊歎的氣勢和風格。像下面的這三段：

1）然而仍然有絕活，橫空出世，批起《水滸》來啦，……反正這次批《水滸》算絕了，旁敲側擊，聲東擊西，指桑罵槐，若領神機，無中生有，閒中發力，蓄勢待發，咄咄進逼，神龍見首，了無痕迹，能放能收，揮灑如意，天馬行空，獨來獨去；能玩到這一步，算入了化境——這裡的「玩」字絕無貶義，而是指一種行爲變成藝術，再從藝術變成遊戲般的駕輕就熟，舉重若輕，行雲流水，虎變難測，花樣翻新，奧妙無窮，得心應手。這樣的政治想像力前無古人，後無來者，他完全同意林彪的天才論，完全同意世界幾百年才出一個，中國幾千年才出一個的模糊數學公式！〔註65〕

　　——《狂歡的季節》（第440～441頁。）

2）那麼本一個季節應該是恐懼的季節？是奔突，是瘋狂，是死亡的季節或者時節麼？是橫衝直撞大火熊熊痛快淋漓由眞正的歷史大手筆寫就的濃豔的或濃烈的季節麼？抑或是閒散的、恬淡的、無聊的、空白的、等待的、靜悄悄的、比如說是養貓養雞養黃鼠狼醃鹹蛋種花種草打毛衣讀菜譜打木器傢具和常常醉酒的叫做暢飲的季節麼？也許我應該叫它意外的或混亂的、困惑的、迷失的、夢魘的至少是奇異至極的神妙至極的百思不得其解的，你只好歎爲觀止的季節吧？

　　——《狂歡的季節》（第2頁。）

3）你應該裝蔫充愣，表明自己沒有膽量沒有不同見解沒有胡思亂想沒有神神經經沒有哭哭笑笑沒有二心二肝，尤其是沒有口才沒有文才沒有風度不會穿衣裳最好是結巴磕子大舌頭車軲轆話來回

〔註64〕范文瀾：《文心雕龍注》（上），人民文學出版社，1958年9月版，第46頁。
〔註65〕著重號爲引者所加。

說而又前言不搭後語誠惶誠恐畢恭畢敬唯唯諾諾嘿嘿喝喝男女無才都是德一棒子打不出一個響屁來。

　　　　　　　　　　　　──《躊躇的季節》（第 305 頁。）

　　這樣的文體風格實在與我國古代的賦體非常相似，王一川先生也認爲：「擬騷體，單從字面上看，似乎只是戲擬『騷體』。但應當看到，王蒙這裡的語體特點自然不限於單純戲擬『騷體』。例如，當這種敘述體講究鋪陳、潤飾、韻節、文采時，又顯得近乎『賦』，但同樣是戲擬或仿擬之作，即『擬賦體』。」〔註 66〕這說明擬騷體和擬辭賦體是從不同角度觀察的結果。實際上，當我們試圖從一個方面描述王蒙文體的時候，一個新的危險便出現了，這就是我們很可能把王蒙豐富複雜的文體樣式簡單化。因爲王蒙的文體形式是複雜的，他的文體具有廣泛的雜糅性、包容性與整合性。擬辭賦體不僅是對我國古代辭賦體形式的仿擬，而且也是自由聯想體與諷諭性寓言體兩種文體有機整合的產物。它的外在特徵是雜。雜色的說法是有道理的〔註 67〕。雜色就是多元並舉，就是矛盾的統一。在談到文體問題的時候，王蒙說：「我喜歡那種比較自由、不受拘束、相當解放的文體。我希望把小說的題材、手法、結構、文體搞得更寬一些、更活一些。」〔註 68〕王蒙主張：「小說首先是小說，但它可以吸收包含詩、戲劇、散文、雜文、相聲、政論的因素。有人說某一篇小說像散文，如果不是同時能夠論證這篇小說並不是小說，那麼，『像散文』的評語，其實是一種褒獎。如果說是『像詩』，那就更加讓人鼓舞。王維的詩中有畫，畫中有詩，這還是兩種不同的藝術門類的交流。那麼，同在文學之中，我們爲什麼不喜歡小說中有散文、小說中有詩呢？」〔註 69〕可見王蒙是主張文體雜糅的，雜色是一種靜態的呈現，雜糅是一種動態的創造。雜糅的內在心理機制則是一種包容性整合性的思維方式（關於這種心理機制我在本文第四章還要詳述）。只有經過這種整合，各種文體與藝術手法的雜糅才可以成爲有機的統一體。如此說來，擬辭賦體，只是一種概括的說法，在王蒙的小說中還有政論體、散文體，詩體等文類因素，還調動了各種藝術手法：排比、

〔註 66〕王一川：《漢語形象美學引論》，廣東人民出版社，1999 年 9 月版，第 181 頁。
〔註 67〕參看孫郁：《王蒙：從純粹到雜色》，《當代作家評論》，1997 年第 6 期。
〔註 68〕王蒙：《傾吐著生活的聲息》，《王蒙文集》第六卷，華藝出版社，1993 年 12 月版，第 122 頁。
〔註 69〕王蒙：《傾聽著生活的聲息》，《王蒙文集》第六卷，華藝出版社，1993 年 12 月版，第 123 頁。

比喻、頂眞、迴環、調侃、戲仿、拼貼誇張等等。在語言運用上，包容了大量的政治熟語、民間俗語，歌詞，笑話，古詩古詞、新造詞等等，形成了眞正的雜語喧嘩的效果。誰要是研究那個時候的語言，只要看看王蒙的這幾部小說就可以了。童慶炳先生認爲，王蒙的這種文體，「是現代漢語的另一種美質。王蒙式的『雜語喧嘩』最大的意義自然以『相剋相生』的思路，『解構』了看似嚴肅的內容；但從文學文體創造的角度看，王蒙有本領把社會上各種新鮮的『話』變成一種帶有創作個性的有藝術魅力的『體』。……王蒙超越我們的地方就是他能把這些看似枯燥的『話』以他獨有的才智編織起來，形成新鮮的、靈動的、豐富的、獨特的『王蒙文體』。王蒙所寫的那些內容都有可能轉到另一位作家的手裏，惟有『王蒙文體』屬於王蒙自己，因爲這是他的獨特的才智所結出的獨特果實。」〔註70〕童慶炳先生在此所說的「王蒙文體」，就是這種包容性很強的擬辭賦體，擬辭賦體不是簡單的摹仿，而是一種新的創造。這樣的文體標誌著王蒙文體創造的成熟，歷史將證明，王蒙的這一文體對漢語文學的影響將是巨大的。

擬辭賦體是王蒙「季節系列」小說文體的整體風貌，它的主導情緒是王蒙歷盡劫波之後的世事洞明的通脫與曠達，以及在這通脫曠達前提下的調侃、狂歡與反諷。政治哀怨情緒包含在這調侃、狂歡和反諷之中，而這所有的情緒都可以歸結爲反諷。因此，區分王蒙文體與古代騷體之間的差異是必要的。後者的寫作主體與經驗主體是一致的，他們統一在政治失意的哀怨中，以怨憤和牢騷表達自己永遠不能化解的騷緒；而王蒙的擬辭賦體的寫作主體與經驗主體是分離的，這種分離是反思性的分離，反思意謂著在王蒙的自我意識中有兩個自我，一個是現在的歷盡劫波之後的世事洞明的通脫曠達的自我，另一個則是昔日體驗著苦難經驗著歷史的自我，正像我在第二章中所說過的，前一個自我憑藉時間的距離反觀省思著第二個自我。正是由於這種反思性的分離，才是構成反諷的必要條件。這也就是保羅‧德曼援引波德萊爾的「跌倒」與「分身」的觀念所要說明的問題。波德萊爾說：「滑稽，即笑的力量在笑者，而絕不在笑的對象。跌倒的人絕不笑他自己的跌倒，除非他是一位哲學家，由於習慣而迅速獲得了分身的力量，能夠以無關的旁觀者的身份看待他的自我怪事。」〔註71〕德曼認爲，波德萊爾的「分身」觀念對理解

〔註70〕童慶炳：《作爲中國當代小說藝術的「探險家」的王蒙》，中國海洋大學學報（社會科學版）2003年第6期。

〔註71〕轉引自保羅‧德曼：《解構之圖》，李自修譯，中國社會科學出版社，1998年

反諷是相當重要的。這種「分身」的觀念實際上就是自我的反思性分離。德曼認爲：「在這樣設想的跌倒的觀念裏，自然蘊含著自我認識的進步：跌倒的人，比起對人行道上的裂縫熟視無睹，即將絆倒的傻瓜來說，更聰明一些。而跌倒的哲學家，由於反思兩個階段的差異，則尤爲聰明，但就他來說，這絕不能阻止他的跌倒。相反，似乎只有付出跌倒的代價，才能換來他的聰明。僅僅別人跌倒還不夠；他自己必須跌倒才行。作家和哲學家用語言構成的這種反諷式雙重自我，似乎只有付出跌倒的代價，才能得以形成，也即這種自我需要從神秘化調整階段跌入（或者升入）其神秘化的認識中去。於是反諷式語言就把主體分裂成兩種自我：僅只存在於不可靠性（inauthenticity）狀態中的自我，和僅只存在於揚言認識到這種不可靠性的語言形式中的自我。……」〔註72〕由此看來，王蒙正是付出了這種「跌倒」的代價之後，以哲人的反思能力來觀照自身的。這種跳出局外的超脫心態，使他超越了古代一般的騷人墨客的單純政治哀怨情緒，而獲得了更加闊大和複雜得多的反諷之笑的力量。D・C・米克，曾把「超然因素」列爲反諷的要素之一，是很有道理的。〔註73〕請看下面的這段話：

　　　事後許多年，時過境遷，恩消怨泯，重疊使記憶模糊，現實使往事沖淡，新的喜怒早已打磨掉了悲歡的陳迹，往日的憂慮在新的可能面前更像是一次幕間的諧謔插曲。所有這些當年覺得驚心動魄覺得千回百轉覺得鮮血淋淋覺得天塌地陷的經驗，都變成了不足與外人道卻又荒誕不經，有趣卻又不無傷感的故事——漢語裏邊的故事這兩個字的組合是太妙了。故事就是往事，故舊之事；故事又是事故，事件，生活過程當中的花式子，是一種饒有趣味的話題，對於平凡的世界枯燥的人生狹隘的經歷的一點小小的補充和安慰，是茶館酒肆裏的說話人與近、現代的一些一無所長而又胡思亂想花言巧語牢騷滿腹自命不凡的叫做「作家」的倒黴蛋們編出來騙人騙錢的不可當眞的話語。

　　　——《失態的季節》（人民文學出版社，1994年版，第45頁。）

2月版，第30頁。

〔註72〕保羅・德曼：《解構之圖》，李自修等譯，中國社會科學出版社，1998年2月版，第33頁。

〔註73〕參看 D・C・米克：《論反諷》，周發祥譯，崑崙出版社，1992年2月版，第51～66頁。

在這裡表達的就是時過境遷後的王蒙對昔日的審視。「歷盡劫波兄弟在，相逢一笑泯恩仇」的曠達是時間的神奇作用，時間可以淡化一切，但唯獨不應該淡化的是理性的省思。王蒙在此也鞭闢了普通大眾對歷史的忘卻，但並不贊成對歷史糾纏不清的政治怨懟和個人恩怨。省思性反諷的立場是既把自我擺進歷史又把自我從歷史中抽出來的一種立場。完全內在的對歷史的思考不可能產生反諷，完全外在的對歷史的觀照也不可能產生真正的反諷，只有入乎其內又出乎其外才可以產生真正的反諷。入乎其內使王蒙獲得了「跌倒」的刻骨銘心的歷史體驗，他不可能無視歷史自身的沉重與嚴酷，出乎其外又使王蒙獲得了從整體上把握歷史的視角和心境，歷史自身的反諷性荒誕性喜劇性便自然而然地現身了。王一川先生認為王蒙的這些小說是政治悲喜劇是很有道理的。〔註74〕王蒙善於將歷史的嚴酷性與沉重感化為喜劇的俏皮的語言表現出來，如錢文在得知魯若病死獄中之後，寫到：

> 一個其實是乳臭未乾的年輕人，說革命就趾高氣揚地革起命來，說風流就翩翩然飄飄然地風起流來，說右派就戲觫萬狀地右起派來，說流氓就醜態畢露地流起氓來，說囚犯就小猴戴鎖鏈般地囚起犯來──而如今呢，說咯兒屁也就又著涼又大海棠地咯起屁來……二十幾歲小小年紀，這發展真是迅雷不及掩耳，也太快了點呀，也太容易一點了呀，哪能是這樣呢？哪兒能呢？

> ──《失態的季節》（367 頁。）

在這俏皮的故作輕鬆的語言背後，隱含著王蒙對草菅人命的歷史的痛苦的沉重之思，這表面的輕鬆與內在沉重之間構成反諷。這既是一種言語反諷，也是一種情景反諷。

更大的情景反諷還在後面，錢文幾次都想看一看洪嘉（魯若的妻子）的反應，錢文認為，魯若死了，洪嘉不會沒有一點反應吧？可是「他什麼也沒有看出來。他早就發現，洪嘉已經成熟多了。」這裡的「成熟多了」，包含著大量的潛臺詞。當錢文從杜沖嘴裏聽到洪嘉早已同別人「搞成」，準備「五一」結婚時，小說寫道：

> 又是「五一」！還是「五一」！永遠是「柔和的晨光，在照耀著，克里姆林宮古城牆，無邊無際蘇維埃聯邦，正在黎明中蘇

〔註74〕參看王一川：《漢語形象美學引論》，廣東人民出版社，1999 年 9 月版，第 181 頁。

醒……」的「五一」歌曲極爲精彩地歌唱著的「五一」國際勞動節；
鮮花的海洋，旗幟的海洋，領袖的光榮，群眾的力量，必勝的進軍，
人類的理想！

——《失態的季節》，（367頁。）

這裡的三個感歎詞，使我們馬上聯想起《戀愛的季節》裏的「五一」節。
「五一」就是理想，「五一」就是愛情，從昔日的激情萬丈到如今的冷若冰霜，
從狂熱的洪嘉到成熟的洪嘉，王蒙在不動聲色中，就把反諷的劍刺進了歷史
的死穴裏去了。

在「季節系列」裏，這樣的反諷隨時都存在，可見反諷已成爲小說的基
本語體形式。王一川先生認爲，「季節系列」小說的反諷的構成是與它的對
比敘述分不開的。既有人物外形的對比如周碧雲與滿莎的一高一矮、一男一
女、一精一憨、一南一北；亦有深層命運的對比，正是這種對比，「共同形
成了崇高與滑稽的循環效果」。〔註75〕實際上，這種對比也發生在人物自己
身上。在《戀愛的季節》裏，居高臨下的革命者趙林也有捨不得借自行車給
別人的普通人的情感；周碧雲對革命愛情的追求也有失落的時候；就連革命
的狂熱的洪嘉也還有一個更溫柔些、更平凡些、更隨波逐流些的自己。這種
對比使我們看到革命對人性的扭曲到了何種程度。

其次，人物的言行與語境的反差也構成反諷。比如在《狂歡的季節》裏，
劉小玲的死就是如此。堅定浪漫的劉小玲就像」文革」中的許多「紅衛兵小
將」一樣，她爲衛「道」而死，然而，這個「道」卻被實踐證明是荒唐的，
她其實是白白地死了，這難道不是歷史的最大反諷嗎？還有那個犁原，時代
的變化，使他早已成爲過氣的人物，但他自己卻並沒有自知之明，他毫無覺
察，「還在辛辛苦苦地做著已經做了幾十年的他認爲唯一正確、已經成爲他
的安身立命之道的事。」他覺得他在爲後輩鋪路，「他一直是辛辛苦苦、肩
負使命、愛護青年、獎掖後進、重視貫徹、顧全大局、仗義執言、披荊斬棘、
鳴鑼開道、繼往開來，承擔因襲的重負，扛住黑暗的閘門，放青年到一片光
明的開闊地。」他甚至一直認爲自己是深受愛戴的精神師長，嚴父和慈母一
身而二任……而且他一直認爲自己是當然的領導。這種言行與語境的巨大反
差，使我們不禁要想到堂・吉訶德。不過王蒙對待犁原的態度是複雜的，王

〔註75〕王一川：《漢語形象美學引論》，廣東人民出版社，1999年9月版，第187～
　　　　189頁。

蒙的笑是善意的。

再次，在看似不相干的事物之間尋找關聯，也是構成反諷的一種方式。比如，寫犁原在五七年「反右」中，因突發急性腸胃炎而躲過一劫，之後便落下病根，一到遇到政治上的敏感事件，就腹內痙攣，肛門收縮，以至於拉在褲襠裏。由此他對其他的一些文字也產生敏感，如對川榮的「麻辣」二字，犁原敏感到恐怖的程度：

> 他一見這兩個字就會開始出蕁麻疹，下唇發抖。另外他最敏感的是俚語「占著茅坑不拉屎」，見到這七個字他的肚腹就開始絞痛。他此後寫文學評論的時候，凡是讀到有「麻辣」和「占著茅坑不拉屎」字樣的作品，他都會不喜歡，並拒絕予以評介。

> ——《躊躇的季節》（人民文學出版社，1997 年
> 10 月版，第 180 頁。）

這裡的政治事件引發的生理反應初看不合情理，仔細想來又在情理之中，這種反諷使人發笑之後，引發的是理性的反思。政治的威力之大，異化的不僅是思想，還有身體與生理。其實，按照福柯的觀點，政治權力作用於人的最終總是肉體。「在任何一個社會裏，人體都受到極其嚴厲的權力的控制。那些權力強加給它各種壓力、限制和義務。」〔註 76〕政治權力通過對人的身體的懲罰，進而規訓人的思想和行為。建國以後的歷次政治運動，不是這樣的嗎？大規模的給「右派」戴帽下放勞動，正是政治權力對知識分子身體自由的限制和對肉體的懲罰為先導的。只有對身體的懲罰，使人成為馴順的肉體，才有思想的規訓，用王蒙的話說就是「騸淨」了。可見政治權力的威力主要與人的身體相聯。如此說來，犁原的由對政治的敏感而導致的生理反應就是很真實的了。

類似這樣的反諷還很多。比如在《戀愛的季節》裏，錢文覺得在廁所裏和趙林談論周碧雲與滿莎的愛情是不雅的時候，馬上想到這是小資產階級思想意識，大糞是寶貴的肥料，大糞與農民相聯，因而大糞是無產階級的黃金，無產階級是神聖的，愛情是神聖的，所以，大糞就等於愛情，於是在廁所裏談愛情就是無可厚非的。可見，這種荒誕的邏輯也構成反諷。在《失態的季節》裏，曲風明對蕭連甲與錢文思想的分析，也是這種邏輯。曲風明對錢文

〔註 76〕米歇爾·福柯：《規訓與懲罰》，劉北成、楊遠嬰譯，三聯書店 1999 年 5 月版，第 155 頁。

的大海詩的分析，顯得那樣的振振有辭、邏輯嚴密：

> 你懷念大海做什麼？……你生活在北京，生活在毛主席的身
> 邊，生活在革命的大家庭裏，你不珍視這一切，卻去懷念你見都沒
> 有見過的大海。這究竟是一種什麼情緒呢？你的大海究竟是影射著
> 什麼呢？你對現實怎麼會這樣厭倦、這樣不滿、這樣反感，而要去
> 懷念虛無飄渺的遠方的大海呢？大海那邊是什麼？臺灣還是美國？
> 蘇聯、社會主義陣營和中國之間並不隔著大海！

——《失態的季節》，（第 48 頁。）

多麼可怕的語言！多麼荒誕的邏輯！但卻是活生生的生活，活生生的歷史！在對「右派」錢文的批判中，他平時喜歡學區委書記老吳說話被認為是不尊重老同志，他上廁所遇到停電，喊「太黑暗了！」被認為是攻擊社會的反動言論。蕭連甲冬天戴帽子揚起兩個「耳朵」被認為是張牙舞爪、自我擴張。王蒙從生活中隨手拈來的這些例子，真令我們觸目驚心，語言的力量是多麼強大呀！錢文似乎也產生了類似犁原的生理反應，比如對於「體無完膚」這個詞，經過「反右」鬥爭錢文確實身領神會地嘗到「體無完膚」的味道了，一提這個詞，「他渾身的皮膚似乎都有了病態的反應」。

另外，對歷史報應的描寫，如曲風明以整人始到被整終，章宛宛的上竄下跳到最終的裏外不是人種種世相都是絕妙的反諷。

以上所談都是情景反諷，言語的反諷本文在第一章有所論述故在此不贅。總而言之，反諷已成為王蒙「季節系列」小說的擬辭賦體的最重要的內質。

小　結

本章探討王蒙小說的體式特徵。自由聯想體、諷諭性寓言體與擬辭賦體是王蒙貢獻給當代文學的三大小說體式。所謂自由聯想體，是指王蒙在小說創作中以自由聯想為主要方法的那一部分作品。這一部分作品一般具有一定的自傳性，內向性。主人公通過內心獨白和自由聯想展示自我意識和內在精神世界。這一類作品主要以《夜的眼》、《海的夢》、《風箏飄帶》、《春之聲》、《雜色》、《布禮》、《蝴蝶》、《如歌的行板》等為代表。自由聯想體小說的聯想方式是由現實的觸發，進而產生發散型的聯想。一種聯想與另一種聯想之間並沒有必然的聯繫，這種聯繫只是相鄰性的、類比式的。自由聯想體在文

體上屬於心理小說的範疇，它的聯想是人物心理的一種獨白，內向性、情景性是它的主要特徵，因此，敘述人的語言與轉述語言的有機銜接就顯得非常重要。王蒙主要採用了自由直接引語的操作方法。從美學功能上看，自由聯想體小說打破了情節小說的模式，使情節小說的外在的動作性衝突轉化爲內在的心理性衝突，從而拓展了小說表現生活的範圍。向內轉是它的基本美學傾向，感覺化是它的基本美學特徵。自由聯想體小說有著自己豐富的歷史淵源，它與西方意識流小說的區別是根本的。這種區別是理性與非理性、經驗領域與潛意識領域的區別。王蒙的自由聯想體小說的血脈來源於傳統的「比興」，它是傳統「比興」特別是「興」在新的歷史條件下的發揚光大，是繼承性與創新性結合的產物。

　　所謂「諷諭性寓言體」小說，是指王蒙的另一部分作品。這些作品以描寫世態風情爲主，作者一般採取冷嘲熱諷或戲謔調侃的姿態，以寓言化荒誕化的方式把所敘事件展示出來。這類作品主要以《莫須有事件》、《風息浪止》、《說客盈門》、《加拿大的月亮》、《堅硬的稀粥》、《球星奇遇記》、《滿漲的靚湯》、《鄭重的故事》等爲代表。智性視角，幽默、調侃、荒誕化的語體風格，政治寓言，是王蒙這類小說的基本特徵。從創新的角度看，王蒙的諷諭性寓言體小說既開創了「文革」後寓言化小說的寫作路徑，又開了「文革」後調侃小說的先河。王蒙的諷諭性寓言體小說在精神上受到我國古代寓言和諷諭詩的影響，同時這種小說中的幽默調侃等喜劇色彩，又明顯來源於我國民間的笑文化。具體說來就是相聲藝術和維吾爾人民的民間幽默文化的影響。

　　所謂「擬辭賦體」是以上兩種文體的雜糅和整合進而有機統一爲一體的一種小說體式。主要以「季節系列」作品與《青狐》爲代表。「擬辭賦體」小說兼及自由聯想體小說和諷諭性寓言體小說的各自特點，充分吸收古代辭賦的文體氣質，鋪排揚厲，大開大闔，嬉笑怒罵，調侃狂歡，進而形成王蒙特有的以反諷爲實質的文體形式。王蒙的文體形式是複雜的，他的文體具有廣泛的雜糅性、包容性與整合性。它的外在特徵是雜。王蒙是主張文體雜糅的，雜糅是一種動態的創造。雜糅的內在心理機制則是一種包容性整合性的思維方式。只有經過這種整合，各種文體與藝術手法的雜糅才可以成爲有機的統一體。如此說來，擬辭賦體，只是一種概括的說法，在王蒙的小說中還有政論體、散文體，詩體等文類因素，還調動了各種藝術手法：排比、比喻、頂眞、迴環、調侃、戲仿、拼貼誇張等等。在語言運用上，包容了大量的政治

熟語、民間俗語，歌詞，笑話，古詩古詞、新造詞等等，形成了真正的雜語喧嘩的效果。當然雜糅的結果是創造新的統一的文體形式，這種文體形式的內核是反諷。因此，區分王蒙文體與古代騷體之間的差異是必要的。後者的寫作主體與經驗主體是一致的，他們統一在政治失意的哀怨中，以怨憤和牢騷表達自己永遠不能化解的騷緒；而王蒙的擬辭賦體的寫作主體與經驗主體是分離的，這種分離是反思性的分離，反思意謂著在王蒙的自我意識中有兩個自我，一個是現在的歷盡劫波之後的世事洞明的通脫曠達的自我，另一個則是昔日體驗著苦難經驗著歷史的自我，前一個自我憑藉時間的距離反觀省思著第二個自我。正是由於這種反思性的分離，才是構成反諷的必要條件。這種跳出局外的超脫心態，使他超越了古代一般的騷人墨客的單純政治哀怨情緒，而獲得了更加闊大和複雜得多的反諷之笑的力量。在這裡主要探討王蒙的情景反諷。這些反諷由對比敘述，人物言行與語境的反差，在看似不相干的事物之間尋求關聯等方法構成。

　　總之，自由聯想體、諷諭性寓言體、擬辭賦體是王蒙小說體式的基本特徵，它們共同構成王蒙小說雜體化或立體化的文體風格。

第四章　王蒙小說文體的語境（一）

　　語境是文體學的一個重要概念。所謂語境就是講話的環境。分為篇外環境與篇內（上下文）環境。篇內環境我們在前面已經談到，在這裡我們重點談篇外環境。篇外環境也被稱為情景語境。系統功能文體學家韓禮德（Halliday）就非常重視情景語境的功能。正是這個情景語境才使語詞篇章與外面的作家心理體驗和社會文化聯繫起來。巴赫金也非常重視情景語境。他在《生活話語與藝術話語》一文中所舉的那個著名的例子，就非常生動地說明了情景語境的重要性。巴赫金舉例說：

　　　　兩個人坐在房間裏，沉默不語。一個人說：「是這樣！」另一
　　個人什麼也沒說。

　　巴赫金分析說，對於談話時不在房間的我們來說，這樣的談話是費解的，空洞的和毫無意義的。然而，這個談話「是由一個人有表情的發聲詞組成的，確實充滿了涵義、意義，並完全結束了的」。那麼這其中缺少了什麼呢？巴赫金認為，缺少的就是「非語言的情景」。巴赫金嘗試補充了這一語境。對話的兩個人有一個共同的空間視野和共同的對情景的理解：現在是五月，應該是春天了，但窗外卻還在下著雪；他們對這一情景的共同評價：厭惡多天，渴望春天。如此，「是這樣！」我們才能聽懂。因此，巴赫金總結說：「非語言的情景絕不只是表述的外部因素。它不是作為機械的力量從外部作用話語，不是，情景是作為表述意義必要的組成部分而進入話語。因此，生活表述作為思維整體是由兩部分組成的：（1）語言實現的（進行）的部分，（2）暗示的部分。」〔註1〕可見，情景語境是語言不可缺少的表意因素。但是，巴赫金

〔註1〕參見巴赫金：《生活話語與藝術話語》，吳曉都譯，《巴赫金全集》第二卷，河

似乎對情景語境中的心理內涵不予重視，他認為，「暗示的評價不是個人的表情，而是社會規範的、必然的行動。而個人的表情只是作為泛音能夠伴隨社會評價的基調：『我』只有依靠『我們』才能夠在話語中實現自我。」〔註2〕在這裡巴赫金強調的是社會文化對個人的制約和決定作用，固然是有道理的，但個人畢竟是作為社會文化的中介而起作用的，因此，情景語境中是既包含了作家個體的心理內涵也包含了社會文化內涵的。可以說文體就是作家心理涵蘊與制約著作家心理涵蘊的社會文化涵蘊的語言凝定。用圖表示就是：（見圖表4-1）

附：圖表4-1

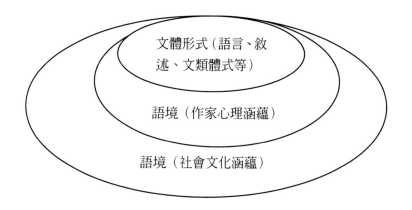

本章主要分析王蒙小說文體的情景語境中的作家心理涵蘊。

一、王蒙的雙重身份認同與「青春體」寫作及其變奏

考察王蒙小說的文體變遷的心理機制，不能不從二十世紀五十年代開始，因為，二十世紀五十年代是王蒙的嶄新的人生道路的起點，也是他文學創作活動的開端。

也許從 1948 年 10 月 10 日那一天起，王蒙的人生道路的基調就被決定了。那一天 14 歲不到的王蒙成了中共北平地下組織的一名成員，一名少年

北教育出版社，1998年版，第84頁～97頁。

〔註2〕巴赫金：《生活話語與藝術話語》，吳曉都譯，《巴赫金全集》第二卷，河北教育出版社，1998年版，第86頁。

布爾什維克。從那個時候起，王蒙的最高理想就是做一個職業革命家。〔註3〕建國後，突然到來的新時代新氣象，對於剛剛步入青春期的王蒙而言，不啻是一次重生。

　　說到重生，我們不能不考察王蒙的童年經歷，痛苦的童年經驗對於王蒙走向革命具有決定性的影響。王蒙曾在他的長篇小說《戀愛的季節》裏談到錢文參加革命的動機：第一位的原因，恰恰是因為他的父母感情不和，「他恰恰是從他的父母的仇敵般的、野獸般的關係中得出舊社會的一切都必須徹底砸爛，只有把舊的一切變成廢墟，新的生活才能在這樣碎成粉末的廢墟中建立起來聳立起來的結論的。」我們不能說錢文就是王蒙，但錢文卻是有著王蒙的影子的；父母不和促使倪藻革命的情節在他的另一部長篇小說《活動變人形》中也有同樣的描述。我們從王蒙的夫人崔瑞芳（筆名方蕤）對王蒙童年生活的描述中，認證了這兩部小說的準自傳性質。崔瑞芳（方蕤）提到的那個曾寫進《活動變人形》中去的「熱綠豆湯」情結與「逛棺材鋪」事件，〔註4〕證明王蒙童年的不幸。我們不敢肯定「逛棺材鋪」事件是否可以說明王蒙在潛意識裏具有某種弗洛伊德式的「弑父情結」，但我們可以說，對父親的不信任乃至厭惡的情感肯定是存在的。在《活動變人形》中對父親百感交集的複雜情感自不待言，在《戀愛的季節》裏，王蒙寫到的父親也是一個面目可疑的形象。這個父親號稱留學法國，但卻不具備起碼的素質。他錯別字連篇，牢騷滿腹，經常憤憤不平；而母親又是另一種的俗氣。這樣的父親、這樣的家庭、這樣的童年無疑是痛苦的、灰色的。王蒙渴望著新生，他渴望著一個強有力的通體光明的「理想之父」的出現，而革命恰恰充當了他「尋找理想父親」的最直接最便當的方式。於是，共產黨、新社會就成為他的「理想父親」，革命集體就是他的「溫暖的新的家庭」。〔註5〕正是在這樣一個新

〔註3〕參看王蒙：《文學與我——答〈花城〉編輯部××同志問》，《王蒙文集》第七卷，華藝出版社，1993年12月版，第650頁。

〔註4〕「熱綠豆湯情結」可參見方蕤《我的先生王蒙》，長江文藝出版社，2004年3月版，第14頁。方蕤寫到王蒙7歲時的一次荒唐的「逛棺材鋪事件」：「王蒙上學後，不喜歡放學就回家，寧願一個人在馬路上閒逛，因為他害怕看到父母吵架。七歲時有一次，他漫無目的走在西四牌樓的南北大街上……無聊的他，看到路邊的一家棺材鋪，順手推門走進去，看看這口棺材，又看看那口。突然問道：『掌櫃的，您的這個棺材多少錢？』店鋪掌櫃驚訝地看著這個小孩。『你這小兄弟問這個幹什麼？還不快回家。』王蒙自覺沒趣兒，趕緊退了出來。」見方蕤《我的先生王蒙》，長江文藝出版社，2004年3月版，第14頁。

〔註5〕賀興安在他的《王蒙評傳》中寫道：「王蒙剛從中央團校畢業，住在東長安街團

的「父親」面前，在這樣一個「溫馨的新的家庭」裏，王蒙獲得了重生。他曾經不無詩意地寫到他的獲得重生的感受：「我好像忽然睜開了眼睛，第一次感覺到了解放了的中國是太美好了，世界是太美好了，生活是太美好了，秋天的良鄉縣是太美好了，作一個團校學員是太美好了。」〔註6〕美好的生活，幸福的時代，王蒙以主人翁的豪情投入火熱的鬥爭。自豪感、幸福感以及光明的前途，使王蒙成為「時代的寵兒」，在人生的第一階段他獲得了少年布爾什維克式「革命幹部」的身份認同。但是，多愁善感的激情彭湃的王蒙，並不甘於這樣的生活，他決定用文學記錄時代，謳歌青春。長篇小說《青春萬歲》與其說是一部文學作品，倒不如說那是青春期的王蒙對時代的詩意記錄。和所有的革命作家一樣，從其作品中流露出來的是強烈的自信和步入天堂般的歡樂。寫作使王蒙又獲得了另一個身份——詩人身份，革命幹部與詩人身份的統一，構成王蒙「時代寵兒」的身份。這種身份外化在他的文學創作中，就形成他的小說的文體特徵——「青春體」。「青春體小說」的概念是董之林女士提出來的，她認為：「青春體小說發生於50年代，它既是文學在經歷了一場翻天覆地的社會變革之後，對建國初期除舊布新時代的反映，對古老的中華民族所展示的青春風貌的描繪；同時又是對這一特定時代賦予作家的青春心態的抒發，有其自身的表現形態。」〔註7〕董之林認為，王蒙寫作於五十年代的一些小說是典型的「青春體小說」。「青春體小說」是王蒙對理想的歌唱，對「日子」的謳歌，對青春的讚美。這說明王蒙從一開始就是一個體制內的人，他是革命集體中的一分子，他對革命理想的執著，對黨的忠誠，決定了他今後命運的基本軌迹。然而，現實的複雜性很快就使王蒙的理想主義和廉價的樂觀主義遭遇了尷尬和困惑，《組織部新來的青年人》

市委的集體宿舍裏，當時有家也不肯回家住。」賀興安採訪王蒙當年的同事王晉，王晉介紹說：「我們那個區團委，都是十六七八，沒有超過20的，都沒有結婚。大家都住在機關裏，實行的是供給制，管吃，管穿，冬天發棉衣，夏天發單衣，連褲衩都發，發一點零用錢。大家沒有級別，吃大鍋飯，窩窩頭、饅頭、高梁米，一個禮拜吃一次肉，高興得不得了。早晨起來穿衣服就工作，晚上工作完了脫衣服睡覺，大家在一起無話不談，沒有戒心，沒有隔閡。感覺黨員這個稱呼，同志這個稱呼，親如父母，親如兄弟。」參看賀興安：《王蒙評傳》，作家出版社，2004年1月版，第19頁，第20頁。

〔註6〕王蒙：《傾聽著生活的聲息》，《王蒙文集》第六卷，華藝出版社，1993年12月版，第113頁。

〔註7〕董之林：《論青春體小說——50年代小說藝術類型之一》，《文學評論》，1998年第2期。

正是這種尷尬和困惑的產物。如果說，《青春萬歲》是對理想和青春的高歌，那麼，《組織部新來的青年人》則是理想和青春在現實中受阻之後的一種顫音。可見，從一開始，青春所遭遇的理想與現實的矛盾就深植在王蒙的心靈深處，成爲他人格心理結構的組成部分。這個時候，王蒙的幹部與詩人的雙重身份開始錯位。浪漫的詩人身份決定了他對烏托邦理想的天然憧憬和嚮往以及對光明的渴求，文學使他一直生活在別處；做過實際工作的革命幹部的身份則又使他對現實保持了一份清醒。正是這雙重身份，使他的作品具有了不同於他人的獨特品質。

可是，迄今爲止的對王蒙五十年代創作的研究還顯得很不夠。一些研究不是把其歸入所謂「干預生活」潮流作共性的描述，就是從一個大的框框入手，作簡單化的概括。比如「從純粹到雜色」的說法，〔註8〕就是在「純粹」這一全稱判斷之下遮蔽了王蒙五十年代的許多細微的複雜性。實際上，《組織部來了個年輕人》並不「純粹」，它是當時少有的具有複雜意蘊的作品之一。在這一作品中王蒙的重心並不在於要批判什麼，而是表達處於青春期的青年對生活的混沌和困惑的感悟。因此，它仍然屬於「青春體小說」的範疇，它是「青春體小說」的一個變奏。正如作者當時就說過的：「林震、趙慧文和劉世吾、韓常新的糾葛是被好幾個因素組成的：其中有最初走向生活的青年人的不切合實際的、不無可愛的幻想。有青年人的認真的生活態度、娜斯嘉的影響，有青年的幼稚性、片面性和小資產階級知識分子對自己的幼稚性、片面性的珍視和保衛，有小資產階級的潔癖、自命清高與脫離集體，有不健康的多愁善感；有作了一些領導工作的同志的成熟、老練，有在這種老練掩護下的冷漠、衰頹，有新的市儈主義，有把可以避免的缺點說成不可避免的苟且鬆懈，也有對於某些不可避免的缺點（甚至不是缺點）的神經質的慨歎……多麼複雜的生活！多麼複雜的各不相同的觀點、思想與『情緒波流』！……」〔註9〕可見，王蒙所要表現的就是一個剛剛步入社會的青年人對生活複雜性的一種藝術感悟，因此，從敘事學的角度看，在這一作品中，是具有多種至少是兩種不同的敘述聲音的，這兩種敘述聲音的交織纏繞以及強弱消長構成作品中的理想與現實的矛盾。不過這兩種聲音並不構成對話關係，它們仍然統

〔註8〕 見孫郁《王蒙：從純粹到雜色》，《當代作家評論》，1997 年第 6 期。
〔註9〕 王蒙：《關於〈組織部新來的青年人〉》，《王蒙文集》第七卷，華藝出版社，1993 年 12 月版，第 589 頁。該文最早刊載於 1957 年 5 月 8 日的《人民日報》第 7 版上。

一在青春的感覺範圍內。作品採用了「青春」的視角即以林震爲聚焦者的方法，使得理想與現實的矛盾更加激化。林震來自一個相對單純的現實環境（小學校），且懷揣蘇聯作品《拖拉機站站長與總農藝師》，這些細節象徵著林震的初涉社會的青春理想化身份。作品突出了他的「年輕」和「新來」，正是突出了一種理想化的生活方式同現實的距離。王蒙沒有把林震塑造成一位叱吒風雲的英雄，反而寫出了他的單純幼稚怯生生以及同趙慧文聽音樂吃荸薺纏綿微妙關係等特點，都和當時主流意識話語所排斥的小資情調有關。由此可見，一方面，有一個敘述聲音肯定了林震單純熱情執著於理想的生活方式，另一方面，在深層結構上，還有一個敘述聲音卻在不斷地探究甚至是懷疑著這種生活方式。比如，當林震在現實中碰了壁，他看著蘇聯小說扉頁上自己寫的「按娜斯嘉的方式生活！」不禁自言自語：「眞難啊！」「娜斯嘉的生活方式」就是理想的生活方式，而這種生活方式與現實顯然是脫節的。作品中的劉世吾曾是一個被指認爲官僚主義者的形象，但這個「官僚主義者」卻並不討厭，個中原因正是王蒙給人物留有了餘地的緣故。比較一下同時期的作家作品，比如劉賓雁的《在橋梁工地上》和《本報內部消息》就可以看得非常清楚了。劉賓雁作品中的人物都是黑白分明的，羅立正和陳立棟不僅是官僚主義者，而且還是維上是舉、生怕丟掉自己烏紗的在品行上有問題的人，而曾剛和黃佳英顯然是作爲時代英雄來塑造的。之所以會是這樣，是因爲劉賓雁的敘述視點是外在的純理想化的，作者從純粹理想化的角度對現實進行批判的結果。劉世吾則不同，他只不過是一個「意志衰退」的不那麼單純的人而已。他的一句口頭禪「就那麼回事」，表現出劉世吾的某種超脫、某種難言的苦衷。我們完全有理由相信，當王蒙塑造劉世吾的時候一定是充滿矛盾的，一種既愛且恨、既尊敬又不滿的態度，這種態度同兒子對父親的態度十分相似，因此，當寫到劉世吾勸告趙慧文在婚姻問題上要實際一些，特別是對林震思想情況的分析：「年輕人容易把生活理想化，他以爲生活應該怎樣，便要求生活怎樣，作一個黨的工作者，要多考慮的卻是客觀現實，是生活可能怎樣。年輕人也容易過高估計自己，抱負甚多，一到新的工作崗位就想對缺點斗爭一番，充當個娜斯嘉式的英雄。這是一種可貴的、可愛的想法，也是一種虛妄……」的時候，林震感到被擊中要害般地震顫起來。很顯然，在這裡也有兩個聲音，一個不贊成劉世吾的「條件成熟論」，一個卻拿不出反駁劉世吾的理由，反倒對自己莽撞幼稚不切實際充滿懷疑。正是王蒙文化心態

的矛盾賦予劉世吾性格上的矛盾，劉世吾在餛飩鋪對林震的坦言表明他對夢想的、單純的、美妙的、透明的生活的嚮往以及對現實的失望，理想與現實的裂隙難於彌合，「就那麼回事」成了他的口頭禪。劉世吾內心深處的對理想的嚮往和對現實的厭惡，固然同現實生活的複雜性有關，但建國初期「極左」政治對知識分子的壓抑不能不是根本的原因。當然，年輕的王蒙和林震一樣不可能意識到這些，然而作家價值觀上的矛盾所賦予人物的客觀性為我們今天的重新闡釋留下了空白。

另外，林震與趙慧文的關係是耐人尋味的，這種朦朦朧朧、纏纏綿綿的關係固然在王蒙的初稿裏與發表稿之間還有一些差距，〔註10〕但林震對比自己大好幾歲的趙慧文的好感甚至是依戀的情感取向還是明確的。無獨有偶，在王蒙九十年代創作的長篇小說《戀愛的季節》裏，寫到年輕的錢文的初戀（單戀）對象也是一個比他大幾歲的女性呂琳琳。甚至在錢文上小學二年級的時候，他就幻想著與一位女電影明星「結婚」，這位明星「腰裏圍著圍裙正在廚房裏做飯的場面，使他悟到『媳婦』兩個字的意義。」（《青狐》第 22 章，人民文學出版社，2004 年 1 月版，第 323 頁。）我覺得，錢文對年長女性的愛戀，與其說是一種愛，倒不如說是一種依戀。「女明星」的形象實際上是小小錢文對溫柔母親形象的一種懷想與依戀。從錢文身上，我們是否可以看出王蒙由於童年家庭不幸的痛苦經驗所產生的某種類似弗洛伊德式的「戀母情結」呢？

因此，我們大致可以推斷，寫於 22 歲時的《組織部來了個年輕人》，是王蒙初涉社會時青春對實際生活的不適感。從《青春萬歲》的對理想「父親」的讚頌和崇拜，到此時對有缺點「父親」劉世吾的失望，以及對具有母性特徵的趙慧文的朦朧的依戀，表明了王蒙對「長大成人」的恐懼感。這一推論我們還可以從《戀愛的季節》和《青狐》的「互文本」中得到印證。在《戀愛的季節》裏，王蒙寫道，錢文「又盼長大又怕長大，怕自己總有一天會變得冷漠和庸俗起來。呂琳琳的信給他一種逼近感，成長在逼近他，愛情在逼近他，所有同志們的成家在逼近他……我可怎麼辦呢？」（《戀愛的季節》第

〔註10〕王蒙的《組織部來了個年輕人》，在發表時經過了秦兆陽的修改，並更名為《組織部新來的青年人》發表。修改稿進一步突出了林震與趙慧文的曖昧關係。小說修改的具體情況，參看「人民文學」編輯部整理：《「人民文學」編輯部對「組織部新來的青年人」原稿的修改情況》，《人民日報》，1957 年 5 月 9 日，第 7 版。

23 章第 419 頁）。在 2004 年出版的《青狐》中，王蒙再一次寫到這一情節：當二十世紀八十年代初，錢文在海濱再一次見到呂琳琳時，他爲她的「終於長大了……」這一句話而百感交集，「他當然想起他與她相識的時候他才是中學生，他更想到他們這一代人似乎是不願意長大的一代人，然而現在是長大了。」（《青狐》第 22 章，人民文學出版社，2004 年 1 月版第 329 頁）。這裡的「害怕長大，不願意長大」，體現的是一種青春期身份認同的危機。用埃里克森的話說就是「他們需要一個合法延緩期（moratorium），用來整合在此之前的兒童期的同一性各成分；只是到了現在才有了一個較大的、然而輪廓模糊卻有迫切需要的單元，代替了兒童期的環境──『社會』。」〔註 11〕埃里克森的「合法延緩期」概念是他的「同一性（Identity 又譯認同）」理論的一個重要概念，這一概念所體現的是青年人試圖解決「認同混亂」的一種心理現象。合法性延緩的是「時代寵兒」的身份，王蒙害怕喪失，他渴望保持：

> 他渴望保持年輕，他想保持愛情，他想保持心靈的平靜，他想
> 保持心弦的無聲，他想保持希望的永遠生動和失望的推遲到臨。他
> 想保持所有的美好記憶和他的那一串又一串的夢。夢，就讓它是夢
> 吧，夢只是夢，它永遠不會被得到，所以也不會失落。
>
> ──《戀愛的季節》（第 418 頁。）

由此可見，王蒙對「長大成人」的恐懼所恐懼的是「現實」，他「合法性延緩」的是「理想」，是青春，因爲面對五十年代以來的現實生活中愈來愈「左」的現實和各種不如意，王蒙也愈來愈不能把建國初期的那種理想與現實統一起來。作爲詩人，作者所要維護和建構的正是這種理想的純潔性，而作爲曾經做過實際工作的幹部，又使他對現實的粗礪和不那麼完美留有了餘地。他渴望理想但並不是一個極端的理想主義者；他害怕現實，但也並不意味著他是一個絕對的「反現實主義者」。相反，他的透明坦蕩與理性隨和的個性，使他在保持理想的純潔性的同時也隨時準備去理解現實。他預感到，不管他願意與否，現實總是要如期來臨，就像他總是要長大一樣，延緩只能是暫時的權宜之計罷了。因此在《組織部來了個年輕人》中，王蒙感到無法駕馭，他甚至「無法給自己的小說安排一個結尾」。〔註 12〕當他「隔著窗子，他看見綠

〔註 11〕埃里克·H·埃里克森：《同一性：青少年與危機》，孫名之譯，浙江教育出版社，1998 年 2 月版，第 114 頁。

〔註 12〕參看王蒙：《關於〈組織部新來的年輕人〉》，《王蒙文集》第七卷，華藝出版

色的臺燈和夜間辦公的區委書記的高大的側影，他堅決地、迫不及待地敲響了領導同志辦公室的門」時，他不過是在尋找一個更加權威的「理想父親」，好將自己寵兒身份的「合法延緩期」繼續進行下去而已。

二、「後革命時期的建設者」的身份認同與文體創新中的整合思維

　　1957 年的「反右」鬥爭擴大化對於王蒙來說是一次被迫「斷奶」，一次措手不及的被拋棄。從此，王蒙由「寵兒」變成了「棄兒」，王蒙的內心經受了一場嚴峻的考驗。這種由「少年布爾什維克」突然變成的「反革命右派」的身份變異，對於「林震式的理想化的生活方式」來說不啻是一個絕妙的嘲諷，而且也是一個沉重的打擊。它標誌著以理想主義哲學爲特點的「社會烏托邦」知識分子的潰敗，不過，在某種意義上說卻是劉世吾的勝利。經歷了這場運動以及隨後的自我放逐新疆 16 年，對於王蒙世界觀和人生觀的最終形成起到了決定性作用。王蒙從此「長大了」。正像在《狂歡的季節》裏王蒙借主人公錢文所思考的：

> 　　十年生聚，十年教訓，正是在邊疆，他變成了個眞正的成人。
> 他經過了如饑似渴如火如荼地追求革命的少年時期；他經過了紅旗
> 飄飄凱歌陣陣地覆天翻百廢俱興的五十年代；他經過了當頭棒喝，
> 天崩地裂，洋相百出，醜態畢露的突然轉折；他經過了拼命盲目瘋
> 狂改造只求一線生機的掙扎期，冷水澆頭——不肯死心——再砸下
> 來——再徒勞地爭取自己命運的轉機的無數循環；他經歷了破釜沉
> 舟，奮力一擊的舉家遠行；他經歷了大時代的恐懼，緊張，閒散，
> 困惑；他經歷了希望，失望，渴望，絕望，盼望，無望，絕望之爲
> 虛枉正與希望相同；他經過了各種胡思亂想，胡言亂語，自嘲自貶，
> 佯狂佯喜，瘋瘋傻傻，哭哭笑笑。他置之死地而後生，置之生地而
> 後死，不知道已經歷煉了多少輪迴。在一九七五年坐火車回京的時
> 候，他已經平靜多了，他開始體會到了什麼叫「挫其銳，解其紛，
> 和其光，同其塵」。那多情的和幼稚的，咋呼的和可憐的青少年時代！
> 他知道了激情的寶貴更知道了激情的不足恃，他知道了自己應該努
> 力做也相信自己能夠做一些事，他更知道自己有許多事做不成，做
> 不成了他也盡了力，而且他是這「做不成」的可貴的歷史見證。一

社，1993 年 12 月版，第 589 頁。

個作家，一個詩人，未必是最好的實行家，但至少應該做無愧於歷史的見證者。他知道了理想通向現實絕非陽關大道，更知道理想一旦實現立即開始走形，他知道事物絕不單純，判斷殊非易事，自以爲是與輕信大言同樣是白癡遺風。他開始質疑和摒棄滔滔雄辯與煽情火爆，他明白愈是說得太好太精彩太漂亮太偉大的話，愈是與現實拉開了距離。他再不能輕舉妄動，枉費心機；不能急躁尥蹶兒，悲觀失望；不能不甘寂寞，鑽營出醜；不能頹廢墮落，自我毀滅；不能飽食終日，無所用心。他要做到不發狂，不傻帽兒，不乞求，不躺倒。愈是在逆境，愈是要耐心，要點點滴滴，長期積累；要努力學習，讀書深思，貫通明理，充實自身；要鍛鍊身心，準備未來；要好好生活，好好體驗，享受生命，無憂無懼；要接觸實際，親近人民，力所能及，多做好事，不做壞事，努力閱讀和理解社會人生生活這部大書；要誠實友善，廣交朋友；要有所不爲，潔身自好；要開拓自己的生活與精神空間，野象八窟，優游自在；要有原則也要懂得妥協，懂得靜觀其變，不往槍口上撞，也不往人堆裏、宅門裏鑽，盡人事，聽「天命」，不虛度光陰也不給自己提出根本達不到的目標。心安理得，持久韌性，管好自身，苦中作樂，難中求存，於不正常中求正常，於扭曲中求人性的復歸，於荒漠和瘋狂中尋求知識與安身立命的眞學問。正如南斯拉夫影片《瓦爾特保衛薩拉熱窩》裏的主人公所說：「誰活著誰就看得見！」

　　　　　　　　　　　　　　　　——《狂歡的季節》（第414頁。）

　　這裡的錢文實際上就是王蒙。生活的歷練使錢文「長大了」、成熟了，「皮實了」，這也肯定是王蒙的內心體驗。〔註13〕因此，歸來後的王蒙沒有變成索

〔註13〕王蒙非常讚賞「皮實」一詞，他在一九八六年九月所寫的一則隨筆就以《皮實的詩》名之。在這則隨筆裏，王蒙寫道：
　　　「一九七九年冬，我首次遇到吳祖光兄，還是在法國駐華使館的一次宴請上，但見他頭髮雖已花白，仍然神采奕奕，風度翩翩，一臉的喜氣；與其說是像劫後餘生，不如說是像漫遊歸來。
　　自我介紹以後，我贊道：『您可眞精神！』
　　祖光答曰：『咱們這樣人，皮實！』
　　地道的北京話，『皮實』的『實』，讀輕聲。
　　皮實，善哉斯言也。……
　　後來祖光應我請求給我題寫了『皮實』一字，我裱起來，懸掛在寒家的『廳堂』裏了。」

爾仁尼琴式的批判型知識分子，而是一如既往地在體制內成爲合作者，從此可見一斑。這對於一個作家來說，究竟是好事還是壞事呢？許多人指責王蒙「沒有一條道走到黑」，沒有變成「反對派」，甚至從人格上認爲王蒙圓滑、世故，這對王蒙應該是一個很大的誤會。實際上，王蒙成爲體制內的合作制，顯然與王蒙的身份定位和文化心態有關。

那麼，二十世紀八十年代重新回到文壇的王蒙在身份定位和文化心態上究竟發生了什麼變化？或者說王蒙還是二十世紀五十年代的那個王蒙嗎？當時的諸多評論都關注於王蒙在文體上的創新，即所謂的「意識流」手法；而在思想層面則普遍認爲王蒙仍沉浸在「少共情結」〔註14〕中。這裡的「少共情結」指的就是王蒙式的忠誠，那種對信念的歷經磨難而矢志不改的忠心。在這裡，「意識流」和「少共情結」其實都存在著一定程度上的話語誤指，那是時代的一種誤指。前者體現的是人們對西方他者的普遍認同心理，這實質上是八十年代無處不在的現代性霸權籠罩的產物；後者則是骨子裏的對傳統忠君意識的道德體認。我們不能說王蒙沒有借鑒「意識流」手法，但從根本上說這種放射性的結構模式則是王蒙根據自己創作實際的一種自由創造。正像王蒙所說的：「故國八千里，風雲三十年，我如今的起點在這裡。不論《布禮》還是《蝴蝶》，不論《夜的眼》還是《春之聲》……都有遠遠大於相應的篇幅的時間和空間的跨度，原因也在這裡。」〔註15〕對於「少共情結」的說法，王蒙一直不以爲然，當然不是說，王蒙不再忠誠，而是說這種說法顯得簡單化了。王蒙說：「是的，四十六歲的作者已經比二十一歲的作者複雜多了，雖然對於那些消極的東西我也表現了尖酸刻薄，冷嘲熱諷，但是，我已經懂得了『凡存在的都是合理的』的道理。懂得了講『費厄潑賴』，講恕道，講寬容和耐心，講安定團結。尖酸刻薄後面我有溫情，冷嘲熱諷後面我有諒解，痛心疾首後面我仍然滿懷熱忱地期待著。我還懂得了人不能沒有理想，但理想不能一下子變成現實，懂得了用小說干預生活畢竟比腳踏實地地去改變生活容易。所以我寫小說的時候，比起用小說揭露矛盾、推動社會政治問題的解決，我更著眼於給讀者以啓迪、鼓舞和安慰。所以，在《布

參看《王蒙文集》第九卷，華藝出版社，1993 年 12 月版，第 545 頁。

〔註14〕《關於創作的通信》，《王蒙文集》第八卷，華藝出版社，1993 年 12 月第一版，第 628 頁。

〔註15〕王蒙《我在尋找什麼？》《王蒙專集》，貴州人民出版社，1984 年 2 月版，第 37 頁。

禮》、《蝴蝶》裏，我雖然寫了一些悲劇性的事情，卻不想、也幾乎沒有譴責什麼人。」〔註16〕很顯然，在這裡王蒙已經向現實撤退了一大步，他對現實的理解更加深入和實際了。實質上，王蒙的這一態度同二十世紀八十年代主流意識形態的逐漸務實的方針基本合拍。正是在反「左」話語、務實漸進、堅持既定理想又向前看諸方面王蒙得到了主流意識形態的青睞。也就是說，主流意識形態必須尋找一些「公共知識分子」並通過他們為新的現實政治話語尋求合法性和合理性依據。二十世紀八十年代的主流意識形態話語的核心是對「現代化」的籲求，這一籲求正是自「五四」以來知識分子夢寐以求的理想，而在主流意識形態話語而言，也是對「以階級鬥爭為綱」的「極左」政治話語的一種反撥，並明確倡言這才是回到了共產主義理想話語的正途。因此，王蒙作為二十世紀八十年代公共知識分子中的一員同主流話語的聯盟就顯得順理成章。王蒙從林震式的理想化生活方式向現實的回撤，是他的詩人身份的重新調整，而從現實向以「現代化」為核心的新的共產主義理想的靠攏，則是王蒙幹部身份的新定位。五十年代二重身份的有機統一構成八十年代王蒙新的身份認同和定位。這就是「後革命時期的建設者」身份。〔註17〕這一身份定位使王蒙沒有成為批判的知識分子而成為現實政治話語的參與者和合作者。中央委員和文化部長的職務是參與與合作的量化。

這樣的身份認同表現在文體上就是王蒙在二十世紀八十年代的文體革命與創新。這種革命與創新，是王蒙對時代變革的文學回應。一方面，王蒙敏感到舊的文體形式已經不能適應新的時代要求，只有變革才有出路；另一方面，這種文體形式也是王蒙生命體驗的感覺化凝定化。經歷了大起大落、大傷大悲、大開大闔的生命的歷練，王蒙必須找到適合這種生命體驗的文體形式。特別是王蒙對歷史斷裂的刻骨銘心的體驗，使他迫切需要一種能補綴和接續歷史斷裂的文體方式，只有這種方式的確立，他才能尋回自己的同一感，「因為在人類生存的社會叢林中，沒有同一感也就沒有生存感。」〔註18〕同

〔註16〕王蒙《我在尋找什麼？》《王蒙專集》，貴州人民出版社，1984 年 2 月版，第 37～38 頁。

〔註17〕這裡的「後革命」不是西方意義上的「post-revolution」，而應該是「after-revolution」，主要指的是 1949 年中國新民主主義革命勝利以後的社會主義革命時代。這個時代既包括毛澤東時代，也包括鄧小平時代和鄧小平後時代。

〔註18〕埃里克·H 埃里克森：《同一性：青少年與危機》，孫名之譯，浙江教育出版社，1998 年 12 月版，第 130 頁。

一感是一種連續性，一種時間的不間斷進程，然而王蒙從「反革命的右派」到「革命幹部」、「革命知識分子」的身份的重新獲得，是以對歷史的否定為代價的，而這個歷史的源頭恰恰就是他從小投入其中的「理想主義」。難道不是這個「理想主義」在後來變了味兒嗎？但是，否定這個「理想主義」就等於否定自己的同一性；而肯定它則又證明自己被劃「右派」的某種合理性，這樣，王蒙在二十世紀七十年代末遭遇了巨大的悖論，這也同樣是主流意識形態所遭遇的悖論。主流意識形態化解這一悖論的方式是轉移視線即所謂「團結一致向前看」的方針。主流意識形態聲稱，歷史的失誤不是導源於我們的「理想」、我們的「主義」和我們的體制，而是林彪、「四人幫」所推行的封建法西斯專制主義的結果，因而歷史的失誤帶有某種偶然性。這樣就給予知識分子一種錯覺，彷彿歷史再一次迎來了類似「五四」時期的思想解放運動。「反封建」、「人的解放」、「主體性」等等，充分滿足了他們的發洩欲、自主欲。這種新的意識形態想像，恰恰也是王蒙的想像。這種想像是王蒙進行歷史敘事的「元敘事」規則，於是我們看到，為了補綴歷史的巨大裂隙，王蒙創造了一種以內在感覺為主體的小說文體——自由聯想體。這一文體的反思疑問句類，反諷語言和情景，並置語言模式，以及敘述上的多重視角與不定視角，空間時間化等等，都是王蒙的這一心理機制的文體凝定。王蒙文體的這種由單色向雜色，由確定向疑問，由空間向時間的轉變，體現了王蒙對生活現實複雜性和美醜互滲的全新體驗。他的小說寫出了這個變革時期的沉屙與轉機，寫出了時代的全方位的複雜風貌。

寫出生活的複雜性，實際上就是理想對現實的讓步。一方面，王蒙顯然是執著於理想和信念的，另一方面，王蒙又對這一理想和信念的獨斷色彩進行了必要的反思。在《布禮》中，鍾亦成對「布禮」的失而復得的虔敬的祭奠，那種把黨的錯誤說成是「母親錯打了孩子」的情緒化的說法，儘管有非理性之嫌，但卻頗能以情感人，這不僅與主流意識形態對黨的形象的重塑合拍，同時也與中華民族長期積澱下來的忠君思想的集體無意識有關。然而，即便是《布禮》，其中也暗含著對理想絕對化的警醒。試想一下，那個「評論新星」對鍾亦成的小詩《冬小麥》的令人咋舌的分析，難道不是在理想的名義下進行的嗎？我們甚至不能懷疑他的真誠。還有宋明的對鍾亦成的「幫助」，以及「文革」中「紅衛兵小將」的對理想與信念的捍衛，又有那一點不是真誠的呢？可以說，王蒙在不期然之間給我們展示了理想可怕的一面。「二十多年的時間沒有白過，二十多年的學費並沒有白交。當我們再次理直氣壯

地向黨的戰士致以布爾什維克的戰鬥敬禮的時候，我們已經不是孩子了，我們已經深沉得多、老練得多了，我們懂得了憂患和艱難，我們更懂得了戰勝這憂患和艱難的喜悅和價值。而且，我們的國家，我們的人民，我們的偉大、光榮、正確的黨也都深沉得多，老練得多，無可估量地成熟和聰明得多了。」（《布禮》）這裡的深沉、老練、成熟和聰明實際上就是「現實」得多了，這是一種由激情燃燒的歲月向平淡的歷史常態的過渡。如果說，《布禮》在意識層面體現的是對理想與信念的近乎情緒化的執著，而在無意識中則表達了對理想絕對化的反思，那麼，《蝴蝶》則在意識層面更側重於對理想信念的理性反省。張思遠顯然是作爲理想化身而出現在共和國的歷史幕布上的。海雲們對他的崇拜，正是人民對黨的崇拜，對理想和信念的崇拜。然而也正是這崇拜，使得張思遠們更加膨脹起來，他們愈發覺得自己成了救世主，從而使理想變了味。《蝴蝶》的深刻之處就在於，它不僅寫出了使理想變味的主觀因素，而且寫出了客觀的體制上的因素。當然，對理想的這種反思，也表現出王蒙內在的矛盾。一方面王蒙反對「極左」政治對老幹部的迫害性的下放勞動，另一方面，王蒙又覺得通過這種勞動可以改善黨群關係，也不妨是一種有效的方式。《活動變人形》是王蒙的一部重要的長篇小說。小說對知識分子問題的剖析仍然緊緊圍繞理想與現實的矛盾展開。主人公倪吾誠蹉跎一生、一事無成的遭遇，就在於他始終生活在幻想裏，而與現實卻始終格格不入，始終找不到自己的正確的定位。他留學歐美，對西方文明充滿嚮往，對傳統陋習厭惡至極。然而他對西方文明的理解只是皮毛。他熱愛科學，但也僅僅局限於爲孩子買魚肝油和寒暑表，囑咐孩子刷牙洗澡上。他生活在「應該」裏，但卻沒有行動的能力。他甚至不能改變自己同三個女人的關係。四十多歲他還認爲自己的百分之九十五的潛力沒有發揮出來，七十多歲了仍認爲自己的黃金時代還沒有開始。倪吾誠的典型意義就在於，他相當有代表性地表現出中國二十世紀知識分子在西方文明與傳統文明夾縫中的處境，表現出那些耽於幻想而訥於行動的知識分子的痛苦與可笑人生，從而對脫離現實的理想主義的空幻性給予必要的反諷。

相對於中長篇小說的理性深度，王蒙的短篇則更多的是一種對生活現實的機智的感悟。其中理想與現實、危機與轉機都有機地統一在小說的一片混沌中。《春之聲》中的破舊的悶罐子車體和嶄新的內燃機車頭，警察提醒預防小偷的不和諧音與變戲法似的農副特產；《夜的眼》中的民主與羊腿；《惶惑》中的「惶惑」，《高原的風》中的「燒包」，《風箏飄帶》中的「風箏飄帶」均

是如此。特別是《海的夢》，繆可言對大海的夢想及其幻滅是理想與現實矛盾的無可調和的表現。然而正如我們前面所說的，王蒙最終讓繆可言在離開海濱之前夜看到了月光下的大海的美麗和諧的妙姿，圓了繆可言一生的「海的夢」。由此可見，王蒙既要理想又要現實，企圖使理想與現實達到和諧統一，這顯然是一種整合性思維方式。

　　說到整合，可以說，在中國當代文壇上還沒有哪一位作家能像王蒙這樣具有這麼強的整合能力。整合不是簡單的調和，整合是一種具有廣泛的包容性的重組。是「屬行新政，不悖舊章」的一種新的發展，通過整合使所有的思想達到一種新的有機統一。可以說，在整個二十世紀八十年代，王蒙就是在進行著這種整合。在藝術上，王蒙被稱爲是「最先吃蝸牛的人」。王蒙也承認，他的小說吸收了西方「意識流」手法，但又坦言他沒有讀過福克納《喧嘩與騷動》〔註19〕。實際上，正像前面說過的，王蒙的意識流決不是西方式的意識流照搬，王蒙並不排斥「意識流」，同時王蒙對李商隱、曹雪芹、魯迅等作品的內在精神的繼承甚至對傳統文學中的「比興」的承接，都說明王蒙兼收並蓄的多元整合思維對他的創作的積極影響。王蒙小說體式上的自由聯想體，諷諭性寓言體，以及擬辭賦體都是這種整合思維的結果。藝術上的整合體現的是王蒙思想上的包容性。在思想上，王蒙八十年代初就提出的《論「費厄潑賴」應該實行》以及後來的「寬容」說，都是一種整合思維的體現。

　　整合性思維既是王蒙的心理結構中的組成部分，又是王蒙的一種文化策略，在背後是無法彌合的理想與現實的巨大斷裂和矛盾。復出之後的王蒙向現實的撤退，實屬一種無奈的行爲。整合是王蒙機智地應對心靈矛盾的一種有效的方法。對五十年代理想的懷戀是王蒙至死不渝的行爲，但王蒙也十分清楚地知道，那個美好的時代已經永遠一去不復返了，在八十年代，與現實的和解或妥協，並不是非要以與逝去的理想信念徹底決裂爲前提，二者是可以整合在一起的，正像《如歌的行板》的結尾所寫的：

　　　　（蕭鈴說）「……問題是我們已經大大不同了。現在，僅僅聽
　　這種透明而又單純的音樂是太不夠了啊。我們需要新的樂章，比起
　　貝多芬的第九交響樂，它應該更加雄渾、有力、豐富、深沉……你
　　說是嗎？」

〔註19〕王蒙：《從實招來》，《王蒙文集》第七卷，華藝出版社，1993 年 12 月版，第
　　　　434 頁。

......

　　她走了，果然，她說得對。我愈聽愈覺得不滿足了，我期待著我們的新樂章，新樂章的序曲不是已經開始了嗎？

　　但是我仍然要告訴年輕的朋友們說，這如歌的行板，畢竟是一個非常好的，非常奇妙的樂曲。

　　這顯然是一個意識形態的隱喻式結尾。在這裡王蒙告訴我們，逝去的過去，畢竟是美好的，但與現實已不合拍，我們需要一個更加雄渾、有力、豐富、深沉的新樂章，而這個新樂章就是植根於現實中的未來的新理想。然而，這個由王蒙整合出來的新理想真的存在於未來的什麼地方嗎？九十年代的社會現實對王蒙來說，又將是一種什麼樣的考驗呢？

三、從整合到超越：九十年代王蒙的困惑與突圍

　　進入九十年代，王蒙開始了他的「季節」系列的長篇寫作，這是王蒙早就傾心想做的事。然而與八十年代相比，「季節系列」並沒有產生應有的熱鬧場面，這並不是說「季節」系列的寫作不成功，相反，「季節系列」是王蒙迄今為止創作的重頭戲，也是新時期文學少有的佳作之一。它給我們提供的文學與文化的信息以及對歷史的反思力度和深度都是極有價值的。關鍵的問題是王蒙的創作與時代錯了位，時代的過分世俗化轉移了人們的閱讀興趣，人們不再關心歷史的反思，不再專注於民族昔日的榮辱與災難，性與金錢的欲望成為九十年代的唯一興奮點。也就是說，王蒙所建立的文學價值範式遭遇了時代的冷遇。王蒙在九十年代再次成為關注的焦點，倒是因為他的隨筆。他的《躲避崇高》以及對人文精神問題的反思，使他遭遇了來自兩個方面的夾擊。一方面是「左派」陣營的「雅格賓式知識分子」的惡狠狠的詛咒，另一方面則是更年輕一代以精英自居的批判型知識分子的毫不客氣的攻訐。這種攻訐甚至情緒化為人身攻擊，這是王蒙不能接受的。拋開這場論爭的是是非非，從中是否可以看出，王蒙在九十年代的尷尬處境？王蒙「後革命時期的建設者」的身份，在九十年代遭遇了空前的窘境：一邊是理想主義在急劇跌落，另一邊卻是現實更加世俗化，理想與現實的矛盾在加深，兩者的鴻溝在加大。知識分子階層也出現了前所未有的分化。借用卡爾·博格斯的理論，我們可以說，在九十年代傳統型的雅格賓式的知識分子已經退隱，技術專家

治國型知識分子登上歷史舞臺，同時批判型知識分子也在邊緣浮現。〔註 20〕技術專家治國型知識分子所信奉的是技術理性和實用理性，在一個把所有的精神活動都稱之爲「工程」的時代，理想主義的失落就是不可避免的。因此，批判型知識分子所批判的正是現行體制和世俗化的現實。九十年代前期有關「人文精神的討論」就誕生在這樣的背景下。然而王蒙既不屬於前者也不屬於後者，而是在二者之間。如果說八十年代這種「後革命時期的建設者」身份還佔據著意識形態中心的話，那麼，到了九十年代，這種改良的小打小鬧的狀況已根本無法對技術專家治國型知識分子話語施加影響，因爲「技術專家治國型知識分子階層的擴張是以高度工業化的社會爲特徵的，是深刻的不斷變化的物質力量和文化力量的表現形式，這些物質力量和文化力量已經摧毀了傳統型知識分子和雅格賓式知識分子的社會基礎。」〔註 21〕實際上，王蒙的這種身份定位正是傳統的普羅米修斯式的知識分子身份定位與時代奇妙結合的產物。它已經隨著九十年代市場話語衝擊下的文學自身的邊緣化而邊緣化了。相反，批判型知識分子由於站在技術專家治國型知識分子話語的對立面，看似邊緣化的身份卻在九十年代的文化場域中佔據了一定的中心位置。因而，王蒙在九十年代的這種身份就成爲一種弱勢的、孤立的、不合時宜的身份，他受到各方面的攻訐就不足爲奇了。然而也正是這種身份使王蒙顯得獨特，也由於這種身份使他始終保持著與時俱進的活力和姿態；而來自經驗的體悟又使王蒙始終保持著對各種價值的清醒。一方面王蒙對理想始終充滿了嚮往憧憬懷舊的心態，另一方面，王蒙也對理想主義充滿警惕，因爲理想主義走向極端也必然導致專制主義，走向天堂的道路也往往是走向地獄的道路。同時，王蒙對現實投注了更多的理解，比如對王朔。但王蒙同樣對過分現實化給予高度的警惕。因爲，過分現實化亦即世俗化同極端理想主義是一樣的，它們都是以非此即彼的思維方式來看待問題的。因此，倡揚多元，反對獨斷，崇尚理解和寬容的人際關係與文藝學術氛圍，就成爲王蒙九十年代的基本思想。然而這一思想的得來卻不是輕鬆的，而是王蒙集幾十年的生活經驗和教訓的痛苦結晶。作爲一個「少共」，並且在體制內的曾官至文化部

〔註20〕　參看卡爾博格斯：《知識分子與現代性的危機》，李俊、蔡海榕譯，江蘇人民出版社，2002 年 1 月版。

〔註21〕　卡爾博格斯：《知識分子與現代性的危機》，李俊、蔡海榕譯，江蘇人民出版社，2002 年 1 月版，第 180 頁。

長要職的知識分子，經歷了「八九風潮」和「蘇東風波」的巨變，親自見證了理想主義由勃發到衰退的整個過程，王蒙的內心深處不會是無動於衷的。九十年代理想與現實的矛盾已經到了不可調和的地步，承認現實或融入現實必然以否定昔日的理想爲前提，這對於王蒙來說難道還會那麼輕鬆嗎？林賢治在談到王蒙在九十年代初潛心研究《紅樓夢》和李商隱時認爲，王蒙正是「借他人酒杯，澆自己之塊壘」，在很多方面帶有明顯自況的性質，〔註22〕我覺得還是有道理的。但林賢治把王蒙說成是一個不眞誠的人，甚至是無操守的圓滑文人則顯得不夠厚道。實際上，王蒙在關鍵時候能夠站出來，也足以表明他的原則性。然而，王蒙自有他自己的苦衷，當自己曾經爲之奮鬥爲之昂揚爲之流淚爲之犧牲的理想終於頹敗的時候，當那寄託著自己的青春自己的愛情自己的無限憧憬的時代一去不復返的時候，漸入老境的王蒙不可能不充滿懷戀，於是懷舊就成爲王蒙九十年代的一個基本主題。然而王蒙的懷舊不是恪守，而是一種儀式，一種祭奠儀式。這一儀式具有明顯的輓歌色彩。《戀愛的季節》中，那種對五十年代的充滿深情的描述，使我們也不得不對純潔的、激情的五十年代致以誠摯的敬禮，不過，即便如此，王蒙也沒有沉湎其中，而是始終以過來人的理性和現實的清醒面對五十年代。王蒙既寫出了那一代人的單純、透明、純潔與眞誠，同時也寫出了他們的內心深處的分裂、矛盾、壓抑和言不由衷的苦惱。王蒙的態度無疑是矛盾的雙重。在《歌聲好像明媚的春光》這篇小說中，王蒙對記錄了自己成長軌跡的前蘇聯歌曲給予了最詩意的回味。這篇小說是王蒙最具震撼力的作品之一。小說充滿了對自己心目中的蘇聯的懷戀和愛戴，但是並不是眞實的蘇聯，那只是一種對理想的詩意化的裝飾，一段最美好的記憶。現實是可怕的，它將摧毀所有的美。從這個意義上說，《歌聲好像明媚的春光》是一個眞正的輓歌，其中充滿了無盡的滄桑感和悲涼感，它體現了老年王蒙的沉重的寂寥和無所寄託的哀婉。在《玫瑰春光》小說集的前言中王蒙寫到：

> ……它們是對一段已經逝去的時光的紀念麼？是一種追尋，一種拒絕——對於疲憊和麻木，對於倚老賣老的老太爺心態的拒絕麼？在回憶與現時的對比中，時間成了一個怎麼樣的角色！威嚴與哀婉的滄桑，不也夠喝一壺的嗎？……〔註23〕

〔註22〕林賢治：《五十年：散文與自由的一種觀察》，《書屋》，2000 年第 3 期。
〔註23〕王蒙：《前言：〈玫瑰春光〉小記》，中國華僑出版社，2001 年 1 月第一版。

　　然而，王蒙就是王蒙，他十分清楚地懂得，逝去的永遠不會再來，機智的王蒙永遠不會遠離現實，成爲一個空洞的理想主義者。建設者身份與建構心態，使他不能不關注現實，參與現實。九十年代的王蒙似乎成了一個現實主義者和自由主義者。他對王朔的理解和寬容，對躲避崇高的讚賞，實質上表明王蒙與僞崇高僞理想的決裂的姿態和融入現實的勇氣。王蒙對人文精神問題的思考，恰恰擊中的正是人文精神倡揚者的要害。王蒙質問道：我們有過人文精神嗎？如果有它又是什麼？如果壓根沒有，又何談失落？〔註24〕王蒙與人文精神提倡者的爭論的實質體現的是王蒙對價值絕對化的警惕。王蒙說：「人文精神似乎並不具備單一的與排他的價值標準，正如人性並不必須符合某種特定的與獨尊的取向。把人文精神神聖化與絕對化，正與把任何抽象概念與教條絕對化一樣，只能是作繭自縛。」〔註25〕這並不意味著王蒙對世俗化中出現的物欲橫流、道德淪喪現實的認同，恰恰相反，王蒙也是反對世俗化的。正是九十年代的世俗化，使得理想與現實之間的巨大斷裂難於彌合，因而也使得王蒙八十年代行之有效的整合策略在九十年代歸於失效，儘管他並沒有停止整合，但王蒙還必須找到一種解決精神出路問題的有效途徑，這就是超越的方式。超越在哲學上指的就是一種邏輯上「在先」的東西，「邏輯上在先的東西是超時空的、超感覺的、無限的，因而也必然是超越的。」〔註26〕超越又分爲「外在超越」和「內在超越」，王蒙的超越是一種內在的存在論意義上的超越，是類似海德格爾意義上的在「世界之內體驗到世界的意義，進而進入澄明之境」的超越。超越就是擺脫眼前的有限的事物，擺脫日常利害糾葛的纏繞，從而達到一種自由的審美境界的方式。

　　二十世紀九十年代初期，王蒙寫了一系列倡揚老莊哲學的文章，比如《無爲》、《逍遙》、《安詳》、《再說安詳》等。最近王蒙出版了《王蒙自述：我的人生哲學》又重提「無爲」，以及「大道無術」等說法。看來王蒙要眞的皈依老莊哲學了。問題在於爲什麼曾經積極用世的王蒙突然在九十年代初提倡

〔註24〕參看王蒙：《人文精神問題偶感》、《滬上思絮錄》等隨筆。丁東、孫珉選編《世紀之交的衝撞——王蒙現象爭鳴錄》光明日報出版社，1996年1月版，第60頁～87頁。
〔註25〕王蒙：《人文精神問題偶感》，王曉明編《人文精神尋思錄》，文匯出版社，1996年2月，第111頁。
〔註26〕張世英：《天人之際——中西哲學的困惑與選擇》，人民出版社，1995年5月版，第245頁。

起逍遙超脫的老莊哲學？其中不會沒有原因。它是否是王蒙隱秘心理的體現？如果說王蒙內心深處沒有矛盾沒有分裂，肯定是不眞實的，但是王蒙的心靈的矛盾分裂之所以沒有成爲陀思妥耶夫斯基，是因爲他的與生俱來的樂觀主義以及不斷自我調節和超越的心理機制起了作用。而實際上，王蒙所提倡的老莊哲學與眞正的老莊哲學並不完全相同。老莊哲學本質上是一種取消的政治哲學和取消的人生哲學。老子的「無爲」就是強調人要順應自然，而不是強求。「上德無爲而無不爲」，「『無爲』也就是『上德』。就是說，連那些遠古習慣規範之類的『德』也不必去刻意講求和念念不忘。只有任社會、生活、人事、統治自自然然地存在，這才是『無爲』、『上德』，也就是『道』。」〔註 27〕所以要摒棄人工的東西，要「絕聖棄智」。而莊子的「逍遙」則追求的是一種絕對自由狀態，莊子哲學實際上是一種美學，它「關心的不是倫理、政治問題，而是個體存在的身（生命）心（精神）問題」。〔註 28〕而王蒙的「無爲」和「逍遙」一樣，都被看作爲一種人生境界，一種超越的境界。王蒙說：「無爲，不是什麼事也不做，而是不做那些愚蠢的、無效的、無益的、無意義的，乃至無趣無聊，而且有害有傷有損有愧的事。」「無爲是效率原則、事務原則、節約原則，無爲是有爲的第一前提條件。無爲又是養生原則、快樂原則，只有無爲才能不自尋煩惱。無爲更是道德原則，道德的要義在於有所不爲而不是無所不爲，這樣，才能使自己脫離開低級趣味，脫離開雞毛蒜皮，尤其是脫離開蠅營狗苟。」〔註 29〕在這裡，王蒙改造老莊哲學的消極出世而成爲一種積極入世的人生審美境界。王蒙主張「把大自然、神州大地、各色人等、各色物種、各色事件視爲審美對象，視爲人生的大舞臺，從而得以獲取一種開闊感、自由感、超越感。」〔註 30〕在這一點上，王蒙與莊子基本類似，而實際上，王蒙在骨子裏是一個具有儒家氣質的傳統文人，他的所謂超越只是在積極入世前提下的超越，這同儒家「天下有道則見，天下無道

〔註27〕 李澤厚：《中國古代思想史論》，安徽文藝出版社，1994 年 1 月第 1 版，第 90
　　　　～91 頁。

〔註28〕 李澤厚：《中國古代思想史論》，安徽文藝出版社，1994 年 1 月第 1 版，第 181
　　　　頁。

〔註29〕 王蒙：《王蒙自述：我的人生哲學》，人民文學出版社，2003 年 1 月版，第 81
　　　　～82 頁。

〔註30〕 王蒙：《王蒙自述：我的人生哲學》，人民文學出版社，2003 年 1 月版，第 252
　　　　頁。

則隱」，以及「達則兼濟天下，窮則獨善其身」是一致的。

超越固然是王蒙的一種文化策略，但同時也是王蒙的文化心理結構的組成部分。超越意識體現在文學創作上，早在二十世紀八十年代就有了表現。幽默、自嘲與調侃實際上就是一種超越意識。關於王蒙的幽默，評論所談甚多，但都沒有指出這一點。幽默是緩釋心理緊張的方式，是「一種保護性的反應」。幽默還是一種從容，一種自由，一種平等，一種對所有人事的理解。閱讀王蒙的所有作品，你會感到這種通澈的幽默，它已經成為王蒙的穩定的風格。自嘲，作為幽默的一種，它所給人的正是一種對自身局限性的超越。《雜色》正是這樣一個文本。曹千里與那匹雜色的老馬，在經歷了一路的顛簸和自我解嘲之後，不是終於唱起來飛跑起來了嗎？在這一極具隱喻性的文本中，王蒙將通達新境界的任務給了超越。二十世紀九十年代王蒙大力標舉超越，不過是把二十世紀八十年代的暗河開挖成了一道更加寬廣的明渠罷了。在二十世紀九十年代的「季節系列」中，王蒙的超越體現在主人公由外在的政治參與到內在的自我省察和參悟的歷史性演化上。錢文在五十年代的狂熱與突然冷卻，六十年代的躊躇彷徨，七十年代的徹悟與逍遙，走的正是一條超越之路。在「季節系列」小說中，王蒙把自己的幽默才能、調侃品質、狂歡精神全都發揮到極至，從而使敘述同歷史事件拉開了距離。王蒙善於在文本的激情敘事中突然插入一句世俗化語言，從而解構了神聖，使事物還原為本真的存在。比如在《戀愛的季節》中，當趙林滔滔不絕高談闊論，革命辭語漫天飛之後，突然說：「誰去拉屎？」就消解掉了神聖，使革命者還原成世俗的人，從而使讀者超越了具體的語境而上昇到一個比較高的思的境地。我在前面說到的反諷，實際上是一種超越，只有超越才有反諷，那些斤斤計較、蠅營狗苟的人是不會使用反諷的。《滿漲的靚湯》這篇王蒙悟道的小說，體現的就是超越意識，李生的悟是在經歷了一生的體驗之後，才獲得的，由此可見，超越是一種修養，修養不僅是道德的，也是審美的。我覺得，進入九十年代，王蒙的超越意識的最高境界是對所有人事的理解以及由此產生的悲憫情懷。這是一種大境界。一種真正的人道主義精神。在他的作品中，王蒙總是試圖從每一個人物的自身角度來設想他的存在合理性，因此，王蒙的筆下沒有壞人，甚至包括整人的曲風鳴，還有大進、二進等，王蒙都給予了一定的理解。曲風鳴的隱衷，由整人到被整，最終的自殺未遂，王蒙都給予了一

定的同情，並不是一種幸災樂禍的心態，這樣才能讓人們在歷史的報應中見出存在的荒誕本質。王蒙在對張潔的小說《無字》的評論中，可以看出他的這種悲憫情懷。可以說，王蒙通過超越，試圖填補理想與現實巨大斷裂之後的心靈真空。王蒙在外在的社會政治建構向內在的自我人格建構的轉換中拯救了自己。

四、逍遙與獨善：王蒙對傳統文化的認同

實際上，王蒙的這條心靈軌迹，即由理想到現實又由現實達於超越的道路，並沒有逃脫中國傳統文人的命運，它標誌著王蒙對傳統文化的皈依和認同。建構心態、整合思維、超越意識正是中國傳統士人文化心態的最顯著特徵。以儒家文化爲主要特徵的中國傳統文化從一開始就是一種建構型的文化，而秉承這一文化傳統的士人階層，他們終身所尋找的也是這種能弘「道」的機會。孔子周遊列國不正是爲了「克己復禮」嗎？所謂的「內聖外王」，所謂的「士不可以不弘毅，任重而道遠。仁以爲己任，不亦重乎？死而後已，不亦遠乎？」〔註31〕以及「先天下之憂而憂，後天下之樂而樂」都是這個意思。整合思維的實質是傳統文化中的「貴和尚中」的文化精神。「和」就是和諧與統一，「中」就是中道或中庸。「和」不是「同」，「和」實際上是一種雜多的統一。孔子說：「君子和而不同，小人同而不和。」〔註32〕這裡體現的是孔子重和去同的價值取向。重和去同的思想，在文化價值觀方面，就是「提倡在主導思想的規範下，不同派別、不同類型、不同民族之間思想文化的交相滲透，兼容並包，多樣統一。在中國文化中，儒道互補，儒法結合，儒佛相融，佛道相通，援陰陽五行入儒，儒佛道三教合一，以至對基督教、伊斯蘭教等外來宗教的容忍和吸收，都是世人皆知的歷史事實。儘管其間經歷了種種艱難曲折，中國文化在各種不同價值系統的區域文化和民族文化的衝擊碰撞下，逐步走向融合統一，表現了『有容乃大』的宏偉氣魄。」〔註33〕由是觀之，這種兼容並包，雜多統一實際上就是典型的整合思維。而整合思維下的「和」的最高境界就是儒家所構想的「太和」境界。「太和」在哲學上就

〔註31〕《論語‧泰伯》。

〔註32〕《論語‧學而》。

〔註33〕張岱年、方克立主編：《中國文化概論》，北京師範大學出版社，1994 年 5 月版，第 390〜391 頁。

是「道」，這是最佳的整體和諧狀態，因而區別於西方文化中的高度緊張與激烈對抗狀態。「但這種和諧不是排除矛盾、消弭差異的和諧，而是蘊涵著浮沉、升降、動靜等對立面相互作用、相互消長、轉化過程的和諧。因此，這種和諧是整體的動態的和諧。」〔註34〕如果說和諧是一種事物的最佳狀態，那麼，中庸就是實現「和」的根本途徑。不偏不倚、不狷不狂謂之中，中也就是「度」。《中庸》說：「喜怒哀樂未發謂之中，發而皆中節謂之和。中也者，天下之大本也；和也者，天下之達道也。致中和，天地位焉，萬物育焉。」可見，整合不是惟我是從的取捨，而是通過整合達到一種新的平衡即中和狀態。至於說到超越，並不是中國文化獨有的現象，不過，西方文化的超越是通過一個位格的存在達到的，而中國的超越在道家則是通過出世的逍遙達到的；而在儒家的超越則是通過個體人格的修養，達到一種和樂誠敬境界。可見超越並不見得都是隱，超越實際上還是一種海德格爾所謂的「去蔽」功能，通過去蔽，使存在達於澄明。〔註35〕

　　從以上背景來考察王蒙，我們會看到他身上浸潤著太多的傳統因子，我們甚至可以說王蒙就是一個具有更多儒家文人氣質的現代知識分子。王蒙在骨子裏是積極入世的。二十世紀八十年代之前，王蒙所秉承的是傳統士人外向的建功立業以天下為己任的文化精神，不過這種文化精神在王蒙則是革命的信仰和對新時代的信心與豪情，儘管這種信仰、信心和豪情不斷遭遇挫折，但王蒙始終保持了理解和建設的姿態面對理想與現實，而從不作空洞的批判者，偏激的鬥士。而在二十世紀九十年代，王蒙更多地是汲取了儒家傳統中修身養性與道家的逍遙任事的特點。從九十年代王蒙所寫的隨筆《不設防》、《安詳》、《再說安詳》、《喜悅》、《單純》等作品看，王蒙所嚮往的人生境界其實都是儒家士人所嚮往的和樂誠敬的理想人格境界。所謂的「不設防」、「單純」，實質上就是儒家的「誠」。孟子云：「悅親有道，反身不誠，不悅於親矣。誠身有道，不明乎善，不誠其身矣。是故誠者，天下之道也；思誠者，人之道也。至誠而不動者，未之有也；不誠，未有能動者也。」〔註36〕這裡的「誠」，既是指內心的純真無妄，又是指作為「天之道」的形上本體。「誠」實質上就

〔註34〕張岱年、方克立主編：《中國文化概論》，北京師範大學出版社，1994年5月版，第391～392頁。
〔註35〕參看海德格爾：《存在與時間》，陳嘉映、王慶節譯，三聯書店1988年版。
〔註36〕《孟子·離婁上》。

是坦坦蕩蕩的君子之風。而王蒙所說的「喜悅」、「安詳」正是歷來為後儒所稱道的「孔顏樂處」的「樂」的境界。這種境界，乃是一種從容閑適的心態和超然博大的胸懷。王蒙以詩一樣語言寫道：「喜悅，它是一種帶有形上色彩的修養和境界。與其說它是一種情緒，不如說它是一種智慧、一種超拔、一種悲天憫人的寬容和理解，一種飽經滄桑的充實和自信，一種光明的理性，一種堅定的成熟，一種戰勝了煩惱和庸俗的清明澄澈。」〔註37〕至於逍遙無為，顯然來源於道家。但王蒙主要汲取了其中積極的方面，把其整合到自己的人格修養的整體格局中，成為一種審美地對待萬事萬物的人生態度。

如此一來，王蒙就完成了自己對傳統的皈依與認同。我始終覺得，王蒙身上的這種亦官亦文、亦進亦退、亦莊亦諧、亦仕亦隱的人格特徵使他同傳統文人特別同宋代文人具有了諸多的相似性。牟宗三先生在一篇文章中介紹姚漢源先生對蘇東坡的一句評價我覺得非常適合王蒙。姚先生說蘇東坡是「體文用史」，體文就是說蘇東坡的本質是文人，但他在對具體事務的處理上卻能用「史」的變道來對待之，因而不像司馬光「體史用經」般地固執，也不像王安石「體文用經」樣的死板，而是與時俱進，顯得通達灑脫，順時隨俗，適於自便。〔註38〕王蒙實際上也是如此。在王蒙身上，嚴肅虔敬和輕鬆活潑是同時存在的。前者體現的是王蒙對理想的執著和對革命發生必然性的堅信，後者則是對前者的調節，體現在幽默、調侃與遊戲上。實際上，這同傳統儒家知識分子既執著於「尚志」、「弘道」的求真精神和節操，同時又具有《論語》所說的「游於藝」的輕鬆活潑是一致的。因為「如過度地執著於自己所持的思想觀念，則不免有使精神陷入僵硬封閉、甚至狂熱的危險。真理是無窮的、多元的，因此真正的知識分子必不可為自己的『一曲之見』所蔽。同時，人所能掌握的真理又往往是相對的，隨時間的推移或空間的變異而逐漸失去其初發現時的光輝。『游於藝』的精神則能使人永遠保持一種活潑開放的求新興趣。」〔註39〕可見，「游於藝」的精神可以避免絕對化，做到孔子所說的「毋意、毋必、毋固、毋我」，也就是不主觀，不武斷、不固執、不自以

〔註37〕王蒙：《王蒙自述：我的人生哲學》，人民文學出版社，2003年1月版，第259頁。

〔註38〕牟宗三：《漢宋知識分子之規格與現時代知識分子立身處世之道》，見祝勇編《知識分子應該幹什麼》，時事出版社，1999年1月版，第100～107頁。

〔註39〕余英時：《中國知識分子論》，河南人民出版社，1997年4月版，第118頁。

為是。這也就是和樂境界和中庸原則。王蒙歷來反對極端主義和獨斷論，倡揚多元，推崇中道原則，是深得傳統文化之三昧的。

小　結

綜上所述，可以看出，王蒙小說文體在不同歷史時期的變化，折射著他在不同時期的身份認同和文化心態的變遷，或者說正是這種身份認同與文化心態的變遷決定了王蒙小說文體的流變。在二十世紀五十年代的人生的第一階段，王蒙獲得了少年布爾什維克式「革命幹部」的身份認同；寫作又使他獲得了另一個身份——詩人身份，革命幹部與詩人身份的統一，構成王蒙「時代寵兒」的身份。這種身份外化在他的文學創作中，就形成他的小說的文體特徵——「青春體」。「青春體小說」是王蒙對理想的歌唱，對「日子」的謳歌，對青春的讚美。這說明王蒙從一開始就是一個體制內的人，他是革命集體中的一分子，他對革命理想的執著，對黨的忠誠，決定了他今後命運的基本軌跡。如果說，《青春萬歲》是對理想和青春的直捷的高歌，那麼，《組織部新來的青年人》則是理想和青春在現實中受阻之後的一種顫音，從總體上說它仍然屬於「青春體小說」的範疇，它是「青春體小說」的一個變奏，它體現的是一種青春期身份認同的危機。因此，在《組織部新來的青年人》這部小說中，作者渴望有一個「合法性延緩」，他所延緩的正是一種理想和青春。因為面對五十年代以來的現實生活中愈來愈「左」的現實和各種不如意，王蒙也愈來愈不能把建國初期的那種理想與現實統一起來。作為詩人，作者所要維護和建構的正是這種理想的純潔性，而作為曾經做過實際工作的幹部，又使他對現實的粗礪和不那麼完美留有了餘地。他渴望理想但並不是一個極端的理想主義者；他害怕現實，但也並不意味著他是一個絕對的「反現實主義者」。相反，他的透明坦蕩與理性隨和的個性，使他在保持理想的純潔性的同時也隨時準備去理解現實。因此，在理想與現實矛盾之間的青春的調試就成為他的「青春體」小說的基調。

二十世紀八十年代的「後革命時期的建設者」身份是他的基本身份認同。這樣的身份認同表現在文體上就是王蒙在二十世紀八十年代的文體革命與創新。這種革命與創新，是王蒙對時代變革的文學回應。一方面，王蒙敏感到舊的文體形式已經不能適應新的時代要求，只有變革才有出路；另一方面，這種文體形式也是王蒙生命體驗的感覺化凝定化。經歷了大起大落、大傷大

悲、大開大闔的生命的歷練，王蒙必須找到適合這種生命體驗的文體形式。特別是王蒙對歷史斷裂的刻骨銘心的體驗，使他迫切需要一種能補綴和接續歷史斷裂的文體方式，只有這種方式的確立，他才能尋回自己的同一感，於是我們看到，爲了補綴歷史的巨大裂隙，王蒙創造了一種以內在感覺爲主體的小說文體——自由聯想體。這一文體的反思疑問句類，反諷語言和情景，並置語言模式，以及敘述上的多重視角與不定視角，空間時間化等等，都是王蒙的這一心理機制的文體凝定。

而在這種文體和身份認同的背後，是多元整合與超越的思維方式。整合思維、超越意識是王蒙爲了補綴理想與現實裂痕的兩種文化策略，同時也是他的文化心態的組成部分。五十年代的王蒙就不是一個單純的理想主義者，他沒有拒絕現實。八十年代的王蒙對理想的狂熱進行了清醒的反思，他變得現實多了。但他試圖通過整合來彌補理想與現實的矛盾。九十年代，理想與現實的裂隙越來越大，王蒙在技術專家治國型知識分子和批判型知識分子之間走著一條中間道路，單純的整合已無濟於事，超越成爲王蒙自我拯救的重要方式。最終，王蒙皈依了傳統，認同了傳統。然而，王蒙的對傳統的皈依和認同，不是盲目的，而是理智的。王蒙是一個理性的經驗主義者，他從不輕信任何價值。他對生活的認識與歸屬，是集一生的經驗和體驗的結果。因此他對傳統的認同與其說是有意識的回歸，倒不如說是一種人生經驗和智慧的巧合。王蒙對理想的由高調到低調的變化，標誌著他由外在向內心的退卻，同時王蒙對九十年代現實的失望，也使他走向了傳統。這是否可以看作是王蒙對理想與現實的雙向逃避呢？實際上，王蒙走不出傳統，同樣他也走不出理想與現實的陰影，這恐怕正是他們這一代知識分子的宿命吧。

第五章　王蒙小說文體的語境（二）

　　上一章我們考察了王蒙小說文體語境中的心理涵蘊這一層面。但心理涵蘊只是一個中介，通過這一中介，我們還需要進一步探討這一語境的最終層次——社會文化涵蘊。文體形式折射著社會文化，社會文化決定著文體形式。

一、話語權力秩序中的王蒙小說文體

　　如果把文體放置在一個宏觀的文化「場域」中來考察，那麼文體的意義顯然與權力具有了實質的聯繫。我們可以肯定地說，文體就是一種權力——話語權力的體現。從這個意義上說，文體創新是對文壇上居統治地位的舊文體話語權力秩序的挑戰，也是在挑戰中確立自身話語權威合法性的一個過程。那麼何爲權力呢？丹尼斯・朗認爲：「在最一般意義上的權力是把它視爲對外部世界產生效果的事件或動原。」〔註1〕福柯則認爲：權力是一種勢力關係，而且是無處不在的。而權力歸根結底還是體現在話語上，所謂話語，就是一種壓迫和排斥的權力形式。權力如果爭奪不到話語，它便不再是權力。文體作爲一種文本體式，它主要也體現了這樣一種話語權力關係。在一定的社會時期，必定有一種占主導甚至是統治地位的文體形式。比如在我國文學史上，《詩經》、《楚辭》、漢賦、唐詩、宋詞、元曲等等，都說明不同時代文體形式的不同風貌。這種現象之所以產生，都與這種文體形式背後的權力支撐不無關係。漢賦的產生與皇帝特別是漢武帝的喜好和提倡有很大的關係。劉勰在《文心雕龍・時序》中指出：「逮孝武崇儒，潤色鴻業，禮樂爭輝，辭

〔註1〕丹尼斯・朗：《權力論》，陸震綸、鄭明哲譯，中國社會科學出版社，2001 年
　　　1 月版，第 3 頁。

藻競鶩：柏梁展朝讌之詩，金隄製恤民之詠，徵枚乘以蒲輪，申主父以鼎食，擢公孫之對策，歎倪寬之擬奏，買臣負薪而衣錦，相如滌器而被繡；於是史遷壽王之徒，嚴終枚皋之屬，應對固無方，篇章亦不匱，遺風餘采，莫與比盛。」〔註2〕同理，唐詩的繁盛也與當時科舉考試中設詩賦科有關。當然，我們不能簡單地理解文體與權力的關係，政治權力的介入固然是一種主要的方式，而古代知識分子自身的對某一文體形式的偏好也是一種方式，比如元曲。但某一文體一旦成為時尚，也同樣具有了話語霸權的地位。因此，從這一角度研究王蒙小説文體創新的文化意義顯然是一個重要的思路。可以說，王蒙在「文革」後文壇上的領袖地位的形成，與他在二十世紀八十年代初的文體創新對以現實主義為圭臬的文體權力秩序的挑戰並進而取得合法性地位有關。

在我國現當代文學史上，現實主義文體的話語霸權地位的形成和確立是頗為耐人尋味的。現實主義作為一種創作精神和傾向是古已有之。我們所說的《詩經》、杜甫等詩歌傳統中的現實主義就是從這個角度言說的。但把現實主義作為一種創作方法和流派，則是從「五四」時期由國外舶來的。在國外現實主義作為一個正式命名和形成流派還是在十九世紀五十年代的法國。「1850 年左右，法國畫家庫爾貝和小說家尚弗勒里等人初次用『現實主義』這一名詞來標明當時的新型文藝，並由杜朗蒂等人創辦了一種名為《現實主義》的刊物（1856～1857，共出 6 期）。刊物發表了庫爾貝的文藝宣言，主張作家要『研究現實』，如實描寫普通人的日常生活，『不美化現實』。這派作家明確提出用現實主義這個新『標記』來代替舊『標記』浪漫主義，把狄德羅、斯丹達爾、巴爾扎克奉為創作的楷模，主張『現實主義的任務在於創造為人民的文學』，並認為文學的基本形式是『現代風格小説』。從此，才有文藝中的『現實主義』這一正式命名的流派。」〔註3〕現實主義的哲學基礎是笛卡兒以來的理性主義。理性主義在我國則具體體現為科學主義。「五四」時期的科學、民主兩大旗幟是現實主義產生的話語基礎。文學革命的主將陳獨秀、胡適在他們著名的《文學革命論》和《文學改良芻議》中都不約而同地以科學的眼光即進化論的眼光來看待文學的變革和發展，都把中國新

〔註 2〕 范文瀾：《文心雕龍注‧時序第四十五》，人民文學出版社，1958 年 9 月版，第 672 頁。

〔註 3〕 《中國大百科全書‧外國文學Ⅱ》，中國大百科全書出版社，1982 年版，第 1121 頁。

文學的出路寄託在「寫實主義」文學上〔註4〕。而寫實主義的提倡實際上正是對封建主義文學的「古典主義和浪漫主義」權威的挑戰。二十世紀三十年代初周揚將蘇聯的「社會主義現實主義」的創作方法介紹進來，從而使「五四」以來提倡的現實主義增加了新的因素。〔註5〕1942年5月，毛澤東在《在延安文藝座談會上的講話》中以中共領導人的身份正式提出：「我們是主張社會主義現實主義的。」從此，社會主義現實主義成為具有權威地位的創作方法和原則，建國後，在1953年9月召開的第二次全國文藝工作者代表大會上，再一次把「社會主義現實主義」明確地規定為今後創作和批評的最高準則，從而更加鞏固了自己的話語權力地位，成為君臨一切之上的不可更易的文學「元敘事」規則。那麼，社會主義現實主義的基本含義是什麼呢？簡單地說就是以無產階級的世界觀來表現革命現實的本質真實，以典型化的方法來塑造新時代的英雄人物為根本任務。何為本質真實？按照周揚的解釋，「本質」實質上就等於「典型」，「典型」就等於「本質」：「典型是表現社會力量的本質，與社會本質力量相適應，也就是說典型是代表一個社會階層，一個階級一個集團，表現他最本質的東西……所以要看先進的東西，真正看到階級的本質，這是不容易的事，真正看到本質以後，作家就是一個社會主義現實主義者了。」〔註6〕在這裡，周揚把「典型」與「本質」劃上了等號，而怎樣才能表現「本質」，那就是要誇張：「現實主義者都應該把他所看到的東西加以誇張，因此我想誇張也是一種黨性的問題。他所贊成的東西，他所擁護的東西加以誇大，儘管它們今天還不很大；他所反對的東西儘管是殘餘了，也要把他它誇大，而引起社會對新的贊成，對舊的憎恨。……」〔註7〕而誇張就是「典型化」。對此，馮雪峰說得更明白：「典型化的方法之一，就是所謂的擴張；擴張就是放大，放大的意思，就是把小的東西放大，使人容

〔註4〕　參看陳獨秀：《文學革命論》，《新青年》，1917年第2卷，第6號。胡適：《文學改良芻議》，《新青年》，1917年第2卷，第5號。

〔註5〕　參看周揚：《關於「社會主義現實與革命的浪漫主義」》，《現代》第4卷第1期。

〔註6〕　周揚：《在全國第一屆電影劇作會議上關於學習社會主義現實主義問題的報告》（1953年），《周揚文集》第2卷，人民文學出版社，1985年版，第197～198頁。

〔註7〕　周揚：《在全國第一屆電影劇作會議上關於學習社會主義現實主義問題的報告》（1953年），《周揚文集》第2卷，人民文學出版社，1985年版，第198頁。

易看見，或者把隱藏的東西變成顯露，以引起人們注意的意思。」〔註8〕很明顯，社會主義現實主義已經改變了現實主義的初衷，在「寫眞實」中塞進了「浪漫主義」的理想成分，從而成爲「僞現實主義」，成爲爲政治服務的庸俗社會學的工具。社會主義現實主義的「本質眞實」、「典型化」以及由以上兩點衍生出來的「史詩性」等元敍事規則表現在文體上的特徵就是線性因果律的情節結構模式、空間的外在擴張和時間神話模式、敍述語式的高度顯現性以及語言的確定性逼眞性等。線性因果律的情節結構模式，注重的是外在動作性衝突，因而需要開端發展高潮結局的情節運作模式；表現革命歷史的社會主義現實主義小說在空間上往往有很強的擴張意識，因爲它要全景式史詩性地表現革命的歷史，因而對從某一局部（比如農村）入手的空間處理就覺得受到局限，因此必須向外擴張，農村則要寫到城市，城市則須有農村補充，實際上這一傾向在茅盾的《子夜》中就有表現。而在這些小說中，空間由時間制約，時間具有優先的重要價值。比如《紅旗譜》中的朱老鞏護鐘事件，作爲小說的楔子，在整篇作品中舉足輕重。它是以後朱老忠賴以成立的時空體。而護鐘時間選擇在清末民初，即二十年代共產黨成立以前，這樣一個時間內所展開的空間，便先在地具有了一種規定性，即：朱老鞏的反抗必須失敗，因爲在這個時間段內，在這樣一個空間（農村），其形象主體由於沒有正確領導，它的失敗就是必然的，而且他的失敗也正是爲以後的時空中的朱老忠的活動提供參照。三十年以後，朱老忠「闖關東」回來，直到30年代的「保二師學潮」止。這個時間段中，其空間以農村爲主，兼及城市，朱老忠的活動範圍也有了一個規定性，即農民所天然具有的反抗性質隨著時間的展開，便有了新的可能性。因爲這一時期黨的成立與革命活動的形勢，使朱老忠終於遇到賈湘農的幫助，朱老忠在「反割頭稅」和「保二師學潮」的鍛鍊中終於成熟了。〔註9〕這是一種歷史不斷進步的時間價值化的時間神話思維。因而作品中的時間與歷史或現實中的公共時間是重合的一致的。這樣一種占統治地位的文體，到了「文革」達到了登峰造極的地步，按照「三突出」創作方法創作出來的「樣板戲」、小說《虹南作戰史》、電影《春苗》、《決裂》等實際上與此前的所謂社會主義現實主義一脈相承。物極必反，當

〔註8〕馮雪峰：《英雄和群眾及其它》，《文藝報》，1953年第24號。

〔註9〕參看郭寶亮：《洞透人生與歷史的迷霧——劉震雲的小說世界》，華夏出版社，2000年1月版，第78頁。

新的歷史時期來臨的時候，人們對這種文體的話語權力的質詢與挑戰就順理成章了。

當然這種爭奪話語權的挑戰是有限度的，主流意識形態一方面允許甚至鼓勵作家向「極左」的文藝思想開戰，另一方面又設定了挑戰的範圍。清算「極左」文藝思想與政治上的撥亂反正是一致的，但主流意識形態所允許的範圍是恢復到現實主義的「本來面目」上去，就是重提「真實性」問題。從 1978 年下半年始，全國的許多家報刊都開闢了有關「文藝真實性問題的討論」，〔註10〕參加討論的文章基本上是就文藝的觀念發表意見，並沒有涉及文體問題。值得注意的是王蒙參加討論的文章，在《反真實論初探》和《睜開眼睛面向生活》的文章中，王蒙不僅梳理了文學真實性的觀念，而且提出了對他在文體上產生重要影響的文學真實性觀念。王蒙說：「文學的真實性，既包括著對於客觀外部世界的如實反映，也包括著對於人們的（包括作家自己的）內心世界的如實反映，我們決不因為提倡真實而排斥浪漫主義，排斥理想、想像、藝術的虛構與概括，但我們也決不允許以渺小的粉飾生活和卑污的偽造生活來冒充浪漫主義，冒充什麼理想和虛構。」〔註11〕可見王蒙的這些觀念正在蘊育著對新的文體形式的探索，他在尋找自己：「在茫茫的生活海洋、時間與空間的海洋、文學與藝術的海洋之中，尋找我的位置、我的支持點、我的主題、我的題材、我的形式和風格。」〔註12〕尋找自己就是尋找新的適合於自己的文體形式，尋找能與傳統現實主義文體爭奪話語權的文體形式。因為在文學藝術的「場域」中，新的文體形式正是一種生產權威的「文化資本」。當然，王蒙的文體創新在王蒙的自我意識中既是一種藝術天性，也是一種新的時代所賦予的習性，注重感覺，注重人的內心世界也許是王蒙天性中早已存在的藝術靈氣，而新的歷史時期的觸發和塑型對王蒙這種藝術天性的建構起到了更為重要的作用。二十世紀八十年代初的「集束手榴彈」的連續爆炸，的確震動了文壇，王蒙成為文體創新的代表。繼之而起的創新潮流的湧動，促進了王蒙文體創新的話語權力的合法化進程。因為，在那個時

〔註10〕1978 年 12 月，《遼寧日報》首開「關於文藝真實性的討論」的專欄，1980 年《人民日報》也開闢了「關於文藝真實性問題的討論」專欄。

〔註11〕王蒙：《睜開眼睛面向生活》，《王蒙文集》第六卷，華藝出版社，1993 年 12 月版，第 23 頁。

〔註12〕王蒙：《我在尋找什麼》，《王蒙文集》第七卷，華藝出版社，1993 年 12 月版，第 690 頁。

代，創新就是最大的話語權力，而創新的指向就是西方現代派文學，這是時代的潮流，也是時尚。可以說，王蒙在二十世紀八十年代以後文壇上的新的話語權威地位的確立，是歷史時代的作用的結果。它也許並不是王蒙的本意。在王蒙的自我意識中，並不是要打破舊文體的話語權力秩序進而取而代之，王蒙所反對的就是定於一尊的文體形式，他說：「我不贊成把一種手法和另一種手法對立起來。如說某一種手法是創新，難道另一種手法不是創新嗎？爲什麼要這樣提問題呢？難道各種手法是互相排斥、有我無你的嗎？李白、杜甫，風格手法是如此不同，然而，他們都偉大，他們實際上是相異而成，相異而相輝映，相異而相得益彰。」〔註13〕又說：「百花齊放的政策是各種風格和流派的作品進行自由競賽的政策。蘿蔔茄子，各有各的愛好是自然的。因爲愛吃蘿蔔就想方設法去貶茄子，卻大可不必。在藝術手法、藝術趣味這種性質的問題上，『黨同』是可以的和難免的，『伐異』是不需要的、有害的。只要方向好、內容有可取之處，我們就應該讓其八仙過海，各顯其能。我們要黨同好異，黨同喜異，黨同求異。沒有異就沒有特殊性，就沒有風格，沒有流派，沒有創造了。」〔註14〕可見，王蒙所挑戰的話語權力，並不完全是現實主義本身，而是這種定於一尊的話語權力秩序。歷史的經驗教訓使王蒙形成了反對一切形式的獨斷論、極端化，主張多元化、相對性的文化哲學思想，故而他的文體形式不斷變化，不斷探索，實際上也是在自我消解自身的權威地位。不過，在客觀上，王蒙愈是堅持探索堅持先鋒姿態，他的話語權威地位就愈鞏固，在話語權力秩序中，王蒙成爲新的權威，是他不經意中的產物。然而，事實上的權力地位，使王蒙在九十年代不斷遭遇攻訐，這顯然與王蒙的在話語權力秩序中的特殊身份有關。

實際上在二十世紀八十年代以後的中國文壇這一「場域」中，意識形態早已不是鐵板一塊，它在實質上處於嚴重的分裂狀態中。一方面，正統意識形態仍然佔據統治地位，掌握著文化領導權，是主流意識形態；另一方面，「民間意識形態」〔註15〕也正以迂迴曲折的方式來試圖爭得一席之地。在二十世

〔註13〕王蒙：《傾聽著生活的聲息》，《王蒙文集》第六卷，華藝出版社，1993 年 12 月版，第 119 頁。

〔註14〕王蒙：《傾聽著生活的聲息》，《王蒙文集》第六卷，華藝出版社，1993 年 12 月版，第 119 頁。

〔註15〕這裡所說的「民間意識形態」實質上是一種在社會轉型時期出現的新的文化價值形態，這種文化價值形態與傳統的主流意識形態產生尖銳衝突，因而是邊緣

紀八十年代初期，王蒙可以看作是這一「民間意識形態」萌芽的代表，這從王蒙與胡喬木的交往中可以見出。胡喬木一方面勸誡王蒙在創作上不要走得太遠，另一方面又真誠地關注著王蒙的創作。〔註 16〕前者說明王蒙文體創新對於主流意識形態的異質色彩，後者又標誌著主流意識形態對於王蒙所寄寓的希望。這樣的境遇決定了王蒙今後在文壇上的位置：一個連接主流意識形態與民間意識形態的橋梁或界碑的位置。當王蒙成為文化部長，當二十世紀八十年代中後期，一批文壇新人以更急進的創新方式閃亮登場的時候，王蒙的權威位置便遭遇了來自兩方面的攻訐和挑戰：主流意識形態中的「左」派認為王蒙是最具危險的「新派人物」，而民間意識形態中的一些人認為，王蒙又是具有官方色彩的保守人物。〔註 17〕這時也出現了針對王蒙小說文體的批評，比如有論者認為王蒙的文體是「雜亂而空虛」的。〔註 18〕這些都說明，王蒙文體的權威地位也正在遭遇新的話語權力的挑戰。

　　我說王蒙的位置是一個連接主流意識形態與民間意識形態橋梁和界碑的位置，主要是針對王蒙在二十世紀九十年代不斷遭遇的兩面夾擊的境況而言的。這一境況具有重要的文化象徵意義，它標誌著王蒙以及他們這一代知識分子的尷尬處境。王蒙常常在政治文化上採取一種「抹稀泥」行為，而「抹稀泥」行為在王蒙看來正是一種橋梁作用。王蒙說：「我總是致力於使上面派下來的提法更合理也更容易接受些。也許我常常抹稀泥，但我仍然認為抹稀泥比劍拔弩張和動不動『斷裂』可取。」〔註 19〕而在批判者看來，王蒙只能是兩個時代的界碑。林賢治就認為：「王蒙是一個『跨代』的典型。他是正統意識形態的最後一個作家，同時是新興意識形態的最初一個作家；他以他的

的、受壓制的，但卻被人們逐漸認可，因而具有強大的生命力，甚至可以說是一種代表著未來發展趨向的文化價值觀，因此我稱其為「民間意識形態」。
〔註 16〕　參看王蒙：《不成樣子的懷念》，《讀書》，1994 年第 11 期。
〔註 17〕　1989 年後，王蒙不斷遭遇來自兩個方面的批評，一個方面是來自於《文藝報》、《中流》、《文藝理論與批評》等幾家報刊雜誌的帶有明顯正統色彩的強烈指責，代表性文章有山人：《〈堅硬的稀粥〉是一篇什麼作品？》，《文藝理論與批評》，1991 年第 6 期第 140～142 頁；慎平：《讀者來信》，《文藝報》，1991 年 9 月 14 日；淳于水：《為什麼「稀粥」還會「堅硬」呢？》，《中流》，1991 年第 10 期。另一方面則是年輕一代的批評，代表性文章有王彬彬：《過於聰明的中國作家》，《文藝爭鳴》，1994 年第 6 期；林賢治《五十年：散文與自由的一種觀察》，《書屋》，2000 年第 3 期。
〔註 18〕　吳炫：《中國當代文學批判》，學林出版社，2001 年 8 月版，第 77～99 頁。
〔註 19〕　王蒙：《不成樣子的懷念》，《讀書》，1994 年第 11 期。

存在，顯示了過渡時代中國文學的特色。」〔註20〕這一過渡時代文學特色是什麼呢？這就是新舊並置、多元共存、眾聲喧嘩、「亂相」叢生的狀態。在這樣一個多元化無主潮的時代，在主流意識形態日漸式微，民間意識形態日益強盛的時代，王蒙只能成為一個「抹稀泥者」。王蒙生活在體制內，他對他的前輩看得很清楚，這在他的懷念文章中有很明顯的表現，他知道他們的弱點，也理解他們的苦衷；他寫出了他們的政治化，也寫出了他們的人情味。胡喬木的謹慎老成卻不失天真與折中，丁玲的個性、政治與實際上不通政治的書生氣，周揚晚年對來訪的王蒙近乎哀惋的挽留中所透露出來的寂寞孤獨心態種種，都浸染著王蒙對他們的深深的理解、同情和寬容的情懷。生活在體制內，使王蒙在他的前輩身上看到了他們與時代脫節而釀成的悲劇般的結局。舊的時代注定要結束，但王蒙卻與這個時代有著千絲萬縷的聯繫，在王蒙看來，時代應該是連續的，不能因為過去的失誤就徹底否定歷史，因而他不可能與其一刀兩斷，這樣，王蒙實際上把自己看成了過去時代的承接者；然而王蒙也深深懂得，歷史前行的車輪是誰也阻擋不住的，改革是時代潮流，而未來屬於青年人。這就是他在一些年輕人比如王朔等人身上，看到的身處體制外的自由、輕鬆、瀟脫和解頤的痛快，但王蒙對王朔的認同不是全部而是局部的，他欣賞的是他的「智商滿高，十分機智，敢砍敢掄，而又適當摟著──不往槍口上碰。」〔註21〕他這樣評論王朔：「他寫了許多小人物的艱難困苦，卻又都嘻嘻哈哈，鬼精鬼靈，自得其樂，基本上還是良民。他開了一些大話空話的玩笑，但他基本上不寫任何大人物（哪怕是一個團支部書記或者處長），或者寫了也是他們的哥們兒他們的朋友，決無任何不敬非禮。他把各種語言──嚴肅的與調侃的，優雅的與粗俗的，悲傷的與喜悅的──拉到同一條水平線上。他把各種人物（不管多麼自命不凡），拉到同一條水平線上。他的人物說：『我要做烈士』的時候與『千萬別拿我當人』的時候幾乎呈現出同樣閃爍、自嘲而又和解加嘻笑。他的『元帥』與黑社會的『大哥大』沒有什麼原則區別，他公然宣佈過。」「掄和砍（侃）在他的作品中，在他的人物的生活中，起著十分重大的作用。他把讀者砍得暈暈忽忽，歡歡喜喜。他的故事多數相當一般，他的人物描寫也難稱深刻，但是他的人物說起話來真真假假，大大咧咧，絮絮刺刺，山山海海，而又時有警句妙語，微言小義，入

〔註20〕 林賢治：《五十年：散文與自由的一種觀察》，《書屋》，2000 年第 3 期。

〔註21〕 王蒙：《躲避崇高》，《讀書》，1993 年第 1 期。

木三鼙。除了反革命煽動或嚴重刑事犯罪的教唆，他們什麼話——假話、反話、刺話、葷話、野話、牛皮話、熊包話直到下流話和『為藝術而藝術』的語言遊戲的話——都說。（王朔巧妙地把一些下流話的關鍵字眼改成無色無味的同音字，這就起了某種『淨化』作用。可見，他絕非一概不管不顧。）他們的一些話相當尖銳卻又淺嘗輒止，剛挨邊即閃過滑過，不搞聚焦，更不搞鑽牛角。有刺刀之鋒利卻決不見紅。他們的話乍一聽『小逆不道』，豈有此理；再一聽說說而已，嘴皮子上聊做發泄，從嘴皮子到嘴皮子，連耳朵都進不去，遑論心腦？發泄一些悶氣，搔一搔癢癢筋，倒也平安無事。」〔註 22〕可見，王蒙在這裡所欣賞的是王朔諸人不硬來亂來的聰明勁兒。這也充分說明了王蒙只能是體制內的溫和的改良派，他採用漸進的方式試圖改革體制的弊端，但決不會成為激進的衝破體制的「革命派」。由此看來，王蒙倒有點像新文化運動中的胡適、梁實秋輩，但王蒙缺乏歐美文化的背景，實際上與胡、梁也不同。王蒙是一個思想文化上的經驗主義者，但王蒙又不是培根意義上的實證的經驗主義者，而是體驗的經驗主義者。王蒙強調體驗，強調對生活的糾纏在一起的感悟。因此，他的人生經驗和政治智慧，都是在生活中體驗出來的。從生活體驗中得來的經驗教訓，使王蒙變得聰明起來，成熟起來，正如賀興安所說的：「他的有些決定和見解，很勇敢很大膽，他又經常是十分謹慎、小心、并仔細掂量自己的步履。我只能說，他充分地估量了他的有限的存在，卻在這種有限中顯示了驚人的爆發力。」〔註 23〕也許正是這種人生經驗和政治智慧，這種聰明與成熟，這種謹慎、小心，使王蒙看起來顯得「世故」，甚至「圓滑」，而這恰恰是他遭遇攻訐的主要「罪證」。然而，攻訐者看到的只是表面的王蒙，而沒有深入到王蒙所處的文化位置上。事實上，正是由於這一位置，才決定了王蒙文體的雜糅性與整合性。我在前面談到的王蒙語言上的反思疑問方式，解構策略，並置式處理，以及敘述上的講說性，多重視角和不定視角的運用，空間的時間化等等，都與這一位置有關。王蒙的文體創新總給人一種不徹底、不乾脆的印象，總給人一種形式化、表面化的感覺，原因也在這裡。吳炫就曾指出王蒙式的創新是一種把玩和裝飾，王蒙式的批判是一種肯定性的撫摸式的批判，〔註 24〕這種說法在一定意義上是有道理

〔註 22〕王蒙：《躲避崇高》，《讀書》，1993 年第 1 期。
〔註 23〕賀興安：《王蒙評傳》，作家出版社，2004 年 1 月版，第 3 頁。
〔註 24〕參看吳炫：《中國當代文學批判》，學林出版社，2001 年 8 月版，第 77～99 頁。

的，只是我們不應該簡單地把王蒙的這種狀態理解爲生存策略，而是與他在時代文化中的橋梁或曰界碑的位置與立場有關，從位置和立場的角度來理解王蒙，王蒙是眞誠的。然而，王蒙注定要遭遇誤解，歷史注定了他與他的同代人的尷尬的過渡代命運，因爲時代的文化矛盾已經宿命般地決定了他們的現實和未來。

二、轉型期時代文化矛盾中的王蒙小說文體

上一節我們考察了王蒙文體創新與話語權力秩序的關係，揭示了文體創新的話語權力機制。而在這個話語權力秩序的背後還應該有更爲重要的決定因素，那就是社會政治文化的要求。正如福柯的那句名言所說的：重要的不是話語講述的年代，而是講述話語的年代。講述話語的年代之所以重要，就在於這個年代的政治文化等意識形態氛圍對講述方式的決定作用。因爲所有的陳述都是當代陳述，離開了具體的時間地點的陳述是不存在的。從這一角度來考察王蒙小說文體的形成，就需要認眞研究二十世紀八、九十年代的文化矛盾，我覺得正是這複雜的時代的文化矛盾構成王蒙文體的複雜形態。

二十世紀八、九十年代是中國社會發生巨大變化的轉型時期，在這樣一個時期，中國社會文化的各種矛盾都空前複雜尖銳，傳統的社會主義社會向有中國特色的社會主義社會的轉變，引發的不僅是經濟形態的變革，而且也包括政治形態、文化形態等全方位的變革。變革所引發的人們心理觀念的改變是一種痛楚的體驗，尤其對於王蒙這樣一個與革命歷史同步成長的參與者與見證者而言，他所經歷的革命理想主義由昂奮勃興到頹敗疲軟的全過程的心靈震驚式體驗將是不言而喻的。正如我們在上一章所論述的，理想與現實的矛盾是王蒙生命中的最重大矛盾，它其實也是時代文化的重大矛盾。由這一矛盾派生出一系列其他矛盾，諸如集體主義與個人主義的矛盾，專制與民主的矛盾，自由與秩序的矛盾，理性與感性的矛盾，傳統性與現代性之間的矛盾等等。而這所有的矛盾都源自一個歷史文化的「斷裂」感。這是一個漫長的斷裂，這一斷裂對於王蒙而言是從 1957 年的秋天就已經開始了，而對於大多數民眾而言，這一斷裂則是在「文革」以後，而眞正意識到的斷裂也許還要晚一些。

「意識到的斷裂感」意謂人們在反觀自身時的心理體驗。這是一種反思意識，這種反思意識的產生需要一定的社會文化語境，而這一語境只能產生

在「文革」之後的思想解放的大背景中。

眾所周知，文化大革命的產生儘管原因是複雜的，但其中一個重要原因是意識形態崇拜高度膨脹的結果。當意識形態代替了宗教信仰，世俗的權威便會被鍍上超世俗的神聖靈光，黨國合一，政教合一，製造的是高度統一的專制官僚政體，這樣的政體既是控制日常俗務的，又是干預靈魂的。它的一身二任，要求的是一個道德完善、意志超群的「卡里斯馬」式的世俗神。「文革」中的毛澤東就是這樣的世俗神。個人崇拜的結果，導致的是全民族的集體瘋狂，理想主義被推向極端，非理性代替了理性。因此，「文革」結束後，全民族的激情被耗盡，人民普遍感到上當，意識形態烏托邦宣告破滅，理想主義也不可遏制地走向頹敗。北島在《回答》一詩中莊嚴地宣告：「告訴你吧，世界，／我——不——相——信！／縱使你腳下有一千名挑戰者，／那就把我算作第一千零一名。⋯⋯」〔註25〕另一名青年詩人芒克在《陽光中的向日葵》一詩中則塑造了一棵倔強的「向日葵」形象：「你看到了嗎／你看到陽光中的那棵向日葵了嗎／你看它，它沒有低下頭／而是把頭轉向身後／就好像是為了一口咬斷／那套在它脖子上的／那牽在太陽手中的繩索／⋯⋯」〔註26〕這裡的「向日葵」顯然是一代覺醒的、懷疑的青年人形象，這樣的形象是時代的普遍形象，「我不相信」是時代的共同心聲。因此，如何重建信心，如何把人們從集體幻滅中解救出來並團結在一個新的信仰周圍，就成為「文革」後主流意識形態致力的首要問題。打破閉關鎖國的政治局面實行改革開放的政策，以實現現代化的宏偉目標為軸心，從而把全國人民凝聚起來，團結一致向前看，是主流意識形態所採取的重要的也是行之有效的方針。改革開放是以漸進的方式對傳統社會主義的政治經濟中的弊端加以修正，這種修正不可避免地將動搖傳統社會的意識形態想像，從而從根本上動搖人們對既成倫理觀念的信心。如何在意識形態上既清除「極左」僵化的思想意識，從而為改革開放掃清道路，同時又能使人們保持對社會主義基本原則的信念呢？為此，主流意識形態營造了二十世紀八十年代初期的思想解放的氛圍，正如我在前面所說的，這是一個類似「五四」新文化運動的現實情景，主流意識形態把「極左」說成是封建專制主義，從而轉移了人們對

〔註25〕北島：《回答》，見《北島詩歌集》，南海出版公司2003年1月版，第7頁。
〔註26〕芒克：《陽光中的向日葵》，見《芒克詩選》，中國文聯出版公司1989年2月版，第90頁。

現行體制本身的反思的視線。由於把「極左」理解爲外在的（封建主義的），因此，「文革」長達十年的「內亂」結束，在全國人民，特別是知識分子中普遍產生了一種幻覺，即噩夢已去，新時代又將開始，一個現代化的美好明天，須臾就會來臨。這種盲目的樂觀和普遍中止懷疑的快樂，使得改革開放的前景無限輝煌。表現在文學上，「傷痕文學」、「反思文學」一浪高過一浪的對過去的清算，無非是要對今日作出證明並對未來作出承諾。「改革文學」近乎模式化的對改革者的謳歌，也回響著主旋律的最強音。特別是對「人」的重新發現，人道主義、主體意識，一時成爲熱點話題，從另一方面印證著我們這個新時代的科學民主與進步的性質。然而，隨著改革開放的深化，一個前所未有的悖論出現了，那就是，第三世界走向現代化的過程實質上正是一個不斷西方化的過程；愈是深入開放則愈是需要打碎固有的價值體系，儘管在指導思想上力避西方化，而保持中國特色，但無可諱言的是這個「中國特色」已經主動拆解了昔日大一統的文化堡壘，示範性地走向瞭解構懷疑的道路。反對封建專制的結果，帶來的是個性解放；人的發現、主體意識、人道主義等思想的發現都爲個人意識的復蘇提供了合法性基礎。這樣個人主義與集體主義之間的矛盾也成爲意識形態文化倫理中的一個突出問題。二十世紀八十年代主流意識形態所進行的對「現代派文學」的批判，以及「反精神污染運動」、「反資產階級自由化運動」等，主要是針對脫離集體軌道的個人主義的，〔註27〕這種個人主義對集體主義的挑戰，實際上構成了對以集體主義爲主要倫理原則的主流意識形態的挑戰。二十世紀八十年代中期市場經濟意識的不斷增強與市場發育的不完全不規範之間的矛盾，根本體制的滯後與經濟運行個別方面的畸型超前之間的矛盾，都帶來了極大的思想混亂。在市場經濟名義下的全民皆商等非生產性「投機經濟」的畸型發展，實質上已自行消解了固有文化的大一統性質，歷史文化的斷裂開始出現在人們的反思意識中。

　　隨著改革開放的進一步深化，市場經濟代替計劃經濟而成爲新的經濟工作的總方針。這一變化是根本性的。這種根本性的變革使中國的現代化納入了全球化範圍內的現代性總體框架中。從此，世界的問題也正在成爲中國的問題，中國的文化也遭遇了現代性的危機。現代性的危機表明，傳統性與現

〔註27〕1983 年～1984 年對徐敬亞《崛起的詩群》的批判，主要針對徐文中宣揚的現代派表現自我展開。

代性的矛盾成爲時代文化的新的矛盾，政治的敏感性問題開始隱退，人們的興趣趨向多元。

綜上所述，在中國二十世紀八十年代到九十年代的這一歷史時期內，時代的文化矛盾在急遽聚變，歷史文化的裂痕愈來愈大，而這些矛盾的核心就是信仰的缺失。改革開放在摧毀舊的意識形態崇拜之後，並沒有建立起有效的信仰體系，大行其道的反而是工具理性、實用理性。工具理性與實用理性所看重的是傚益而不是意義，這種重效益而不是意義的現實，更加加大了現實與歷史的鴻溝和隔膜，遺忘成爲我們這個時代的通病。

正是在這一背景中王蒙開始了他中斷了二十多年的寫作。正如我在前面反覆申明的，王蒙畢生所作的努力實際上就是在不斷塡補歷史文化斷裂的鴻溝。理想與現實的矛盾是首當其衝的矛盾。關於這個問題我在第四章已經有過詳盡的論述，故在此不贅。我在此想重點談談時代的各種矛盾在王蒙小說中的另一重要表現，即前瞻與懷舊的矛盾和紀實與虛構的矛盾。這些矛盾悖反性地統一在王蒙的小說中。

前瞻與懷舊的矛盾，是時代矛盾在王蒙身上的具體化。前瞻是指王蒙的總體思想是樂觀的，他在理智上對歷史的前行是充滿信心的，這是基於他對歷史的總體體驗。當然，王蒙並不是一個純粹的進化論者，他對自己曾經相信過的歷史線性發展的「時間神話」終於在歷經沉痛的體驗之後，開始了重新的反思。他對過去尊奉的新／舊、黑／白、好／壞等二極對立的思維模式深惡痛絕。他相信「新中有舊，舊中有新。抵制舊的結果抵制了新，求新的結局是呼喚來了舊……」，〔註28〕這種具有某種相對性的思維方式恰恰證明了王蒙的辯證思維，但王蒙卻不是一個「絕對」的相對主義者，對歷史的這種新舊混雜的看法，並不影響王蒙對「人類的大趨勢是慢慢進展」〔註29〕的總體信仰。王蒙曾在多種場合談到他對市場經濟時代的贊許，不過這種贊許是相對於計劃經濟時代而言的。王蒙曾坦言自己的是一個「經驗主義者」，〔註30〕正是歷史的經驗，使他時時對「極左」的陰影記憶猶新。有人認爲

〔註28〕王蒙：《滬上思絮錄》，丁東、孫珉選編《世紀之交的衝撞——王蒙現象爭鳴錄》，光明日報出版社，1996年1月版，第76頁。

〔註29〕王蒙：《滬上思絮錄》，丁東、孫珉選編《世紀之交的衝撞——王蒙現象爭鳴錄》，光明日報出版社，1996年1月版，第75頁。

〔註30〕王蒙：《滬上思絮錄》，丁東、孫珉選編《世紀之交的衝撞——王蒙現象爭鳴錄》，光明日報出版社，1996年1月版，第74頁。

這是王蒙的「內心恐懼」式的思維特徵，這種思維特徵導致王蒙總是願意把今天與「極左」時代相比，從而得出今比昔好的結論。〔註31〕這一說法有一定道理，但也把王蒙的這種來源於經驗的理性的辯證思維特徵非理性化了。把今天看作比昨天進步，是基於王蒙對歷史經驗的科學態度，但不等於對現實的全盤肯定。（實際上，王蒙對現實的態度也是多重的，特別到九十年代，王蒙對現實充滿懷疑和痛苦的體驗。關於這個問題我在下面還要詳談。）進步或大趨勢上的進展的看法，是王蒙對歷史樂觀主義的總體判斷。這一判斷決定了王蒙在創作中的結尾的「希望原理」。二十世紀八十年代王蒙創作的《布禮》、《蝴蝶》、《雜色》、《春之聲》、《海的夢》等作品，都有一個充滿希望的光明結尾，原因就在這裡。九十年代，王蒙小說的結尾不再具有明確的「希望」，但王蒙並沒有絕望，超越是他解決甚至是逃避矛盾的方式，卻不意味著他對未來的迴避。王蒙的前瞻使他更加豁達且智慧。然而，前瞻解決不了他的懷舊情緒，特別到了九十年代，懷舊成為王蒙情感中的一個化解不開的情結。

懷舊的內容與形式體現為對歷史的深深的眷戀和追憶，李商隱的《錦瑟》詩可以注解王蒙的這種情感：「錦瑟無端五十弦，一弦一柱思華年。莊生曉夢迷蝴蝶，望帝春心託杜鵑。滄海月明珠有淚，藍田日暖玉生煙。此情可待成追憶，只是當時已惘然。」王蒙對這首詩的發自肺腑的傾心和知音般的解頤，實在是「與心有戚戚焉」。然而，王蒙的懷舊又不是純粹情感的，他對歷史的清醒又是充滿理智的，因此，王蒙的懷舊是理智與情感的矛盾纏繞，而前瞻與懷舊之間的矛盾實際也包含著理智與情感的矛盾。我在此不想多談王蒙懷舊的具體內容，而是想談談王蒙懷舊產生的文化機制，也就是說，王蒙的前瞻與懷舊的矛盾究竟如何體現了時代的矛盾。

二十世紀九十年代初，在中國大陸出現了一個短暫的全民族的「懷舊」熱，滿大街傳唱《紅太陽頌》，出租車上掛滿「偉人像」，鋪天蓋地的「毛澤東熱」，以及以《小芳》、《濤聲依舊》等為代表的流行歌曲中的對舊事的懷戀，都隱喻性地表明了人們對現實的普遍失望。然而無孔不入的商業之手迅速抓住了這次商機，精明的商家把人們的「懷舊熱」變成金錢。鄧小平的「南巡講話」，力挽狂瀾，不失時機地把人們迴向歷史的目光拽向了新的一輪更激烈

〔註31〕 謝泳：《內心恐懼：王蒙的思維特徵》，丁東、孫珉選編《世紀之交的衝撞——王蒙現象爭鳴錄》，光明日報出版社，1996年1月版，第431～432頁。

的市場經濟化大潮中。於是，人們不再對政治感興趣，人們也不再單純地懷舊，人們的興趣轉移到金錢、商機、欲望和消費上去了。精明的「文化工業」經紀人，乘勝追擊，他們利用人們懷舊的餘溫，把「紅太陽」情結擴大到整個歷史領域，唐浩明的《曾國藩》的印數高居不下，帶動了整個歷史題材小說和影視劇作品的空前繁榮。於是從二十世紀九十年代前期開始，「歷史題材」作品熱成爲一種現象。一時間「戲說」成風，重寫成癖，筆者當時曾做過一個市場調查，在這篇文章中我寫到：「據不完全統計，僅 1993、1994 年度出版的歷史題材小說、傳記、紀實報告和播映的影視作品（包括港臺）就有數百種之多。1994 年形成高潮，且至今勢頭不減，形成了一個頗爲驚人的『歷史題材熱』現象。」〔註32〕這裡的歷史熱已經抽空了懷舊的內容實質而成爲一種消費，「文化經紀人的手之所以伸向了歷史，正是因爲他看中了歷史的隱蔽性與欺騙性，它可以在貌似深奧的時空形式內，深藏起它本來的面目。實質上，『歷史亡靈』復活的背後，仍然是一種最平面化的欲望模式：即性與暴力。且不說那些遊戲歷史之作或曰紀實文學的赤裸裸的性與暴力的描寫，就是我們認爲那些比較嚴肅的作品，也同樣如此。唐明皇與楊貴妃的愛戀，彭玉麟情殤，曾國藩、李鴻章則雙手沾滿鮮血……可見，性與暴力只不過是披上了一件歷史的外套罷了。」〔註33〕

　　如果說這些大眾文化層面的「歷史」的消費性還在情理中的話，那麼嚴肅文學又怎樣呢？陝西作家賈平凹的《廢都》由於赤裸裸的性描寫和那個欲蓋彌彰的「□□」曾一度引起軒然大波；陳忠實的《白鹿原》的開頭就有「白嘉軒後來引以豪壯的是一生裏娶過七房女人」字樣；蘇童、余華曾是先鋒小說派中的骨幹，九十年代也開始了「入俗」的進程，《妻妾成群》被張藝謀拍成電影《大紅燈籠高高掛》；《活著》、《許三觀賣血記》被稱爲是余華的轉型；寫慣了「花樓街」凡俗市民生活的池莉也一步跨入沔水鎮寫起了《預謀殺人》；劉恒的《伏羲伏羲》被張藝謀改編成《菊豆》，更突出了亂倫故事的內涵……我在此並不是在貶低這些作品的藝術價值，實際上，這些作品並非不嚴肅，它們的藝術價值和美學涵蘊是相當深厚的，我在此想說明的只是一種現象，即在九十年代，連最嚴肅的作家也開始了向大眾的審美趣味的靠

〔註32〕郭寶亮：《「歷史亡靈」復活的意味及其批判——近年歷史題材文藝作品熱現象思考》，《文藝評論》，1995 年第 6 期。

〔註33〕郭寶亮：《「歷史亡靈」復活的意味及其批判——近年歷史題材文藝作品熱現象思考》，《文藝評論》，1995 年第 6 期。

攏，雅俗合流、多元並舉已成爲文壇上的不爭的事實。至於更年輕一代作家，所謂「新新人類」的出場，就更加驚世駭俗，什麼張賢亮的《男人的一半是女人》、王安憶的「三戀」、《崗上的世紀》等和他（她）們比起來就實在相形見絀了。〔註34〕在這樣一個大的文化和文學背景中，王蒙開始了他的「季節系列」寫作，他幾乎以三年一部的速度寫作，直到二十一世紀的第三年寫出他的新作《青狐》（此作被稱爲「後季節系列」）。

「季節系列」長篇小說是王蒙文學創作中的重頭戲。與這些鴻篇巨製相比，以前的中短篇寫作彷彿都是在爲此做準備。但王蒙的創作卻是反潮流的，他雖然也是寫歷史，但卻沒有彙入時尚的俗流大潮中。他堅持了歷史寫作的嚴肅性、純潔性和紀實性。這種堅持，使他的作品沒有引起人們足夠的興趣。對此王蒙是心中有數的。這種「數」也許在他1988年所寫的《文學：失卻轟

〔註34〕 我在《個人化寫作與公共性》這篇文章中曾比較詳盡地描述過他（她）們的創作：「如果說在林白、陳染那裡，作爲隱私的性還具有一定的反抗意味──一種女性意識對父權文化的反抗的話，那麼，在衛慧、棉棉、等人那裡，則完全就是一種展覽，一種自然的狀態。她們毫不掩飾性所帶來的快感，並不遺餘力地加以追求。衛慧的《上海寶貝》、《像衛慧那樣瘋狂》等小說正是如此。倪可對德國馬克的愛帶有雙重的象徵的意味，馬克與德國貨幣的諧音，使這種欲望顯得貨眞價實，可以說渴望享樂和欲望的滿足，正是《上海寶貝》的主題之一，儘管小說中也有對生存的淡淡的愁緒，也有對存在的膚淺的感悟，但從根本上看正是前者。倪可在馬克的身體下，幻想著被穿上納粹的制服、長靴和皮大衣的法西斯所強暴，一種被佔領被虐待的快感與林白、陳染筆下的女性意識實在不沾邊。這正是欲望一代的身影，『他們絕大多數出生在70年代之後，沒有上一輩的重負沒有歷史的陰影，對生活有著驚人的直覺，對自己有著強烈的自戀，對快樂毫不遲疑地照單接受。』（衛慧語）由此可見，九十年代的新公共性，也遵循著一種新的敘事規則，那就是市場話語，市場話語的核心就是欲望。欲望在德勒茲、加塔利那裡是一種動態的機器，帶有革命性因素，是衝毀理性、總體化等堤壩的革命性力量。但是，在晚生代那裡，欲望已經不具備革命性的特點，而是革命勝利後的果實。朱文的《我愛美元》，顯然具有一定的反諷意味，但我們還是不能不相信作者對欲望的基本肯定態度。欲望的高度膨脹，已經成爲九十年代的時代特徵，追求享樂、渴望財富，尋求感官刺激，已經是一代青年人的很時髦的文化趣味，並在一定程度上昭示著我們的未來。七十年代出生的代表作家衛慧就宣稱，她要成爲他們那群『欲望一代』的代言人，『讓小說與搖滾、黑唇膏、烈酒、飆車、Credit Card、淋病、Fuck共同描繪欲望一代形而上的表情。』可見，個人化寫作並不是純粹個人性的，它正是我們這一多元化時代中的一極，它本身就有著自己公共性的空間，可以說，個人化寫作，正是九十年代文化和意識形態的產物。」

參看郭寶亮：《個人化寫作與公共性》，《文藝報》，2000年3月28日第2版。

動效應以後》〔註35〕這篇隨筆裏就已經有了。說王蒙心中有數並不等於說他對這種現狀沒有焦慮，我覺得，儘管王蒙在許多隨筆裏對九十年代的現實充滿理智的理解和寬容，但在王蒙所寫的小說中，卻充滿了焦慮、充滿了情感上的厭惡乃至嘲諷的情緒。閱讀「季節系列」你會深深感到這一點。在《狂歡的季節》的開頭，王蒙寫道：

> 我知道連續的長篇小說是令人疲倦的。人們懼怕卷帙浩繁的長篇小說正如懼怕太多的記憶太多的往事太多的歷史，誰不怕昨天侵佔了打擾了今天？誰不怕書籍俘虜了吞噬了自己的活鮮的生命？讀一百部愛情傑作也不能替代一次愛情的遭遇。人們生活於現時，生活於正在呼吸、正在消化、正在出汗、正在來勁——比如說正在與你的性伴侶天翻地覆地好合——的這短暫的一剎那。人生不過是許多剎那的集合，你感覺到的把握住的爲之銷魂蝕骨的不過是眼前的此一剎那。在你出生的前一分鐘與前一億年，在你死去的後一秒鐘與後五十萬億年並且我們假設那一年地球將會最終冷卻毀滅，這一切對於你又有什麼區別？你想抓住，你想體味，你想記在心裏，你決不甘心一切煙消雲散不留痕迹，你打起精神全神貫注……仍然失之交臂、仍然如夢如幻如泡如影如電如露的只有現在。你又哪裏來的閒心重溫老年間老老年間的舊皇曆？……

> ——《狂歡的季節》第 1 頁。

顯然王蒙在這裡是充滿焦慮的，焦慮導源於人們對剛剛逝去的歷史的遺忘。王蒙不無沉痛地說：「每一個上輩人都認爲自己爲後世子孫做牛做馬流血流汗翻天覆地建造了歷史的豐碑，至少是自己的各種愚蠢將成爲後人的神聖警鑒與路志，就是說他們認定自己的血淚不會白流。眞的嗎？而許多後人卻驚異於上一代人的愚蠢、偏執、自以爲是與礙手礙腳……歷史爲什麼永遠那樣不可思議得難以置信？我們不要歷史，我們討厭歷史，讓我們忘記歷史吧，爲什麼不呢？歷史的再現那麼快就被漠視了。……好了傷疤忘了疼，也許這正是人類得以存活下來的根由。……」（《躊躇的季節》第 2 頁。）而這種「好了傷疤忘了疼」的遺忘正與市場經濟的現實有關。在《青狐》的結尾，王蒙寫到錢文的兒子錢遠行，那個曾經憤世嫉俗、追求民主自由、寫詩弄文、常

〔註35〕王蒙：《文學：失卻轟動效應以後》一文，最早以陽雨的筆名發表於《文藝報》。收入《王蒙文集》第六卷，華藝出版社，1993 年版。

常仰天長嘯的錢遠行，在這個神奇的時代，竟然成為極被看好的「官商」，他駕著原裝「寶馬」、喝著 XO、經常出入於高級賓館，享受桑拿、保齡球、游泳池、足底與周身按摩、美容美髮，卻憐憫地認為錢文這一代人太可憐了。這種隔膜這種擠壓對於王蒙來說是太強烈了。王蒙借錢文的內心告訴我們：「我們熟悉的一些人和事，都變得愈來愈成為回憶——或者更正確地說，已經沒有什麼人去回憶了。」「也許，人們願意生活在沒有回憶的快活裏。」這實在是一個年逾古稀老人的現代性體驗。這種沒有回憶只有現在的體驗，道出的是現代性社會文化的一個基本事實：即我們現實存在的永恒的「空間性現在」，我們生存在一個沒有時間感的空間性時代裏。沒有時間感意味著沒有回憶，沒有時間的連續性，歷史斷裂了，更為可怕的是人們甚至沒有時間來反思這種斷裂，遺忘成為時間的存在方式。美國學者戴維·哈維認為，現代性社會的最大問題是對時間與空間的體驗問題。自啓蒙主義以來，我們的世界變得愈來愈小，「時空壓縮」了。〔註36〕時空壓縮，是由於速度加快，從而使時間縮短，而空間則相對膨脹了。然而，對於王蒙來說，回憶是他的生命形式，回憶是尋回他的連續性、自足性和統一性的一種基本方式，回憶是彌補斷裂的一支膠合劑，回憶既是反思也是懷舊。可以說王蒙實際上生活在回憶裏。難怪王蒙在《躊躇的季節》中的第十一章，幾乎用了三分之一的篇幅，以詩一樣的語言對「回憶」進行界定，王蒙寫道：「回憶是一份悠閒。回憶是一種寬恕。回憶是無可奈何。回憶是多餘的溫存。回憶是一切學問、藝術、宗教、愛情、道德、建功立業和犯罪的基石。回憶是海平線上的帆影。回憶是一切經驗中的經驗，是一切味道中的至味。回憶是一筆永遠不能實現其價值的財富。」（《躊躇的季節》第 221 頁。）可見，回憶對王蒙來說是何等重要，回憶就是懷舊，當他回憶自己生命中的經歷，回憶蘇聯歌曲——那好像明媚春光般的蘇聯歌曲，實際上就是對他的青春、他的理想、他的歷史、他的生命的無限深情的懷舊！終於王蒙把這種回憶這種懷舊化作一篇小說《歌聲好像明媚的春光》，那結結實實的懷舊，那如癡如醉如泣如訴如歌如詩如血如淚的回憶，飽含了王蒙多少滄桑感悲涼感呀！「此情可待成追憶，只是當時已惘然。」所以王蒙說：「時間和季節永遠不可能是單純詛咒的對象。它不但是一段歷史，一批文件和一種政策記錄，更是你逝去的光陰，是永遠比後

〔註36〕戴維·哈維：《後現代的狀況——對文化變遷之緣起的探究》第三部分，閻嘉譯，商務印書館 2003 年 11 月版，第 199～406 頁。

來更年輕更迷人的年華，是你的生命的永不再現的刻骨銘心的一部分。它和一切舊事舊日一樣，屬於你的記憶你的心情你的秘密你的詩篇。而懷念永遠是對的，懷念與歷史評價無關。因爲你懷念的不是意識形態不是政治舉措不是口號不是方略謀略，你懷念的是熱情是青春是體驗是你自己，是永遠與生命同在的快樂與困苦。沒有它就不是你或不完全是你。它永遠憂傷永遠快樂永遠荒唐永遠悲戚而又甜蜜。隱私裏還有隱私，故事裏還有故事，憂傷與甜蜜裏還有憂傷與甜蜜。在文革中你度過了三十五歲生日，四十歲生日。你度過了一段時光，你的重要的時光。誰知道你有什麼夢什麼遐想什麼歎息什麼眷戀呢？」（《狂歡的季節》第 276 頁）。現在回過頭來看王蒙的小說文體，他爲什麼要把空間時間化，就會恍然大悟了。空間的時間化，就是要在沒有時間的空間裏尋求時間的連續性，就是要在消逝的歷史煙嵐中追憶似水流年，「年年歲歲花相似，歲歲年年人不同」，空間時間化還原了歷史長河中的美好情愫，但同時也現出歷史傷痛的疤痕；懷舊在情感上是美好的，而在理智上則並不怎麼美好；空間時間化在理智上體現出對歷史前行的進步理念，而在情感上則也流露出對現實乃至未來的厭惡與恐懼。由此可見，在王蒙懷舊與前瞻的矛盾中套疊著理智與情感的矛盾，而理智與情感的矛盾又是我們時代現代性悖論體驗的產物。一般而言，王蒙是這樣一種作家，他既有著較強的邏輯思維能力，又具有很強的形象思維能力。王蒙曾言自己從小喜歡數學，直到他成爲著名作家，他的昔日的數學老師仍爲他沒能從事數學研究工作而惋惜不止。關於這一點，我們從王蒙全面的創作才能中可以見出一斑。王蒙不僅是出色的小說家，而且還是詩人，頗見功力的評論家、學者，我們平常所言的「作家成不了好的評論家，評論家當不了好作家」的推斷在王蒙面前歸於失效。這說明，作爲作家的王蒙既是情感型的又是理智型的，理智與情感有機統一在王蒙的藝術天性中。因此，當歷史進入現代性的巨大轉型時期，理智與情感的矛盾在王蒙的內心尤其顯得突出。

　　紀實與虛構也是王蒙寫作中的一對矛盾。對於王蒙來說，歷史是他親身經歷的歷史，是活生生的生命體驗。對歷史的這種情感上的依戀和理智上的反思使得他不願意虛構歷史、剪裁歷史。他渴望著忠實地全面地甚至是史詩性地把當時的歷史還原出來，描摹出來，從而作爲活的歷史見證，好爲後人立此存照。因此，他努力採取紀實的方式、生活化的方式，把歷史的人和事記錄下來。這就是他大部分小說沒有統一完整的故事，沒有驚心動魄的情節，

也沒有離奇淒迷的愛情波瀾，更沒有偷雞摸狗男歡女愛臍下三寸的婦產科的性器官展覽。這使得他的小說更像生活本身，或者說更像歷史本身。然而，小說的本質是虛構，小說不是歷史也不是生活，小說要求給雜亂的生活以秩序，要求給無意義的事件以邏輯，尤其在現代性時代，人們處在丹尼爾・貝爾所說的「縱情聲色的享樂主義」時代，人們不再需要思想，不再需要深度，人們需要的是感官刺激，是消遣娛樂。因此，大眾化的讀者與王蒙的思想型的作品之間就存在著閱讀的鴻溝，使王蒙的小說越發顯得曲高和寡。而實際上，任何方式的紀實都不存在。歷史作為曾經發生過的事件，它也只是一堆材料而已，而不是完整的歷史本身。按照海登・懷特的觀點，歷史是一種修撰，它和文學一樣都是一種話語形式，都具有「虛構性」，因而，歷史歸根到底也是意識形態的一種表現形式。它和文學的區別就在於「歷史故事的內容是真實事件，真正發生過的事件，而不是想像的事件，不是敘述者發明的事件。這意味著歷史事件自行呈現給一個未來敘述者的形式是發現的而非建構的。」〔註37〕但「發現」的歷史並非是「原來」的歷史，「發現」實際上也是一種剪裁，一種選擇。因而，紀實是可疑的，甚至是自欺欺人的。不過我們否定紀實的這種可行性，並不等於說紀實沒有可能性。歷史的真實是存在的，紀實從理論上講也是可能的。但絕對的真實和紀實是永遠不可能達到的，一個好的歷史修撰者，是可以最大可能地接近歷史真實的，因為歷史作為話語，它的存在方式正是一種闡釋的方式，是理解者與文本的不斷對話的方式。成功的理解應該是理解者與文本之間最大限度的融合、對文本的理解與理解者自我的理解彼此能夠得到最大限度的促進和提高的理解，用伽達默爾的術語說就是要達到最好的「視界融合」。可見，歷史並不是純粹主觀的，也不是純粹客觀的，而是二者的融合，只有這樣，才能避免一人一部歷史的相對性和隨意性等歷史虛無主義態度，進而達到對歷史真實本身的相對紀實態度。由此可見，王蒙所持的正是一種相對紀實的態度，即便這種態度，王蒙也時時感到文學虛構性對他的巨大壓力，紀實與虛構的矛盾時時在他的寫作中糾纏不清。王蒙並不缺少編故事的才能，這在他的諷諭性寓言體作品中已有很好的表現。在自由聯想體小說和擬辭賦體作品中，王蒙採取這種態度，是他對紀實性態度的堅持。王蒙也曾慨歎：「為了讀者，為了銷路，也許這一段邊疆

〔註37〕參看海登・懷特：《後現代歷史敘事學》，陳永國、張萬娟譯，中國社會科學出版社，2003 年 6 月版，第 126 頁。

之行裏本來應該鋪陳幾段艱難時期的浪漫蒂克？本來不必在已經經歷夠凶政治的中國讀者再到你的書裏去翻閱那些個政治貧嘴政治套話，也許本來應該多寫一些花中的霧霧中的花，巫山雲雨，瞬間恩情，白色的雪蓮與紅色玫瑰，奧斯曼染眉草與鳳仙花染指甲油。你可還記得那個住在沙漠邊緣的白衣女子？你可還記得那個說話有一點像鳥叫嘴也確實有一點像鳥的可愛的殘疾姑娘？也許你本來應該致力於寫紅粉知己，慧眼識英雄，風流尤物，上門投懷抱；還有數不清的異域風光和大膽的情歌情話？在中國已經被政治的洪濤席卷的時候，不是本來可以有幾個精神的與夢幻的綠洲出現——哪怕十分廉價——的嗎？」（《狂歡的季節》第 277 頁）。王蒙在這裡的擔心是針對現實的時代的。在二十世紀九十年代的中國，人們對歷史乃至現實的興趣不是真實而是獵奇，不是紀實而是虛構。人們被發達的媒體所包圍，早報、晚報、電視、因特網、還有手機短信種種獲取信息的方式，人們彷彿覺得自己生活在一個萬事早知道的真實的世界上，豈不知媒體製造的信息泡沫早已經銷蝕掉我們的判斷力，我們感興趣的已經是獵奇和虛構了。在一定意義上說，新聞是媒體製造出來的，它也同樣製造現實和歷史。可見，王蒙的紀實與虛構的矛盾也是我們時代文化中紀實與虛構矛盾的體現。正是這種矛盾使王蒙在文體上採用那種講說式的敘述語式，採用那種雜糅——整合式的多種修辭策略。這是一種矛盾，也是一種悖反，真正的紀實需要講說，需要編撰，需要剪裁，而真正的虛構卻反倒可以自動呈現，比如那些通俗的影視劇，所謂的歷史小說種種。它們往往可以冒充真實的歷史大行於市。這也許正是「假做真時真亦假，無到有處有還無」吧。

　　然而王蒙也有調整，新千年出版的《青狐》，相對於「四個季節」而言，它也有了不少的變化，它在藝術手法上變得比較內斂比較規範了，它明顯好讀了。作品中的錢文成為觀察者，青狐成為主要的描寫對象。青狐的傳奇般的經歷和性格，她的妖氣她的欲望她的愛情，的確構成新的看點甚至賣點。但難道也像廣告上說的，年逾古稀的王蒙也要搞什麼「身體寫作」了嗎？我覺得，《青狐》寫了欲望，但這一欲望是一種象徵，身體欲望與政治欲望是互為鏡鑒的。在這一作品中，王蒙寫了以寫作為生的一群「特殊」群體，這一特殊群體在歷史轉型時期的特殊表演。老白部長與小白部長的「親戚」關係，使我們看到歷史政治的某種內在連續性。楊巨艇的咋咋呼呼與實際的「性無能」之間是否也有某種隱喻關聯呢？盧倩姑——青姑——青狐的變形之間，

錢文與王模楷的這一對「眞假寶玉」之間，是否也隱含著王蒙對知識分子自我分裂的切膚體驗呢？在新的歷史轉型時期，紀實與虛構難道眞的可以合二爲一嗎？在本書的封面與封底上的那些花花綠綠的小字，滲透著諸如女人身體、欲望的商業廣告話語，〔註 38〕使我們再次感受到我們這個時代的巨大反諷力量。

由以上分析可知，前瞻與懷舊的矛盾，理智與情感的矛盾，紀實與虛構的矛盾，都可以歸結爲傳統性與現代性的矛盾，時代的這一矛盾聚焦紐結在王蒙身上，使他成爲言說時代矛盾體驗的代表之一。我在此所說的王蒙成爲言說時代矛盾體驗的代表之一，意味著除了王蒙之外，還有一批這樣的作家

〔註 38〕 王蒙的長篇小說《青狐》，由人民文學出版社出版於 2004 年 1 月。在該作的封面和封底都印有花花綠綠的小字樣。封面上的文字是：

「女人的身體挺拔完美，鋪陳了美麗的波動，像一個明媚的發光體懸浮在水面上。這是一幅照片，這是一個女人與整個宇宙的面對、默契、無言的承受、照耀與撫慰。這個女人就是一部交響，就是我的長篇小說新作的最新樂章。

你幾乎可以看到她身體上的絨毛的反光，你幾乎感受到了仰臥在水上的女人的身上的芳香。是一片天籟、一片眞誠、一片月光、一片汪洋、一片女人的袒露，是毫無保留的赤誠，期待、美麗、光明、靜謐、率眞和嚮往。

對不起，親切的幻影，朦朧的鏡花水月，深山斷崖下的玉面狐狸，大耳赤狐，你熾熱瘋狂與寂寞孤獨的靈魂永生，你永遠才高八斗，心如孩提。對於你的一切缺點弱點的渲染，其實都在於給出一個可信的理由。」

封底的文字是：

「一個躺在小碼頭上的女人，背景是一片汪洋。碼頭是一條條細木片釘成的矩形『臺面』，如一個木桌直立在水面上。女人筆直地平躺在木桌上面，小腿和雙臂都超出了碼頭的寬度，這樣，腿特別是雙臂都自然向下傾斜，身體略呈弧形，弧心在下方。一條腿收攏拱起，如一座小丘，它的棕黑色的陰影遮蓋了女人的小腹，另一條腿完全伸展在水面上。而兩隻臂膀自然地垂向後下方。她的四肢和身體都很頎長，挺拔起伏成爲人體的長卷。月光照亮了潔美無暇的女人體表面，映出了一片青白的光，與身體上照不到月光的棕黑部分、身體下面碼頭上映出的深黑的完整的人體陰影以及成爲浩瀚的背景的天共水的漆黑空洞成爲對比，使女人身上的月光更加純潔明麗清涼。而背景的漆黑如給女人披上拖上拉長了抻大了的夜禮服，如一件碩大無朋的彌漫的百褶裙打散開來，黑夜與水把女人裝飾得更加動人，儀態萬方。萬物萬有，五行四大，純粹爲整合爲一個女人和她的黑亮的世界，或者是一個無垠的世界與它的皎潔的女人。

本書的筆觸難於避免對於穿透力的炫耀，還有對於言語的犀利與尖刻的賣弄，還有假設的隱私（這是一個『賣點』），還有男性小說家賴以吸引讀者看下去的看家本領，獨樹一幟的冷面殺手般的驕傲自負。」

這些半遮半掩的「挑逗性」的描寫，作用於一部本來嚴肅的作品，實在是我們時代的巨大反諷。這也是一種有意味的時代文化現象，值得認眞反思。

在共同言說著時代的矛盾。這樣的作家的名字我們可以舉出一串：張煒、張承志、賈平凹、路遙、陳忠實、劉震雲等等。因此，傳統性與現代性的矛盾，是這些作家的共同面對的文化處境。在二十世紀八十年代初，這些作家基本上是批判傳統性而心儀現代性的，然而到了二十世紀九十年代，他們都像那個「好龍的葉公」一樣，無一例外地都對現代性採取迴避乃至批判的態度，而對傳統性卻情有獨鍾。眾所周知，傳統性實質上就是以農業文明爲標誌的一種文化形態，而現代性則是以城市文明或商業文明爲爲標誌的一種文化形態。在二十世紀九十年代這些作家以徹底拒絕現代性從而回歸傳統性爲基本文化價值取向，於是我們看到張煒對「野地」和「葡萄園」的迷狂，張承志對「金牧場」的執著，賈平凹對「神禾源」的追尋，陳忠實對「白鹿原」的儒家文化的頌贊，劉震雲對「姥娘」和「嚴朱氏」的深情依戀。那麼王蒙呢？王蒙雖然也對現代性有一個由呼喚到懷疑的過程，但王蒙與以上作家卻大有不同。首先王蒙不具備農村生活的基礎，他是生在長在北京的作家，儘管他也有被打成「右派」到農村勞動的經歷，但骨子裏王蒙是北京人，因此，王蒙的傳統性更多的是革命傳統。故而，王蒙所遭遇的傳統性與現代性的矛盾，主要是革命傳統的現代性轉型的困惑，王蒙並不反對現代性，既便在長篇新作《青狐》裏，王蒙懷疑批判的因素加強了，但對現代性的理解也更加深刻了。因此我不能苟同王春林對《青狐》的斷語，認爲王蒙在這部小説中體現了一種「反現代化的敘事」特徵。〔註 39〕因爲，王蒙在《青狐》中的確「說出了複雜性」，它是老年王蒙多元文化心態的集大成之作，矛盾性包容性是這部小說的特色，而不是單一的反現代化敘事。我始終懷疑爲什麼文學現代性問題會成爲我們當下文學研究的顯學，我覺得文學現代性問題對於具體的作家而言它應該是一個共命題，共命題實際上是解決不了具體問題的。

三、新文學視野中的王蒙小說文體

以上我們所談的時代文化矛盾對王蒙小說文體的決定作用，以及這種文體對時代文化矛盾的折射作用，這是一個問題的兩面。但是，如果單就文體自身的發展看，王蒙的小說文體具有怎樣的獨特性呢？或者換句話說，王蒙

〔註39〕王春林：《「說出複雜性」的「反現代化敘事」──評王蒙長篇小説〈青狐〉》，《南方文壇》，2004 年第 4 期。

小說文體究竟對文學的發展具有怎樣的貢獻乃至局限呢？對於這個問題，單就王蒙本身是說不清的，我們還必須把它納入新文學史的宏觀視野中，才有可能看清其價值和局限。爲此，我們還必須從新文學的發生說起。

追憶新文學的源頭自然要從「五四」的文學革命開始。「五四」文學革命是一場以反封建爲旨歸、以效法西方的科學民主爲新的文化目標的思想啓蒙運動。這樣一種新文化運動選擇的突破口卻是文學。「五四」新文化運動的成就是多方面的，「五四」新文學的發生也是非常複雜的，我知道我在這裡的描述充滿危險，很有可能把複雜的問題簡單化，好在我的這一描述只是從問題的一個方面入手，因而可以減輕化繁爲簡的粗疏的罪過。我想從文學革命的文體角度來說。我覺得「五四」文學革命的最大成就之一體現在文體革命上，可以說「五四」新文學運動是一次眞正意義上的文體革命。廢文言興白話，不僅僅是個語言表達的問題，而是從根本上動搖了封建文化的始基。文言文作爲文體方式，說到底是一種權力的象徵。會寫文言文章就意味著進入到了權力領域。廢文言就是廢除了這一特權，讓最廣大的最普通的「引車賣漿者流」也能進入語言的權力領域，這本身就是一場解放運動。因此，從語言開刀就是從根本上開刀。從某種意義上說，「五四」啓蒙運動也是一場語言革命、文體革命，只有經歷了這場革命，現代意義上的文學才得以確立，現代文學才眞正融入世界的現代性總體格局中成爲世界現代文學的一部分。新文學運動的主將們認爲，新文學的基本性質是「明瞭的通俗的社會文學」〔註40〕和「平民文學」，〔註41〕而他們極力反對並要破除的古代文學則是貴族的文學，山林的文學。由此可見，新文學的白話運動有兩個基本指向，一是由雅到俗；另一個是由封閉的古典化到開放的歐化。這兩個基本指向統一在新的漢語書面語中。正像汪暉所說的：「白話文運動的所謂『口語化』針對的是古典詩詞的格律和古代書面語的雕琢和陳腐，並不是眞正的『口語化』。實際上現代語言運動首先是在古／今、雅／俗對比的關係中形成的，而不是在書面語與方言的關係中形成的，即白話被表述爲『今語』，而文言則被表述爲『古語』，今尙『俗』，古尙『雅』，因此，古今對立也顯現出文化價值上的貴族與平民的不同取向。」〔註42〕但是這樣一個俗化與西化的文學運動，當它一旦確立

〔註40〕陳獨秀：《文學革命論》，1917 年 2 月《新青年》第 2 卷第 6 號。

〔註41〕周作人：《平民文學》，1919 年 1 月 19 日《每周評論》，署名仲密。

〔註42〕汪暉：《地方形式、方言土語與抗日戰爭時期「民族形式」論爭》，《汪暉自選集》，廣西師範大學出版社，1997 年 9 月版，第 357～358 頁。

了自己的權威地位之後，它便開始了向新的雅化和歐化方向發展。周氏兄弟的小說和散文，冰心、朱自清、郁達夫諸君的美文，廢名的唐絕句式的短篇小說等等，都把新文學的白話語言推向了一個雅化純化詩化的新高度，它不僅在短短的時間內顯示了白話文學的實績，而且的確對漢語言文學的現代化作出了重要貢獻。不過，這種文體上的雅化純化詩化追求，實際上與古典文學的追求方向趨向一致，並且形成了一個固有的思維定勢，即文學文體特別是語言的美學極致就是這種雅化純化詩化。後來在新文學史上不斷進行的有關文學大眾化運動和「民族形式」的討論，就是針對這種現象的一場反思運動。

　　在某種意義上說，關於文學的「民族形式」的討論是對「五四」文學雅化歐化詩化傳統的反動。這次討論接續著二十世紀三十年代的文藝大眾化運動，在二十世紀三十年代末到四十年代初由延安波及到重慶、成都、昆明、桂林、晉察冀邊區以及香港等地。討論導源於毛澤東 1938 年 10 月在中共中央六屆六中全會上所作的報告《中国共產黨在民族戰爭中的地位》，在報告中毛澤東指出：「洋八股必須廢止，空洞抽象的調頭必須少唱，教條主義必須休息，而代之於新鮮活潑的、爲中國老百姓所喜聞樂見的中國作風和中國氣派。」〔註 43〕在這裡，毛澤東主要是針對馬克思主義與中國革命的具體實踐相結合的問題發表意見的，並未直接涉及文藝問題。但從後來即 1940 年 1月寫的《新民主主義論》一文中，毛澤東直接提到民族形式與新文化的關係來看，又是包含著文藝的。毛澤東認爲「中國文化應有自己的形式，這就是民族形式。民族的形式，新民主主義的內容——這就是我們今天的新文化。」〔註 44〕正是在毛澤東的思想架構下，延安文藝界開始了有關「民族形式」問題的大討論。討論首先在向林冰與葛一虹之間展開，向文認爲民族形式的源泉就是民間文藝形式，這種提法基本向「五四」新文學的正宗地位提出挑戰。他的觀點引來如葛一虹等人的堅決反對。討論就圍繞著民族形式的源泉問題推向各地。〔註 45〕這次討論雖然沒有得出最後結論，但文學民族形式問題已

〔註 43〕毛澤東：《中国共產黨在民族戰爭中的地位》，《毛澤東選集》第二卷，人民出版社，1991 年 6 月第二版，第 534 頁。

〔註 44〕毛澤東：《新民主主義論》，《毛澤東選集》第二卷，人民出版社，1991 年 6月第二版，第 707 頁。

〔註 45〕參看向林冰：《論民族形式的中心源泉》和葛一虹《民族形式的中心源泉是在所謂「民間形式」嗎？》，《文學運動史料選》第四冊，上海教育出版社，1979

經產生重大影響，它的直接後果表現在創作上就是對文學文體形式的變革。隨著毛澤東「講話」的發表，以通俗的民間形式爲「民族形式」實際上得以確立。「趙樹理的文體」被確立爲標竿文體，直到共和國建立以後，「趙樹理文體」一直是占統治地位的文體。〔註46〕「趙樹理文體」的特徵是通俗化、民間化、農民化，是眞正實踐「文藝爲工農兵服務」方向的創作。

給「五四文體」和「趙樹理文體」以合理的評價不是本文的重點，本文只是想描述這樣一個事實：「五四文體」在摧毀古典文體之後，在歐化與雅化的道路上愈走愈遠，表現出嚴重脫離大眾的精英化知識分子文化的價值取向；「趙樹理文體」的確立，是中國特定時代政治功利主義在文藝上的表現形式。「趙樹理文體」在某種意義上使文學藝術由雅到俗，由洋入土，實質上是由「五四」精英知識分子文化的價值取向向農民文化價值取向的墜落。這一墜落採取的是排斥知識分子文化，拒絕雅化洋化詩化的文體趨勢而獨尊民間形式的一次文體革命。這次革命雖然對文藝的普及作出了貢獻，對於革命戰爭的勝利起到了鼓舞的作用，但無可諱言的是，這種把文學藝術引向民間主要是引向農民之中的努力，已經使文學藝術過分低俗化，土化，從而把文學藝術的創造之路狹窄化了。這種文體到了文化大革命期間，與「極左」的文藝思想結合產生了「三突出」文體的怪胎，從而走到了盡頭，一輪新的文體

年 11 月版，第 425～436 頁。

〔註46〕 一般認爲從二十世紀 40 年代起，直到二十世紀 80 年代止（文革前），在中國大陸占統治地位的是「毛文體」，「毛文體」曉暢明白、乾淨利索、言之有物、語氣堅定，對現代漢語的定型做出了重要貢獻，因此也影響了幾代人的說話方式。不過，「毛文體」的影響主要在政論文和日常言語中，對文藝創作的影響是潛在的。眞正影響文藝創作的還是得到意識形態首肯的趙樹理，圍繞趙樹理形成的「山藥蛋派」，以及孔厥、袁靜的《新兒女英雄傳》、黃谷柳的《蝦球傳》、知俠的《鐵道游擊隊》、馮志的《敵後武工隊》、劉流的《烈火金鋼》、周立波的《暴風驟雨》、丁玲的《太陽照在桑乾河上》、梁斌的《紅旗譜》、曲波的《林海雪原》、柳青的《創業史》、浩然的《艷陽天》等，另外還有詩歌《王貴與李香香》（李季）、《漳河水》（阮章競）等。這些作品基本都是按照「趙樹理方向」創作的，所以我認爲這一階段占統治地位的文藝文體是「趙樹理文體」。但也有特例，比如在延安時期的丁玲創作的《在醫院中》、《我在霞村的時候》等，也並不是純正的「趙樹理文體」。另外孫犁的創作，自有優雅清新詩意澄純的意境在，是另一路的革命文學。有人把孫犁稱爲革命文學中的「多餘人」。參看楊聯芬：《革命文學中的多餘人》，《現代文學研究叢刊》，1998 年第 4 期；另見郭寶亮：《孫犁的思想矛盾及其藝術解決》，《河北師範大學學報》（社會科學版）2004 年第 1 期。

革命呼之欲出了。

　　二十世紀八十年代改革開放的政治環境爲新的文體革命提供了歷史的契機。這次的文體革命是在多種進路上展開的，有的直接承接「五四文體」，繼續向雅化詩化方向發展；有的學習西方現代派向更加西化方向發展；但從主導方面看，王蒙應該是這次文體革命的代表。王蒙文體革命的意義就在於，他自覺或不自覺地站在一個新的歷史高度，極具理性地審視「五四文體」和「趙樹理文體」的優長與局限，同時他又是在本土與世界，封閉與開放，地方性與全國性這樣一個現代性的框架中來思考並實踐文體問題的，因而，他可以超越古／今、新／舊、土／洋、雅／俗、純／雜等多種二元對立思維定勢，拋棄那種非此即彼、非黑即白、非好即壞的獨斷論極端化的思維方式，代之于謙容並包、多元共存、既不崇洋又不排外、既不薄古又不貴今、從容拿來、唯我是用的方針。從王蒙的許多文論和創作談中，我們可以看出他對「五四文體」與「趙樹理文體」的基本認識：「五四文體」固然是功勳卓著，但也不必成爲束縛我們的框框；「趙樹理文體」固然弊端不少，但也不能全盤否定，事物都是優劣共存、長短並處，是尺有所短，寸有所長。王蒙說：「一定要百家爭鳴，百花齊放。藝術上要兼收並蓄，要自由競賽。我們整天講『各種流派』，其實至今既談不上流派，更談不上『各種』。『老王賣瓜，自賣自誇』，也許是難免的，是可以原諒的，『只此一家，別無分號』，卻是要不得的。自樹樣板或樹樣板，都是蠢事。對於藝術上的探索，可以不必急於做結論。以我個人的近作來說，有吸收了某些『意識流』手法的，也有吸收了侯寶林、馬季的相聲手法和阿凡提故事的幽默手法的，在《風箏飄帶》和《蝴蝶》中，我還有意識地吸收魯迅的雜文手法和李商隱的象徵手法。雖然，我一個人的能力有限，但我願意把路子走寬一些，我希望我的習作在藝術手法上呈現出一種多元的景象，我不想『一條道走到黑』，不想在藝術形式上搞一元化，『定於一』。」〔註47〕這種多元整合的文學觀念，一方面是王蒙洞悉了「五四文體」與「趙樹理文體」的一元化、定於一的弊端，另一方面是王蒙在創作生活中的經驗教訓，使他越發珍惜多元、平等的探討和自由創作的可貴局面。

　　綜上所述，我們看到，王蒙在新文學的宏觀視野中所進行的文體革命是在「五四文體」和「趙樹理文體」基礎上的一次多元整合，這種整合克服了

〔註47〕王蒙：《對一些文學觀念的探討》，《王蒙文集》第六卷，華藝出版社，1993
　　　年12月版，第65頁。

「五四文體」的愈來愈雅愈來愈純愈來愈詩化的傾向，同時也克服了「趙樹理文體」愈來愈土愈來愈俗愈來愈封閉狹窄的傾向，從而使小說文體趨向於既雅且俗既土亦洋的雜體化立體化的新的風貌。這是王蒙對新文學文體的最大貢獻。而實際上，雜體化或曰立體化的文體革命是一種具有很高的美學內涵的文體革命，雜體化特別是在語言上的雜語化，是巴赫金極為推崇的一種小說修辭方式。巴赫金認為：「任何一部小說作為一個整體，從其中體現的語言和語言意識來看，都是一個混合體。但我們再強調一次：這裡是有意而自覺為之的用藝術手法組織起來的混合體，並不是糊裏糊塗的機械的語言混雜（說得確切些，不是語言各種因素的混雜）。塑造語言的藝術形象，是小說中實行有意混合的目標所在。」〔註48〕在這裡巴赫金所說的雖然著重在小說語言方面，但我們完全也可以推廣至小說的文體方面，而文體的最終落腳點還是語言。因為各種體式各種手法的交融仍然是一種不同語言的交融，而「語言在自己歷史存在中的每一具體時刻，都是雜樣言語同在的；因為這是現今和過去之間、以往不同時代之間、今天的不同社會意識集團之間、流派組織等等之間各種社會意識相互矛盾又同時共存的體現。雜語中的這些『語言』以多種多樣的方式交錯結合，便形成了不同社會典型的新『語言』。」〔註49〕由是觀之，王蒙的文體革命或曰整合，也是歷史發展的必然要求。正如我們以上所論述的，「文革」後的歷史時期是社會文化各種矛盾激烈交鋒的時期，轉型期社會文化諸矛盾的空前複雜性決定了王蒙小說文體的多元整合的必要性，因為任何一元化、定於一的文化範式在激烈動盪的社會文化轉型期都是行不通的。實際上，在二十世紀八、九十年代的中國文壇，進行文體革命已經成為一種潮流，參與文體革命的作家並非王蒙一人，不僅有他同代作家，比如李國文、張賢亮、陸文夫等人，而且還有更為急進的後來者，比如像莫言、韓少功、殘雪，以及馬原、洪峰、格非、余華、蘇童、劉震雲等新潮作家，他們甚至比王蒙走得更遠更徹底，他們在文體創造上取得了喜人的成績，這也是不爭的事實。不過，他們在寫作上基本重複了「五四」新文學革命運動的老路，由於過分向西方學習，往往也給人曲高和寡的印象，至使一些先

〔註48〕巴赫金：《長篇小說話語》，白春仁譯，《巴赫金全集》第三卷，河北教育出版社，1998年版，第154頁。

〔註49〕巴赫金：《長篇小說話語》，白春仁譯，《巴赫金全集》第三卷，河北教育出版社1998年版，第71頁。

鋒作家不得不回頭調整自己的文體路數。〔註50〕這說明王蒙的這種多元整合式的雜體化文體革命的進路是更爲有效的方式。它代表了新的時代文體革命的方向，因而是建設性的，也是獨特的。

　　但王蒙文體也不是無懈可擊。他的文體也具有自己的局限性。這種局限性是與他的雜體性共生共存的。這種文體由於追求「雜」而顯得過分鋪排張揚，缺少了必要的節制和收斂，有時候在形式上過於隨意，從而使內容顯得單薄。不過，《青狐》的出版已經基本克服了這些傾向，《青狐》是王蒙小說文體的一個新的調整。它的故事性的回歸，使可讀性明顯增強了。這說明，王蒙在對「雜」的追求中開始注重有意識的節制，開始由恣意的張揚鋪排向有限度的內斂收攏。因爲，過分的「雜」可能會影響到「雜多而統一」的美學原則，過分的張揚與鋪排，也會妨礙對「混沌」或曰「渾朦」的美學效果的追求。在筆者對王蒙的訪談中，王蒙曾多次談到他對「雜多統一」的美學原則和「混沌」的美學效果的喜愛，我覺得，《青狐》的調整在對這些美學原則的追求上，是積極的。

小　結

　　本章探討王蒙小說文體形式與社會文化語境的關係。如果把文體放置在一個宏觀的文化「場域」中來考察，那麼，文體的意義顯然與權力具有了實質的關聯。文體在實質上就是一種權力關係——話語權力關係的體現。從這個意義上說，文體創新是對文壇上居統治地位的舊文體話語權力秩序的挑戰，也是在挑戰中確立自身話語權威合法性的一個過程。從這一角度研究王蒙小說文體創新的文化意義顯然是一個重要思路。可以說，王蒙在「文革」後文壇上的領袖地位的形成，與他在二十世紀八十年代初的文體創新對以現實主義文體權力秩序的挑戰並進而取得合法性地位有關。現實主義文體在中國現當代文學史上的話語霸權地位的形成和確立乃至最終走向反面，都是歷

〔註50〕先鋒派作家是成形於二十世紀八十年代中後期的一個小說流派。主要作家有馬原、洪峰、蘇童、余華、格非、孫甘露等人。他們的創作以形式上的大膽實驗爲特徵，深受加西亞‧馬爾克斯、博爾赫斯、羅布－格利耶等人的影響。九十年代以後，他們中的一些人不再從事創作，如馬原就到同濟大學做了教授，格非到清華大學從事文學研究和教學工作。一些人開始調整自己的創作，如蘇童和余華等，創作明顯趨向平實。另外殘雪也轉向對卡夫卡的研究，莫言的創作也具有了回歸本土文化的趨向，如《檀香刑》。

史文化發展的結果。王蒙在二十世紀八十年代初對現實主義文體話語權力秩序的挑戰並進一步取得合法性地位，也是歷史文化發展的結果。王蒙在二十世紀八十年代初所進行的注重感覺、注重人的內心世界的文體創新，也許是王蒙天性中早已存在的藝術靈氣，而新的歷史時期的觸發和塑形對王蒙這種藝術天性的建構起到了更爲重要的作用。實際上，王蒙所挑戰的話語權力，並不完全是現實主義本身，而是這種定於一尊的話語權力秩序。歷史的經驗教訓使王蒙形成了反對一切形式的獨斷論、極端化，主張多元化、相對性的文化哲學思想，故而他的文體形式不斷變化，不斷探索，實際上也是在自我消解自身的權威地位。不過，在客觀上，王蒙愈是堅持探索堅持先鋒姿態，他的話語權威地位就愈鞏固，在話語權力秩序中，王蒙成爲新的權威，是他不經意中的產物。然而，事實上的權力地位，使王蒙在九十年代不斷遭遇攻訐，這顯然與王蒙的在話語權力秩序中的特殊身份有關。實質上，王蒙在八、九十年代的文壇已經成爲一個連接主流意識形態與民間意識形態的橋梁和界碑。王蒙在九十年代不斷遭遇的兩面夾擊的境況，標誌著王蒙以及他們這一代知識分子的尷尬處境。文體的雜糅，整合，實質上是一種政治文化上的「抹稀泥」行爲。王蒙是體制內的改良派，他採用漸進的方式試圖改革體制的弊端，但決不會衝破體制。王蒙又是一個思想文化上的經驗主義者，但王蒙又不是培根意義上的實證的經驗主義者，而是體驗的經驗主義者。王蒙強調體驗，強調對生活的糾纏在一起的感悟。因此，他的人生經驗和政治智慧，都是在生活中體驗出來的。這使王蒙看起來顯得世故，甚至圓滑。這也是他遭遇攻訐的主要「罪證」。王蒙注定要遭遇誤解，歷史注定了他與他的同代人的尷尬的過渡代命運，因爲時代的文化矛盾已經宿命般地決定了他們的現實和未來。

　　時代的文化矛盾是王蒙小說文體的重要的決定因素。在中國二十世紀八十年代到九十年代的這一歷史時期內，時代的文化矛盾在急遽聚變，歷史文化的裂痕愈來愈大，而這些矛盾的核心就是信仰的缺失。改革開放在摧毀舊的意識形態崇拜之後，並沒有建立起有效的信仰體系，大行其道的反而是工具理性、實用理性。工具理性與實用理性所看重的是傚益而不是意義，這種重效益而不是意義的現實，更加加大了現實與歷史的鴻溝和隔膜。正是在這一背景中王蒙開始了他中斷了二十多年的寫作。王蒙畢生所作的努力實際上就是在不斷塡補歷史文化斷裂的鴻溝。理想與現實的矛盾是首當其衝的矛

盾。其次，前瞻與懷舊的矛盾和紀實與虛構的矛盾也是時代文化矛盾在王蒙小說文體中的表現。前瞻是指王蒙的總體思想是樂觀的，他在理智上對歷史的前行是充滿信心的，這是基於他對歷史的總體體驗；但在情感上王蒙是懷舊的，懷舊成為王蒙情感上的一個化不開的情結。懷舊的內容與形式體現為對歷史的深深的眷戀和追憶，但王蒙在理智上又深知歷史的弊端何在。由此可見，在王蒙懷舊與前瞻的矛盾中套疊著理智與情感的矛盾，而理智與情感的矛盾又是王蒙時代現代性悖論體驗的產物。紀實與虛構也是王蒙寫作中的一種矛盾現象。對於王蒙來說，歷史是他親身經歷的歷史，是活生生的生命體驗。對歷史的這種情感上的依戀和理智上的反思使得他不願意虛構歷史、剪裁歷史。他渴望著忠實地全面地甚至是史詩性地把當時的歷史還原出來，描摹出來，從而作為活的歷史見證，好為後人立此存照。然而，小說的本質是虛構，小說不是歷史也不是生活，小說要求給雜亂的生活以秩序，要求給無意義的事件以邏輯，實際上，任何方式的紀實都不存在，紀實是可疑的。王蒙的紀實與虛構的矛盾是我們時代文化矛盾的體現，正是這種矛盾使王蒙在文體上採用那種講說式的敘述語式，採用那種雜糅——整合式的多種修辭策略。

　　我們還可以把王蒙的小說文體放置在新文學的發展的鏈條上來看它所具有的獨特性及局限性。單就文體的發展來看，新文學史上的小說文體有兩類有代表性的文體形態：「五四文體」與「趙樹理文體」。「五四文體」相對於古典文體而言，是一次由古到今、由雅到俗、由中到西的文體運動，但是這樣一個俗化與西化的文學運動，當它一旦確立了自己的權威地位之後，便開始了向新的雅化和歐化方向發展。中國現代文學史上的大眾化與民族形式問題的討論就是對這種傾向的糾正。解放區文學所確立的「趙樹理方向」，是對「五四文體」的一次反動。「趙樹理文體」的特徵是通俗化、民間化和農民化。它的確立，是中國特定時代政治功利主義在文藝上的表現形式。「趙樹理文體」在某種意義上使文學藝術由雅到俗，由洋入土，實質上是由「五四」精英知識分子文化的價值取向向農民文化價值取向的墜落。這一墜落採取的是排斥知識分子文化，拒絕雅化洋化詩化的文體趨勢而獨尊民間形式的一次文體革命。二十世紀八十年代以後，王蒙在新文學的宏觀視野中所進行的文體革命是在「五四文體」和「趙樹理文體」基礎上的一次多元整合，這種整合克服了「五四文體」的愈來愈雅愈來愈純愈來愈詩化的傾向，同時也克服了「趙

樹理文體」愈來愈土愈來愈俗愈來愈封閉狹窄的傾向，從而使小說文體趨向
於既雅且俗既土亦洋的雜體化立體化的新的風貌。這是王蒙對新文學文體的
最大貢獻。不過，王蒙文體也具有自己的局限性。這種局限性是與他的雜體
性共生共存的。這種文體由於追求「雜」而顯得過分鋪排張揚，缺少了必要
的節制和收斂，有時候在形式上過於隨意，從而使內容顯得單薄。

結　語

　　以上我們分別從王蒙小說的語言、敘述、文類體式以及構成這些文體形式的語境諸方面對王蒙小說文體問題進行了粗略的勾勒。從各個方面的論述中，我們看到，王蒙在文體上形成了自己的獨有的特色，那就是雜體化立體化的傾向，從而創立了一種雜體小說或曰立體小說。這是王蒙對新文學的重要貢獻之一。現在我們歸納一下王蒙創造雜體小說或曰立體小說的基本思路：

　　首先在小說語言的共時層面，反思疑問式句類的大量選用，體現了王蒙懷疑、協商、對話、不確定等文化精神，而這種文化精神的確立，必然與傳統語言中的專制話語產生尖銳對立，王蒙對這種語言的調侃戲仿等反諷態度，就是一種解構的策略。解構是爲了建構，王蒙小說語言中大量的並置、閒筆的使用，就基本完成了語言的雜糅化立體化的變化。在語言的歷時層面，王蒙的小說語言經歷了一個由封閉到開放的過程，在二十世紀五、六十年代，王蒙小說語言是封閉的，確定的，純粹的，到了二十世紀八、九十年代，王蒙小說語言開始走向開放，出現了由純化向雜化的發展趨向。這種趨向，使王蒙的小說呈現爲一種「亞對話體」的風貌。

　　其次，王蒙小說在敘述上，改變了過去小說的敘述方式。由純粹的顯示向融顯示與講述爲一爐的講說性方向發展。這是一種「後講述」。這種「後講述」的敘述方式的改變是意義重大的。通過講說性，王蒙把現實世界納入小說文本，並通過讀者的建構，與小說中虛構的世界對接起來，從而形成相互審視的二元立體世界。王蒙通過對多重視角和不定視角的運用，使世界成爲多元相對的意識共同體。當然，視角是作爲一種觀察而存在的，而觀察是主

體的觀察，由於任何觀察都是在一定的時空體中進行的，因此，如何處理時間和空間就成為小說家特別重要的構造理念。王蒙善於將空間時間化，空間時間化是王蒙建立文本雙重語法的策略，而在文化上則是一種縫綴歷史斷裂的方式。

再次，由於以上兩點，王蒙在小說體式上，形成自己的獨特的有代表性的文本體式，即自由聯想體，諷諭性寓言體，擬辭賦體。這三類有代表性的小說體式，是王蒙對傳統和西方各種文類體式的整合凝定而成的具有創造性的文本體式。自由聯想體小說不僅吸收了西方意識流小說的手法，而且更重要的是繼承了我國傳統的比興特別是興的手法；諷諭性寓言體小說的血脈顯然導源於我國古代的諷諭詩與寓言體文論，而其中的幽默、調侃又與我國民間文化具有不解之緣，具體說來則是維吾爾人民的幽默智慧與北京的相聲文化潛移默化的結果；擬辭賦體小說是在以上二者的進一步整合基礎上形成的，它與我國古代的莊騷傳統與辭賦文化緊密相聯，其核心是現代反諷。這說明王蒙小說文體是有傳統淵源的，但王蒙的小說文體又是一種現代性生命體驗的產物，因而是一種新的創造，是繼承性與創造性的統一。

第四，王蒙小說文體的語境體現在作家心態和社會文化的變幻發展上。王蒙小說文體之所以會呈現出雜體化立體化特色，是王蒙身份認同與文化心理中的巨大矛盾決定的。同時轉型期時代社會文化的巨大矛盾，決定並制約著王蒙的文體形式。文體是一種話語權力，文體的變化印證著話語權力不斷盛衰更叠的歷史。這些東西都折射在具體的文體形式中。而從文體自身的發展史來看，王蒙文體的形成是建立在「五四文體」與「趙樹理文體」的的基礎之上的。「五四文體」作為精英知識分子文體在完成古典文體的白話革命之後，愈來愈純化雅化歐化；而「趙樹理文體」又在對「五四文體」的去精英化之後，走上了一條農民化、俗化乃至土化、浮淺化的狹窄道路，王蒙就是糾正了「五四文體」與「趙樹理文體」的雙向缺陷，從而整合了他們的各自優長而形成的一種新的文體即雜體。

由此可見，雜體小說或曰立體小說，決不是一種簡單的文體形式，而是蘊涵了作家豐富複雜的內心矛盾，同時也折射著轉型期社會文化的深重矛盾的一種文體。這種文體在美學觀念上，體現的是「雜多的統一」原則。王蒙說：「雜多，這是一種開放性。」〔註51〕開放性就是包容，就是兼收並蓄，就

〔註51〕 王蒙：《王蒙自述：我的人生哲學》，人民文學出版社，2003 年 1 月版，第 266 頁。

是平等民主地對待一切人和事。「雜多」又是多元的，交往的，承認差異和特殊性的博大的胸懷。那麼「統一」呢？「統一」在王蒙看來，「指的是一種價值選擇的走向，價值判斷的原則和交流互補的可能性。隨風倒，見什麼人說什麼話，蠅營狗苟，不負責任，機會主義，都是不可取的。」〔註52〕可見「統一」就是在一種統一的價值原則下，把「雜多」整合爲有機整體的一種狀態。統一就是要有一個基本的價值原則，統一就是摒棄相對主義也不要絕對主義。所以，「雜多的統一」就是有規範的開放，是一種把握好「度」的平衡原則，中庸原則。王蒙一生喜歡大海，大海形象地體現了王蒙「雜多的統一」原則。大海的雜糅性、包容性、整合性乃至超越博大性都是無與倫比的。

　　如果把王蒙的小說文體放置在一個更加闊大的文化背景上即現代性的框架內來考察，我們會看到王蒙文體所面對的更加複雜的語境。現代性這一概念是一個人言言殊的概念，它來源於西方，波德萊爾就把現代性看作既是短暫的、易逝的、偶然的，又是永恒的、不變的，這充分說明現代性的矛盾性本質。卡林內斯庫在《現代性的五副面孔》中就認爲，現代性是有多種面孔的一種難於界定的概念。〔註53〕保羅・德曼就認爲，「文學現代性毫不顧及歷史或文化境況，是教育或道德準則所無法達及的，而又在任何時候讓我們面臨著一種無法解決的悖論。」〔註54〕英國學者齊格蒙特・鮑曼則乾脆把自己的研究現代性的著作命名爲《現代性與矛盾性》。由此可見現代性就是一種矛盾和悖論的存在。在這裡我不打算去追根溯源，只是把現代性看作是一種體現了時間標記的引發人們新異體驗的悖論性存在的框架。中國的現代性顯然發源於鴉片戰爭時期，自鴉片戰爭以來，已經有一百多年的歷史了。因此，王蒙的寫作就是在這樣一個闊大的框架內，面對著多種傳統和現實的一種知識分子寫作。王蒙不僅面對著自延安以來的革命文學傳統，同時也面對著「五四」文學傳統，古典文學傳統，另外還有世界文學特別是俄羅斯和蘇聯文學傳統。在這樣多個傳統中，王蒙哪個也不能拋棄；同時，二十世紀八、九十年代中國的社會文化現實，又是一個共時性的歷史時空，所謂共時性歷史時空，就是在這個時代各種文化思潮、各種寫作風格都共存共在的一種文化狀

〔註52〕王蒙：《王蒙自述：我的人生哲學》，人民文學出版社，2003年1月版，第267頁。
〔註53〕參看馬泰・卡林內斯庫：《現代性的五副面孔》，顧愛斌、李瑞華譯，商務印書館，2002年版。
〔註54〕保羅・德曼：《文學史與文學現代性》，參見《解構之圖》，李自修等譯，中國社會科學出版社1998年2月版，第175頁。

態。在文藝上現實主義、現代主義、後現代主義在中國都有市場，在文化上，自由主義、保守主義、「新左派」各執己見……總而言之，在中國的這個現代性的大平臺上，最原始最落後與最時髦最先進同時並在，這就是我們的現實。因此，在王蒙的內心，我們這個奇妙的時代，就是一個空間時間化的標本。在這個時代既回響著「洋務運動」時期一代知識分子的「中體西用、富國強兵」的現代化思緒，也慷慨著改良知識分子和革命知識分子的政治激情，更有「五四」新文化知識分子沉重的歎息。蘇聯文學的光明夢抗拒不了歐風美雨的浸染，昂揚的理想與浪漫的往昔也注定要在排闥而來的全球化與市場化的獰笑中偃旗息鼓。年輕一代知識分子輕鬆堅定的「斷裂」宣言，〔註 55〕把歷史如同廢物一般地扔進垃圾堆……如果把我們的時代看作一個大文本的話，那麼，這個文本就是一個雜糅、矛盾、悖反、包容的大文本。因此，處在這樣一個時代的王蒙，以他的與時俱進的天性，他對現代性的體驗必然是複雜豐富痛苦無奈而又多味的，表達這種體驗的方式只能是雜糅包容整合，只能是雜多的統一和混沌朦朧的欲說還休。

綜上所述，我們可以說，王蒙的小說文體，不僅僅是文學問題，而且是觀念問題、文化問題，甚至是轉型期時代知識分子寫作與現代性悖論的關係問題，通過對王蒙文體的研究，我們可以領略到更多的歷史和時代文化的豐富的信息，可以觸摸到時代前行的脈搏，可以體驗到現代性的痛楚與無奈的抗拒和皈依，一句話，王蒙文體就是我們這個奇妙時代的象徵。

我在這裡所說的王蒙文體是我們這個奇妙時代的象徵，意味著王蒙仍然是時代文化的產物。時代文化鑄就了王蒙的個性心理，也鑄就了他的諸如多元、整合、相對、辨正的文化哲學思想以及寬容、建設的政治情懷。王蒙的這些個性心理，文化哲學思想和政治情懷又熔含在他的文體之中。因此，本文所探討的是王蒙的這些文化哲學思想和政治情懷是怎樣表達的，而不是這些文化哲學思想與政治情懷本身。探討這些文化哲學思想和政治情懷本身則是另外的專著或專文的事情了。

行文至此，有一個問題是不容迴避的，那就是如何評價王蒙的雜體（立體）小說。關於這個問題，儘管我在行文中力求做到客觀化，但傾向性還是

〔註 55〕二十世紀九十年代後期，以朱文、韓東為代表的晚生代作家們，發起了一個以「斷裂」命名的調查活動，該活動公然宣稱自己與八十年代以前文學文化傳統的斷裂。見《斷裂：一份問卷和五十六份答案》，發起、整理：朱文，《北京文學》，1998 年第 10 期。

自然而然地流露出來。我覺得王蒙的雜體（立體）小說是一種創新，它提供給當代文學史的東西是一種彌足珍貴的新質。它是獨特的，不可重複的。關於這一點許多人並沒有看到，他們對王蒙小說的批評，顯然依據的仍然是固有的審美思維定勢。這一審美思維定勢的潛規則就是高雅、精製、純粹、含蓄等等，而王蒙的雜體（立體）小說恰恰打破的正是這種審美思維潛規則，它主張的恰恰是雜糅、整合、張揚、狂歡等審美規範。因此，需要改變這種固有的審美思維定勢，只有從另一個全新的角度來審視王蒙文體問題，才有可能領會王蒙這種小說的新的美學特質和風範。這並不是說王蒙的雜體（立體）小說就一定比那些「純粹」的小說（與王蒙小說相對而言）要高明，而是說王蒙的小說具有了與其他小說不同的特質，它們是應該且能夠相互影響和同時並存的，只有這樣才符合多元並舉的時代精神。

　　當然，王蒙的雜體（立體）小說雖然提供了足夠的新質，但並不意味著它的完美無缺，它也和「純粹」小說一樣，也是有自己的局限性的。關於這個局限性我在前面已經談到，需要補充的是，這種雜糅整合有時也可以淹沒思想的鋒芒，這就是我們在閱讀王蒙的時候，很難抓住他的思想脈絡，他把他的思想鋒芒雜糅在他的複雜的意緒中了。複雜性成為他的思想明晰性的掩體。也許「說出複雜性」正是王蒙小說的重要價值，但作為一個大作家，只是「說出複雜性」我們顯然不能滿足，我們希望得到的是在這「複雜性」背後的作家自己深刻的思想體系。誠然，多元、相對、辨正、整合、超越、寬容、建設等等思想也是自成體系的，但我仍不能滿足，我仍然覺得，王蒙的小說中還應該具有那種對歷史、對人生、對存在的深刻通透的領悟和震撼人心的思想力量，這種很高的要求，對於年逾七十、積累了足夠豐富的人生經驗的作家而言，是應該有能力達到的。

主要參考文獻

一、王蒙著作

1. 王蒙：《王蒙文集》，1～10 卷。北京：華藝出版社，1993 年 12 月版。
2. 王蒙：《戀愛的季節》，北京：人民文學出版社，1993 年 4 月版。
3. 王蒙：《失態的季節》，北京：人民文學出版社，1994 年 10 月版。
4. 王蒙：《躊躇的季節》，北京：人民文學出版社，1997 年 10 月版。
5. 王蒙：《狂歡的季節》，北京：人民文學出版社，2000 年 5 月版。
6. 王蒙：《青狐》，北京：人民文學出版社，2004 年 1 月版。
7. 王蒙：《玫瑰春光》（中短篇小說集），北京：中國華僑出版社，2001 年 1 月版。
8. 王蒙：《王蒙自述：我的人生哲學》，北京：人民文學出版社，2003 年 1 月版。
9. 王蒙：《笑而不答　玄思小說》（小小說集），瀋陽：遼寧教育出版社，2002 年 6 月版。
10. 王蒙：《王蒙的詩　雨點集》，北京：人民文學出版社，2001 年 11 月版。
11. 王蒙：《暗殺——3322》，《王蒙文存》（三），北京：人民文學出版社，2003 年 9 月版。
12. 王蒙：《來勁》，《王蒙文存》（十二），北京：人民文學出版社，2003 年 9 月版。
13. 王蒙：《王蒙談小說》，南昌：江西高校出版社，2003 年 10 月版。
14. 王蒙：《接納大千世界》，瀋陽：春風文藝出版社，2003 年 8 月版。
15. 王蒙：《我是王蒙》，北京，團結出版社，1996 年 9 月版。
16. 王蒙：《繪圖本王蒙舊體詩集》，上海：上海古籍出版社，2001 年 1 月版。

17. 王蒙、郜元寶：《王蒙郜元寶對話錄》，蘇州；蘇州大學出版社，2003 年 8 月版。

二、王蒙研究著作（集）

1. 徐紀明，吳毅華編：《王蒙專集》，貴陽；貴州人民出版社，1984 年 2 月版。

2. 曾鎮南：《王蒙論》，北京；中國社會科學出版社，1987 年 11 月版。

3. 夏冠洲：《用筆思考的作家——王蒙》，烏魯木齊；新疆大學出版社，1996 年 3 月版。

4. 汪昊：《王蒙小說語言論》，石家莊；花山文藝出版社，1998 年 12 月版。

5. 于根元、劉一玲：《王蒙小說語言研究》，大連；大連出版社，1989 年版。

6. 王一川：《漢語形象美學引論》，廣州；廣東人民出版社，1999 年 9 月版。

7. 崔建飛編：《王蒙作品評論集粹》，青島；中國海洋大學出版社，2003 年 9 月版。

8. 曹玉如編：《王蒙年譜》，青島；中國海洋大學出版社，2003 年 9 月版。

9. 何西來主編：《名家評點王蒙名作》，青島；中國海洋大學出版社，2003 年 9 月版。

10. 李揚編：《走近王蒙》，青島；中國海洋大學出版社，2003 年 9 月版。

11. 方蕤：《王蒙——「放逐」新疆十六年》，北京；東方出版社，1995 年 10 月。

12. 方蕤：《我與王蒙》，南寧；廣西教育出版社，1998 年 5 月第 1 版。

13. 方蕤：《我的先生王蒙》，武漢；長江文藝出版社，2004 年 3 月。

14. 吳炫：《中國當代文學批判》，上海；學林出版社，2001 年 8 月。

15. 丁東、孫珉選編：《世紀之交的衝撞——王蒙現象爭鳴錄》，北京；光明日報出版社，1996 年 1 月。

16. 賀興安：《王蒙評傳》，北京；作家出版社，2004 年 1 月。

三、王蒙研究重要論文

1. 編者按：《關於〈組織部新來的青年人〉的討論》，《文藝學習》，1956 年第 12 期。

2. 增輝：《一篇嚴重歪曲現實的小說》，《文藝學習》，1956 年第 12 期。

3. 王冬青：《生動地揭露了新式官僚主義的嘴臉》，《文藝學習》，1956 年第 12 期。

4. 唐定國：《林震是我們的榜樣》，《文藝學習》，1956 年第 12 期。

5. 劉紹棠、叢維熙：《寫真實——社會主義現實主義的生命核心》，《文藝學

習》，1957 年第 1 期。

6. 艾克思：《林震究竟向娜斯佳學了些什麼》，《文藝學習》，1957 年第 2 期。

7. 馬寒冰：《準確地去表現我們時代的人物》，《文藝學習》，1957 年第 2 期。

8. 李希凡：《評〈組織部新來的青年人〉》，《文匯報》，1957 年 2 月 9 日。

9. 唐摯：《什麼是典型環境？——與李希凡同志商榷》，《文匯報》，1957 年 2 月 25 日。

10. 秦兆陽：《達到的和沒有達到的》，《文藝學習》，1957 年第 3 期。

11. 唐摯：《談劉世吾性格及其它》，《文藝學習》，1957 年第 3 期。

12. 劉賓雁：《道是無情卻有情》，《文藝學習》，1957 年第 3 期。

13. 康濯：《一篇充滿矛盾的小說》，《文藝學習》，1957 年第 3 期。

14. 周培桐、楊田村等：《「典型環境」質疑——與李希凡同志商榷》，《光明日報》，1957 年 3 月 9 日。

15. 林默涵：《一篇引起爭論的小說》，《人民日報》，1957 年 3 月 12 日。

16. 《嚴肅對待作家的創作勞動——〈人民文學〉編者修改小說〈組織部新來的青年人〉有錯誤》，《人民日報》，1957 年 6 月 7 日。

17. 「人民文學」編輯部整理：《「人民文學」編輯部對「組織部新來的青年人」原稿的修改情況》，《人民日報》，1957 年 5 月 9 日，第 7 版。

18. 敏澤：《從幾篇作品談藝術的真實性問題》，《文藝報》，1957 年 7 月 12 日。

19. 姚文元：《文學上修正主義思潮和創作傾向》，《人民文學》，1957 年第 11 期

20. 李希凡：《所謂「干預生活」、「寫真實」的實質是什麼？》，《人民文學》，1957 年第 11 期。

21. 劉興輝：《王蒙的「處女作」——〈青春萬歲〉》，《新文學論叢》（季刊），1979 年第 1 期。

22. 雷達：《「春光唱徹方無憾」——訪作家王蒙》，《文藝報》，1979 年第 4 期第 34 頁。

23. 王杏有：《文藝應肩負起「干預生活」的使命——重讀〈組織部新來的青年人〉》，《遼寧大學學報》，1979 年第 5 期。

24. 王鴻英：《真正的青春——評〈青春萬歲〉》，《人民日報》，1979 年 7 月 14 日。

25. 夏耘：《布爾塞維克的敬禮——讀王蒙的〈布禮〉》，《文藝報》，1980 年第 2 期。

26. 劉思謙：《讀〈青春萬歲〉致王蒙》，《讀書》，1980 年 3 月號。

27. 曾鎮南：《現代青年心靈的一隅——讀〈風箏飄帶〉》，《新文學論從》（季

刊）1980 年第 3 期。

28. 張放：《王蒙小說中「意識流」手法的運用》，《文藝理論研究》，1980 年
第 3 期第 193 頁。

29. 曾鎮南：《心靈深處唱出的歌——讀王蒙的小說〈夜的眼〉〈春之聲〉〈海
的夢〉》，《新文學論叢》（季刊）1981 年第 4 期。

30. 閻綱：《小說出現新寫法——談王蒙近作》，《北京師院學報》，1980 年第
4 期第 26～31 頁。

31. 陸貴山：《談王蒙小說創作的創新》，《北京師院學報》，1980 年第 4 期第
41～44 頁。

32. 劉思謙：《生活的波流——讀〈布禮〉與〈蝴蝶〉》，《新文學論叢》（季刊）
1980 年第 4 期。

33. 李陀：《現實主義和「意識流」——從兩篇小說運用的藝術手法談起》，《十
月》，1980 年第 4 期。

34. 劉夢溪：《王蒙的創作和新時期文學發展的趨向》，《十月》，1980 年第 5
期第 212～224 頁。

35. 克非：《引人注目的探索——評王蒙的近作兼論創作方法的多樣性》，《學
習與探索》，1980 年第 6 期第 127～130 頁。

36. 曉立、王蒙：《關於創作的通信》，《文學評論》，1980 年第 6 期。

37. 周姬昌：《「一切景語皆情語」——讀王蒙的短篇小說〈春之聲〉》，《人民
日報》，1980 年 7 月 2 日第 5 版。

38. 劉心武：《他在吃蝸牛》，《北京晚報》，1980 年 7 月 8 日。

39. 劉心武：《「複調小說」和「怪味小說」》，《北京晚報》，1980 年 7 月 12
日。

40. 陳俊峰：《我失望了——致王蒙》，《北京晚報》，1980 年 7 月 17 日第 3
版。

41. 嚴文井：《給王蒙同志的信（附王蒙的回信）》，《北京晚報》，1980 年 7
月 21 日。

42. 張維安：《不是失望，是大有希望！》，《北京晚報》，1980 年 7 月 26 日
第 3 版。

43. 王志宇：《曲高和寡對誰談——評王蒙的近作》，《北京晚報》，1980 年 8
月 6 日第 3 版。

44. 方順景：《創造新的藝術世界——試論王蒙近年來的藝術探索》，《文藝
報》，1980 年第 8 期第 33～37 頁。

45. 仲呈祥：《引人注目的探索——圍繞王蒙同志小說創作開展的討論》，《文
匯報》，1980 年 8 月 27 日第 3 版。

46. 陳俊濤：《發掘人物的內心世界——王蒙新作〈蝴蝶〉讀後》，《文匯報》，1980 年 8 月 27 日第 3 版。

47. 張鍾：《王蒙的新探索——談〈蝴蝶〉等六篇小說手法上的特點》，《光明日報》，1980 年 9 月 28 日第 4 版。

48. 何新：《獨具匠心的佳作——評王蒙〈夜的眼〉》，《讀書》，1980 年第 10 期第 34～38 頁。

49. 任駟：《不要背離讀者——兼和王蒙同志商榷》，《文藝報》，1980 年第 12 期。

50. 楊江柱：《「意識流」小說在中國的兩次崛起——從〈狂人日記〉到〈春之聲〉》，《武漢師院學報》，1981 年第 1 期。

51. 藍田玉：《王蒙近作一些值得注意的問題》，《海南師專學報》，1981 年第 1 期。

52. 吳野：《文學與革新——由王蒙近作討論引起的思考》，《北京文藝》，1981 年第 2 期。

53. 曾鎮南：《有濃度和熱度的幽默感——談王蒙的三篇小說近作》，《新疆文學》，1981 年 2 月號。

54. 張炳：《一束奇異的花——讀〈布禮〉等小說後給王蒙的一封信》，《芒種》，1981 年第 2 期。

55. 梁東方：《關於王蒙近作的討論》，《光明日報》，1981 年 5 月 1 日。

56. 賀光鑫整理：《關於王蒙作品的評價問題》，《文學評論》，1981 年第 5 期。

57. 王東明：《「別忘記我們」——讀〈蝴蝶〉》，《讀書》，1981 年 6 月號。

58. 添丞：《有益的探索——關於「意識流」和王蒙新作的討論》，《作品與爭鳴》，1981 年 8 月號。

59. 何西來：《心靈的搏鬥與傾吐——王蒙的創作》，《當代作家評論專號．文學評論叢刊》，第十輯，《文學評論》編輯部編，中國社會科學出版社，1981 年 8 月第 1 版。

60. 曾鎮南：《兩代人的青春之歌——讀王蒙〈深的湖〉》，《讀書》，1981 年第 9 期。

61. 鄭波光：《王蒙藝術追求初探》，《文學評論》，1982 年第 1 期第 67～81 頁。

62. 石蕭：《忠於生活，思考生活——評王蒙近作的藝術手法》，《鍾山》，1982 年第 1 期。

63. 李幼蘇：《關於王蒙創作討論中幾個問題的意見》，《當代文藝思潮》，1982 年第 2 期。

64. 黃政樞：《淺談幾部中篇小說的結構藝術》，《鍾山》，1982 年第 2 期。

65. 劉紹棠：《我看王蒙的小說》，《文學評論》，1982 年第 3 期第 60～68 頁。

66. 徐懷中：《追隨著時代前進的步伐──致王蒙同志信》，《文學評論》，1982 年第 3 期第 63～64 頁。

67. 馮驥才：《王蒙找到了自己──記與英國人的一次對話》，《文學評論》，1982 年第 3 期第 65～68 頁。

68. 曹布拉：《王蒙近期小說的語言風格散論》，《浙江學刊》，1982 年第 4 期第 79～84 頁。

69. 皇甫積慶：《淺談王蒙小說的藝術開拓──兼與鄭波光同志商榷》，《青海社會科學》，1982 年第 6 期。

70. 章子仲：《〈相見時難〉的開拓──讀王蒙作品札記之二》，《武漢師範學院學報》，1982 年第 6 期。

71. 馮驥才：《話說王蒙》，《文匯月刊》，1982 年第 7 期第 44～49 頁。

72. 程德培：《紮根在現實的土壤上──讀小說〈相見時難〉》，《文匯報》，1982 年 9 月 24 日。

73. 高行健：《讀王蒙的〈雜色〉》，《讀書》，1982 年第 10 期第 36～41 頁。

74. 何西來：《探尋者的心蹤──王蒙近年來的創作》，《鍾山》，1983 年第 1 期第 63～64 頁。

75. 林興宅：《試論〈風箏飄帶〉的美學特徵》，《廈門大學學報》，1983 年第 1 期第 78～84 頁。

76. 〔美〕菲爾·威廉斯：《一只有光明尾巴的現實主義的「蝴蝶」──評王蒙的中篇〈蝴蝶〉》，《當代文藝心潮》，1983 年第 1 期第 37 頁。（劉嘉珍譯）

77. 陳孝英：《論王蒙小說的幽默風格》，《文學評論》，1983 年第 2 期。

78. 暢廣元：《廣泛的真實性原則──論王蒙的藝術追求》，《陝西師大學報》，1983 年第 2 期。

79. 騰雲：《繼承·借鑒·民族化──從王蒙的近作談起》，《十月》，1983 年第 2 期。

80. 吳亮：《王蒙小說思想漫評》，《文藝理論研究》，1983 年第 2 期。

81. 金宏達：《王蒙創新試驗的性質和方法問題》，《芙蓉》，1983 年第 4 期。

82. 曾鎮南：《也談〈雜色〉》，《作品與爭鳴》，1983 年第 3 期。

83. 陳孝英：《突破創新與風格、流浪，子雲的多樣化──從王蒙對意識技巧的借鑒談起》，《延河》，1983 年第 8 期。

84. 陳孝英：《訪王蒙──幽默，象徵，雜色兩套神經》，《延河》，1984 第 1 期

85. 陳孝英、李晶：《「經」「緯」交錯的小說新結構》，《當代作家評論》，1984

年第 1 期。

86. 徐俊西:《社會主義文學的道路上不斷求索——論王蒙小說的創作思想和藝術特徵》,《當代作家評論》,1984 年第 2 期。

87. 〔蘇〕C 托羅普採夫:《王蒙對文學創作的探究》,《鍾山》,1984 年第 5 期第 221～224 頁。

88. 陳孝英、李晶:《在廣闊的現實主義道路上——讀王蒙 1983 年小說散記》,《當代作家評論》,1984 年第 5 期第 26～31 頁。

89. 鄭波光:《王蒙中篇小說〈雜色〉的象徵》,《當代文壇》,1984 年第 10 期第 27～30 頁.

90. 周政保:《他以自己的方式寫著嚴肅的人生——讀王蒙的系列小說〈在伊犁〉》,《文藝報》,1984 年第 12 期 14～17 頁。

91. 石天河:《〈蝴蝶〉與東方意識流》,《當代文藝思潮》,1985 年第 1 期第 4～10 頁。

92. （蘇）C.A. 托羅普採夫:《王蒙:創作探索和收穫》,《當代文藝思潮》,1985 年第 1 期第 16～20 頁。（理然譯）

93. 曾潤福:《試析王蒙小說中雜文手法的運用》,《當代文壇》,1985 年第 7 期第 56～58 頁。

94. 謝泳:《作家的眼淚——讀王蒙的小說〈冬天的話題〉》,《文學報》,1985 年 11 月 28 日第 3 版。

95. 武慶雲:《王蒙的〈買買提處長軼事〉和美國黑色幽默》,《鄭州大學學報》,1986 年第 1 期第 17～24 頁。

96. 于根元:《王蒙小說設計的套話》,《語文研究》,1986 年第 2 期第 36～42 頁。

97. 劉雲泉:《語體的新手段:王蒙意識流小說的語言特色》,《杭州大學學報》,1986 年第 2 期第 81～88 頁。

98. 成理:《王蒙研究述評》,《當代文藝探索》,1986 年第 3 期第 21～26 頁。

99. 吳方:《在「雜色」後面——對王蒙小說局限性的思考》,《文藝爭鳴》,1986 年第 5 期第 50～54 頁。

100. 曾鎮南:《歷史的報應與人的悲劇——談〈活動變人形〉及其他》,《當代》,1986 年第 4 期第 259～268 頁。

101. 謝欣:《悲劇的性質,悲劇的人生——讀王蒙長篇近作〈活動變人形〉》,《小說評論》,1986 年第 5 期第 34～39 頁。

102. 曾鎮南:《談王蒙幽默風格的現實思想基礎》,《江淮淪壇》,1986 年第 5 期第 55～62 頁。

103. 曾鎮南:《以幽默的方式掌握現實》,《當代文壇》,1986 年第 5 期第 32

～36 頁。

104. 劉再復：《摯愛到冷峻的精神審判——評王蒙的〈活動變人形〉》，《文藝報》，1986 年 7 月 26 日第 2 版。

105. 雷達：《天道有常，精進不已：讀〈名醫梁有志傳奇〉》，《紅旗》，1986年第 14 期。

106. 季紅真：《廣闊的時空背景與多維的心理意向——讀王蒙的〈活動變人形〉》，《中國文化報》，1986 年 7 月 30 日第 3 版。

107. 郜元寶、宋炳輝：《文化的命運和人的命運——論王蒙的〈活動變人形〉及其他》，《上海文論》，1987 年第 1 期第 24～27，37 頁。

108. 曾鎮南：《結構方式與生活的律動——王蒙小說片論》，《文藝理論與批評》，1987 年第 1 期第 49～58 頁。

109. 曾鎮南：《獨拔於世的散文體小說——王蒙小說總體評價之一（上）》，《當代文藝探索》，1987 年第 2 期第 33～38 頁。

110. 宋炳輝：《寬容背後的激情：王蒙小說創作的自我超越》，《當代作家評論》，1987 年第 2 期第 4～9 頁

111. 周保政：《關於「雜色」的雜談》，《當代作家評論》，1987 年第 2 期第 31～37 頁。

112. 林焱：《知識分子靈魂的審視——評〈活動變人形〉》，《當代作家評論》，1987 年第 2 期第 24～30 頁。

113. 〔蘇〕謝·阿·托羅普採夫著、王燎譯：《王蒙小說中「未自我實現的衝突」》，《當代文藝探索》，1987 年第 3 期 58～60，27 頁。

114. 曾鎮南：《王蒙對五十年代愛情生活的探索和反思》，《江淮論壇》，1987年第 3 期 44～54 頁。

115. 曾鎮南：《惶惑的精靈——王蒙小說片論》，《文學評論》，1987 年第 3 期第 54～64 頁。

116. 曾鎮南：《獨拔於世的散文小說——王蒙小說總體評價之二（下）》，《當代文藝探索》，1987 年第 3 期第 52～57 頁。

117. 李春林：《王蒙與意識流文學東方化》，《天津社會科學》，1987 年第 6 期第 71～77、39 頁。

118. 張玉君：《讀〈來勁〉的印象和思考》，《作品與爭鳴》，1987 年第 10 期第 8～9 頁。

119. 蘇志松：《我讀〈來勁〉不來勁》，《作品與爭鳴》，1987 年第 10 期第 9頁。

120. 譚庭浩：《王蒙：一種風格，一種局限》，《中山大學學報》，1988 年第 1期第 99～108 頁。

121. 吳秉傑：《「來勁」與「不來勁」隨你——讀王蒙的〈來勁〉》，《文學自由談》，1988 年第 1 期第 85～89 頁。

122. 宋耀良：《現代孔乙己與批評精神——評王蒙〈活動變人形〉》，《文學評論》，1988 年第 2 期第 67～73 頁。

123. 孟悅：《語言縫隙造就的「敘事」——〈致愛麗絲〉〈來勁〉試析》，《當代作家評論》，1988 年第 2 期第 84～90 頁。

124. 甄春蓮：《王蒙小說語言漫議》，《文學評論家》，1988 年第 2 期第 59～61 頁。

125. 王宗法：《王蒙的「來勁」並不來勁》，《百家》，1988 年第 2 期第 21～23 頁。

126. 葉櫓：《倪吾誠論》，《廣西師院學報》，1988 年第 2 期第 46～53 頁。

127. 劉一玲：《不斷探索的歷程——王蒙小說語言的歷時發展》，《修辭學習》，1988 年第 3 期第 24～26 頁。

128. 于根元：《他有待於寫出更加成熟的作品——王蒙小說語言的不足之處》，《修辭學習》，1988 年第 3 期第 41～43 頁。

129. （蘇）C・托羅普採夫、王燎譯：《中國作家對蘇維埃國家的印象：評王蒙〈訪蘇心潮〉》，《當代作家評論》，1988 年第 3 期第 85～87 頁。

130. 李書磊：《在〈海的夢〉的「達觀」背後》，《文學自由談》，1988 年第 3 期第 134～138 頁。

131. 孟悅：《讀〈庭院深深〉》，《文學自由談》，1988 年第 4 期第 101～106 頁。

132. 周健民：《王蒙近期小說的句式特點》，《武漢教育學院學報》，1988 年第 4 期第 54～62 頁。

133. 郜元寶：《特殊的讀者意識與文體風格——王蒙小說別一解》，《小說評論》，1988 年第 6 期第 82～87 頁。

134. 席揚：《王蒙：面對十年之後的沉思》，《江漢論壇》，1988 年第 9 期第 48～52 頁。

135. 吳炫：《作為文化現象的王蒙》，《當代作家評論》，1989 年第 2 期第 28～37 頁。

136. 月斧：《悖反的效應：王蒙小說魔術》，《當代作家評論》，1989 年第 2 期第 21～27 頁。

137. 郜元寶：《〈來勁〉與關於〈來勁〉的非議》，《文藝爭鳴》，1989 年第 2 期第 72～73 頁。

138. 徐其超：《辯證綜合：王蒙小說創新模式》，《社會科學研究》，1989 年第 3 期第 110～115 頁。

139. 畢光明：《人生現實與文學現實：王蒙審美意識的張力場》，《當代文壇》，

1989 年第 3 期第 2～5 頁。

140. 張鍾：《王蒙現象探討》，《文學自由談》，1989 年第 4 期第 90～97 頁。

141. 王鷹飛：《王蒙小説模式談》，《文學自由談》，1990 年第 4 期第 45～49，73 頁。

142. 張來民：《〈來勁〉之迷破譯》，《河南大學學報》，1990 年第 5 期第 67～69 頁。

143. 陳本俊：《論王蒙小説對相聲手法的運用》，《中國文學研究》，1991 年第 3 期第 88～95 頁。

144. 山人：《〈堅硬的稀粥〉是一篇什麼作品？》，《文藝理論與批評》，1991 年第 6 期第 140～142 頁。

145. 愼平：《讀者來信》，《文藝報》，1991 年 9 月 14 日。

146. 淳于水：《爲什麼「稀粥」還會「堅硬」呢？》，《中流》，1991 年第 10 期。

147. 本報記者：《〈堅硬的稀粥〉起波瀾——王蒙上訴北京中院》，《文匯讀書周報》，1991 年 10 月 19 日。

148. 潘凱雄：《出現在「戀愛的季節」中的……》，《當代作家評論》，1993 年第 2 期第 7～12 頁。

149. 吳辛丑：《奇妙的「堆砌」——談王蒙作品中的繁複現象》，《語文月刊》，1993 年第 4 期第 6～7 頁。

150. 王彬彬：《過於聰明的中國作家》，《文藝爭鳴》，1994 年第 6 期。

151. 郜元寶：《戲弄與謀殺：追憶烏托邦的一種語言策略——詭説王蒙》，《作家》，1994 年第 2 期。

152. 陳思和：《關於烏托邦語言的一點感想——致郜元寶，談王蒙小説的特色》，《文藝爭鳴》，1994 年第 2 期第 43～53 頁。

153. 王幹：《寓言之翁與狀態之流——王蒙近作走向談片》，《文藝爭鳴》，1994 年第 2 期第 54～62 頁。

154. 王幹：《重寫的可能與意義：關於王蒙的〈戀愛的季節〉》，《小説評論》，1994 年第 3 期第 31～35 頁。

155. 王春林：《話語、歷史與意識形態——評王蒙長篇小説〈失態的季節〉》，《小説評論》，1994 年第 6 期第 18～24 頁。

156. 王培元：《以新的方式「和自己的過去訣別」——王蒙〈失態的季節〉的喜劇類型和語言》，《文藝爭鳴》，1995 年第 2 期第 61～69 頁。

157. 高增德、謝泳：《話説王蒙——談當代知識分子的精神純潔性》，《東方》，1995 年第 3 期第 46～48 頁。

158. 陶東風：《從「王蒙現象」談到文化價值的建構》，《文藝爭鳴》，1995 年

第 3 期第 4～11 頁。

159. 郜元寶：《閱讀與想像：致陳思和，再談王蒙小說的語言與抒情》，《小說評論》，1995 年第 4 期第 57～62 頁。

160. 南帆：《反諷：結構與語境──王蒙、王朔小說的反諷修辭》，《小說評論》，1995 年第 5 期第 77～85 頁。

161. 王培元：《「一個人遠遊」：王蒙小說的一個模式》，《當代作家評論》，1995 年第 6 期第 25～29 頁。

162. 一老者：《王蒙爲什麼躲避崇高》，《作品與爭鳴》，1996 年第 2 期第 74、76 頁。

163. 王一川：《王蒙、張煒們的文體革命》，《文學自由談》，1996 年第 3 期第 57～62 頁。

164. 王毅：《語言操作的快感：對王蒙的〈暗殺〉所作的語言分析》，《當代文壇》，1996 年第 5 期第 18～21 頁。

165. 何西來等：《多元與兼容》，《文藝爭鳴》，1996 年第 6 期第 59～65 頁。

166. 謝冕、洪子誠等：《重讀〈組織部來了個年輕人〉》，《海南師院學報》，1997 年第 3 期第 18～27，33 頁。

167. 童慶炳：《隱喻與王蒙的雜色》，《文學自由談》，1997 年第 5 期第 138～142 頁。

168. 李廣倉：《焦慮與遊戲：王蒙創作心理闡釋》，《鍾山》，1997 年第 5 期第 196～208 頁。

169. 孫郁：《王蒙：從純粹到雜色》，《當代作家評論》，1997 年第 6 期第 11～18 頁。

170. 董之林：《論青春體小說──50 年代藝術類型之一》，《文學評論》，1998 年第 2 期第 27～38 頁。

171. 李廣倉：《迷失與逃亡──對王蒙「季節系列」人物的一種解讀》，《北京社會科學》，1998 年第 2 期第 141～146 頁。

172. 曹書文、吳澧波：《懷舊情結與王蒙的小說創作》，《當代文壇》，1998 年第 2 期第 19～23 頁。

173. 王春林：《政治、人性與苦難記憶──王蒙「季節」系列的寫作意義》，《小說評論》，1999 年第 3 期第 55～60 頁。

174. 王啓凡：《王蒙小說的文化色彩》，《錦州師範學院學報》，2000 年第 1 期第 62～64 頁。

175. 吳廣晶：《王蒙小說：生活與敘事的糾纏》，《首都師範大學學報》，2000 年第 5 期第 82～93 頁。

176. 王春林：《政治與王蒙小說》，《當代作家評論》，2000 年第 6 期 80～86

頁。

177. 江湖、閻琳：《王蒙：漫步在「季節」的長河》，《文藝報》，2000 年 6 月 20 日第 1 版。

178. 陶東風：《論王蒙的「狂歡體」寫作》，《文學報》，2000 年 8 月 3 日第 3 版。

179. 林賢治：《五十年：散文與自由的一種觀察》，《書屋》，2000 年第 3 期。

180. 張志忠：《追憶逝水年華——王蒙「季節」系列小說論》，《文學評論》，2001 年第 2 期，第 16～23 頁。

181. 童慶炳：《歷史緯度與語言緯度的雙重勝利》，《文藝研究》，2001 第 4 期。

182. 南帆：《革命、浪漫與凡俗》，《文學評論》，2002 年第 2 期。

183. 郜元寶：《「說話的精神」及其他——略說「季節系列」》，《當代作家評論》，2003 年第 5 期，第 21～30 頁。

184. 童慶炳：《作為中國當代小說藝術的「探險家」的王蒙》，中國海洋大學學報（社會科學版）2003 年第 6 期。

185. 王春林：《「說出複雜性」的「反現代化敘事」——評王蒙的長篇小說〈青狐〉》，《南方文壇》，2004 年第 4 期。

四、相關理論著作（國內）

1. 童慶炳：《文體與文體的創造》，昆明；雲南人民出版社，1994 年 5 月。

2. 童慶炳：《文學活動的審美緯度》，北京；高等教育出版社，2001 年 3 月。

3. 童慶炳、謝世涯、郭淑云：《現代學術視野中的中華古代文論》，北京；北京出版社，2002 年 5 月。

4. 童慶炳等：《文學藝術與社會心理》，北京；高等教育出版社，1997 年 7 月。1～519。

5. 申丹：《敘述學與小說文體學研究》，北京；北京大學出版社，2001 年 5 月第二版。

6. 趙毅衡：《當說者被說的時候——比較敘述學導論》，北京；中國人民大學出版社，1998 年 10 月。

7. 陶東風：《文體演變及其文化意味》，昆明；雲南人民出版社，1994 年 5 月。

8. 陶東風：《社會轉型與當代知識分子》，上海；上海三聯書店，1999 年 9 月版。

9. 陶東風：《文化研究：西方與中國》，北京；北京師範大學出版社，2002 年 3 月。

10. 羅鋼：《敘事學導論》，昆明；雲南人民出版社，1994 年 5 月。

11. 王一川：《審美體驗論》，天津；百花文藝出版社，1999 年。

12. 王一川：《修辭論美學》，長春；東北師範大學出版社，1997 年 5 月。

13. 王一川：《中國現代性體驗的發生》，北京；北京師範大學出版社，2001 年 10 月。

14. 程正民：《巴赫金的文化詩學》，北京；北京師範大學出版社，2001 年 10 月。

15. 李春青：《宋學與宋代文學觀念》，北京；北京師範大學出版社，2001 年 10 月。

16. 李春青：《烏托邦與詩——中國古代士人文化與文學價值觀》，北京；北京師範大學出版社，1995 年 10 月。

17. 唐躍、譚學純：《小說語言美學》，安徽教育出版社，1995 年 1 月。

18. 汪暉：《反抗絕望》，石家莊；河北教育出版社，2000 年 1 月。

19. 汪暉：《汪暉自選集》，桂林；廣西師範大學出版社，1997 年 9 月。

20. 王岳川：《二十世紀西方哲性詩學》，北京；北京大學出版社，1999 年 1 月。

21. 張世英：《天人之際——中西哲學的困惑與選擇》，北京，1995 年 5 月。1～443。

22. 劉小楓：《現代性社會理論緒論》，上海；上海三聯書店，1998 年 1 月。

23. 溫儒敏：《新文學現實主義的流變》，北京；北京大學出版社，1988 年 6 月。

24. 譚楚良：《中國現代派文學史論》，上海；學林出版社，1996 年 8 月。

25. 張德祥：《現實主義當代流變史》，北京；社會科學文獻出版社，1997 年 12 月。1～318。

26. 余英時：《中國知識分子論》，鄭州；河南人民出版社，1997 年 4 月。

27. 李澤厚：《中國古代思想史論》，合肥；安徽文藝出版社，1994 年 1 月第 1 版。

28. 李澤厚：《中國近代思想史論》，合肥；安徽文藝出版社，1994 年 1 月。1～469。

29. 李澤厚：《中國現代思想史論》，合肥；安徽文藝出版社，1994 年 1 月。1～345。

30. 王曉明編：《人文精神尋思錄》，上海；文匯出版社，1996 年 6 月。1～276。

31. 董小英：《再登巴比倫塔——巴赫金與對話理論》，北京；三聯書店，1994 年 10 月。1～327。

32. 徐友漁、周國平、陳嘉映、尚平：《語言與哲學——當代英美與德法傳統

比較研究》，北京；三聯書店，1996 年 4 月。1～337。

33. 盛寧：《人文困惑與反思——西方後現代主義思潮批判》，北京；三聯書店，1997 年 6 月。1～296。

34. 柳鳴九主編：《意識流》，北京；中國社會科學出版社，1989 年 12 月。

35. 張岱年、方克立主編：《中國文化概論》，北京；北京師範大學出版社，1994 年 5 月版。

36. 祝勇編：《知識分子應該幹什麼》，時事出版社，1999 年 1 月。

37. 楊義：《中國敘事學》，北京；人民出版社，1997 年 12 月。

38. 范文瀾：《文心雕龍注》，（上、下），北京；人民文學出版社，1958 年 9 月第 1 版。

39. 馬積高：《歷代辭賦研究史料概述》，北京；中華書局 2001 年 4 月。

40. 趙沛霖：《興的源起——歷史積澱與詩歌藝術》，北京；中國社會科學出版社，1987 年 11 月。

41. 張少康、盧永璘編選：《先秦兩漢文論選》，北京；人民文學出版社，1996 年。

42. 周祖譔編選：《隋唐五代文論選》，北京；人民文學出版社，1990 年。

43. 聞一多：《聞一多全集》，北京；三聯書店 1982 年。

44. 毛澤東：《毛澤東選集》，1～4 卷，北京；人民出版社，1991 年第二版。

45. 周揚：《周揚文集》第 2 卷，北京；人民文學出版社，1985 年。

五、相關理論著作（漢譯著作）

1. 〔前蘇〕巴赫金：《巴赫金全集》，1～6 卷，錢中文主編，石家莊：河北教育出版社，1998 年 6 月。

2. 〔美〕卡特琳娜・克拉克、邁克爾・霍奎斯特：《米哈伊爾・巴赫金》，語冰譯，北京；中國人民大學出版社，2000 年 2 月。

3. 〔美〕J・希利斯・米勒：《解讀敘事》，申丹譯，北京；北京大學出版社，2002 年 5 月。

4. 〔英〕馬克・柯里：《後現代敘事理論》，寧一中譯，北京；北京大學出版社，2003 年 8 月。

5. 〔美〕詹姆斯・費倫：《作爲修辭的敘事：技巧、讀者、倫理、意識形態》，陳永國譯，北京；北京大學出版社，2002 年 5 月。

6. 〔美〕戴維・赫爾曼主編：《新敘事學》，馬海良譯，北京；北京大學出版社，2002 年 5 月。

7. 〔美〕蘇姍・S・蘭瑟：《虛構的權威：女性作家與敘述聲音》，黃必康譯，北京；北京大學出版社，2002 年 5 月。

8. 〔美〕Ｗ・Ｃ・布斯：《小說修辭學》，華明、胡曉蘇、周憲譯，北京；北京大學出版社，1987 年 10 月。

9. 〔美〕華萊士・馬丁：《當代敘事學》，伍曉明譯，北京；北京大學出版社，1990 年 2 月。

10. 〔荷〕米克・巴爾：《敘述學：敘事理論導論》（第二版），譚君強譯，北京；中國社會科學出版社，2003 年 4 月第 2 版。

11. 〔法〕羅蘭・巴特：《Ｓ／Ｚ》，屠友祥譯，上海；上海人民出版社，2000 年 10 月。

12. 〔法〕保爾・利科：《虛構敘事中時間的塑型》，王文融譯，北京；三聯書店，2003 年 4 月。

13. 〔美〕埃里克・Ｈ・埃里克森：《同一性：青少年與危機》，孫名之譯，杭州；浙江教育出版社，1998 年 12 月。

14. 〔法〕貝爾納・瓦萊特：《小說——文學分析的現代方法與技巧》，陳豔譯，天津；天津人民出版社，2003 年 1 月。

15. 〔法〕托多羅夫：《巴赫金、對話理論及其他》，蔣子華、張萍譯，天津；百花文藝出版社，2001 年 1 月。

16. 〔法〕羅蘭・巴特等著，張寅德編選：《敘事學研究》，北京；中國社會科學出版社，1989 年 5 月。

17. 趙毅衡編選：《新批評文集》，天津；百花文藝出版社，2001 年 1 月。

18. 〔法〕熱拉爾・熱奈特：《敘事話語　新敘事話語》，王文融譯，北京；中國社會科學出版社，1990 年 11 月。

19. 〔德〕海德格爾：《存在與時間》，（修訂譯本），陳嘉映、王慶節合譯，北京；三聯書店 1999 年 12 月第二版。

20. 〔美〕約瑟夫・科克爾曼斯：《海德格爾的〈存在與時間〉》，陳小文、李超傑、劉宗坤譯，北京；商務印書館，1996 年 12 月。1～390。

21. 〔德〕海德格爾：《海德格爾選集》（上、下），孫周興選編，上海；上海三聯書店，1996 年 12 月。1～1351。

22. 〔奧〕弗洛伊德：《釋夢》，孫名之譯，北京；商務印書館 1996 年。

23. 〔奧〕弗洛伊德：《精神分析引論》，高覺敷譯，北京；商務印書館 1984 年。

24. 〔奧〕弗洛伊德：《弗洛伊德後期著作選》，林塵、張喚民、陳偉奇譯，上海；上海譯文出版社，1986 年 6 月。1～221。

25. 〔美〕道格拉斯・凱爾納、〔美〕斯蒂文・貝斯特：《後現代理論——批判性的質疑》，張志斌譯，北京；中央編譯出版社，1999 年 2 月。1～434。

26. 〔斯洛文尼亞〕斯拉沃熱・齊澤克：《意識形態的崇高客體》，季廣茂譯，

北京：中央編譯出版社，2002 年 1 月。

27. 〔美〕保羅・德曼：《解構之圖》，李自修等譯，北京；中國社會科學出版社，1998 年 2 月。

28. 〔美〕丹尼斯・朗：《權力論》，陸震綸、鄭明哲譯，北京；中國社會科學出版社，2001 年 1 月。

29. 〔美〕卡爾博格斯：《知識分子與現代性的危機》，李俊、蔡海榕譯，南京；江蘇人民出版社，2002 年 1 月。

30. 〔法〕米歇爾・福柯：《規訓與懲罰》，劉北成、楊遠嬰譯，北京；三聯書店 1999 年 5 月。

31. 〔法〕米歇爾・福柯：《知識考古學》，北京；三聯書店 1998 年 6 月。

32. D・C・米克：《論反諷》，周發祥譯，北京；崑崙出版社，1992 年 2 月。

33. 〔美〕韋勒克、〔美〕沃倫：《文學理論》，北京；三聯書店 1984 年 11 月。

34. 〔法〕保爾・利科：《虛構敘事中時間的塑形》，王文融譯，北京；三聯書店，2003 年 4 月。

35. 〔美〕漢弗萊：《現代小說中的意識流》，劉坤尊譯，桂林；廣西師範大學出版社，1992 年。

36. 〔德〕彼得・比格爾：《先鋒派理論》，高建平譯，北京；商務印書館 2002 年 7 月。

37. 〔美〕浦安迪：《中國敘事學》，北京；北京大學出版社，1996 年 3 月。

38. 〔美〕丹尼爾・貝爾：《資本主義文化矛盾》，趙一凡等譯，北京；三聯書店，1989 年 5 月。

39. 〔美〕戴維・哈維：《後現代的狀況——對文化變遷之緣起的探討》，閻嘉譯，北京；商務印書館，2003 年。

40. 〔美〕馬泰・卡林內斯庫：《現代性的五副面孔》，顧愛彬、李瑞華譯，北京；商務印書館，2002 年。

41. 〔英〕齊格蒙特・鮑曼：《現代性與矛盾性》，邵迎生譯，北京；商務印書館，2003 年。

42. 〔美〕海登・懷特：《後現代歷史敘事學》，陳永國、張萬娟譯，北京；中國社會科學出版社，2003 年 6 月。

43. 〔法〕伊夫・瓦岱：《文學與現代性》，田慶生譯，北京；北京大學出版社，2001 年。

44. 〔美〕愛德華・W・薩義德：《知識分子論》，單德興譯，北京；三聯書店，2002 年 4 月。

45. 〔英〕安東尼・吉登斯：《現代性與自我認同》，趙旭東等譯，北京；三書店，1998 年 5 月。

46. 〔法〕皮埃爾·布迪厄,〔美〕華康德:《實踐與反思——反思社會學導論》,李猛 李康 譯,北京:中央編譯出版社,1998 年 2 月。

附　錄

無處告別
——評王蒙中篇小說《秋之霧》

　　寫下這個題目，我不禁有些犯嘀咕，這樣一個沉重的題目是否適合歷來被認爲樂觀的王蒙？然而，當我再一次讀完小說《秋之霧》時，這個題目還是如此明晰地認證了我初次的感覺。小說裏透露出老年王蒙難於掩飾的悲涼和孤寂、茫然與困惑。這種心境正是老年王蒙小說中的基本情調。

　　中篇小說《秋之霧》（載《收穫》，2005 年第 2 期）在藝術上仍然承續著王蒙先前小說的基本血脈，「在路上」的基本結構方式，「空間時間化」等等都是王蒙小說慣常習見的。作品寫了八十二歲的工程院院士、醫學專家葉夏莽在去國養老之前，決意回故鄉去聽一聽久違的故鄉小調桃花調，最終做了一次人生的最後告別的故事。這樣一個簡單的故事，在內蘊上卻體現了王蒙的重大轉折，王蒙終於結束了那種青春樂觀的光明敘事以及中年的達觀理性的辨正敘寫，開始進入老年的懷舊——雖達觀但卻不免蒼涼，雖明瞭但又不免茫然，雖超脫但又不免困惑的矛盾敘事階段。八十多歲的老院士成爲王蒙這種矛盾敘事的載體，面對著即將與生命的最後告別，葉院士在精神上再一次遭遇了無家可歸的尷尬處境。背井離鄉、遠渡重洋，到海外去投奔根本不理解自己的女兒，這樣的一種選擇是無奈的，也是痛苦的，於是才有了這去國離鄉前的故鄉之行。然而更可悲的卻是葉院士根本弄不清自己的祖籍，他權且拿桃花鎮做了自己的祖籍，他對故鄉的記憶依稀只是那種在他還是葉小毛時代的悲悲切切、咿咿呀呀、纏纏綿綿、如泣如訴的桃花調，桃花調縈繞在他的心中，成爲他最隱秘的美的極致。這種細膩如脂、俳惻如薰的情調氤

－225－

氲著生命的輕柔與人性的普照，由此桃花調獲得一種象徵，一種美的理想的象徵。它以古老的、民間的曲調的方式植根在遙遠且縹緲的時空中，他隨時呼喚著葉夏莽西去的魂靈，呼喚著那顆曾經粗糲的心。隨著那指引，葉夏莽回到了故鄉，然而這桃花調還是葉小毛時代的桃花調嗎？它分明成爲旅遊產業的一部分，實際上並沒有多少人真正理解它欣賞它，它所面對的只是一份獵奇，一份虛假的好古，正如小說裏說的：「桃花調是一種藝術，一種曲調和唱詞的盛衰消長、冷落滅亡、迴光返照的見證。現在的口味都變得落花流水、大江西去了。現在的口味不但不接受崑曲、南音、古琴《高山》與《流水》，而且也不接受大鼓、評彈、廣東音樂《雨打芭蕉》與《小桃紅》。現在最受大家喜愛的是電視小品，最喜愛的演員是趙本山、趙麗蓉、范偉和宋丹丹、高秀敏。」「一日千里的今天，誰還有童年，誰還有故鄉，哪裏還有真正的風俗？」這顯然是葉夏莽的現代性焦慮，也同樣是年逾古稀的王蒙的現代性焦慮。在這一現代性焦慮中，分明昭示著王蒙對現狀的不滿，昭示著歷史斷裂的傷痛與無奈乃至憂憤！

歷史的斷裂是從何時開始的？也許在葉小毛成了葉夏莽之後，那時，「告別」成爲令他最激動的一個詞，「與貧窮愚昧告別，與專橫野蠻告別，與陰謀惡毒告別，也要與一切的空虛一切的頹廢一切的猶豫一切的疲乏一切的顧影自憐與百年屈辱千年歷史告別。」同時他們也和他們青年時期的蘇聯夢告別，他的妻子碧雲告別了烏克蘭寥廓的原野和美麗的白楊，告別了自己的基里爾和愛情，碧云以自己的一次出走，無聲地抗議了粗糲的現實。當然，那個年代的粗獷也許自有它的某種理由，但人性中的細膩、生命中的纏綿難道是可以隨意摧殘的嗎？如果說那個年代的粗獷還有其歷史的合理性的話，那麼，商業化時代的斷裂則來得更爲徹底。它似乎不需要理由，金錢決定了一切。任何的細膩嬌羞都不需要，「現在要的是辣妹猛男，要的是挺胸昂首，大劈叉，長胳膊長腿，野性、厚唇與酷。」這是一個更加粗糲的時代，一個欲望高度膨脹的時代。在這樣一個時代，一切的一切都成爲消費，一切的一切都成爲當下，正像昆德拉所說的「縮減」，我們就生活在這樣一個一切都縮減爲欲望的當下。因此，面對著全球化的腳步，面對著現代性的圍困，王蒙連同他的人物葉夏莽都感到了前所未有的擠壓，困惑、矛盾、悲涼、孤寂成爲他們共同的體驗。當葉院士要與自己的城市、自己的祖國告別，與自己的童年、青年、壯年、老年時代告別的時候，那漫天的秋之霧，就成爲一個關鍵意象，

一個獲得了象徵意味的意象。

歷史的車輪已經不可逆轉，人生也只有一次，當你把自己交給了霧，交給了命，交給了路，「你已經無法擺脫，無法選擇，無法懊悔，無法瀟灑，無法強行，也無法再聰明一次或者執著一次。」老年的院士在新的形勢下失去了方向感，迷茫如霧，困惑如夢，他只能生活在過去，只能在記憶裏慰藉老邁的魂靈。然而葉院士對桃花調的癡迷只是一廂情願，桃花調的衰落乃至徹底絕迹已成定局，葉院士最終含笑逝世，也把桃花調帶進了墳墓。他的遠在加拿大的女兒對桃花調的厭惡以及旁人的不理解，都昭示出過去的消逝與美好事物的永不再來，時代以自己的巨大斷裂徹底斬斷了通向過去的觸鬚，我們生活在一個沒有時間感的高度膨脹的空間裏。葉院士以自己的最後告別，完成了一次人生的謝幕，一次無處告別的告別。由此，我們看到了王蒙對現代性的批判，老年的王蒙把自己對美的理想的尋覓放在了一個遙遠的烏托邦裏，桃花鎮與桃花調與陶淵明的桃花源難道僅僅是一種巧合嗎？

原載《河北日報》，2005 年 10 月 14 日

王蒙文藝美學思想散論

　　作為一位文學大家，王蒙在各個領域都取得了重要成就，這已是不爭的事實。然而至今，我們對王蒙的研究基本只是局限在他的小說等文學創作成就上，而很少對他的其他方面的成就進行研究，這顯然是不合適的。這次中國海洋大學文學院與《當代作家評論》雜誌社聯合舉辦的「王蒙文藝思想學術研討會」為我們提供了一個很好的平臺，研究王蒙的文藝思想非常必要，因為王蒙在他半個多世紀的創作生涯中積累了豐富的文藝經驗和理論心得，這些經驗和心得飽含著王蒙許多精到的文藝美學思想，現在是到了該認真總結研究的時候了。總結和研究王蒙文藝美學思想對豐富我們共和國文學理論寶庫肯定是一件絕好的事情。迄今為止，王蒙直接闡述文藝美學思想的文章基本收錄在他的十卷本《王蒙文集》的第六卷、第七卷中，另外還有 2003 年由春風文藝出版社出版的《接納大千世界》、1996 年 9 月由團結出版社出版的《我是王蒙》、2003 年 1 月由人民文學出版社出版的《王蒙自述：我的人生哲學》、2003 年由江西高校出版社出版的《王蒙談小說》等著作中也有關於文藝思想的雜談。不過，除了這些之外，王蒙的文藝美學思想是貫穿在他整個文學創作之中的，在他的小說、散文、詩歌，特別是他的對《紅樓夢》、李商隱的學術研究中，因此，本文對王蒙文藝美學思想的研究，主要就是從王蒙整體創作中歸納出來，以便就教於學界諸前輩及諸同儕。

一、雜多的統一原則

　　雜多的統一原則是王蒙文藝美學思想的核心。「雜多，這是一種開放性。」

〔註1〕開放性就是包容，就是兼收並蓄，就是平等民主地對待一切人和事。「雜多」又是多元的，交往的，承認差異和特殊性的博大的胸懷。那麼「統一」呢？「統一」在王蒙看來，「指的是一種價值選擇的走向，價值判斷的原則和交流互補的可能性。隨風倒，見什麼人說什麼話，蠅營狗苟，不負責任，機會主義，都是不可取的。」〔註2〕可見「統一」就是在一種統一的價值原則下，把「雜多」整合爲有機整體的一種狀態。統一就是要有一個基本的價值原則，統一就是摒棄相對主義也不要絕對主義。所以，「雜多的統一」就是有規範的開放，是一種把握好「度」的平衡原則，中庸原則。王蒙一生喜歡大海，大海形象地體現了王蒙「雜多的統一」原則。大海的雜糅性、包容性、整合性乃至超越博大性都是無與倫比的。這樣的美學原則貫串在王蒙對文學的本質、對文學的創作方法乃至文學文體多樣性等看法上。

在對文學本質問題的看法上，王蒙主張文學多元性。在《文學三元》這篇文章中，王蒙認爲「文學正像世界一樣，正像人類生活一樣，具有非單獨的、不只一種的特質。」〔註3〕文學首先是一種「社會現象」，「文學作品實際上往往是作家個人在一定的社會思潮、社會集團利益、社會生活的需求或社會發展變革的趨向的影響下，即在社會發展的客觀規律的作用下，向廣大社會公眾的一個發言，一個『公報』。它是面向社會公眾的訴說、報導、記載、籲請、辯解、提醒、透露、勸誡、激發、聲明、宣傳。」〔註4〕「非社會性，恰恰是社會性的一種表現，正像不上色也是一種顏色，休止符也是一種標音符號，獨身也是一種婚姻生活方式一樣。」〔註5〕在此，王蒙把文學的社會性看作是一種根本的存在，而把文學的非社會性思潮也做了一個澄清。其次，文學又是一種文化現象。「與社會現象的範疇相比較，文化現象可能是一個更加廣泛卻也更加獨特，更加穩定卻也更加充滿內在與外在矛盾衝突的範疇。」第三，「文學又是一種生命現象」。「文學象生命本身一樣，

〔註1〕王蒙：《王蒙自述：我的人生哲學》，人民文學出版社，2003 年 1 月版，第 266 頁。
〔註2〕王蒙：《王蒙自述：我的人生哲學》，人民文學出版社，2003 年 1 月版，第 267 頁。
〔註3〕王蒙：《文學三元》，《王蒙文集》第六卷，華藝出版社 1993 年 12 月版，第 323 頁。
〔註4〕同上。
〔註5〕同上。

具有著孕育、出生、饑渴、消受、蓄積、活力、生長、發揮、興奮、抑制、歡欣、痛苦、衰老、死亡的種種因子、種種特性、種種體驗。這當中最核心的、占一種支配地位的，是一種竊稱之爲『積極的痛苦』的東西。」〔註6〕何謂積極的痛苦？王蒙認爲，是指與生命俱來的一種積極的痛苦。「生是痛苦的，死也是痛苦的，饑餓是痛苦的，愛情也常常是痛苦的，覺得自己還幼小、還不如別人是痛苦的，覺得自己付出了許多的時間許多的生命許多的代價終於成熟起來終於有所作爲也是一種難言的痛苦。」〔註7〕這種痛苦因爲是與生俱來的，因而即使到了共產主義社會，這種痛苦也將存在。

王蒙在這裡把文學的本質規定爲多元的，就避免了對文學單一的絕對化的界定。然而，文學這三元並不是散漫無序的，而是雜多的統一：「文學的這三個棱面，統一於作爲文學主體與客體的『人』身上。什麼是人，是社會的人，文化的人，是有生命有生有死的人。許多情況下，對文學的這三個棱面的有所側重、有所忽略乃至抹殺，造成了種種創作上和主張上的歧異與衝突。」〔註8〕王蒙的這篇寫於1987年的文章，顯然是有感而發的，長期以來我們的文學界對文學時而強調其社會功能，時而又強調其非社會功能，時而強調文學的文化功能，時而又強調文學對自身的回歸，這些強調各執一詞，常常鬧得不可開交。最近有關純文學的討論就是一例。李陀等在《上海文學》上對純文學的反思，主要是基於對九十年代以來文學低迷現狀而試圖尋找緣由的努力。之後不斷有人提出文學不景氣的根源在於純文學觀念，或者說是文學向內轉惹得禍，因此文學亟需向外轉，並把《中國農民調查報告》看作眞正的文學。〔註9〕這種忽左忽右的狀況正是王蒙所擔憂的。

在對文學創作方法問題上，王蒙同樣主張雜多的統一。王蒙說：「在藝術形式上，在小說的寫法上，我正在做一些試驗、探索。這些試驗和探索絲毫不具有排他的性質。即使我自己，在寫作《夜的眼》、《春之聲》的前後，還寫了《悠悠寸草心》、《說客盈門》。何必那麼絕對，稱讚、欣賞一種寫法，就必定否定、排斥另一種寫法呢？文藝創作上的排他，往往會成爲百花齊放的

〔註6〕王蒙：《文學三元》，《王蒙文集》第六卷，華藝出版社1993年12月版，第330頁。
〔註7〕同上。
〔註8〕同上，第331～332頁。
〔註9〕參見李建軍：《當代文學亟需向外轉》，《文藝報》，2004年2月26日第4版。

一大障礙。八仙過海，各顯其能，甚至一個人也可以一專多能，程咬金還有三把斧呢，一個作家多搞它幾把『斧』，又有什麼不好呢？」〔註10〕這裡的「八仙過海，各顯其能」就是提倡「雜多」，提倡多元並舉。但多種方法的運用也不是大雜燴，而是雜多的統一，是將多種方法整合為一個有機整體的方式。之所以如此，主要體現了王蒙反對絕對化，反對獨斷的思想。王蒙說：「百花齊放的政策是各種風格和流派的作品進行自由競賽的政策。蘿蔔茄子，各有各的愛好是很自然的，因為愛吃蘿蔔就想方設法去貶低茄子，卻大可不必。在藝術手法、藝術趣味這種性質的問題上，『黨同』是可以的和難免的，『伐異』是不需要的、有害的。只要方向好、內容有可取之處，我們就應該讓其八仙過海，各顯其能。我們要黨同好異，黨同喜異，黨同求異。沒有異就沒有特殊性，就沒有風格，就沒有流派，就沒有創造了。」〔註11〕

在對文學文體問題上，王蒙一直提倡文體的多樣性。王蒙本人就是一個文體家。他的創作嘗試過多種文體，他不僅寫小說、散文，還寫詩，寫評論，寫學術論文，而且他的小說體現出多種多樣的文體風貌，對此筆者在拙著《王蒙小說文體研究》一書中，有過一定的概括，在此不贅。〔註12〕

實際上，雜多統一原則不僅是王蒙的文藝美學思想，而且也是王蒙哲學思想和世界觀在文藝問題中的體現。在王蒙看來，世界本身就是一種雜多的統一，沒有雜多，就沒有世界，同樣沒有統一世界也將無法存在。雜多與統一是不可分離的。講雜多可以避免任何形式的絕對化與獨斷論，講統一又同樣可以避免過分的相對主義。有人認為，王蒙是一個堅定的反絕對化、獨斷論者，因而就想當然地認為王蒙是相對主義者，這其實也是絕對主義的思維。而實際上，王蒙既反絕對主義，同時也反對相對主義。正像我在前面說到的：「統一就是要有一個基本的價值原則，統一就是摒棄相對主義也不要絕對主義。所以，雜多的統一就是有規範的開放，是一種把握好『度』的平衡原則，中庸原則。」不偏不移、不即不離，博大包容，中規中矩，規律和諧，平等民主，原則寬容才是王蒙雜多統一的本質。

〔註10〕王蒙：《對一些文學觀念的探討》，《王蒙文集》第六卷，華藝出版社 1993 年 12 月版，第 61 頁。

〔註11〕王蒙：《傾聽著生活的聲息》，《王蒙文集》第六卷，華藝出版社 1993 年 12 月版，第 119 頁。

〔註12〕參看郭寶亮《王蒙小說文體研究》第三章。

二、廣泛眞實性原則

　　廣泛眞實性原則也是王蒙文藝美學思想的重要組成部分。筆者在對王蒙先生的私下訪談中，他曾多次提到這一原則。廣泛的眞實性不同於廉價的外在眞實性，它的豐富、複雜、包容是整個生活世界的全面呈現。早在 1980 年王蒙在談到眞實性問題時就說過：「在恢復了眞實地反映生活的傳統以後，我們不能滿足於表面的和外在的生活記錄，我們需要有更多的藝術想像，更多的藝術探索，更強烈的藝術個性，更多樣的藝術手法。我們要忠實於眞實，我們還要敢於和善於突破那些表面的和外在的眞實的硬殼，我們要更加大膽、更加巧妙地去創造一個藝術世界、精神的境界，爲社會主義的創業者提供越來越多、越來越新鮮、營養豐富而美味可口的精神食糧，以提高和擴展讀者的眼界、趣味、欣賞水平和情操，以感染、慰藉、淨化、強化和震撼讀者的靈魂，培養更多的社會主義新人。」〔註13〕在這裡王蒙把眞實性界定爲外在眞實性與內在的精神的眞實性的總和，其中充滿著對創造性的推崇，這就避免了我們過去機械地對眞實性的理解。在機械反映論猖獗時期，所謂的眞實只是外在的眞實，這種眞實觀抹殺了內在精神眞實性，抹殺了創造性，在看似眞理的幌子下，走向了更大的不眞實。因爲這種眞實觀，實際上是對生活的一種提純，一種蒸餾，一種取捨，一種人爲的條理化、簡單化。而生活本身並不是一種純淨的蒸餾水，一種有序的，條理的，充滿戲劇性的必然性的組合，而是一種混沌的，廣泛的，充滿雜質的，蕪蔓枝杈的偶然性的「堆砌」。對於這樣的複雜的生活，如何把它的眞實性表現出來，是每一個藝術家所面臨的嚴峻考驗。其實，運用語言進行敘事的行爲本質上是一種選擇性行爲，這種選擇不可避免地要打上了意識形態的烙印。按照阿爾都塞的觀點，「意識形態是個人同他的存在的現實環境的想像性關係的再現」，〔註14〕這說明意識形態的想像性質。意識形態實際上是一種「夢」，它是虛幻的但又是實在的，是作爲現實支撐物的幻象，「意識形態作爲夢一樣的建構，同樣阻礙我們審視事物、現實的眞實狀態。我們『睜大雙眼竭力觀察現實的本來面目』，我們勇於拋棄意識形態景觀，以努力打破意識形態夢，

〔註13〕　王蒙：《是一個扯不清的問題嗎？》，《王蒙文集》第六卷，華藝出版社 1993
　　　　　年 12 月版，第 60 頁。
〔註14〕　阿爾都塞：《意識形態和意識形態國家機器》，李迅譯，《當代電影》，1987 年
　　　　　第 4 期。

到頭來卻兩手空空一無所成。作爲後意識形態的、客觀的、外表冷靜的、擺脫了所謂意識形態偏見的主體，作爲努力的實事求是的主體，我們依然是『我們意識形態夢的意識』。」〔註15〕齊澤克在這裡所說的實際上與阿爾都塞的「意識形態像無意識一樣沒有歷史」的觀點是一致的。既然意識形態是一種想像的、虛幻的夢的建構，而它又是現實的、無所不在的存在，那麼作家對世界的觀察選擇就是一種意識形態的觀察選擇，因而作家所行使的語言敘事行爲就是一種話語權力。以這種話語權力對世界對生活的選擇就是一種對世界對生活對象的取捨。這種取捨伴隨巨大的危險，就是很有可能把原本豐富複雜的、多元並存的、客觀眞實的生活世界簡單化、一元化、主觀化。王蒙對此有著足夠的警惕。他在對張潔的小說《無字》的批評中，呼籲作家要慎用話語權力：「整個作品是建造在吳爲的感受、怨恨與飄忽的——有時候是天才的，有時候是不那麼成熟的（對不起）『思考』上的。我有時候胡思亂想，如果書中另外一些人物也有寫作能力，如果他們各自寫一部小說呢？那將會是怎樣的文本？不會是只有一個文本的。而寫作者其實是擁有某種話語權力的特權一族，而對待話語權也像對待一切權力一樣，是不是應該謹慎於負責於這種權力的運用？怎麼樣把話語權力變成一種民主的、與他人平等的、有所自律的權力運用而不變成一種一面之詞的苦情呢？」〔註16〕在這裡，王蒙主張的是一種民主的、平等的、寬容的態度面對寫作對象，同時也體現了他對世界的多元化理解。面對世界的複雜多元，作家的取捨無論如何都將是一種語言的暴力行徑。筆者在《王蒙小說文體研究》一書對王蒙小說中大量出現的閒筆的研究中，認爲王蒙正是基於這種思想才大量使用閒筆的。他的閒筆是一種努力使世界、使生活對象立體化、豐富化、多元化的嘗試，是廣泛眞實性原則的實踐。從這一意義上說，閒筆也是一種並置式語言。閒筆在敘述中所插入的任何東西都是生活的一部分，恰恰是閒筆，才使被純化、條理化了的生活獲得了毛茸茸的質感。〔註17〕

王蒙的廣泛眞實性原則不僅包括外在世界的全部複雜性，實際上也包含

〔註15〕斯拉沃熱·齊澤克：《意識形態的崇高客體》，季廣茂譯，中央編譯出版社，2002年1月版，第67頁。

〔註16〕王蒙：《極限寫作與無邊的現實主義》，《讀書》，2002年第6期。

〔註17〕參看郭寶亮：《王蒙小說文體研究》，北京大學出版社，2006年1月版，第44～45頁。

了內部世界的複雜性、豐富性。在某些情況下，人的內部世界甚至比外部世界還有眞實，還要豐富，尤其是在今天。我常常想，現實究竟是如何來的呢？或者換句話說現實究竟是如何存在的呢？現實無疑是不以我們的意志爲轉移而存在著，不過我們是如何感知現實的呢？一是觀察，二是間接獲得。今天我們對現實感的獲得，主要依賴於互聯網、電視、報刊等現代媒體，而這些媒體實際上又以無與倫比的霸權，生產著現實，製造著現實，從而影響、規定著我們的現實感。因此，在我們今天，內心的精神現實可能更眞實。因爲，內在眞實是以良知的形式呈現出來，它可以剔除許多外在現實被意識形態過分遮蔽的部分，從而還原了作家對廣泛眞實性的穿透力、領悟力，因而從這一意義上說，王蒙對廣泛眞實性的提倡是具有重要意義的。

三、混沌原則

混沌原則也是王蒙文藝美學思想的一個重要組成部分。筆者在對王蒙先生的私下訪談中，他也反覆強調「混沌」二字。王蒙在對《紅樓夢》的解讀中，就不斷提到「混沌」，認爲《紅樓夢》的混沌是一種「偉大的混沌」。《紅樓夢》在文學性質、在題材、在思想、在結構等方面都體現出「混沌」的特點。

首先在文學性質方面，《紅樓夢》既是一部寫實的作品，又是一部虛構的作品；既有客觀的色彩又有主觀性很強的描寫，甚至還有幻化的描寫，所以，王蒙不無調侃地說：「曹雪芹那個時候文藝理論並不發達，他也不知道現在的這麼多名詞兒，這主義那主義，現實主義、現代主義、表現主義、象徵主義、達達主義、新潮派、新小說派，他沒有受到這些分類學的分割，只是把自己對人生、對世界的感受渾然一體地表現出來，想怎麼寫就怎麼寫，想怎麼表現就怎麼表現，這恰恰是作者的優越處。」〔註18〕

其次是題材的混沌：「《紅樓夢》在題材上呈現出一種整體性，是一種全景式的立體描寫，儘管它寫得淡，時間空間的範圍不是很寬，但它寫得深刻。寫了好幾百人，寫了他們之間錯綜複雜的關係。……《紅樓夢》從整體性上反映社會生活要豐富的多，深刻得多，複雜得多，這也造成了對它得題材認識上的眾說紛紜。這也是一種混沌。」〔註19〕

再次是思想的混沌：「我們確實很難給《紅樓夢》的思想歸一個類。道家

〔註18〕王蒙：《王蒙活說〈紅樓夢〉》，作家出版社，2005 年 6 月版，第 183 頁。
〔註19〕同上，第 188 頁。

的思想？佛家的思想？存在主義？階級鬥爭？民主主義或民主主義的萌芽？我們很難下一個簡單明確的結論。因爲這部書並不著重表達一種思想、一種價值觀念，它著重表達的是一種人生的經驗，是一種社會生活、家庭生活、個人生活、感情生活的體驗和對這樣的經驗和體驗的種種的慨歎。」〔註20〕

第四是結構上的混沌：「《紅樓夢》許多地方都可以獨立成章，它可以被切割，這有點像黃金的性質，具有可切割性。」〔註21〕「這樣，《紅樓夢》的人物之間就呈現出一種非常有趣的、也是模模糊糊的不清不楚的映比關係。」〔註22〕由此可見，《紅樓夢》的混沌是全方位的自然而然的混沌。王蒙在此借《紅樓夢》來闡發自己對混沌美的見解，實際上也是對自己創作審美追求的一個夫子自道。

事實上，混沌美不完全是一種技巧，而主要是一種對生活的深刻體驗和領悟的結果，因此混沌美的基礎是「眞正的寫實」。所謂「眞正的寫實」就是一種全方位的、混沌的寫實，一種無選擇的「廣泛的眞實性」。用王蒙的話說就是一種「迷失」：「我認爲這是一個偉大的小說家在他的人生經驗裏在他的藝術世界裏的迷失。因爲他的經驗太豐富了，他的體會太豐富，他寫了那麼多人，那麼多事，他走失在自己的人生經驗裏，走失在自己的藝術世界裏。他的藝術世界就像一個海一樣，就像一個森林一樣，誰走進去都要迷失。」〔註23〕迷失，就是說作家沒有簡單地剪裁生活，選擇生活，而是和盤托出、雜糅並包，就是把生活的全部豐富性和複雜性呈現出來。混沌不是糊塗，混沌是欲說還休，是一言難盡，是矛盾重重，混沌實際就是一個作家對生活無法窮盡的困惑和悖論。其實，混沌也是我們閱讀王蒙小說時的感覺。從《組織部新來的青年人》到《青狐》，王蒙的豐富的人經驗與生命體驗使他的作品充滿深刻的矛盾性。理想與現實的矛盾、紀實與虛構的矛盾、前瞻與懷舊的矛盾、理智與情感的矛盾、傳統性與現代性的矛盾等都集中體現於王蒙的作品中。〔註24〕矛盾性是混沌美的內在根源，越是生活經驗豐富、思想深刻的作家，就越是矛盾深重。王蒙的體驗王蒙的矛盾使他的作品呈現出朦朧

〔註20〕 同上，第 190 頁。
〔註21〕 同上，第 192 頁。
〔註22〕 同上，第 192 頁。
〔註23〕 同上，第 193 頁。
〔註24〕 參看郭寶亮《王蒙小說文體研究》第四章、第五章，北京大學出版社，2006年1月版。

混沌的樣態。

四、語言觀

也許是作家的緣故，王蒙對語言是極其敏感的。他不僅在自己的創作中身體力行，而且在多種場合講過語言問題。在《讀書》的《欲讀書結》欄目中，王蒙寫過好幾篇談語詞的文章，比如《東施效顰話語詞》、《再話語詞》、《符號組合與思維的開拓》，另外還有《從「話的力量」到「不爭論」》，還有他在多處演講的《語言的功能與陷阱》等，都在談論語言的多義、獨立、以及語言（話語）權力問題。王蒙說：「語言是人創造出來的，但是語言一旦被創造出來以後，便成爲一個愈來愈獨立的世界。它來自經驗卻又來自想像，最終變得愈來愈具有超經驗的偉大與神奇了。它具有自己的規律法則，從而具有自己的反規律反法則（即變體）的豐富性、變異性、通俗性與超常性。它具有組合能力、衍生能力——即繁殖能力。它被人們所使用，卻最後又君臨人世，能把人管得服服帖帖。」〔註 25〕在這裡王蒙對語言的理解暗合了西方二十世紀語言論轉向以後的索緒爾、海德格爾甚至福柯的「話語即權力」的觀點。王蒙有一篇小小說，題目叫《符號》，我們不妨抄錄以下：

> 老王的妻子說是要做香酥雞，她查了許多烹調書籍，做了許多準備，搞得天翻地覆，最後，做出了所謂香酥雞。老王吃了一口，幾乎吐了出來，腥臭苦辣噁心，諸惡俱全。老王不好意思說不好，他知道他的妻子的性格，愈是這個時候愈是不可以講任何批評的意見。但他又實在是覺得難於忍受，他含淚大叫道：
>
> 「我的上帝！眞是太好吃了呀！」
>
> （他實際上想說的是：「眞是太惡劣了呀！」）
>
> 「香甜脆美，舉世無雙！」
>
> （實爲：「五毒七邪，豬狗不食！」）
>
> 「啊，你是烹調的大師，你是食文化的代表，你是心靈手巧的巨匠……」
>
> （實爲：「你是天字第一號的笨嫂，你是白癡，你是不可救藥

〔註 25〕王蒙：《從「話的力量」到「不爭論」》，丁東、孫珉選編：《世紀之交的衝撞——王蒙現象爭鳴錄》，光明日報出版社 1996 年 1 月版，第 300 頁。

的傻瓜！」)

　　……老王發泄得很痛快，王妻也聽得很受用。老王想，輕輕地
把符號顛倒一下，世間的多少爭拗可以消除了啊。〔註26〕

在這裡王蒙告訴我們的是作爲符號的語言的彰顯與遮蔽功能。口是心非、言
不盡意，說出的與遮蔽的一樣多，就像穿衣是爲了遮蔽身體，同時也彰顯了
身體一樣。說出的不是重要的而沉默的才是重要的，所以阿爾圖塞與馬歇雷
才提倡「症狀閱讀」。拉康提出「人是說話的主體而非表達的主體」。所有的
這些理論，王蒙不都涉及到了嗎？王蒙在經驗中的確已經深入到了語言的堂
奧中去了。甚至已經突破了工具論的語言觀，進而深入到語言的本質中去了。
在《躊躇的季節》裏，王蒙對出席了文代會的錢文在會上慷慨陳辭一番之後，
有一大段對語言的反思：

　　　　許多年以後，錢文回憶起這一段仍然深感驚異：那一天究竟發
　　生了什麼聲學或者生理學現象了呢？也許這裡邊還有語言學的問
　　題？當一個人說話的時候，那確實是他在說話嗎？當一個人不說話
　　的時候，他確實是不說話嗎？一個人不想說話卻發出了聲音和一個
　　人想說話卻沒有發出聲音，這樣的事情也是可能的嗎？那一天他們
　　這個組的作家確實說了話了嗎？每個人是都在說自己的話呢，還是
　　一個人通過大家說自己的話呢？一個人不說話的時候他確實是沒有
　　說話嗎？說話必須是有規範有詞彙有語法有句法就是說有主語有謂
　　語有賓語有標點符號的嗎？如果什麼都沒有那還能算作說話嗎？他
　　錢文究竟是從什麼時候學會了說話，什麼時候忘記了怎麼說話的
　　呢？動物不會說話嗎？還是僅僅不會說假話？啞巴出怪聲算不算說
　　話？動物是不是也有功利主義的語言？至少是貓，它爲了食物可以
　　說出多麼動聽的招人憐愛的話來呀……

　　　　　　　　——《躊躇的季節》(人民文學出版社，1997 年
　　　　　　　　　　10 月版，第 272 頁。)

　　這難道不是王蒙的語言哲學的宣言嗎？王蒙從生活中所體悟出來的對
語言的深刻理解，浸潤著強烈的現代意識乃至後現代意識。政治話語情境中

〔註26〕 王蒙：《笑而不答——玄思小說・符號》，遼寧教育出版社，2002 年 6 月版，
　　　　第 10 頁。

的失語與不得不語，面對權力和功利主義的言不由衷、詞不達意、牛唇不對馬嘴甚至是胡說八道，不都表現出人對語言的無能爲力嗎？究竟是人在說話還是話在說人呢？那個慷慨陳辭的錢文是眞的錢文嗎？在這裡王蒙的困惑正是現代人的共同的困惑，語言的實質正是它的自足的自我指涉功能。語言是一種話語，它是自成體系的價值評價系統，面對這一強大的系統，人只能作爲角色代爲發聲，因此，不是人在說話而是話在說人。言說在本質上說只能是語言自己說。正如海德格爾所說的：「語言作爲寂靜之音說」，「由於語言之本質即寂靜之音需要（braucht）人之說，才得以作爲寂靜之音爲人傾聽而發聲」。〔註 27〕王蒙對語言的哲學體認，使他表現出了超出同時代人的深刻。

　　以上是對王蒙文藝美學思想的一個散點透視，實際上王蒙的文藝美學思想是成系統的，只是由於時間倉卒無法全面展開，只得留待日後。但從以上幾點來看，王蒙文藝美學思想的廣泛已可見一斑。

2006 年 9 月 16 日於石家莊

原載《渤海大學學報》社科版 2009 年第 3 期

〔註27〕 參見海德格爾：《語言》，參看《海德格爾選集》，孫周興選編，上海三聯書店，
　　　 1996 年 12 月第 1 版，第 1001 頁。

有意味的「改寫」
——評王蒙的短篇小說《岑寂的花園》

　　王蒙的短篇小說《岑寂的花園》（《收穫》，2009 年第 1 期）是一篇頗有博爾赫斯意味的小說。小說以鑲嵌的方式層層剝筍般地一步步撩開神秘的面紗，從而敘寫了一個類歷史反思型的故事。

　　一片爛泥塘上，突然拔地而起無端生出許多的豪華別墅來。有錢人車來人往，紅塵滾滾，兼具湖光水色、湖鷗翩翩，真真是新世紀的一道風景。然而，就在這整齊雷同的別墅群裏，有一幢帶有特大花園的超級別墅引人注目。花園裏百花盛開、萬木蔥蘢，「它自己成為一個世界，反而在世界上失去了自己的位置了。」這帶有明顯自況和象徵意味的表述，使我們有理由相信花園的主人應該是一個身份獨特的不同凡響的人物。果然，這位神秘的主人公來自於歷史的深處，攜帶著歲月的風塵，不聲不響地在自己的花園裏辛勤地從事著園藝勞動。他的夕陽普照下的極富才華和個性的半張臉龐，成就了女畫家與 70 後才女的繪畫和小說。女畫家閉門兩年創作出來的畫作，雖然被稱為是「超級攝影現實主義與拼貼手法與結構主義的結合體」，但從女畫家表白的是受到立體派大師畢加索表現二戰期間德國法西斯轟炸西班牙小鎮格爾尼卡而作的名畫《格爾尼卡》的構思啟發來看，畫作的基本精神仍然是現實主義的。抽象的畫作成為小說的文眼，特別是改寫過的北島的詩句：「高尚，是卑鄙者的通行證，卑鄙，是高尚者的墓誌銘」，使得畫作更加具有了特別的意味。

　　酷似張愛玲的才女的小說構成畫作的互文。小說描寫了這個叫鞠岡觚的花園主人、房地產大佬的坎坷不凡的人生軌跡。他有過美好的青少年時期，

時代的恩寵與音樂女教師胡鷗的喜愛，使他愛上了帕瓦羅蒂和歌劇《茶花女》之類的洋歌，在那個血紅的年代，愛好洋歌眼看給他帶來了滅頂之災，爲了自救，他用自己的右手殺死了自己的音樂老師胡鷗。從此懺悔與自責跟隨了他的一生。插隊時他有意識自殘了自己的右手而成爲知青標兵，講用會的暈倒又令他成爲抵制「文革」的英雄榜樣，且從此青雲直上。然而，「就在一片看好，飛黃騰達有日的時候，他突然辭職」，並自我揭發且揭發別人，他的瘋狂行爲幾乎得罪傷害了所有的人。鞠冏觚在世人的眼裏終於成爲一個「爲自己的卑鄙付出了代價的懺悔者」。顯然，這是一個二十世紀八十年代司空見慣的反思歷史的故事。然而，王蒙在此巧妙地改寫了八十年代，通過把北島的詩句改寫爲「高尚，是卑鄙者的通行證，卑鄙，是高尚者的墓誌銘」而改寫了八十年代的意識形態敘述，作家把對歷史的反思，扭轉到對九十年代以來特別是紅塵滾滾、欲望如潮的新世紀的文化現實、民族的心理結構、思維定勢的反思上來了。

小說中鞠冏觚與自己影子的爭辯正是高尚的懺悔者與大眾流俗的爭辯。當歷史進入了一個欲望化娛樂化淺俗化的時代，無可救藥的享樂主義主宰了一切，健忘、推諉、自我安慰、趨炎附勢、用血迹斑斑的右手在那裡書寫慈悲與博愛，歷史的血腥的頁碼被攔腰折斷，而眞正的懺悔者，高尚者卻被看成瘋子和卑鄙者，「在一個從來沒有罪責與懺悔意識，也就不可能有眞正的憐憫與寬恕的空間」的民族，懺悔者就是狂人，就是病態的「卑鄙者」。可見，王蒙的改寫充滿反諷意味，卑鄙者假扮高尚卻屢屢暢通無阻，他們往往扮作歷史的受害者，無辜者，在新的時代賺取新的各種資本；而高尚者卻要背負沉重的歷史的十字架，備受內心良知的煎熬。勇於替歷史承擔責任的人，注定要被歷史拉來墊背，他要替歷史把卑鄙銘刻在自己的墓碑上。因此，對歷史斷裂的悲憤，對現實文化冷漠的痛楚，對民族大眾健忘的憂慮，構成這篇小說的少有的深度與力度。

鞠冏觚就是這樣一個被看作是病人的懺悔者。他通過各種方式來贖罪，與易永紅結婚主動承擔隊長的罪孽，爲胡鷗老師的女兒傾盡全力，他幾乎把自己的一生全部用來懺悔與贖罪了，因此他是那樣地不合時宜。不合時宜的人還有顯赫文學刊物的老主編。在一個普遍遺忘，一切都有著潛規則的時代，文學其實也是一種交易，湖鷗別墅區物業管理公司的美麗女秘書的口水詩要刊登在顯赫文學雜誌的顯著版面上，正是以鉅額樓盤廣告費作爲交換條件

的。正像那位老主編所迷惑的：「富足了，浪費了，墮落了，沒有一定之規了。從前，我們知道我們要什麼，祖國要什麼，人民要什麼。現在的事如入十里霧中。人的生活也漸漸難於理解。」在巨大的世俗化面前，似乎無人能夠拒絕和幸免。因此，在一個眾人皆醉我獨醒的情勢下，那個清醒者又怎能不被流俗視為病態、狂人、甚或卑鄙者呢？可見，王蒙在此所深感困惑、憂慮與痛苦的正是對泣血歷史的遺忘輕視乃至並不把這種遺忘輕視看作是一種非常態的自以是的輕狂與無可救藥的娛樂至死。

　　如前所述，這篇小說在藝術上頗具博爾赫斯的意味。小說以鑲嵌的結構方式，把女畫家的畫作與 70 後才女的小說以及歌劇《茶花女》的片段巧妙連綴起來，通過層層剝筍，最終凸顯真相，從而使這篇作品具有了迷宮般的感覺。小說敘述人採用的不定視角，使故事撲朔迷離、神秘莫測，極大地增添了閱讀魅力。小說舒放自如，開闔有致，曲終奏雅。在短短的篇幅裏，把歷史與現實、具象與抽象、實感與幻覺交織起來，使小說如同一曲多步輪唱。這說明，既使在短篇小說裏，王蒙也是立體的，繁複的。

2009 年 2 月 20 日深夜 4 點 15 分

原載《文藝報》，2009 年 2 月 23 日第 2 版

論《王蒙自傳》的思想史意義

　　三卷本《王蒙自傳》的出版，理所當然地成爲當代文學界、史學界、乃至思想界的一件大事。《王蒙自傳》不僅是文學家王蒙的一部個人歷史，而且更重要的它是我們共和國歷史的一部生動的個人見證史，一部知識分子的思想史。從思想史的角度來看《王蒙自傳》，它的非凡的意義，在今天愈發顯示出異樣的光彩。

一

　　王蒙是一個有思想的文學家，王蒙的思想目前還不爲人們所理解和接受，這就愈發說明王蒙思想對我們時代的意義。當然，作爲文學家，王蒙的思想是散見於他的文學作品中的，而《王蒙自傳》的出版，無疑使王蒙有機會全面梳理總結他的這些思想。因此，我們在《王蒙自傳》裏，看到了王蒙的哲學思想、倫理思想、政治思想以及文藝美學思想等等。

　　早在《王蒙自述：我的人生哲學》一書裏，王蒙就聲明自己贊成黑格爾的命題——雜多的統一。雜多的統一是王蒙的哲學思想和世界觀。「雜多，就是一種開放性。」開放性就是包容，就是兼收並蓄，就是平等民主地對待一切人和事。「雜多」又是多元的，交往的，承認差異和特殊性的博大的胸懷。那麼「統一」呢？「統一」在王蒙看來，「指的是一種價值選擇的走向，價值判斷的原則和交流互補的可能性。隨風倒，見什麼人說什麼話，蠅營狗苟，不負責任，機會主義，都是不可取的。」﹝註1﹞可見「統一」就是在一種統一

﹝註1﹞　王蒙：《王蒙自述：我的人生哲學》，人民文學出版社，2003 年 1 月版，第 267　　頁。

的價值原則下，把「雜多」整合爲有機整體的一種狀態。統一就是要有一個基本的價值原則，統一就是摒棄相對主義也不要絕對主義。所以，「雜多的統一」就是有規範的開放，是一種把握好「度」的平衡原則，中庸原則。正是「雜多統一」的世界觀，使王蒙摒棄了兩分法而走向了「三分法」，即承認在兩極之間的中間狀態的存在。王蒙多次說過：「不承認中間狀態是極權主義的一個特點。」〔註2〕王蒙在二十世紀八九十年代成爲一個反對極權主義並反思極權主義的知識分子，但他沒有成爲一個反對派，而是試圖成爲一個連接官方與民間的橋梁，一個中介，實質上成爲一個界碑了。「我好像一個界碑。這個界碑還有點發胖，多佔了一點地方，站在左邊的覺得我太右，站在右邊的覺得我太左，站在後邊的覺得我太超前，站在前沿的覺得我太滯後。前後左右全佔了，前後左右都覺得王蒙通吃通贏或通『通』，或統統不完全入榫，統統不完全合鉚合扣合轍，統統都可能遇險、可能找麻煩。胡喬木、周揚器重王蒙，他們的水平、胸懷、經驗、資歷與對全局性重大問題的體察，永遠是王蒙學習的榜樣。然而王蒙比他們多了一釐米的藝術氣質與包容肚量，還有務實的、基層工作人員多半會有的隨和。作家同行能與王蒙找到共同語言，但是王蒙比他們多了一釐米政治上的考量或者冒一點講是成熟。書齋學院派記者精英們也可以與王蒙交談，但是王蒙比他們多了也許多於一釐米的實踐。那些牢騷滿腹，怨氣衝天的人也能與王蒙交流，只是王蒙比他們多了好幾釐米的理解、自控與理性正視。……」〔註3〕這就是王蒙說的「多了一釐米」。這多了的一釐米，恰恰正是各執一端的人所缺少的中間狀態。相信中間狀態，實際上就是一種中庸之道，王蒙說：自己多年來戮力實踐的就是這種「中道或中和原則。認同世界的複雜性與多元性。認同世界的矛盾性與辯證法。認同每一種具體認識的相對性。」〔註4〕因此，堅持中道原則，才能不偏不倚，不簡單化，不絕對化、極端化。才能眞正達到雜多的統一。

由此帶來的是王蒙在政治思想上的清明、和諧、包容與建設的主張。王蒙說：「我致力於低調、溝通、緩和、平衡、克制、自律、抹稀泥，大事化小小事化無。」王蒙也曾多次講到自己贊成的是改良。贊成改良，使王蒙對激

〔註2〕 王蒙：《王蒙自傳・九命七羊》，第三卷，花城出版社，2008 年 4 月，第 117 頁。

〔註3〕 王蒙：《王蒙自傳・大塊文章》第二卷，花城出版社，2007 年 4 月，第 175 頁。

〔註4〕 王蒙：《王蒙自述：我的人生哲學》，人民文學出版社，2003 年 1 月版，第 237 ～238 頁。

進主義心存疑慮；提倡寬容，使王蒙對整合與超越格外傾心；青睞相對性，使王蒙對任何形式的獨斷論絕對性深惡痛絕。這是否是說王蒙就絕對地反對激進主義，毫無原則地寬容任何人？如果是這樣，那麼王蒙也就成爲無原則的相對主義了。王蒙多次聲稱，他無怨無悔於自己少年時的選擇，「我堅信中國的人民革命是不可避免的與完全必要的」，「當然激進主義我也並非籠統反對，沒有激進主義就沒有革命，而革命的成功與慣性大大張揚了激進主義，過分張揚的激進主義反過來又會危害與歪曲革命事業。」〔註5〕這既是辯證法又是原則，承認多元與雜多，但更承認統一，這就是王蒙的價值選擇。因此，寬容也是有度的，不是無原則的。王蒙所講的寬容主要是在兩個層面上說的：一是文化政策層面上的寬容，與文化專制主義相對應；二是在爲人處事與境界涵養上，在這方面，寬容也是有原則的。在青島中國海洋大學《王蒙自傳》研討會上，王蒙先生談到許子東閱讀自傳後感到王蒙的火氣很大，認爲王蒙所謂的寬容值得懷疑後，王蒙說他感到很吃驚。其實，這種感覺不僅是許子東的，許多人讀完自傳都不同程度地有這種感覺。王蒙的「火氣」正是王蒙原則性的體現。王蒙不是打左臉給右臉的基督徒，王蒙的「火氣」正是「說出眞相」的一部分。但這並不妨礙王蒙的寬容，寬容是一種包容與整合，是一種不結幫不拉派不害人的與人爲善的處事原則，其實質是一種平等的對話與交往理性，對那種拉幫結派、整人害人、大言欺世、不懷好意、惡言相向、偏執武斷的人，又怎麼可以寬容！不以牙還牙，只是說說而已，也是一種寬容了。

在美學思想上，王蒙是主張混沌美的。我曾在《王蒙文藝美學思想散論》一文中對王蒙混沌美的追求有過較爲詳細的論述。在這篇文章中，我寫道：「事實上，混沌美不完全是一種技巧，而主要是一種對生活的深刻體驗和領悟的結果，因此混沌美的基礎是『眞正的寫實』。所謂『眞正的寫實』就是一種全方位的、混沌的寫實，一種無選擇的『廣泛的眞實性』。用王蒙的話說就是一種『迷失』：『我認爲這是一個偉大的小說家在他的人生經驗裏在他的藝術世界裏的迷失。因爲他的經驗太豐富了，他的體會太豐富，他寫了那麼多人，那麼多事，他走失在自己的人生經驗裏，走失在自己的藝術世界裏。他的藝術世界就像一個海一樣，就像一個森林一樣，誰走進去都要迷失。』迷失，就是說作家沒有簡單地剪裁生活，選擇生活，而是和盤托出、雜糅並

〔註5〕王蒙：《王蒙自傳・九命七羊》，第三卷，人民文學出版社，2008 年 4 月版，第 19 頁。

包，就是把生活的全部豐富性和複雜性呈現出來。混沌不是糊塗，混沌是欲說還休，是一言難盡，是矛盾重重，混沌實際就是一個作家對生活無法窮盡的困惑和悖論。」〔註6〕

那麼，一個問題擺在了我們面前：就是王蒙的這些思想為什麼不為時代和人們所理解和接受，為什麼他要頻頻地遭受爭議？所謂的太聰明、太世故、左右逢源，當然還有左右夾擊、腹背受「敵」，其中的原因究竟何在呢？這實際上只能從思維方式上去解釋。

二

我覺得，王蒙給我們最有價值的思想資源是他的立體復合式的思維方式。所謂立體復合式思維方式，是指王蒙在看取事物的時候，總是力避簡單化的、單向性的、黑白分明的、非此即彼的極端化的思維方式，而是倡揚複雜全面的、多向立體的、亦此亦彼的多維理性的思維方式。對於這樣一種思維方式，王蒙在自傳裏，曾不只一次地談到過。比如當談到劉賓雁的《人妖之間》時，他對那種黑白分明、非此即彼的簡單的二分法的反感溢於言表；當談到李香蘭的時候，王蒙聲明說「是為了一種思想方法，一種對於人類與歷史的理解」。王蒙甚至激憤地說：「是的，我們沒有反省的意識，我們沒有懺悔的傳統，我們接受的佩服的宣揚的是大言欺世，是英雄悲情，是黑白分明，是卑鄙對準了崇高，崇高橫掃了卑鄙，最後是自己橫掃了國人與世界，是衝鋒號與處決令，是鮮花歸自己狗屎歸對方。我們接受假大空，衝霄漢接著衝雲天接著上九天，是最新的時尚與對於時尚謾罵的時尚，是最淺薄的古董與同樣淺薄的對於傳統的一筆抹殺，最愚昧的迷信與最沒有把握的幻想……總而言之，我們可能相對容易地接受一切，除了實事求是。」〔註7〕在談到「人文精神」討論的時候，王蒙說：「我終於看出一些好同行的紅衛兵背景。作為政治運動，你可以全面否定，徹底推翻，審『四人幫』，『揪三種人』，在中國的情勢下，沒有什麼人提反對意見也沒有討論爭辯的必要與可能。但作為一種文化傳統，（……）文化現象，思維模式，紅衛兵的影響將長期存在。高調主義，零和模式，唯意志論，精神至上，鬥爭哲學，造反

〔註6〕 參見郭寶亮：《王蒙文藝美學思想散論》，《淳海大學學報》（哲學社會科學）2008年第3期。

〔註7〕 王蒙：《王蒙自傳·九命七羊》，第三卷，花城出版社，2008年4月，第128頁。

有理，捨得一身剮、拉之下馬，悲情主義，極端主義，永不妥協、永不和解，自命魯迅，所謂隻身與全中國作戰，到咽氣那一刻也是一個也不原諒……這些紅衛兵精神，在多少人身上仍然存活！包括不同的政治選擇的人，進入截然對立的營壘的人，其心態與方式竟然如此相近！」〔註 8〕由此可見，王蒙不遺餘力所反對的正是一種極端化的思維方式。這種思維方式不管表現爲極左還是極右，其實質都是一樣的。而王蒙所提倡的正是它的對立面──立體復合式思維方式。這種思維方式是真正超越了好壞黑白你死我活式的簡單二分的二元對立的思維慣例之後的一種立體復合多元並舉的辯證型思維方式。

這樣一種思維方式的獲得是不易的，它需要經歷煉獄般的錘鍊，付出沉重的代價才有可能。從《王蒙自傳》中我們看到了這種思維方式獲得的痛苦的蛻變過程。這是王蒙在經歷了半個多世紀的風風雨雨，付出了沉重代價，集一生之經驗後的結果。五十年代的王蒙也和所有的革命人一樣，在形勢的裏挾下，走上了比較決絕的革命道路。作爲「相信的一代」，他對「革命」神話的力量堅信不移。由於「地下黨員」的特殊身份，王蒙在解放初期，絕對是以主人翁甚至是救世主的心態從事革命工作的。小小年齡，便春風得意，便「趾高氣揚，君臨人世，認定歷史的舵把就掌握在自己手裏」，「人生從我這一代開始啦」。〔註9〕王蒙在《自傳》中這樣評價自己：「我相信我當時『左』得驚人。」〔註 10〕不過，王蒙的個性氣質，以及參加過實際工作的經歷，使五十年代的王蒙已經具備了溫和的，感傷的，複雜的情懷。《組織部新來的青年人》對劉世吾的塑造，已經留有了餘地。劉世吾不是純粹的壞人，劉世吾的成熟與意志衰退，另有隱情，王蒙在劉世吾的實際主義與林震的理想主義之間猶豫不定。然而在總體上看，王蒙是一個理想主義者，革命的大形勢，使王蒙最終站在了林震的「應該」一邊。然後是反右中的「極左」的「順杆爬」，一擔石溝的改造，新疆十六年的自我流放，八十年代重返文壇的王蒙已經不是昔日的王蒙了，王蒙由理想主義走向了經驗主義。〔註 11〕我在《王蒙小說文體研究》一書中，對王蒙小說語言形象之應該／實際的前後變化的分

〔註 8〕 王蒙：《王蒙自傳・九命七羊》，第三卷，花城出版社，2008 年 4 月，第 176
　　　　頁。
〔註 9〕 王蒙：《王蒙自傳・半生多事》，第一卷，花城出版社，2007 年 4 月，第 75 頁。
〔註 10〕 同上，第 80 頁。
〔註 11〕 王蒙：《滬上恩絮錄》，《王蒙文存》第 23 卷，人民文學出版社，2003 年 9 月，
　　　　第 220 頁。

析中，已經注意到王蒙蛻變的問題〔註12〕。實際上這種蛻變的最大收穫就是王蒙獲得了立體復合式思維方法。由於具備了這樣的思維方法，王蒙在二十世紀八十年代初的傷痕文學大合唱中，沒有像其他通常應該做的那樣，控訴聲討，黑白分明，人妖兩分地去寫傷痕，去寫好人與壞人的道德比賽，而是一開始就進入了歷史的反思，進入了自我懺悔之中。《布禮》、《蝴蝶》、《如歌的行板》、《雜色》等一批作品的出現，都具有了這樣的特質。之後的王蒙的《活動變人形》、「季節系列」、《青狐》、《尷尬風流》以及大量的隨筆等，都是如此。許多人對王蒙的印象是太複雜，太聰明，太世故，蓋因爲沒有把握住王蒙的思維方法之故也。因此，立體復合式思維方式是我們進入王蒙、把握王蒙、讀懂王蒙、理解王蒙的秘密通道。八十年代初，許多人都認爲王蒙的作品表達了「王蒙式的忠誠」，體現了王蒙的「少共情結」，王蒙從來都沒有認可過，其原因也在於我們的許多評論者，都是從既定的思維方式出發，簡化曲解了王蒙。比如《布禮》，鍾亦成的忠誠肯定是主題之一，但王蒙是否也反思了這種忠誠背後的危機，理想主義走到反面的可怕呢？文革之所以可以發動，難道不是理想主義的惡果嗎？「紅衛兵」所秉持的難道不正是當年鍾亦成意義上的理想主義嗎？同理，《蝴蝶》的張思遠的蛻變，實際上也是理想主義走向反面的例證。至於《活動變人形》中的倪吾成，王蒙對其空洞理想主義的反思就來得更加明顯與徹底。當然，我們這樣理解王蒙仍然有簡化的危險，實際上，王蒙所有的作品都具有不止一個主題的複雜性，正像王蒙在自傳第三部《九命七羊》中對其作品《滿漲的靚湯》的多重主題的分析那樣。王蒙以這樣的思維方式，來看自己的過去和我們革命的歷史，他發現了認爲自己之所以被劃爲「右派」，並不是由於自己思想上的「右」，實際上恰恰與自己「見杆就爬，瘋狂檢討，東拉西扯，啥都認下來」的「一套實爲極『左』的觀念、習慣與思維定式」有極大的關係，「最後一根壓垮驢子的稻草，是王蒙自己添加上去的」，「是王蒙自己把自己打成了右派」。〔註13〕這裡王蒙所反思的實際上是習慣的革命式的非此即彼、黑白分明的思維方式。王蒙對劉賓雁《人妖之間》的反思，不應該看作是對劉的攻擊，而是對這種習慣的思維定式的反省。由此，我們也可以看到，王蒙在二十世紀九十年代所遭遇

〔註12〕 參看郭寶亮：《王蒙小説文體研究》第 1 章，北京大學出版社，2006 年版。

〔註13〕 王蒙：《王蒙自傳・半生多事》，第一卷，花城出版社，2007 年 4 月，第 173 頁。

的左右夾擊、腹背受「敵」實質上也是不同思維方式之間的衝突，這種爭論
並不在同一個層面上。

三

　　長期以來，我們習慣於一種極端的偏執的，非此即彼的思維方式。這種
思維方式的形成與自近代已降思想界、政治界對革命的訴求有關。

　　當帝國主義列強對中國的瓜分愈演愈烈，當清政府的腐敗無能日甚一
日，傳統文化中的中庸和諧的思想便愈來愈顯得無力。愛國反帝改變現狀的
衝動亟需找到一種新的思維方式和世界觀。認真梳理中國近代以降的思想
史，我們就會發現，對後世中國產生重大影響的思想方法是進化論和馬克思
主義中國化的階級鬥爭學說。前者如改良派的代表人物康有為的「公羊三世
說」所宣揚的歷史觀正是一種借聖賢之道來「託古改制」的進化論歷史觀；
而嚴復的《天演論》所宣揚的進化論的世界觀則影響了好幾代中國知識分子。
李澤厚在《中國近代思想史論》一書中這樣評價嚴復的《天演論》：「人們通
過讀《天演論》，獲得了一種觀察一切事物和指導自己如何生活、行動和鬥爭
的觀點、方法和態度，《天演論》給人們帶來了一種對自然、生物、人類、社
會以及個人等萬事萬物的總態度，亦即新的世界觀和人生態度。……自《天
演論》出版後，數十年間，『自強』、『自力』、『自立』、『自存』、『自治』、『自
主』以及『競存』、『適存』、『演存』、『進化』『進步』……之類的詞彙盛行不
已並不斷地廣泛地被人們取作自己或子弟的名字和學校名稱。……這就深刻
地反映了嚴復給好幾代中國人特別是知識分子，以一種非常合乎他們需要的
發奮自強的資產階級世界觀。」〔註 14〕資產階級革命派的孫中山的哲學思想
中，進化論仍然是其哲學世界觀的一個基本內容。孫中山說：「民權之萌芽，
雖在二千年以前的羅馬希臘時代，但是確立不搖，只有一百五十年，前此仍
是君權時代，君權之前便是神權時代，而神權之前便是洪荒時代」。(《民權主
義第一講》) 〔註 15〕甚至早年的魯迅、李大釗、陳獨秀等五四新文化運動的主
將們也是相信進化論的。進化論的要點是對傳統的歷史循環論的挑戰。在當
時進化論起到了革命啟蒙的進步作用，其功績是不可抹殺的。然而，進化論

〔註 14〕 李澤厚：《中國近代思想史論》，安徽文藝出版社，1994 年 1 月，第 259～260
　　　　 頁。
〔註 15〕 轉引自李澤原：《中國近代思想史論》，安徽文藝出版社，1994 年 1 月，第 351
　　　　 頁。

把時間賦予了價值，時間成為一種神話，這種線性的歷史進步論，催生了激進主義的昂揚，進步與落後，新與舊，革命與反革命，前進與後退等等二元對立也在進化論的框架下形成了。

中國進入現代時期，馬克思主義傳入中國，迅速為進步的中國知識分子所接受，這說明馬克思主義與進化論在具有實用理性傳統的中國知識分子心理中是有著較大的一致性的。「重要的是，對中國知識分子來說，唯物史觀與進化論一樣，不是作為具體科學，不是作為對某種客觀規律的探討研究的方法或假設，而主要是作為意識形態、作為未來社會的理想來接受、來信仰、來奉行的。」〔註 16〕因此，中国共產黨人對馬克思主義的中國化改造，實際上也是在實用理性層面上的創造性運用。「階級鬥爭，一些階級勝利了，一些階級消滅了。這就是歷史，這就是幾千年的文明史。拿這個觀點解釋歷史的就叫做歷史的唯物主義，站在這個觀點的反面是歷史的唯心主義。」〔註17〕顯然，這種對馬克思主義歷史唯物論的解釋是如此鮮明、如此簡潔、如此通俗、如此斬釘截鐵，的確把馬克思主義中國化了。當然，馬克思主義階級鬥爭學說對中國革命的勝利具有重要的科學的指導意義，而長期的尖銳的階級鬥爭軍事鬥爭形勢，也使黑白分明、絕然對立、你死我活的激進主義的革命邏輯成為生活的常態，滲入每一個革命人的血液中。「革命不是請客吃飯，不是做文章，不是繪畫繡花，不能那樣雅致，那樣從容不迫，文質彬彬，那樣溫良恭儉讓。革命是暴動，是一個階級推翻另一個階級的暴烈的行動。」〔註 18〕這段膾炙人口的毛主席語錄，吹響的暴力革命的激進主義的號角，極大地影響著幾代中國人的思維方式。

由此看來，在近代以降，經歷了康梁變法、辛亥革命、五四新文化運動、國共兩黨之爭、抗日戰爭等等都使得這種革命性思維方式大有市場。這是必然的也是必要的。問題在於，當革命取得成功之後，我們沒有適時地轉變這種思維方式，而在某種程度上甚至強化了這種思維方式。「不破不立，破字當頭，立也就在其中了。」「凡是敵人反對的，我們就要擁護；凡是敵人擁護的，我們就要反對。」「無產階級專政下的繼續革命」……這些都充分體現了毛澤

〔註16〕李澤厚：《中國現代思想史論》，安徽文藝出版社，1994 年 1 月，第 153 頁。
〔註17〕毛澤東：《丟掉幻想　準備鬥爭》，《毛澤東選集》（一卷本），人民出版社，1968年 8 月，第 1376 頁。
〔註18〕毛澤東：《湖南農民運動考察報告》，《毛澤東選集》（一卷本），人民出版社，1968 年 8 月，第 17 頁。

東的「動鬥」哲學思想，〔註19〕在政治實踐中的「反右」、「大躍進」、「大煉鋼鐵」乃至「史無前例」的文化大革命，早已把這種思維定式再一次強烈內化進國人的血液中了。直到今天，這種思維定式仍然很有市場。比如八十年代學界常常流行一句話叫作「片面的深刻」。是不是只有片面才是深刻的，而全面了就成了「老狐狸」呢？我覺得「片面的深刻」容易，而「全面的深刻」卻難。當我們把一個方面偏執地極端化，它的深剋實際上是可疑的，螳螂捕蟬，黃雀在後，「片面的深刻」實際上就是只注意到了螳螂與蟬的關係，而沒有注意到黃雀與螳螂的關係，因而這種所謂的深刻就是另一種「淺薄」，它怎能靠得住？我覺得，我們過去雖然不斷地批判形而上學方法的片面，而倡導辯證法的全面，但實際上，我們所做的恰恰正是一種形而上學——把革命極端化，偏執化，這種深刻的教訓直到今天我們仍沒有好好地汲取。在這個意義上說，《王蒙自傳》所體現出來的這種新的思維方式，就顯得難能可貴且深刻異常。這種立體化復合式的思維方法，一種全面的、複雜的、整合的、超越的思維方法，肯定要與那種極端的、偏執的思維方法產生齟齬。這也就造成了王蒙的左右不討好的處境。王蒙不斷提到的橋梁界碑問題，實際上是和他整個的哲學思想，價值觀念，思維方式有著直接的關係的。因此，我說立體復合式思維方式是王蒙思想的出發點，只要抓住了這種思維方式，我們才可能真正地理解王蒙。

總而言之，王蒙的立體復合式的思維方式以及他的一系列的有關多元整合的，建設改良的，中庸和諧的，理性民主的，交往對話的諸多思想觀念，接通了中國古代中庸和合的思想流脈，對於改變激進主義極端化簡單化的思想現狀，實現和諧社會的理念顯然具有了重要的思想史意義。

　　　　　2008 年 8 月初稿，9 月 14 日改定。
　　　　　原載《當代作家評論》，2009 年第 3 期

〔註19〕參看李澤原：《中國現代思想史論》，安徽文藝出版社，1994 年 1 月，第 125
　　　　～145 頁。

立體複合思維中的歷史還原與反思
——關於《王蒙自傳》的一次對談

　　郭寶亮：王蒙先生，您的《王蒙自傳》的前兩部《半生多事》和《大塊文章》已經出版，在文學界乃至社會上都引起極大反響，今天，咱們就從您的自傳談起吧。

　　王蒙：好吧。上次（在海洋大學的）研討會上山東師大的一個老師（王萬森老師——郭寶亮注），他提了一個關於人生拐點的問題，他說得還有點意思。我的童年，基本上按一個好學生形象來塑造的，聽老師的話，能考個全班最優秀，能得到獎學金，突然被政治所吸引，參加政治生活，過早地離開了學校。後來很快又解放了，成為團的幹部，基本上算一帆風順。這種志向突然會走上文學，文學一上來也還行，後來就落馬入了另冊。然後，運動結束以後——也沒結束，只是稍稍平息一點——我到現在的首都師範大學工作，工作也安定下來，又出來了一個新疆，我也沒想到。我覺得這個所謂的拐點無非是在政治和文學之間，在社會需求組織設定和個人奮鬥之間，必須是這樣，必須服從，與自行選擇的矛盾。60 年代我到大學裏有個差事不錯，但是我還想個人奮鬥，喜別人之所不喜、不敢喜，跑到新疆去了。在這個中規中矩和另類之間，從文體到風格到手法，到內容的調侃性，也是拐點，但是從大的框架來說，又不失中規中矩。對社會潮流，既是認同，又是另類，又是合潮流，不管是政治的潮流，官員的潮流，還是民間的潮流，又是不合潮流。在認同和另類，在政治和文學間拐來拐去，總之，值得一說、一寫。

　　郭寶亮：就是說您這一生的拐點不是一個，而是多頭的，一方面是個人的主動追求，另一方面又是時代社會的被動裹挾。在認同與另類，政治與文

學之間，拐來拐去，起起落落。正由於此，您的自傳是很有趣味的，它不僅是您個人生活的記錄，同時也是共和國歷史的形象化紀實。您其實是當代最有資格寫自傳的作家之一，因為您的人生歷史與共和國歷史是同步的，您幾乎都生活在歷史時代的中心。這樣的自傳，文獻性的價值不言而喻，同時也很有文學價值，就是一般讀者讀起來也覺得有趣味。它與您的小說具有很強的互文性。裏面很多的事件，在小說裏也可以找到影子。所以在自傳裏，不僅可以研究我們共和國的歷史，特別是知識分子的歷史，同時也對研究文學有很好的作用。

我讀您的自傳，覺得其中包含著這樣一些東西，一個是您的歷史主義態度，再一個就是強烈的反思精神。歷史主義態度，就是您對待歷史的態度，這是一種客觀的、尊重歷史、不迴避歷史的態度。在這個歷史中，您把自己和整個時代聯繫起來，沒有單純地突出自己，而是把整個時代和自己個人的經歷糅合在一起。對歷史中出現的問題，帶著一種平常心，一種對過往事件的超越意識，這也可以說是一種距離，一種高度，或者說是在經歷了這麼多事以後的一種通透。對歷史不是採取簡單的態度，而是複雜的、全面的態度，我覺得這是非常難能可貴的。同時裏面貫穿著強烈的反思的精神。反思精神，是衡量一個人，乃至一個民族，一個國家是否健全的標誌。反思精神不僅包括批判意識，同時更重要的是把自己放進去的反省意識。我覺得，您的自傳就貫穿著這種反思精神。不隱諱，不虛美，包括對自己、家庭，對自己的父輩那種深刻的清醒，讀了以後既讓人深思，又讓人感動。

王蒙：寫到自己的往事，我看到最多的是兩種，一種是談自己的成就，第二種就是搶天哭地型，就是我說的苦主型。認為歷史虧待自己，環境虧待自己，社會虧待自己，體制虧待自己，生不逢時，帶有怨恨。至少是洗清自己，自我辯駁。我覺得這是可以理解的，人生就有這麼多不平之事。可是我始終認為，人對歷史、對環境有一點責任。當然，我們不是國家領導人，不是政策的制定者，也不是事件的發動者。中國有一種情況，當那個事件到來的時候，很少有人敢抵制，哪怕是消極抵制。然後等事情過去以後，大家都成了犧牲者。

到現在為止，說起來很可笑的，寫到「文革」，存在一點自我批評精神的，就是巴金的《隨想錄》，很少見的一個例子。我舉兩個例子，五七年、五八年被劃為「右派」的人各式各樣，有民主黨派的高級人士。我記得我在自傳裏

面也寫到，在那麼低齡少年的情況下，參加了革命，立即就取得了勝利，然後就以爲自己以革命的名義可以否定一切，可以推翻一切。認爲過去的人都沒有歷史，歷史是從今天才開始的。甚至於認爲自己可以頤指氣使起來。這是當時的一種寫照。有時候感覺政治上有些東西，帶有一種報應的含義。從我個人來說，我五七年五八年的落難，就是對我的少年氣盛，自以爲自己靠「革命」二字可以打遍天下無敵手，那樣一種銳氣的一種報應。還有一個，到現在爲止，我在全中國沒有發現這樣一個例子，就是承認被打成「右派」，自己有一定的責任。我知道的這一類事多了，但我不知道這是一種什麼心理，一種自虐狂還是什麼的，就是自己向黨交心，交心的時候就是自己爲自己扣一大堆帽子，暴露一大堆反動思想，最後被劃成「右派」。當然，作爲領導來說這樣做是不合適的，把一個人的自我思想檢查當成一個人反動的依據，這是毫無道理的。

　　郭寶亮：您在《半生多事》裏寫道：「最後一根壓垮驢子的稻草，是王蒙自己添加上去的，在這個意義上，說是王蒙自己把自己打成右派，毫不過分。」這種說法的確是過去所有此類文章所沒有的，這是一種對歷史勇於承擔的精神，是一種對自我以及時代的重新反省。我國自建國以來，多次進行的大規模的運動，直到「文化大革命」的發生，其原因當然是複雜的，但具體到每一個人而言，難道就不應該對歷史負點責任嗎？我注意到了您對把您打成「右派」起關鍵作用的 W 的態度，這個 W 似乎就是「季節系列」小說中的曲鳳鳴。您並沒有像在其他許多作品中那樣把他寫成一個道德敗壞、十惡不赦的壞人，而是認爲他「並無個人動機」、「沒有發現公報私仇的情形」。之所以會是如此，正是時代的大環境使然。在這樣一個時代，極「左」的觀念、習慣和思維定勢成了一種無形的慣推力，甚至連毛澤東也似乎無法左右，您的《組織部新來的青年人》，毛澤東不是曾五次談及，結果也沒能阻止您被劃「右派」的命運。這可以叫做歷史的慣性，而每一個人都是這慣性力中的一股。這恐怕正是您的自傳所達到的思想高度。

　　王蒙：在「文革」當中還發生過這樣的事情，上海電影製片廠一個老演員，「文化大革命」開始以後，很長——快一年都過去了，沒有他的什麼事，他受不了了，天天批這個鬥那個，怎麼把我給忘記了，寧可挨鬥，也不願意被人給忘記了。人有了這種心理，他開始自己偷自己的財產，因爲他是老演員，國民黨的時候演過電影，日僞時期也跑過龍套，試演過群眾角色。當地

是把他當反革命給揪出來，批鬥一番……這個事我到現在都沒忘記，我不知道你們相信不相信有這樣的事。但是我的情況又不一樣，我非常明確無誤地講，在「文革」的時候，自己把自己……我講這是最後一根稻草，自己把自己放上邊去，事後我聽人講這樣一個情況，中央在中宣部主持一個會，北京市委的人也參加了，市委的文教書記堅決反對把王蒙劃爲「右派」，這麼年輕的一個人……這個時候團市委負責我這個專案的團市委宣傳部長，這個人也很可憐，「文革」一開始他就自殺了，他就在這個會上據理力爭，這裡有個客觀原因，團市委當時揪出來一批骨幹都是毫無道理的，感覺就是一個極「左」的兒童團，哪裏懂革命，都是一些大學生中學生，都是二十幾的年齡，十八歲的不算小，有十九歲的，二十二歲的當然算年齡大的。所以他感覺到如果王蒙再不劃「右派」，這個活動就沒法進行下去了，我想這是一個原因。除了個人心理上那種……那些事都是眞的，他剛剛離過婚，他作爲一個男性，個人的隱私，那個情緒是極端地陰暗，心理非常地陰暗，這些都是眞的。然後他的論據就是，你看你自己都寫出檢討了。他有這個思想有那個思想，這樣的人再不劃爲「右派」，你還劃什麼呀？所以我就說，任何一個人在任何一個事變當中，或者是因爲膽小怕事，或者是因爲迎合潮流，或者是由於人云亦云，甚至是由於表現自己，因爲他覺得寂寞，覺得這個運動和他毫無關係，這種寂寞在作祟，比被槍決還恐怖。說起來好像不可思議，但是這個我親眼看到，是事實。或者由於自己的思想上同樣有一種寂寞的東西，我在小說裏也寫過。我就設想，比如咱們倆換一個個兒，現在是上邊通知我了。說這個老 W 有問題，你現在負責解決他這個問題，我比他心會軟一點，這點我可以肯定，我心會軟一點。我會談著談著就自己有點猶豫，自己有點困惑，不會就非把他搞定，非把他釘在柱子上，才算完事。

　　郭寶亮：這正是意識形態的作用。高度統一的意識形態，把人框定在一個高度一體化的集體中，誰都怕被甩出這個集體。

　　王蒙：是，你也可以這麼說，但是我覺得這個是……我看過一個推理電影《尼羅河上的慘案》，它裏面最後總結，說女人最大的願望就是被關注，就是看你怎麼理解，起碼是吸引別人吧。我覺得它說得很好，可以概括起來，人的最大願望之一是被關注。爲什麼一個人需要隨時證明自己，這個從心理學上來說是生理本身的一個孤獨感、不確定感。

　　郭寶亮：「文革」呢，我還是趕上了，童年是在「文革」期間度過的。您

剛才講的「文革」這些事，我也有這個體驗。小時候我就感覺到大人喜歡經常開會，幾乎每天開會，當然這跟當時的政治形勢有關係。開會的時候，我們這些小孩啊，也喜歡到會上去玩，我記得還很好看。當時不是開批鬥會，就是開講用會。批鬥會的時候，就好看了，經常有人說把誰誰揪上來，就把誰誰揪上來，是女的就掛上破鞋，然後專講這個女性和誰有什麼關係，很多人喜歡聽這個，而且反覆地讓這個女性講自己的經歷，大家聽了就非常地快樂，非常地高興。這個講的人呢，她一開始覺得難受，後來講慣了，不讓講，她還不高興了。您講的「狂歡」兩字，我覺得用得非常好，「文化大革命」期間這個狀態，就是全民狂歡的狀態。大家都在那裡沒事幹，也可能經常政治學習。您的作品裏面談到畢淑敏的時候說，有時候政治消解生活，生活同時也消解了政治，您說當老百姓批鬥這個人，不斷講男女關係的事，來作為一個樂子的時候，政治就像遊戲，就被消解了。所以有時候想起來確實很殘酷，但從另一個角度來看，那個年代的那種遊戲，或者說是一種全民的狂歡，從某種意義上來說，確實是關乎人性的，人性的這種孤獨、不確定性使他感覺到需要有人關注他，在一個不正常年代的關注，可能就是這種方式。

王蒙：越是弱者，越不能夠過一個真正個人的生活。中國缺少一種嚴肅的個人主義的傳統，這是一個原因。像你剛剛說的那個大會，一大堆人，一起喊口號，一個弱者是沒法活下去的。

郭寶亮：這實際上就是海德格爾所說的「常人專政」或「常人獨裁」，在「常人獨裁」之下，沒有哪個人是他自己，人們消解在眾人當中，消解在集體當中。

王蒙：集體主義是很有力量很有魅力的。就是自己不但是一個人，而是一個群體，有群體器重自己，認同自己，而且這個群體有一個領袖，帶領我們走向勝利，這對一個知識分子來說，有時候他是夢寐以求的，就是這種群體，他和群體，和歷史的意志，歷史的客觀規律的融合，從而把個人完全控制，這樣的境界，幾千年來也有很多知識分子追求這些。我在《狂歡的季節》裏面還有一個歌，叫《一江春水向東流》，抗戰期間的，「來來來來，你來我來他來，大家來，一起來，來唱歌，一個人唱歌多寂寞，多寂寞，一群人唱歌多快活，多快活，大姑娘唱歌，小夥子唱歌……」。我們那個時候很多會議。一開頭你心裏沒有特別的那個……這個也擁護，這個也擁護，你也很激動，你擁護得比前面三個還擁護，當你說完以後，你也變成真擁護了，而且你的

擁護反過來又帶動了大家，真起作用啊，這種群體性的發動。還有，你剛才說的也有道理，你說是革命也好，我寧可說是歷史。我們解放以後並不怎麼宣傳上帝，我們不搞這個東西，我們也不宣傳天道，但是我們宣傳歷史，歷史的發展規律，滅亡，你就說是歷史發展規律注定的滅亡的，誰違背歷史的規律。反過來說，當你自信你的背後是歷史，是客觀發展規律，就開始頤指氣使。我現在回到這個話題來，幾乎沒有人反思自己對待歷史、對待環境，對一種錯誤的形成起了什麼作用。都是受害者。所以中國問題永遠不會有頂好的進步，問題在這。德國那個顧彬跑到青島來，來海洋大學講課，他先以德國人的名義向中國人致歉，向青島人致歉，他說他看了當年德國的總督府，感覺德國在青島，把殖民主義的手掌伸到青島來，對中國人犯下的罪行。這裡我也提到，我也對別人採取過某些不恰當的言行、態度，甚至給別人造成不好的後果。所以你說反思，我也願意承認，你如果不反思的話，那現在更沒法寫回憶錄了，都說成是別人的責任。我想我們應該想清楚自己做了哪些缺德事。

　　郭寶亮：您所有的題材，所有提到的人物，無論是《活動變人形》也好，「季節系列」也好，還是《青狐》也好，大部分都是知識分子，作為一個知識分子，在中國來說，他可能和這個傳統有很大的關係，我們古代儒家講要「吾日三省吾身」，也講這種反省意識，也講自我的修養，但是從整體上來講，我們這個民族的反思，作為現代意義上的反思，好像還是不夠的，起碼是不特別突出。這種傳統可能對我們帶來很多。比如說在古代，古代的知識分子，大部分應該算官僚階級，他經過十年寒窗，經過科舉，最後到了官僚階層，他就成了一個官僚知識分子，官僚知識分子在古代還是有自己的自主意識，對皇帝都有那種「為帝王師」的精神，但是總體上他遵守的是儒家的思想，而他真正的自我意識，作為真正的現代意義上的自由人，基本上是沒有。那麼，到了「五四」這一代，應該說獲得了一種少有的人生獨立地位，說他們是現代意義上的自由的知識分子也是說得過去的。那個時代正好是科舉制度被廢除了，這樣就徹底堵死了知識分子晉階上層官僚的途徑，但是它還有另外兩個途徑，一個是到現代教育機構，即到大學裏面當老師，一個是辦報。通過這兩個途徑，他可以確立自己的新的知識分子身份。在大學他可以講自己的學說，在報紙上可以宣揚自己的觀點，這樣的話，他就把自己作為一個知識分子階層的意志表達出來，而這個時候，高校和報業對官僚的依

附還是比較少的，所以那個時候，還是有點個人的意味的。不過，這只是一個很短暫的歷史時期。到 20 世紀 20 年代末，革命文學興起以後，我們的知識分子馬上就有一個要尋找階級歸屬的願望，包括我們的語言，也要向勞工靠攏，和勞工靠攏以後我們才有出路，也就是知識分子要重新找到自己的階級歸屬。這樣，知識分子又回到了集體主義裏面來了。就是說，它需要有一個組織性的，或者全民動員的那樣一個狀態，大概也符合歷史的這種潮流和合理性，那麼個體在這種情況下，知識分子覺得自己應該和潮流走在一起，應該和歷史走在一起。否則很可能會一事無成，就像您在《活動變人形》中寫到的倪吾成這樣的知識分子，他遊走在潮流之外，結果一生一事無成，甚至處在不被接納的狀態。

　　我注意到您在自傳裏寫到過，說你們這代人是相信的一代，相信這個，相信那個，相信很多，特別對黨，對整個我們的社會，對我們的歷史，有一種相信，很虔誠的那種，對革命充滿了高度的信仰。這種相信也很難說就是盲從，你們這一代人對革命的態度，對共產黨的態度，恐怕也不是一時的頭腦發熱。我也注意到您曾在許多場合提到自己對「革命」的認同，認為革命是必然的也是必須的，您毫不猶豫地加入革命成為其中的一員，也是順理成章的。然而，「革命」後來的走向偏差，走向負面，甚至生產出「不相信」的一代或幾代人，其根源是否也在於「革命」本身呢？

　　王蒙：我愛說的一句話，我說這是一種革命的慣性，因為現在我們回想起來，抗日戰爭以後三年，革命取得了勝利，這樣一個發展超出所有人的估計，超出蔣介石的估計，超出了國民黨的估計，也超出了毛澤東的估計，毛澤東當然是站在共產黨這方面，替共產黨做貢獻，他也按照他的計劃行事，他也沒有想到，忽然國民黨就變得不堪一擊，這是他完全沒有想到的。這種革命的勝利，使已經在戰鬥或者正在戰鬥的新中國一代，或者說革命的這一代產生的這種信心，就是自己什麼都做得到，過往的歷史根本不算歷史，現在的歷史才是開始，那個時候……我特別欣賞，只有到了馬列主義……變成歷史唯物主義，認識歷史的主人，我覺得這個在某種意義上說是革命的關鍵。革命已經取得成功了，可能還停不下來，它還要等，還要高叫。高叫、喊叫，這個是革命時期，經濟建設沒有這麼多高叫、喊叫，經濟建設只需要發展科技，發展科技不用高叫、喊叫，發展文化也不用高叫、喊叫。而且越是執政者，越不能高叫、喊叫，因為你高叫、喊叫完了以後，你將了你自己的軍，

你說你要三年改變面貌，五年超過美國，你要是在野黨，你可以這樣，執政黨不要給自己出這個難題。

現在談自傳，對我來說，既是一種特殊的幸運，也是一種不幸，我說過一句話，我是中華人民共和國國史的一個見證者，一個參與者，不能說都是處在中心位置，但我仍然是在參與著，在觀察著，在見證著，在體驗著。中國還有一個特點，除了剛才我們提到的，中國實際上，這五六十年來，變化是迅速的。蔣子丹有一部小說裏說，昨天已是古老的。我現在回想起來，我冒著傻氣能夠把這個戀愛的季節，這個失態的季節，這個躊躇的季節和狂歡的季節，像編年史一樣地寫下來。從文學本身，從閱讀本身，輕便舒適來說，中國的這些大事，你最多是作為背景。但是，我總覺得，我得把我所看到的東西寫下來。人們很容易接受一個東西，或者不接受一個東西，這是非常簡單的。比如說寫土改，你看過去寫土改的小說，寫地主一個個都像魔鬼一樣，吃人的魔鬼，而農民的正義鬥爭天翻地覆，那是血淚仇。

郭寶亮：這樣的作品很多，這樣的作品都強調的是階級鬥爭的殘酷性。地主惡霸欺壓農民，農民忍無可忍，反抗清算的正當性與合理性，正是歷史的正當性與合理性。

王蒙：凡是寫到土改，我是說某些個人，還是比較強調土改的殘酷的，蠻不講道理，沒法活了。山東的土改大概是很厲害，它有翻過來倒過去這種情況，可是我覺得我那個……正像你在你的博士論文裏說過的，我是用一種立體的思維，就是從各個方面來思維的，你說當時是殘酷的，當時殘酷還有當時殘酷的那種正義感。我記得我在反右鬥爭的時候，因為當時還有一個很雄辯的理論——工人農民，尤其是中國農民，已經幾千年了，還被壓迫在生活的最底層，做牛做馬，流血流汗，現在你們幾個知識分子，讓你們勞動五年，跟農民幹活干上五年，讓你真的知道這農民日子是怎麼過的，有何不可？有一種政治性，你不能說這裡頭沒有政治性，左翼的思潮，社會革命的思潮，包括社會主義和共產主義的思潮，甚至於包括社會民主主義的思潮，包括工人運動的思潮，它都有。也就是說，我們社會最底層，我們被壓迫了幾千年，有很多特別富有煽情性的說法，蓋房子的人沒有房子住，種糧食的人吃不飽飯，你要說現在這些人，蓋什麼住什麼這是不可能的，蓋星級賓館的能去住嗎？做飛機場的人一律坐波音747嗎？根本就做不到。世界上的事就是這樣。

從文學的大局來說，我覺得現在比過去立體多了，莫言寫過一個 30 年

前舉行的一個沒有舉行完的長跑比賽。他以一個農民的孩子寫反右，他說反右什麼意思呢？就說我們村突然來了一群人，據說都是「右派」，一看見「右派」，大家都羨慕，全都長得漂亮，比農民長得漂亮得多了。女「右派」越漂亮越能幹，農村婦女看見，嘿，一個個眉毛眼睛長得……他們無所不知，無所不曉，你問他關於季節問題，氣候問題，工業、農業問題，醫藥問題，財經問題，地球、太陽……無所不知。而且雖然降了很多工資，都比農民一個個生活得好，戴手錶的戴手錶，插鋼筆的插鋼筆，替「右派」喊冤的那種，當然也可以寫，但是莫言那個就讓人覺得哭笑不得……從農民來說，我不記得我寫沒寫，我在農村裏頭勞動過，農民問我說，你一個月掙多少錢？我說八十多塊。那麼多啊？！那個農民說給我八十塊啊，我全家都當「右派」！當時農民一個月才掙八塊錢，人民公社化那個時候，我還記得，每個人一年大概是分三塊六，除去吃飯，每個人就三塊六，當時農民也嫌少，他一聽說我一個月掙八十塊錢，那不得了，當「右派」怕什麼呀？要當就當吧，不當我當去，你不願當我當去。可是你要瞭解中國國情啊，你要不把這好幾面都想到，所謂的反思也是不完整的。

郭寶亮：過去學界常常流行一句話叫做「片面的深刻」。是不是只有片面才是深刻的，而全面了就成了「老狐狸」呢？我覺得「片面的深刻」容易，而「全面的深刻」卻難。當我們把一個方面偏執地極端化，它的深剋實際上是可疑的，螳螂捕蟬，黃雀在後，「片面的深刻」實際上就是只注意到了螳螂與蟬的關係，而沒有注意到黃雀與螳螂的關係，因而這種所謂的深刻就是另一種「淺薄」，它怎能靠得住？我覺得，我們過去雖然不斷地批判形而上學方法的片面，而倡導辯證法的全面，但實際上，我們所做的恰恰正是一種形而上學——把革命極端化、偏執化。這種深刻的教訓直到今天我們仍沒有好好地汲取。在這個意義上說，您的自傳就不僅僅是一個一般的回憶錄，或者說是一個傳記，它實際上是一個具有很多的思想意識，包括你的各種各樣東西的一個——我稱做「王氏百科全書」。它裏面包括很多東西，讀了以後，不僅有這樣的歷史主義態度，反思精神，各種各樣的東西，文獻的意義是非常明顯的，但另外它談到了很多包括您的哲學思想、文藝思想，您的一些對事物的分析看法，特別是您到了老年以後，作為一個智者的形象，在這書裏面，也不時地出現。我們從裏面可以看到很多東西，對於研究文學創作、研究我們的社會歷史的狀態，研究包括民風民俗各個方面都可以找到一些有益的東

西。第二部大塊文章，您寫的是 20 世紀 80 年代以後，您又回到了時代的風口浪尖上，把知識分子的各種狀態，您所接觸到的，包括高層領導，各種各樣的文壇人物現象，都寫出來了，和您的《青狐》可以相互參照著看。我覺得，在您的思想體系中，既反對絕對化、獨斷論，同時也反對絕對的相對論，這就是一種立體化復合式的思維方法，一種全面的、複雜的、整合的、超越的思維方法。這樣一種思維方法，肯定與那種極端的、偏執的思維方法產生齟齬。這也就造成了您的左右不討好的處境。您不斷提到的橋梁界碑問題，實際上是和您整個的哲學思想，價值觀念，思維方式有著直接的關係的。您的這種立體復合式思維方式對歷史進行的還原與反思就顯現出了難得的全面的深刻。

王蒙：我們不斷地……其實中國並不注重歷史，但是歷史有時候隨著潮流不斷地被改寫，我舉一個例子，過去，認為左翼的作家都是最高尚的作家，非左翼的作家就都是渺小的，猥瑣的，在那個時候是惟周揚的馬首是瞻，後來在「文革」，改革開放以後，現在流行一種新的潮流，這種新的潮流實際上是以夏志清教授的論點為論點，中國最偉大的現代作家兩個，一個沈從文，一個張愛玲，而且沈從文被改寫成一個孤獨的英雄，一個抵抗主流意識形態的英雄，可是歷史告訴我們，可能不是這樣。因為我對沈從文沒有更多的瞭解，因為沈從文看到丁玲受到冷遇以後，他曾經割自己的手腕，原因就是他想參軍，他非常地歡呼這個革命的潮流，他想參與，但是他沒有想到丁玲對他是那樣的態度。

還有我看到一個史料，講蕭乾和沈從文的過節，蕭乾看到沈從文的住房太差，給上面寫了一個報告，要求改善沈從文的住房，沈從文大怒，說我正在申請入黨呢，你現在弄那麼些個我的私人問題去分散組織的注意力，對我實際上是幫倒忙，是破壞。沈從文是比較收縮的，蕭乾相對熱情一點，所以蕭乾被劃成「右派」了，沈從文沒有被劃成「右派」，在批蕭乾的時候，沈從文也是比較激烈的。沈從文是一個非常值得尊敬的人，他在古代服裝研究上取得了非常輝煌的成就，但是沈從文也有另一面，就是他追求革命，追求新生活，追求新中國。他的寂寞與其說是他自己的一個選擇，不如說是歷史對他的一個無情對待的一個結果，這樣和有些人說得就不完全一樣，我個人的見聞畢竟是非常有限的。韋君宜，我前前後後都講了，我說她全家都是我的恩師、恩人、恩友，因為楊述從開始就反對我戴這個「右派」帽子。在「文

革」當中，我們在新疆見面的情景，就如我所說的，大吃一驚，她是最眞誠地反思的一個人，我說的確實是事實。就我個人來說，我現在還是非常地懷念她——你說感恩也可以，感謝也可以，這樣直爽老實的人已經不多了。「文革」中有些人一邊嘴裏大喊劃清界限，一邊做點小動作，這種人多得很。還有，我盡量地對任何人都不用強烈的褒貶，或者鞭撻，這種態度，有些呢，我是用正面的語言，但實際上我是不贊成的。所以有些讀者呢，他們認可了這些東西，包括我知道那些對我並不是很友善的人，他們也很注意我的書，說我這個人太聰明了，他就是從技巧的角度，從操作的角度。但是我覺得呢，我除了技巧，可操作的層面以外，我還有一份心懷，這個心懷，就是與人爲善，就是推己及人，就是能理解別人。恕就是寬容的心，恕就是能理解別人，能理解自己，能理解與自己不一致的人，能理解老是瞅著我彆扭的人，對我恨不得除之而後快的人。因爲他們有他們的一些想法，或者是個人利益也好，或是幹什麼也好，我覺得在這個層面來說，我是這樣努力做的。是不是完全百分之百地做到，世界上的事沒有百分之百，語言環境也好，很多東西也好，起碼我沒有扯謊，起碼該提到我提到了，有的話本來可以說得更直接一點，我現在說得比較隱諱。本來我是想批評這件事情，但是我選擇了一個中性，甚至偏於褒義的詞，這些事情，我也承認，我也有，我覺得我也在回答呀。總之，我在文學界是個案，都是特例。

有人說是王蒙當官，這個當官的問題，個人有個人的情況。我恰恰是早就入了黨，早就當了幹部了，早就有一點職務了，科級也好，處級也好，我20多歲的時候，已經有這個職務了。我的工資在北京——當時我19歲——已經有八十七塊五了，當年這八十七塊五，感覺跟現在的六千也差不多。所以，以文學爲敲門磚，當我去謀求官職，實際上在我身上是不合適的，因爲我是恰恰從事文學活動影響我的仕途，這不是很明顯的事嗎？否則的話，那就是另外一種情景。把它完全看成一個技巧問題，我覺得這裡頭他沒有看到，我是相當地有入世的經驗，盡可能地少做蠢事，和不做蠢事。但是不等於我拒絕付出代價，我仍然有我做人的底線，仍然有我冒傻氣的地方，譬如包括我保護一些作家，甚至也許你保護的那個人，反過來咬你一口，這樣的例子我也可以舉很多。但是我並不後悔，我覺得我是在做我應該做的事情，我無法替別人做他所應該做的事情，我一直宣傳，比如曹操說的「寧可我負天下人不可天下人負我」，我乾脆反過來，寧可天下人負我，當然，談不到天下人負

我，誇我，幫助我的，伸出援助之手的，有很多，我決不辜負一個人。還有，就是整天講的東郭先生、中山狼，那我就寧可當東郭先生，我不當中山狼，雖然東郭先生有點蠢，自己也算一件道德——心裏踏實，我不咬人，我被別人咬，而且這是在社會比較正常的情況下，想咬你也沒有那麼容易，我也沒有那麼容易就讓你咬。

郭寶亮：我看您專門有一章寫到劉賓雁，包括您寫到對他的一些看法。我聽到文學界對此是有一些議論的。您在寫這些的時候是否掂量過一陣子？而且我感覺到，當然這個說法並不一定是完全準確的，比如在《青狐》裏面，塑造的一些人物，也有一些影子在裏面。您在談到這個問題的時候，當時是如何考慮的呢？

王蒙：我覺得是這樣，我對劉賓雁個人，也無意再做什麼評論，他已經去世了，走的完全是另外一個道路，尤其在 1989 年以後，一直在國外生活，實際在國內的影響很小。但是我覺得我們國人看問題還是太簡單，這是第一點。最可笑的是，在 1956 年我們兩個幾篇比較有反響的作品，都是在 1956 年。劉賓雁好像是在二月和四月發表，我那個是在九月發表。而當時呢，恰恰是「左」的評論者認為劉賓雁是健康的，我是不健康的。什麼原因呢？就是因為劉賓雁符合這個非好即壞——好人勝利，壞人失敗，符合這個原則。而我不符合這個原則，連毛主席都要批評，說反對官僚主義寫得很好，但是反過來，正面人物沒有寫出來。而劉賓雁寫的正面人物，都是猛打猛衝，猛打猛衝才能取得勝利，蘇聯……恰恰是 1961 年……劉賓雁的政治活動我們在這裡不談，在他作品裏頭，我們不斷看到的是極「左」的邏輯，起碼有極「左」的，因為他對王守信……而且我到現在，說實在的，我是相信王守信那裡面描寫的那個內容，那個槍斃，厲害啊，劉賓雁死了，有人說，已經死了，不要再說了，同情死者，那王守信被槍斃了，你說他那個曖昧的內容有什麼罪過，一個老太太，她給人看傷口，什麼拉老婆舌頭……他反映的不但是極「左」的，而且是封建的，而我覺得就是這句話，如果我這句話不說，再沒人說了，誰替王守信說？

郭寶亮：我現在不太瞭解，不明白他是寫了作品之後，王守信執行的死刑，還是死刑之前就寫過的？

王蒙：他是寫了這個作品以後，壓力很大，半年後被處決了……這個作品的威力很大，而且我講，劉賓雁的每個作品都引起麻煩的，就這個不引起

麻煩的，因爲他也是趕「文革」的這個車呀。我就覺得這裡頭人，習慣於簡單化，習慣於極「左」的思想，習慣於人和妖的問題。當時每搞一次運動，都讓大家來閱讀聊齋，每搞一次運動，蒲松齡都變成了老師，都在看《畫皮》，你周圍的那些人……小溫是不是畫皮，老郭是不是畫皮，摘下來一看是個白骨精。所以我覺得這個恰恰是，作爲一代人，由不得……他所反映的那個思維的方式，那種簡單化的判斷，那種語言的專制，那種語言的殺手，語言的暴力，和他所反對的是一樣的。

　　我早就明白了。有時候雙方不斷地鬥爭，鬥來鬥去。那最簡單的就是，你看一個家庭，到婚姻糾紛，我們假設一開頭，女方就說——這個，女方文雅一點，高明一點；男方流氓一點，市井無賴一點——可是只要鬥起來，最後兩人絕對是一樣。你想想，這男的反過來，這女的一樣反過來，這男的動粗動口，什麼你媽的，你娘的，那個女方也開始回過來，然後男的就去打探消息，找女方的領導，女的她就去找男方的領導。最後就……這個文藝界的筆墨官司也是這樣，一開頭是一個顯得高明，一個顯得比較低級，但是，三罵兩罵，最後都火了以後，就抓辮子，抓小辮，怎麼死怎麼來，怎麼狠怎麼來，所以我覺得我從裏面，對劉賓雁……我確實感覺到我們的老百姓所知道的眞相離事實相距很遠，我認爲老百姓知道的王守信，這肯定是一個假相，我認爲老百姓知道的劉賓雁，也是一個假相。甚至於我們所知道的，我所敬愛的，或者說感恩的，這裡頭有過一些非常好的人我也都講到了他們的弱點，比如說在第二冊裏頭，我寫到馮牧，馮牧批現代派，批得跟了了病一樣，這究竟是怎麼回事？我現在也解釋不清楚。這裡頭完全不牽扯到對人的評價。馮牧，你要說起來，現在作協再沒有馮牧這樣的人了，他每天晚上都看新作品，他的特點就是，一個雙人床，一半是他，一半是書，他一晚上看幾十本厚書，每天晚上看這麼多書，這樣的人你上哪兒找去？現在的作協誰這樣看書呀？人生啊，本來就是社會、人生……尤其是文藝，是那多姿多彩，千變萬化。但是老百姓接受的就是這樣。

　　郭寶亮：這個大部分人啊，包括現在好多人，欣賞的知識分子是那種更偏執的，就是說，我幹什麼都是黑白分明，就是要走到底，永遠不妥協，這種人反而更有市場。

　　王蒙：一種溫和的、理性的見解，更強調和諧，而不是強調拼命的，更強調恕道的……我有時候也覺得哭笑不得，因爲有魯迅研究專家編書說，誰

誰向魯迅挑戰，把我也弄進去。費厄潑賴，而且魯迅說的是「緩行」，是在國民黨內部「緩行」，他沒說建立了新中國 60 年以後還得「緩行」。所以這個沒有辦法，在中國的這種激進主義和那種愚昧的簡單化，愚昧的想當然，和用煽情來代替理性，用詛咒來代替分析一樣害人。爲什麼我越來越不喜歡像人妖之間這個問題？因爲人妖之間的這個就帶有極端主義、封建主義、恐怖主義色彩。那就是靠語言恐怖，把一個很普通的一件事……說一個人動了手術了，給別人看一看，我肚子上哪來了這麼大一個口子。這種事我在新疆看到得更多，新疆人最喜歡。新疆人最怕動手術，他用維語說，哎呀，我的肚子吃了刀子啦，你看看，我怎麼辦？我活不了多久啦。實際上，本來很普通的一件事，他這麼一寫，別人不敢說了呀，誰敢說呀，這麼壞的人呀，這是妖啊！

郭寶亮：人妖黑白，絕然分明，這是我們最有市場的一種價值判斷方式，更是一種思維方式。「凡是敵人反對的我們就要擁護，凡是敵人擁護的我們就要反對」，「不是東風壓倒西風就是西風壓倒東風」，「革命群眾開心之日，就是反革命分子難受之時」，諸如此類的東西已經深深地沉澱在我們民族的血液裏。不承認緩衝帶，不要過渡色，是 20 世紀革命的最大遺產。因此，在中國凡是建設性的改良主義、保守主義、自由主義等等都統統沒有市場。

王蒙：就像胡適、梁實秋，甚至林語堂，他們都有一些建設性的深度，但是他們的思路在革命的高潮之中，確實變成了……螳臂當車，而中國的這場革命呢，又是——我認爲是——不可避免的，有它的正義性的。中國革命這齣大戲，你想不上演是不可能的。我記得在那個《狂歡的季節》，我說中國幾千年來，一大堆啊，這存天理滅人欲，這個不許，那個不許，壓了幾千年，這個新思想一來，他不大鬧一場？他不大鬧一場，是無天理，他就認爲，我也眞誠地相信中國就要翻一個個兒。這個有些臺灣背景的人，極端反共的人也不得不說，說毛澤東完成了一件事，這件事太偉大了，他把中國的舊社會翻了一個個兒，正是因爲翻了一個個兒，大家可以看到，哪些個你可以翻，哪些你不能翻，你還得翻回去。尊重讀書人，你還得翻回去，溫良恭儉讓，革命高潮當中，不能夠溫良恭儉讓，革命不是請客吃飯，我覺得那個說得也有點道理。

另外一方面，中國的這種簡單化和幾千年的專制體制始終有關係。我沒找到出處，西方有一種觀點，極權主義，這個「極」不是「集中」的「集」，

而是「極端」的「極」。極權主義一大特點就是不承認中間狀態，我覺得我們
不承認中間狀態，自古以來就有。因爲我們自古以來就封建主義，或者忠或
者是奸，不承認中間狀態，不允許你有其他的選擇。其實你要說那種極端的
那種情緒，你看「9‧11」事件，美國在這個事件之後，布什的言論就是這樣，
不支持美國進行反恐戰爭，就會參加恐怖主義，他就是這個意思，他不允許
你有中間狀態。其實全世界都有這方面，就是有的時候有些表現得更厲害。
要想提高全體人民的這種思維能力，這是一個很遙遠的事情，我覺得。而且
我也談到馬克思一個名言，說理論掌握了群眾，就變成物質的力量。這句話
絕對是正確的。但是，理論掌握了群眾的另一面，或者群眾掌握了理論，那
和那個最初的精英提出理論來肯定開始變形了，這個變形裏頭有發展的理
論，創造的理論，也有歪曲的理論，簡化的理論，所以你可以想想，不管多
麼偉大的理論，已經變成了老百姓的口頭禪了，基本上這個理論就要出事了。
人人都搞「文化大革命」，人人一張口就是捍衛毛澤東思想，人人一張口就是
捍衛毛主席革命路線，這個革命路線被糟蹋成什麼樣了？

郭寶亮：您所說的這些問題歸根到底實際上是一種思維方式問題。這種
極「左」的極端化的思維方式，直到今天仍然有著相當大的市場。不管是極
「左」的還是極「右」的，在思維方式上其實是一樣的。我現在讀到那些所
謂「酷評」式的文章，那種橫掃天下如卷席的架勢，的確似曾相識，它與「文
革」其間「紅衛兵」式的大字報，在思維方式上其實沒有太多的不一樣。這
就愈發顯示出您的這種立體復合思維方式的可貴。閱讀您的作品的時候，這
種感覺就更強烈。我覺得您的作品應該說政治性是很強的，這是肯定的。哪
個作品不寫政治？有的時候，我們不寫政治，我們就寫永恒的人性，但是政
治也是人性當中的一種，哪個人不在政治之中？但是政治性是很強烈的一
種，所以您的政治性，沒有在政治的表面上，而是往下走，走到哪，就走到
人性當中去了。通過政治性折射的是人性。您的自傳不用說，只說我讀您的
《青狐》的時候，我就感到，老年的王蒙，在語言上，具有了更加內在的勁
道，那種反諷，那種繁複，那種悖反，簡直就是新時代的《儒林外史》。但是
呢，新《儒林外史》又與吳敬梓的《儒林外史》不一樣，吳敬梓的《儒林外
史》是站在外邊來看這些人，你是站在裏面來看，你把自己擺在這些人裏面，
那麼在觀察這些人的時候，採用了多側面、多角度的立體復合式思維方式，
其中就包括你講的恕道，就是你在寫到人的時候，把他寫成立體的，這樣在

還原歷史反思歷史的時候才有一個整體的全面的概貌，這就是您的「廣泛眞實性原則」與「雜多統一原則」的具體體現。

　　（本次對話由中國海洋大學的溫奉橋先生與張麗芳女士根據錄音整理，已經王蒙先生審閱）

　　　　　　　　　　原載《渤海大學學報》（社會科學版）2009 年第 3 期

論王蒙《這邊風景》的矛盾敘事

　　《這邊風景》是王蒙寫作於「文革」後期的一部 70 餘萬字的長篇小說。據王蒙自己所言，這部小說最早寫作於 1972 年，但只是「試寫了伊犁百姓粉刷房屋等章節」。1974 年作者四十歲時，開始全力寫作這部作品，1978 年 8 月 7 日完成初稿，然而，終因「政治正確」的問題，未能出版。如今，《這邊風景》在塵封了近四十年之後的出版，不僅填補了王蒙在新疆 16 年寫作的空白，也填補了中國當代文學在「文革」後期寫作的空白。這部小說對我們進一步研究王蒙和中國當代文學都具有重要的意義。在我對《這邊風景》的閱讀中，我感到了王蒙那無處不在的矛盾敘事現象，這種現象恰恰構成這部作品的價值。

一

　　如果把《這邊風景》放置在「文革」結束前的 27 年的文學史鏈條上來考察，這部小說究竟與當時的作品具有怎樣的關係，也許是一個很有意思的話題。「文革」結束前 27 年的小說創作主要集中在革命歷史題材和現實題材兩類上，而現實題材作品尤以農業合作化爲最。50 年代趙樹理的《三里灣》、柳青的《創業史》（第一部）、周立波的《山鄉巨變》，雖然已經形成比較雷同化的人物模式和情節模式，但還是較爲眞實地表現了農民在走向集體化過程中的心理風貌。到了 60、70 年代的浩然的《豔陽天》、《金光大道》，則明顯地增加了路線鬥爭和階級鬥爭的概念化的內容，顯得不夠眞實了。但在「文革」年代，浩然的小說卻是「最像小說」的小說了。王蒙在《王蒙自傳·半生多事》一書中說：「比較起來，我寧願讀浩然兄的〈豔陽天〉、〈金光大道〉，浩

然畢竟是作家，而作家與非作家並非全無區別，雖然作家都是從非作家變化而來。經過這個過程與從未有這個過程，並不相同。我喜歡他寫的中農，小算盤，來個客人也要丟給你一把韭菜，讓你幫他擇菜。我喜歡他寫的京郊農民的俗話：『傻子過年看隔（應讀介）壁（應讀兒化與上聲）』。……當然，『金光大道』就更有『幫文學』的氣味了，有橫下一條心，六親（指文學藝術之『親』）不認地豁出去了去迎合的烙印。另一方面，我看他寫的英雄人物蕭長春，高大泉，也爲他的慘淡經營，調動出自己的全部神經與記憶，力圖按要求寫出有血有肉的英雄人物，力圖使自己的文學才能文學經驗爲上所用而搖頭點頭，這樣的苦心使我感動，使我歎息不已。」〔註1〕由此可見，王蒙的《這邊風景》也屬於這一寫作序列中的一環，而且也步著浩然等文革流行寫作的後塵的。作品從 1962 年伊塔邊民事件開始寫起，一直寫到「四清」運動，其人物設置、結構布局，情節模式均與以上作品類似就不難理解了。這說明王蒙並沒有也不可能超越時代的局限。小說的人物設置明顯分爲對立的兩派，以伊力哈穆爲代表的正的一派和以庫圖庫札爾爲代表的邪的一派的鬥爭，成爲貫穿全書的主要情節線索。

主要人物伊力哈穆一出場就面臨著嚴峻的自然災害和伊塔邊民外逃事件，階級鬥爭的弦繃得緊緊，伊力哈穆首先拿出的是毛主席與庫爾班葉魯木的合影照片。這裡有一個細節很有意思，巧帕汗老太太誤把庫爾班葉魯木認錯爲熟人，王蒙寫到：「這是不需要糾正的，人們誰不以爲，那雙緊緊握住主席的巨手的雙手正是自己所熟悉的、或者乾脆就是自己的手呢？」然後作者又讓伊力哈穆肯定地說：「這就是我們大家，」「毛主席的手和我們維吾爾農民的手緊緊地握在一起。毛主席關心著我們，照料著我們。看，主席是多麼高興，笑得是多麼慈祥。在極端複雜的情況下，我們的毛主席挑起了馬克思、列寧曾經擔過的世界無產階級革命事業的擔子。所以，國際國內的階級敵人，對毛主席又怕又恨。領導說，目前在伊犁發生的事情，說明那些披著馬列主義外衣自稱是我們的朋友的人，正在撕下自己的假面具，利用我們內部的一些敗類，向毛主席的革命路線瘋狂挑戰，向我們偉大的社會主義祖國猖狂進攻。但是，烏鴉的翅膀總不會遮住太陽的光輝，毛主席的手握著我們的手，我們一定能勝利，勝利一定屬於我們！」這樣的情景、這樣的語言凡是經歷過那個時代的人大概都不陌生。在第二十一章，伊力哈穆在大湟渠龍口的深

〔註1〕 王蒙：《王蒙自傳‧半生多事》第一卷，花城出版社，2006 年 5 月，第 353 頁。

思，我們似乎也曾見過，它與文革期間的樣板戲中主人公在遭遇困難時的獨白式的詠歎調多麼地相似啊，當伊力哈穆面對嚴峻的階級鬥爭形勢，一籌莫展的時候，「伊力哈穆拿出了隨身攜帶的毛主席接見庫爾班吐魯木的照片。毛主席！是您在解放初期指引我們推翻地主階級，爭取自由解放。是您在五十年代中期給我們又指出了社會主義大道。去年，又是您向全黨全國人民發出了『千萬不要忘記階級鬥爭』的偉大號召。現在，您在操勞些什麼？您在籌劃些什麼？您將帶領我們進行什麼樣的新的戰鬥？您在八屆十種全會全會上完整地提出的黨在社會主義時期基本路線，將武裝我們邁出怎樣的第一步？」如此這般我們在全書中還會找到很多，這充分說明王蒙的寫作模式正是當年流行的模式，這種模式是當時意識形態的產物。王蒙夫人崔瑞芳女士談到《這邊風景》時說：「這本書寫成於『四人幫』統治時期，整個架子是按『樣板戲』的路子來的，所以懷胎時就畸形，先天不足。儘管有些段落很感人，有些章節也被刊物選載過，但總的來說不是『優生』，很難挽救，只好報廢。」〔註2〕

　　然而，王蒙的寫作卻沒有滑向極左的泥潭，而是在作品中處處反左。第三章當庫圖庫札爾建議把薩木冬的老婆烏爾汗逮捕審訊批鬥的時候，伊力哈穆卻旗幟鮮明地為烏爾汗夫婦說好話，強調要重證據而不是動輒上綱上線的極左做法。第十七章上級要求麥收要突出政治，要求十天割完麥子，這種明顯脫離實際的口號，也是那個年代極左思維的突出特徵。

　　以左的寫作模式來寫反左，使我們看到了王蒙在文革後期的矛盾處境。小說的重點在寫「四清」運動，「四清」作為文革的前奏，已經顯現出政治生活中的強勁的左傾風暴，但王蒙卻巧妙地抓住了反對「桃園經驗」極左做法的「二十三條」作為擋箭牌，以獲取政治正確的籌碼。「桃園經驗」被指陳為形左實右，而工作隊的章洋又是極左路線的代表，如果說庫圖庫札爾的「左」是為了掩蓋他的右的真面目而披上的皮，那麼章洋的左則是骨子裏的「真左」，在王蒙看來，這種真左恰恰是最為可怕的。因為這種左是毫無顧忌的，氣勢洶洶的，因而其破壞力也是無與倫比的。章洋實際上就是王蒙新時期小說中的宋明、曲鳳鳴的前身。

　　我發現小說的上冊與下冊對極左批判的比例並不協調，下冊對章洋的極左的批判明顯堅決和徹底。這應該與世事的大變有直接關係。《這邊風景》開始寫作於 1974 年，1978 年 8 月 7 日完稿，如果以 1976 年 10 月為界，這部作

〔註2〕方蕤：《我的先生王蒙》，長江文藝出版社，2004 年，第 110 頁。

品恰好處於這兩個時代的交界處。王蒙夫人崔瑞芳言，1974 年 10 月 15 日是王蒙 40 歲的生日，這一天王蒙真正受到觸動，決心寫一部長篇小說，於是「整個 1975 年，他幾乎一直在我們的斗室裏伏案疾書」，〔註3〕1976 年「四人幫」垮臺，歷史發生了巨變，反左成為新的意識形態。這一新的意識形態不可能不對王蒙產生巨大影響。從 1976 年 10 月到 1978 年 8 月這一年半多的時間裏，王蒙的寫作心態正在發生變化，這在王蒙的《王蒙自傳》裏已有交代，1978 年 6 月 16 日，王蒙應中青社邀請到北戴河修改《這邊風景》的細節我們不得而知，但從他此前寫作發表的小說《隊長、野貓和半截筷子的故事》〔註4〕中對「四人幫」極左路線的狠揭猛批來看，王蒙對極左的批判由隱蔽謹慎到公開堅定當是毫無疑問的。因此我們可以說，《這邊風景》正是兩種意識形態作用的產物，極左與反極左的內在牴牾齟齬，體現出王蒙內心的極大矛盾。正如崔瑞芳女士所言：「他在寫作中遇到了巨大的難於克服的困難。當時，正值『四人幫』肆虐，『三突出』原則統治著整個文藝界。王蒙身受 20 年『改造』加上『文革』10 年『教育』，提起筆來也是戰戰兢兢，不敢越雷池一步。作品中的人物又必須『高大完美』，『以階級鬥爭為綱』，於是寫起來矛盾。在生活中他必須『夾起尾巴』誠惶誠恐，而在創作時又必須張牙舞爪，英雄豪邁。他自己說，凡寫到『英雄人物』，他就必得提神運氣，握拳瞪目，裝傻充愣。這種滋味，不是『個中人』是很難體會到的。」〔註5〕

二

　　王蒙在醞釀寫作《這邊風景》時，就曾說過：「我也真的考慮起寫一部反映伊犁農村生活的長篇小說來。我必須找到一個契合點，能夠描繪伊犁農村的風土人情，陰晴寒暑，日常生活，愛恨情仇，美麗山川，豐富多彩，特別是維吾爾人的文化性格。同時，又要能符合政策，『政治正確』。我想來去可以考慮寫農村的『四清』，四清云云關鍵是與農村幹部的貪污腐化、多吃

〔註3〕　方蕤：《我的先生王蒙》，長江文藝出版社，2004 年，第 107 頁。
〔註4〕　據崔瑞芳回憶：「1977 年歲末他寫完了短篇小說《隊長、野貓和半截筷子的故事》，第二年 1 月 21 日定稿，24 日寄往《人民文學》。五個月後，1978 年 6 月 5 日，我在辦公室隨手翻開第五期《人民文學》，上面竟赫然印著王蒙的名字，《隊長、野貓和半截筷子的故事》發表了！」見方蕤：《我的先生王蒙》，長江文藝出版社，2004 年，第 108 頁。
〔註5〕　方蕤：《我的先生王蒙》，長江文藝出版社，2004 年，第 107 頁。

多占、階級陣線不清做鬥爭，至少前二者還是有生活依據的，什麼時候都有腐化幹部，什麼時候也都有奉公守法艱苦奮鬥的好幹部。不管形勢怎樣發展，也不管各種說法怎麼樣複雜悖謬，共產黨提倡清廉、道德純潔是好事情。階級鬥爭嘛總可以編故事，投毒放火盜竊做假賬……有壞人就有階級，有壞事就有鬥爭嘛，也不難辦。就這樣，以不必坐班考勤始，我果真在『文革』的最後幾年悄悄地寫作起來了。」〔註6〕在這裡，王蒙最關注的還是「政治正確」的問題。為了「政治正確」不得不「主題先行」、圖解概念。然而，王蒙畢竟是一個在 50 年代就文名大振的作家，他的成名作《組織部新來的年輕人》，曾引得議論譁然，連毛澤東主席都在不同場合五次談到王蒙。因此，王蒙不能不追求小說的藝術真實性。長期的新疆生活積累，使他十分明白原生態的生活究竟是什麼樣子的。於是，我們在《這邊風景》裏，看到了流行的先驗的政治概念與原生態的生活真實糾結纏繞在一起的矛盾現象。

　　濃鬱的伊犁邊地風味，維吾爾人民的民族風情，文化習俗等在這部小說中都濃墨重彩地加以描述，成為這部小說的最為亮麗的風景。伊犁的電線杆子都能發芽成樹，烏甫爾打釤鐮，以及烤肉打饢釀啤渥等的維吾爾人民的日常生活描寫，既顯示了王蒙作為外來者的新奇眼光，又證明了王蒙新疆 16 年與維吾爾人民同甘共苦、打成一片的對生活的熟稔而信手拈來的自信和自由。由此帶來的是鮮明生動的現場感，現場感是指小說場面描寫和細節描摹的功力。曾幾何時，我們的小說寫作現場感減弱，代之以敘述人的講述和議論，特別自先鋒小說以來，糾正了文革前小說過分寫實的問題，想像力得以張揚，但在一定程度是消弱了小說的現場感。現場感需要深厚的生活積累，想像力如果離開了堅實的生活積累的基礎，有時候會變得模糊飄渺，也就失去了小說的厚重篤實。記得作家格非在某個地方說過：「小說描寫的是這個時代，所有的東西都需要你進行仔細的考察，而一個好的小說家必須呈現出器物以及周圍的環境。……你要表現這個時代，不涉及到這個時代的器物怎麼得了？包括商標，當然要求寫作者準確，比如你戴的是什麼圍巾、穿的什麼衣服。書中出現的有些商標比如一些奢侈品牌我不一定用，但在日常生活中很多人會向我提及，我便會專門去瞭解：『這有這麼重要的區別嗎？』他們就會跟我介紹。器物能夠反映一個時代的真實性。」〔註7〕「也可能有人覺得這

〔註6〕王蒙：《王蒙自傳·半生多事》，第一卷，花城出版社，2006 年，第 358 頁。
〔註7〕邵聰：《格非：這個社會不能承受漂亮文字》，《南方都市報》，2011 年 12 月 18 日。

是在炫耀，我毫無這種想法，而且我已經很節制了。《紅樓夢》裏的器物都非常清晰，一個不漏——送了多少袍子、多少人參，都會列出來。但《紅樓夢》的眼光不僅僅停留在家長里短和瑣碎，它有大的關懷。」〔註8〕格非在這裡所說的表現「器物」的能力實際上就是作家生處理活經驗的功力。新時期以來，我們的很多作品，特別是歷史題材的小說，作者不熟悉特定歷史時期的生活，也不做案頭和田野工作，只是靠想像和猜測來臆想當時的生活場景，古人的生活起居、服飾器物誰人敢於細緻的描摹？結果只有靠議論和講說來搪塞敷衍，歷史的生活場景成為今人假扮的木偶，作品的現場感嚴重失實。《這邊風景》現場感之所以鮮明豐厚，正是王蒙對新疆生活經驗刻骨銘心的體驗之深。王蒙把這種對生活經驗的深厚稱之為「迷失」，比如在談到曹雪芹寫《紅樓夢》時說：「我認為這是一個偉大的小說家在他的人生經驗裏在他的藝術世界裏的迷失。因為他的經驗太豐富了，他的體會太豐富，他寫了那麼多人，那麼多事，他走失在自己的人生經驗裏，走失在自己的藝術世界裏。他的藝術世界就像一個海一樣，就像一個森林一樣，誰走進去都要迷失。」〔註9〕王蒙也迷失在他的伊犁生活中，他寫維吾爾人民粉刷房屋打掃衛生，寫打饢，寫喝茶吃空氣，寫維吾爾人見面痛哭等如沒有切身體驗都將不可思議。

《這邊風景》的現場感還體現在豐厚與鮮明生動的人物形象塑造上。小說有名有姓的人物一共82個，其中大部分人物都血肉豐滿，栩栩如生。主人公伊力哈穆雖然略顯概念化，但他與人為善，木訥厚道，從不張牙舞爪，咋咋呼呼，是一個梁生寶、蕭長春式的人物；反派人物庫圖庫札爾精明強悍、鋒芒畢露、愛出風頭，口若懸河，但卻言行不一，虛偽而自私，是一個郭振山馬之悅式的人物；另外里希提的質樸嚴厲，阿西穆的膽小怕事、謹慎保守，「翻翻子」烏甫爾的快人快語、不講情面，穆薩的風流油滑，艾拜杜拉的正直實在，尼亞孜泡克的無賴、自私，還有雪林古麗的美麗溫柔單純善良，狄麗娜爾的潑辣，章洋的教條古板偏執等都躍然紙上。這都充分說明王蒙生活在他的人物之間，他無需刻意編造，只是順手拈來就已經夠豐厚的啦。

可以說《這邊風景》重點寫的就是邊地人民的原生態的日常生活，但王蒙處在那個特殊年代的政治情勢，使他又不可能掙脫政治概念的藩籬，我們

〔註8〕 邵聰：《格非：這個社會不能承受漂亮文字》，《南方都市報》，2011 年 12 月 18 日。

〔註9〕 王蒙：《王蒙活說〈紅樓夢〉》，作家出版社，2005 年 6 月版，第 183 頁。

也沒有理由說王蒙不是真誠地相信這些政治概念的正確性的，但原生態的日常生活又的確消解了先驗的政治概念的正確性。

三

　　《這邊風景》的這種矛盾敘事，實際上也不是王蒙特有的現象，而是「文革」結束前 27 年的許多作品共有的現象。「十七年」時期的幾部有影響的作品「三紅一創青山保林」〔註10〕都是如此。比如楊沫的《青春之歌》，小說雖然書寫的是知識分子林道靜如何克服自身的小資產階級世界觀而成長為無產階級革命分子的故事，但在小說敘事中我們處處感受到了啟蒙話語與革命話語的纏繞糾結，是這兩種話語壓制與反壓制的矛盾。林道靜離家出走、從反抗包辦婚姻到愛上余永澤，這與五四時期知識女青年所走的道路是完全一樣，而後離棄余永澤愛上盧嘉川，並不意味著她走向革命，而是生性浪漫渴望冒險的林道靜對盧嘉川的英俊外表與其背後神秘的革命的嚮往，經歷了獄中鍛鍊最後與江華的結合，表面上是林道靜皈依了革命集體，而林道靜的內心仍舊並不甘心。也就是說，林道靜並沒有被徹底改造，她的內心始終處在啟蒙與革命的兩種話語的矛盾撕扯之中。同樣，柳青的《創業史》也存在著一種難於克服的矛盾：即為政治服務的狹隘性與濃鬱生活氣息的宏闊性的矛盾，由先驗的政治取捨的概念化與生活原生態的真實性的矛盾。作為黨員作家，柳青為政治服務的態度是自覺地。在「第一部結局」部分柳青引用毛澤東的批示：「從中華人民共和國成立，到社會主義改造基本完成，這是一個過渡時期。黨在這個過渡時期的總路線和總任務，是要在一個相當長的時期內，逐步實現國家的社會主義工業化，並逐步實現國家對農業、對手工業和對資本主義工商業的社會主義改造。這條總路線是照耀我們各項工作的燈塔，各項工作離開它，就要犯右傾或『左』傾的錯誤。」但是，柳青長期生活在農村，對原生態生活非常熟悉，於是在對梁生寶等人物塑造上，雖然也不可避免地拔高（黨的忠實兒子），但作者採取了讓梁生寶圍繞發展生產、靠多打糧食的優越性的方式與其他勢力進行和平競賽。小說雖然寫了各種各樣的錯綜複雜的矛盾鬥爭，但正面的、激烈的公開交鋒幾乎沒有，而是一種思想意識上的交鋒，是通過發展生產的和平競賽來體現社會主義集體化優越性的較

〔註10〕指《紅旗譜》、《紅岩》、《紅日》、《創業史》、《青春之歌》、《山鄉巨變》、《保
　　　　衛延安》、《林海雪原》。

量。書中用縣委楊副書記的話「靠槍炮的革命已經成功了，靠優越性、靠多打糧食的革命才開頭哩」來作為點睛之筆，深刻概括了當時我國農村的實際情況和歷史特點。這是柳青《創業史》的獨特之處，也是柳青堅持現實主義創作態度的結果，以自己熟悉的農村生活原生態消解先驗政治概念的一種並非自覺的表現。還有宗璞的《紅豆》，革命與愛情的矛盾糾結，使作品具有了深厚的人性複雜性。

實際上，王蒙在 50 年代的寫作，也是具有這種矛盾性的。他的《青春萬歲》充滿激情和理想主義，但即便這樣的小說，其中也隱隱約約地透出一種不自覺的矛盾心態。比如，蘇寧的哥哥蘇君批評楊薔雲時有這樣的對話：

> 蘇君掏出一條女人用的絲質手絹，用女性的動作擦擦自己的前額。收起來，慢慢地說：「……我不反對學生可以集會結社。但也不贊成那麼小就那麼嚴肅。在你們的生活裏，口號和號召非常之多，固然生活可以熱烈一點，但是任意激發青年人的廉價的熱情卻是一種罪過……」
>
> 「那麼，你以為生活應該怎麼樣呢？」
>
> 「這樣問便錯了。生活是怎麼樣就是怎麼樣，而不是『應該』怎麼樣。人生為萬物之靈，生活於天地之間，棲息於日月之下，固然免不了外部與內部的種種困擾。但是必須有閒暇恬淡，自在逍遙的快樂。……」

這裡的批評，王蒙顯然站在理想主義立場加以否定，但不是簡單的否定，而是讓楊薔雲不能不「低下頭，沉思」，「然後嚴肅而自信地向著蘇君搖頭」，發表了一篇宏大的莊嚴的議論，這時作品寫道：「於是薔雲輕蔑地、勝利地大笑，公然地嘲笑蘇君的議論。」顯然，楊薔云「低下頭，沉思」的描寫，實際上體現了王蒙對蘇君意見的矛盾態度。

而後的《組織部新來的青年人》中這種矛盾已經到了不能克服的地步。比如「第六節寫林震在黨小組會上受到嚴厲批評，林震的辯解是：『黨章上規定著，我們黨員應該向一切違反黨的利益的現象作鬥爭……』；劉世吾的批評是：『年輕人容易把生活理想化，他以為生活應該怎樣，便要求生活怎樣，作一個黨的工作者，要多考慮的卻是客觀現實，是生活可能怎樣。年輕人也容易過高估計自己，抱負甚多，一到新的工作崗位就想對缺點斗爭一番，充當個娜斯嘉式的英雄。這是一種可貴的、可愛的想法，也是一種虛

妄……』聽到這種批評，林震的反應是：『像被擊中了似的顫了一下，他緊咬住了下嘴唇。』這裡攻擊『應該』的劉世吾的聲音顯然比蘇君的聲音要強大得多，而林震的聲音比起楊薔雲來也弱小得多，不自信得多，他的反應也比楊薔雲要強烈得多。而在作者的自我意識中，林震的來自書本的理想主義規範化語言是一條正途，劉世吾的基於現實的『實際主義』顯然是一種對烏托邦話語的偏離，但它也是具有一定的合理性的，作者找不到駁斥的理由，他只有惶惑和矛盾，然而作者又渴望把劉世吾的『實際主義』統一到林震的理想主義上來，唯一的解決方法就是尋求最高意識形態話語——權力的支持。」〔註11〕

王蒙在 1957 年反右運動中的落馬，被迫擱筆，自我放逐新疆，直到文革後期的重新提筆寫作，王蒙思想中的這種矛盾非但沒有消弱，反而愈發地強化起來。這正是極左政治與日常生活的嚴重不搭調的結果。王蒙憑藉對現實生活的熟稔程度以及堅持的現實主義創作理念，通過這種矛盾敘事贏得了文學史的存在價值。

當然，我們也不應該過分擡高《這邊風景》的藝術價值，它只是王蒙寫作鏈條上的一環。嚴格地說，它其實還是一部頗有瑕疵的作品。但是，它對我們研究王蒙，理解王蒙乃至研究文革創作具有重要的意義。這部作品之所以有認識的價值，正是它的這種現實主義的矛盾敘事，真實地表現出了王蒙乃至那個時代人們對待政治與生活的態度。在那個時代，王蒙通過矛盾敘事寫出了生活的複雜性，這也為新時期的王蒙寫作開了先河。

2013 年 10 月日於石家莊

原載《小説評論》，2014 年第 3 期

〔註11〕郭寶亮：《王蒙小説文體研究》，北京大學出版社，2006 年，第 50～51 頁。

後　記

　　寫完論文初稿，已經是三月初了。北京雖然仍舊籠罩在冬日的寒風中，但校園垂柳的柳絲上已經泛出隱隱的春意。我走在校園熟悉的林蔭路上，回想自己在北師大六年的求學生涯，不禁百感交際、思緒萬千。上個世紀九十年代初，我曾經在這裡學習；新世紀的第一個年頭，在工作了數年之後，我重返母校，師從童慶炳先生攻讀文藝學博士學位，當時的心情既感欣慰又十分惶恐。童先生是著名的文學理論家，久聞先生對學生要求嚴格，因此，生怕自己的愚笨有辱師門。三年來潛心苦讀不敢怠慢，只見頭髮日漸稀少，兩鬢也早生華髮。好在論文完成了，但心情仍不覺輕鬆。

　　近些年來，我的學術興趣主要在當代小說批評上。在這一領域，許多前賢和同仁已經做出了不凡的成績，但我也感到有些研究文章缺乏必要的理論準備，甚至今天說東、明日說西，沒有應有的理論品質。我儘管早就意識到這種問題，卻也生怕蹈人覆轍，這是我由現當代文學轉向文藝學的主要原因。我常常欽慕於海德格爾對荷爾德林、里爾克詩作的批評，以及巴赫金對陀思妥耶夫斯基的研究，他們深厚的理論原創性，對問題的獨到發現，都成為我不可企及的遙遠的榜樣。不過，理論也不是萬能的，只有活生生的創作實際才是常青的。理論既來源於書本，更來源於創作實際，只有與創作實際高度契合的理論才是最好的理論。因此，我們的研究不應該從既定的理論觀念出發，而應該從作家的創作實際出發。正像童慶炳先生常常教導的那樣，「優良學風在過程中」，首先必須深入到研究對象裡面，在細讀中發現問題，這一過程就要採取「無我」的客觀的態度，「萬萬不可根據自己的先入之見，各取所需，導致研究失去客觀性」；然後還要出乎其外，出乎其外，就是要與研究對

象拉開距離，這樣才能「從社會歷史文化語境中來考察資料」，「才能站在一定的角度，形成觀察對象的視野」，這時候你才有可能「提出某種理論學術假設」，這一個過程是「有我」的過程，即你將提出你研究要著力闡發的觀念，其「研究的本質是創新」；第三步則還要再走進去，對材料加以處理，去粗存精，去偽存真，通過擺事實講道理，來充分論證你的理論和思想。童先生把這種研究過程稱爲「進——出——進」的方式。童先生常常要求我們要認真對待前人的理論成果，首先要照著說，然後才能接著說，甚至反著說，照著說的目的是爲了接著說或反著說，這也就是在提倡創造性。童先生特別強調創造性，他強調指出：「我們做學問最終的目標不是收穫資料，而是收穫真理。」近幾年來，童先生致力於提倡「文化詩學」，就是希望理論爲創作實際服務，並從創作實際中升發出自己的理論和思想來。本書的指導思想是「從文本中來，到文化中去」就是嘗試通過這種批評實踐，摸索出一種新的批評範式來。這實際上是在努力實踐童先生的這一思想。總之，三年來，我從童先生這裡得益甚多，不僅是他的嚴謹的治學精神，還有治學的方法論，這將使我受益終生。

在論文的寫作過程中，無論從選題還是具體的寫作進程，直到最後完成，無不是在童先生的悉心指導下進行的。如果沒有先生的指點迷津和熱情鼓勵，論文的完成是不可思議的。記得當初童先生建議我研究王蒙，我心裏的確很犯嘀咕，不是我不願意研究王蒙，實際上研究王蒙一直是我的夙願，但王蒙的複雜多產卻讓我望而卻步，我擔心自己的學養無法全面把握王蒙。但童先生卻堅定地說：「你一定能寫好的」。先生的信任和鼓勵使我倍受鼓舞，我全力以赴一頭紮進王蒙研究中去了，並逐漸讀出了自己的心得。當我將自己的心得說給先生時，他高興地說：「好，好，你已經讀進去了，讀進去就會有收穫。」爲了使論文寫作掌握第一手資料，童先生在寒風刺骨的冬日帶我去拜訪王蒙先生的情景，我將終身難忘。論文寫作過程中不斷遇到難題和困惑，童先生即時點撥，總能使我豁然開朗、受益匪淺。童先生對王蒙也頗有研究，曾寫過不少研究文章，因此先生的指導總是有的放矢、發人深省。初稿完成後，童先生又認真批閱，提出了許多寶貴的修改意見，論文成爲目前的樣子，肯定與先生的要求還有距離，只能有待日後再繼續完善了。總之，對童先生的感激之情是難於用語言表達的，今後只能倍加努力，以更優異的成績來報答師恩。

　　北師大文藝學中心是一個人才濟濟的學術集體，在這裡我深深感到了什麼叫「學問」。在我的論文寫作過程中，我得到了程正民先生、李春青先生的熱心指導，在我向他們請教的時候，他們總是誨人不倦，對我的論文寫作給予很大的幫助。王一川先生也是王蒙研究的專家，在寫作中他的著作和文章是我的重要參考文獻，他的熱情鼓勵對我的幫助尤爲巨大。首都師範大學的陶東風教授在我的論文寫作過程中，慨然贈閱資料，並提出很好的意見。另外蔣原倫先生、李壯鷹先生、馬新國先生、曹衛東博士、季廣茂博士、趙勇博士、陳雪虎博士、陳太勝博士也都給予我的寫作於不同程度的幫助，在此謹表謝意。

　　讀書是艱苦的，但也充滿樂趣。特別是同我的師兄師弟師妹們在一起的日子，這種快樂就尤爲令人懷念。師兄王柯平的寬厚平和與睿智的點撥都對我的論文寫作充滿智性的啓迪，師弟們姚愛斌、魏鵬舉、李茂民、石天強、陸道夫、苗遂奇以及趙敏、尹民、葉濤、孟慶澍、高俊林等，是天天吃住在一起的兄弟，他們往往是我論文的第一聽眾，他們寶貴的意見使我受益匪淺。師妹們吳曉峰、孫丹虹、吳燕、孫萌也以不同的方式對我的寫作給予幫助。下一屆的師弟師妹耿波、吉新宏、楊紅莉、白春香、杜霞也對我的寫作提出過建設性意見。楊紅莉女士還曾無私地幫助我收集有關材料，並提出建設性意見，在此深表謝意。新疆師範大學教授朱玉麒博士慨然將自己珍藏的王蒙書籍饋贈於我，解除了我尋書的煩惱。

　　我的讀碩士時的導師們蔡渝嘉先生、劉錫慶先生、李復威先生、楊聚臣先生，是他們引導我走上學術之路，特別是蔡渝嘉先生，直到今天仍關注著我的生活和學習，她的慈母般的關懷我將永誌不忘。還要感謝章景琪先生，他的無私幫助和對我論文寫作的關心都使深受感動。

　　感謝王蒙先生在百忙中兩次接受我的採訪，並惠贈作品，對我的寫作具有決定性的幫助。感謝《文藝報》的王山先生、劉頲女士，他們爲我尋找資料使我的寫作得於順利進行。我的論文的部分章節已在《文學評論》、《文藝爭鳴》、《海南師範學院學報》（社科）、《河北師範大學學報》（社科）等雜誌發表，因此要感謝《文學評論》的董之林博士、吳子林博士，《文藝爭鳴》雜誌的朱競女士，《海南師範學院學報》的畢光明教授，《河北師範大學學報》的李靖女士。

　　還要感謝河北師範大學文學院院長邢建昌博士，在我三年的讀書生活

中，邢院長曾給予很多的幫助與鼓勵。我的同事和朋友陳超教授、崔志遠教授、張俊才教授、馬雲教授、李錫龍教授都曾給予我精神上的鼓勵。感謝我在河北師範大學的碩士生李丹、柳靖、崔喆、李娜、甄成、王國傑，他們對我的求學予以理解，並順利圓滿地完成自己的學業，也給我以極大的鼓勵。

最後，我要感謝我的妻子王紅女士，在我六、七年的北京求學生涯中，她默默地無怨無悔地承擔了照顧兒子教育兒子以及全部家務勞動，還要承擔繁重的本職工作，沒有她的支持和幫助，我的論文寫作是不可能順利進行的。我曾經幾次答應兒子去海濱看海，但幾次都因學習工作的繁忙而不能成行，對兒子我深感歉意。

我將永遠懷念我的老母。2003 年 5 月 3 日，在「非典」肆虐的日子裏，老母由於牽掛遠在北京的我，不幸突發腦溢血闔然長逝，我竟未來得及見她最後一面，成了我終生的遺憾。我在 2002 年寫的一篇惦念老母的散文《牽掛》竟成為對老母的奠文。今天我要將我的論文獻給她，聊以彌補我的遺憾。

郭寶亮謹記於北京師範大學 13 樓 419 室

2004 年 4 月 12 日

跋

　　本書是我的博士學位論文。它能這麼快面世，使我感到欣慰的同時又有幾分惴惴不安，總覺得還有許多不如意的地方，可眼睜睜地又不知道如何再去修改。醜媳婦總要見公婆，也只好就這樣讓它面世了。

　　回想今年 5 月 14 日的那場持續了五個多小時的博士論文答辯會，答辯委員會諸位評委先生們兢兢業業、嚴肅求眞的工作精神，至今仍使我感動不已。以北京大學中文系教授嚴家炎先生爲主席，以中國社會科學院文學所研究員何西來先生、《文學評論》雜誌社編審董之林博士、北京大學中文系教授陳曉明博士、首都師範大學文學院教授陶東風博士、北京師範大學文學院教授王一川博士、張健博士爲委員的答辯委員會，對我的論文進行了嚴肅認眞的評議和提問，並給予很高的評價，提出了許多寶貴而中肯的意見，本書正是根據這些專家的意見，做了一定的修改充實。

　　感謝王蒙先生在百忙中欣然前來旁聽，由於他的到來也使這場博士論文答辯會顯得別開生面。感謝北京大學中文系教授曹文軒先生對我的論文的評議，他不顧外出旅途的勞頓，對我的論文進行了認眞的評價，並提出寶貴意見。感謝我的導師童慶炳先生在百忙中爲本書作序。學生雖然離開了校園，但先生始終關注著學生的學習科研乃至工作情況，因此，感謝二字是難於言表的。還要感謝北京師範大學文藝學研究中心「文藝學與文化研究」叢書編委會將本書納入叢書出版。感謝北京大學出版社責任編輯張雅秋博士爲本書順利出版所付出的辛勤勞動。我昔日的學生付豔霞博士不辭勞苦校對了書稿全文，並提出寶貴意見，在此也一併致以謝忱。

　　是爲記。

郭寶亮

2004 年 10 月 8 日凌晨記於石家莊

增訂版後記

2006 年 1 月，我的博士學位論文《王蒙小說文體研究》，納入我的導師童慶炳先生主編的「文藝學與文化研究叢書」由北京大學出版社出版，迄今已近十年。論文出版後，在學術界產生了較大的反響。前些日子，責編張雅秋博士告訴我，本書 2007 年 3 月又加印一次，將近八千冊，現在庫存還有五百來本，作爲一本學術著作，這樣的銷量也算可以。

2014 年初，北京師範大學文學院的李怡兄約我拿出一本書，編入由他主編的「人民共和國文化與文學叢書」，交由臺灣的花木蘭文化出版社出版。恰好《王蒙小說文體研究》的出版合同已經到期，便將此書按原樣拿出來，又把近些年寫的有關王蒙作品的研究文章作爲附錄增訂爲一冊，故曰增訂版。增訂的文章均在《文藝報》、《當代作家評論》、《小說評論》等雜誌發表。感謝劉頤女士、林建法先生、李國平先生，也感謝李怡教授的盛情邀約。

郭寶亮

2015 年 1 月 1 日於石門